国を救った
数学少女

ヨナス・ヨナソン 著
中村久里子 訳

西村書店

Analfabeten som kunde räkna
Jonas Jonasson

First published by Piratförlaget, Sweden.

Published by agreement with Brandt New World Agency.

Printed and bound in Japan

国を救った数学少女——目次

第1部

第2部

第3部

第4部

第5部

国を救った数学少女

１９７０年代に南アフリカのソウェト地区で育った読み書きのできない子供が、ある日スウェーデンの王と首相といっしょに、じゃがいもトラックに閉じこめられてしまう統計的確率は、４５７億６６２１万２８１０分の１である。

この数字は、前述の読み書きのできない子供自身の計算による。

第1部

天才と愚者の違いとは、
天才には限度がある点だ。

——作者不明

1 数学少女、死んだ男の助けを借りて掘っ立て小屋を出る

南アフリカ最大の貧民街で汲み取りの仕事をする労働者は、ある意味幸運といえた。仕事も雨露しのぐ住まいもあるからだ。

しかし統計的にいえば、彼らに未来はなかった。多くが若くして、結核か、肺炎か、下痢か、薬物か、アルコールか、それらの合併症で命を落とす。50歳の誕生日を迎えられる者は、ごくわずかだ。ソウェト地区のし尿処理場の所長は、そのわずかなひとりだった。とはいえ彼も、病気がちで常に疲れがとれず、朝早くから大量のビールで大量の鎮痛剤を飲みくだす日々だった。そのせいで、ヨハネスブルク市衛生課から派遣された担当官に暴言を吐いてしまった。この身の程知らずの黒人《カフィル》の一件は、ただちに市の事業部長に報告された。部長は翌日午前のコーヒータイムに、B地区の文盲もそろそろ替え時だな、と宣告した。

その日のコーヒータイムは、いつになく楽しい時間となった。衛生課に新任の補佐官が配属され、歓迎のケーキがふるまわれた。新任補佐官の名前は、ピィト・デトゥエィ。大学を卒業したばかりの23歳で、これが最初の仕事だ。

新任補佐官は、「ソウェト問題」を任されることになった。これこそ、ヨハネスブルク市の流儀である。若造に文盲どもの相手をさせて、ひとつ鍛えあげてやろうというわけだ。

ソウェト地区の汲み取り労働者すべてが、本当に文盲かはだれも知らなかった。ただそう呼ばれていた。いずれにせよ、学校に通っている者はおらず、だれもが掘っ立て小屋に住んでいて、言われた

ことも ろくに理解できない連中ばかりだった。

＊＊＊

ピィト・デトゥエィは、不安だった。貧民街に行くのはこれが初めてだ。美術商をしている父親が、念のためボディガードをつけてくれた。

23歳の若者は、処理場に足を踏み入れるや、あまりの悪臭に思わず文句をたれた。事務所のデスクにはクビの決まっている所長が座り、隣には少女が立っていた。驚いたことに、少女はいきなり言い返した。「悪いけど、それがし尿ってものの性質なの。臭うのよ」

デトゥエィは困惑した。この娘、からかってんのか？　まさか、そんなわけないよな。

彼は少女の言葉を受け流し、代わりに所長に向かって言った。「上層部の決定により、おまえにはこの仕事を辞めてもらう。ただし、後継者候補を3人見つけてきたら、3ヶ月分の給料は支払ってやろう」

「作業員でいいので、また雇ってはもらえませんかね？　給料は下がってもかまいませんから」クビになりたての所長はすがるように言った。

「いや、だめだ」補佐官は答えた。

1週間後、デトゥエィ補佐官はボディガードを引き連れて処理場に戻ってきた。クビになった所長は、デスクの前に座っていた。これが最後の仕事だ。隣には、この前と同じ少女が立っていた。

「候補者の3人はどこだ」補佐官が聞いた。

クビになった所長が謝罪した。3人のうちふたりは来られません。ひとりは昨夜のケンカで喉《のど》をかっ切られたそうで、もうひとりはどこにいるかわかりません。どうも、再発したとかなんとか。

ピィト・デトゥエィは何が再発したかは知りたくなかったし、とにかく早くここを出て行きたかった。

「では、3人めはどこだ？」怒りをあらわに尋ねた。

「どこって、あたしの隣にいるこの子ですよ。ここのいろんな仕事を手伝ってもらって、もう何年にもなります。実に賢い子です」

「いい加減にしろ、12歳の小娘をし尿処理場の所長にできるわけがないだろう」デトゥエィが言った。

「14歳よ」少女が言った。「ちなみに、もう9年もここで働いてるわ」

悪臭に押しつぶされそうだ。スーツに臭いが染みつくんじゃないかと、デトゥエィは心配だった。

「薬をやったことは」

「ないわ」

「妊娠は」

「してないわ」

補佐官はしばらく黙りこんだ。必要がなければ、本当はこんなところにはもう来たくもない。

「名前は」

「ノンベコよ」

「姓は？」

「マイェーキだと思うけど」

なんだよ、こいつら自分の姓も知らないのか。

「この仕事はおまえに任せてやってもいい。ただし酒を飲まずにいられたらだ」補佐官は言った。

「なら、だいじょうぶよ」少女は答えた。

「よし」

補佐官は、クビになった元所長に向かって言った。

「この前、候補者を3人用意すれば3ヶ月分の給料を出すと言っておいたな。それがひとりしかいないということは、1ヶ月分ということだ。さらに、12歳以上の者を見つけられなかったという理由により、1ヶ月分を差し引かせてもらう」

「14歳よ」少女は言った。

補佐官は挨拶もなしに出て行き、ボディガードが2歩後ろからついていった。

たった今、元上司の上司となった少女は、彼の助けに礼を述べると、今すぐ自分の右腕として復職してもらうと言った。

「でも、あのデトゥエィのやつはどうするんだ？」元上司が尋ねた。

「名前を変えたらいいのよ。あいつに黒人の区別がつくとは思えないもの」12歳に見える14歳は答えた。

＊＊＊

ソウェトB地区処理場の新所長は、学校に通ったことがなかった。それは彼女の母親が学校より優先したいことがあったからだが、彼女が生まれた国がほかでもない、南アフリカだという理由もあった。さらに、時代はよりにもよって１９６０年代初頭だった。政治指導者たちが、ノンベコのような子供たちなど物の数とも思ってもいない時世である。時の首相は、木や水を運ぶしか能のない黒人が学校へ行って何になるのかというご立派な物言いで、世界にその名を轟《とどろ》かせた。

首相は根本からまちがっていた。まずノンベコが運んでいたのはし尿であり、木や水ではない。とはいえ、この小さな女の子が、長じて王や首相と付き合いを持つようになると信じる理由はなかった。あるいは世界を恐怖に陥れるとか、広い意味で世界の発展に貢献するとか。

それは、ノンベコがノンベコという人間でなかったら、起こりえないことだった。

しかしもちろん、ノンベコはノンベコだった。

彼女はとにかく働き者の子供だった。５歳のときから、自分の体と同じくらいの大きさの汲み取り桶を運んでいた。汲み取りの仕事は、母親に頼まれたシンナーを毎日ひと瓶買って帰るだけの稼ぎになった。母親は娘から瓶を受け取ると、「ありがとう、いい子だね」と言ってふたを開け、自分やわが子に未来がないという永遠の痛みを鈍らせた。父親は、生殖活動の20分間以降、娘の周辺にいたことはない。

成長するに従って、ノンベコが１日にできる汲み取り仕事の量も増え、稼ぎもシンナーひと瓶以上になった。すると母親は、常用していた溶剤に加えて薬物とアルコールまで摂《と》るようになった。娘は、いつまでもこんなことを続けられるわけがないと、母親に言った。あきらめるか死ぬか、どちらかを選んで。

母親は、理解したようにうなずいた。

葬儀には多くの人が参列した。当時のソウェト地区では、多くの人は主にふたつのことにかまけていた。時間をかけて自ら死に向かうことと、その努力が実った人たちに最期のはなむけの言葉を贈ることである。母親が死んだとき、ノンベコは10歳だった。すでに述べたとおり、父親もいない。彼女は母親がしていたことを、そのまま引き継ごうかとも考えた。つまり、化学作用で永遠に我が身を現実から切りはなすのだ。けれども、母が死んで最初に給料を受け取ったとき、ノンベコは薬ではなく食べ物を買うことにした。そして少しお腹が満たされると、あたりを見回して言った。「あたしったら、ここで何をしているの？」

同時にノンベコは、自分には目下ほかの選択肢はないこともわかっていた。10歳の文盲は、南アフリカの労働市場で求められる人材の一番手ではない。二番手でもない。そもそもソウェト地区のこのあたりには、労働市場自体がない。それをいうなら、雇用に適した人間がほとんどいない。

しかし、地球上でもっともみじめな人々でも、それなりに排泄はするものだ。そのためノンベコにはわずかな稼ぎを得る道があった。さらに母親が死んで埋葬された今、稼いだ金はすべて自分のものだった。

５歳のとき、ノンベコは汲み取り桶を運ぶあいだの時間潰しに、桶を数えるようになった。「１、２、３、４、５……」

大きくなるにつれてさらに訓練に励み、次第に難しい計算ができるようになった。「桶15個に掛けることの、３回汲み取りに掛けることの、ひとりは酔っ払って何もせずに座っているから７人で運ぶとしたら……３１５杯ね」

　ノンベコの母親は、シンナーの瓶以外、周囲に注意を払うことはあまりなかったが、娘が足し算と引き算ができることには気づいていた。人生最後の1年は、掘っ立て小屋の住人のあいだで、何種類もの色や強さの錠剤を分けるときには、決まってノンベコを呼んでいた。シンナーひと瓶は、シンナーひと瓶でしかない。しかし錠剤は、50、１００、２５０、５００ミリグラムとあって、欲求と支払い能力に応じてそれぞれ分配せねばならない。そのためには、足し算、引き算、掛け算、割り算の４種類の計算が必要になる。それをこの10歳の娘はすることができた。しかもかなり巧みに。

　たとえば、直属の上司が月間の作業重量と容量の報告書をまとめるのに頭を抱えているところにたまたま居合わせたことがあった。

「ええと、95掛ける92」上司がぶつぶつ言った。「電卓はどこだっけ」

「８７４０」ノンベコが言う。

「いい子だから、それより電卓を探すのを手伝ってくれ」

「８７４０だってば」ノンベコは繰り返した。

「おまえ、何を言っているんだ?」

「95掛ける92は、８７——」

「なんでそうだってわかる?」

「ええと、95は１００から５、92は１００から８を引いた数でしょ。５と８を足して１００から引くと87でしょ。そして５掛ける８は40でしょ。87と40で、８７４０よ」

「なんでまた、そんなふうに考えたんだ」所長は目を丸くして尋ねた。

「わかんないわよ」ノンベコは言った。「ほら、次の作業に行きましょ」

この日から、ノンベコは所長の助手になった。

けれども、計算ができても文字が読めない助手は、日に日に苛《いら》立ちを募らせていった。所長のデスクに市から通達が届いても、何が書かれているのかわからないからだ。所長も文字を読むのは得意ではなかった。アフリカーンス語で書かれた文章をつっかえつっかえ読みながら、英語の辞書をぱらぱらめくって、理解できない文字をようやく自分が少しはわかる言葉に置きかえていた。

「今度はなんだって？」ノンベコは尋ねることしかできなかった。

「汚物袋をもっといっぱいになるまで詰めろ、だそうだ」所長が答えた。「たぶんな。そうしなければ、消毒装置をひとつ止めることになるらしい。おそらくだが」

所長はそう言ってため息をついた。力になれない助手もため息をついた。

しかしその後、幸運が訪れた。13歳になったノンベコは、汲み取り場の更衣室にあるシャワールームで、スケベ男に言い寄られた。スケベ男は、何かする間もなく、ノンベコに腿《もも》にハサミを突きたてられて気を変えた。

翌日、ノンベコはB地区に並ぶ汲み取り場の裏で、スケベ男を探した。男は、緑に塗った自分の掘っ立て小屋の外で、いすに座っていた。腿には包帯を巻き、膝に置かれているのは……本？

「なんか用か」男が言った。

「昨日、おじさんの腿にハサミを置き忘れたような気がするんだけど、返してほしいの」

「もう捨てたよ」男が言った。

「じゃあ、あのハサミの分は貸しにしといてあげる」ノンベコは言った。

「おじさん、どうして本が読めるの？」

スケベ男は歯が半分なくて、名前はタボといった。腿はひどく痛むし、怒りっぽい少女と話す気分ではなかった。とはいえ、ソウェトに来て以来、本に興味を示した人間は初めてだった。彼の小屋は本でいっぱいで、近所の住人からは「変人タボ」と呼ばれていた。しかし目の前の少女は、蔑《さげす》むというよりも羨《うらや》むような様子を見せている。これはうまくいくかもしれない。

「もしおまえさんが、暴力をふるったりせずにもうちょっといい子にするなら、このタボおじさんが質問に答えてやってもいいぞ。ひょっとしたら、字の読み方だって教えてやれるかもしれん。もっといい子にすれば、だがな」

ノンベコは、前日シャワールームにいたときより、この男に対していい子にするつもりはなかったので、こう答えた。あたし、うまい具合にもうひとつハサミを持っているの。できることなら、このハサミは、タボおじさんの腿に使わずに、大事にとっておきたいわ。でも、おじさんがおとなしくして、あたしに読み方を教えてくれたら、そっちの腿はきっと無事よ。

タボは煙《けむ》に巻かれた気分だった。俺は、ひょっとして脅されたのか？

＊＊＊

けっしてそうは見えなかったが、タボは金持ちだった。生まれたのは、東ケープ州ポートエリザベスの港の防水シートの下だった。6歳のとき、母親が警察に連行され、二度と帰ってこなかった。父親は、息子は十分にひとり立ちできる年だと考えた。自分がいまだに自立のじの字もない暮らしをしているくせにだ。

「ひとりでもたくましく生きていくんだぞ」それが、父が残した人生最大の教訓となった。父は息子の肩を叩くとダーバンへ向かい、行き当たりばったりの銀行強盗のすえに撃たれて死んだ。

6歳の息子は、港で盗みを働いて生き延びた。大人になれたとしても、母親のように逮捕されて刑務所行きがいいところ、悪ければ父親のように撃たれて死ぬことになるはずだった。

ところが、そうはならなかった。少年が暮らすスラムには、スペイン人の元船乗り兼料理人にして詩人が長いこと暮らしていた。その昔、12人の乗組員に、昼めしにはソネットとかいう詩じゃなくて食い物を寄こせと、海に放りこまれたのだという。

スペイン人は岸に泳ぎつき、小屋を見つけてもぐりこんだ。以来そこで、ひたすら詩を作り、そして読む日々を送ってきた。年をとるにつれてどんどん視力が衰え、焦りを覚えた彼は、タボ少年を言いくるめ、パンと交換に無理やり読み方を教えこんだ。やがてタボは、さらなるパンひと切れのために、もっぱら老詩人に詩を読んで聞かせる生活を送るようになった。詩人は今や完全に盲目となり、すっかり耄碌《もうろく》して、朝食も昼食も夕食もパブロ・ネルーダの詩以外は受けつけなくなっていた。

詩人を海に放りこんだ船乗りたちは正しかった。人は詩のみで生きてはいけない。老詩人は飢え死にし、タボは彼の遺した本をもらいうけることにした。どうせ気にする人などいない。

字が読めるおかげで、タボは港でいくつもの雑多な仕事に就《つ》くことができた。夜には詩や小説や、何より旅行記を読みふけった。16歳のとき、異性の存在に気づいた。異性が彼の存在に気づくのはその2年後のことだ。18歳になったタボが見出したある公式が、功を奏したのだ。全体の3分の1は魅力あふれる笑顔。3分の1は、大陸横断の旅（想像のなかだけのことで、実際に行ったわけではない）で成しとげたあれやこれやのでたらめ話。3分の1は、この愛は永遠だという真っ赤な嘘。

とはいえ、真に成功したのは、笑顔とでたらめ話と嘘に文学を足してからのことだった。相続した物のなかに、タボは船乗りが翻訳したパブロ・ネルーダの『20の愛の詩と1つの絶望の歌』を見つけた。そのうち「絶望の歌」は破り捨て、「20の愛の詩」を港の20人の女たちに実践して、19回の行きずりの恋を楽しんだ。20回めに失敗したのは、間抜けなネルーダが詩の最後に「私はもう彼女を愛していない、それは確かだ」とかいう一行を入れこんでいたのを、手遅れになるまで気づかなかったためだ。

数年後、その界隈ではタボがどんな人間かすっかり知れ渡り、これ以上の文学的経験は望めそうになくなった。人生の功績をどれほどひどい嘘で塗り固めても、もはや何の効果もない。どれくらいひどい嘘かといえば、レオポルド2世（第2代ベルギー国王。植民地獲得に情熱を注いだ）が、在位中ベルギー領コンゴでただ働きを拒んだ者の手足を切り落としておきながら、先住民の暮らしは安泰だと言っていた以上の大嘘だ。

そう、そのままだったら、タボは我が身に降りかかる災難をただ受け入れるしかないはずだった（偶然にも件《くだん》のベルギー王もそうだった。最初は植民地を失い、それから寵愛するフランス系ルーマニア人の愛人にむだに財産をつぎこみ、そして死んだ）。けれどもタボはまず、ポートエリザベスを出た。そしてまっすぐ北に向かい、豊満な女性が多いといわれるバソトランドへ行った。

そこには何年かとどまった。きっかけが生じるごとに村を移ったが、読み書きができるために、いつも何かしらの仕事にありつけた。しまいに、ヨーロッパからこの地に侵入し、無知な人民を支配しようと考える各国使節団との交渉役を任されるまでになった。

バソト人の首長セーイソ（英国領バソトランド第７代首長。のちレソト初代国王モショエショエ２世）は、自分の民をキリスト教徒にする意味はないと考えていた。しかし、領地を取り囲むボーア人から自由を守る必要は感じていた。そこで使節団が――タボの手引きで――聖書を配る権利と引き換えに武器を提供すると持ちかけると、首長はその機会に飛びついた。

こうして、司祭と司祭補佐からなる使節団が、バソトの人々を悪魔から救うという名目でなだれこんできた。聖書と、自動小銃と、携帯用の地雷を携えて。

武器は敵の侵入を押しとどめ、聖書は焚き火で燃やされ凍える山の住人たちを暖めた。そもそも、彼らは文字を読めなかった。そこで使節団は作戦を変え、短期間で膨大な数のキリスト教の教会を建設した。

タボは司祭の助手として雑多な仕事をこなすうち、自分なりの「御手《みて》の置き方」を考え出すと、相手を選りすぐって、しかも秘密裡に実践した。

ロマンスによる教えがうまくいかなかったのは、一度きりだった。聖歌隊にいる唯一の男が、聖歌隊にいる９人の若い女の子のうち少なくとも５人に永遠の忠誠を誓ったと、山村の住民たちに知られてしまったのだ。英国人の司祭は常々、タボはなぜ聖歌隊にいるのかと、いぶかしく思ってはいた。歌もろくに歌えなかったからだ。

司祭が５人の女の子たちの父親に知らせ、父親たちは被告を伝統に則った方式で尋問することにした。満月の夜にタボを裸でアリ塚に座らせ、5方向から槍で突くのだ。正しい月相の夜が来るまでのあいだ、タボは小屋に閉じ込められ、司祭が見張りにつくことになった。しかしある日、日射病になった司祭は、小屋を離れて川にさまよいでると、カバに救済を与えることにした。司祭が注意深くカバの鼻先にその手を置き、主イエスが汝を救いたもう――

とそこまで言ったところで、カバが口を開けて司祭を半分咬みちぎった。

司祭兼看守がいなくなると、タボはパブロ・ネルーダの助けを借りて、見張りの女に扉の鍵を開けさせ、逃亡に成功した。

「あんたとあたしのことは、どうなるのよ」タボがサバンナを必死で逃げ出すと、女が叫びながら追いかけてきた。

「私はもうきみを愛していない、それは確かだ」タボは叫びかえした。

人は、タボに神の加護があったと思うだろう。ライオンにも、ヒョウにも、サイにも、ほかの何にも出くわさずに、首都マセルまで20キロの夜道を行きおおせたからだ。マセルに着くと、タボはセーイソ首長の顧問の職に応募し、彼を覚えていた首長に喜んで迎えられた。首長は、高慢で横柄な英国人相手に独立交渉をしていたが、話し合いはもめていた。そこへタボが加わり、もしそっちの紳士がたがどこまでも意固地を通すと言うなら、バソトランドはコンゴのジョセフ・モブツに助けを求めるつもりだと言った。

英国人たちは顔を引きつらせた。ジョセフ・モブツだと？　先だって、世界に向けて改名を考えていると宣言したあの男？　〈忍耐と不屈の闘志により勝利の道をひた進み炎の足あとを残す全能の兵士〉を意味する名前に変えると言った、あの？

「まさに、その男だ。俺がとくに仲良くしている親友だよ。めんどうだから、ただジョーと呼んでいるがな」

英国の代表団は、別室でちょっと相談させてほしいと言ってきた。結局、この地域に必要なのは平和と安泰で、全能の兵士を自称する物騒な人間などではないという点で意見が一致した。英国人は交渉のテーブルに戻ると言った。

「じゃあ、独立ってことで」

イギリス領バソトランドはこうしてレソト王国となり、セーイソ首長はモショエショエ２世となった。タボは王のお気に入りとして王族同様の扱いを受け、国内でもっとも重要な採掘場で採れたダイヤモンドの原石を袋いっぱい与えられた。その値打ちたるや、万金に値した。

けれどもある日、タボは姿を消した。その見事な先制から24時間が過ぎ、すでに追跡不能となったところで、王の妹と、王がこの上なくかわいがっている可憐なるマセーイソ王女の妊娠が発覚した。

黒人で、半分歯抜けの汚らしい人間が、１９６０年代の南アフリカで白人社会に溶けこむのは、どう想像力を広げたところであり得ない話だった。ゆえに、旧バソトランドでの不幸な事件の後、タボは慌てて一番近くの宝石商へ行き、手持ちのダイヤモンドの原石のうち半端な石を金《かね》に換えると、すぐさまソウェトへ向かった。

そしてB地区で空き家の掘っ立て小屋を見つけると、引っ越した。札束は靴に隠し、ダイヤモンドの半分は土の床を掘って埋めて踏み固めた。残りは、抜けた歯の隙間にはめこんだ。

　できるかぎり多くの女性と多すぎるほどの約束を交わすその前に、まずは小屋をこぎれいな緑に塗ることにした。ご婦人がたはこの手のものに弱いからだ。さらにはリノリウムを買ってきて床に敷きつめた。

　タボはソウェトじゅうの街角で女性という女性を口説いて回ったが、しばらくして、自分の小屋の近所では控えることにした。そうすれば、合間に外に座って、余計なことに煩わされずに本を読める。

　読書と女を口説く以外は、もっぱら旅行を楽しんだ。年に2回、アフリカじゅうをあちこち旅して回る。そこで新たな人生経験をし、本を手に入れるのだ。

　金に困っているわけではないが、タボは毎回必ず自分の掘っ立て小屋に帰った。何しろ家のリノリウムの床下30センチには、財産の半分が埋まっている。タボの下顎《あご》の状態はまだまだ良好で、残りのダイヤを全部はめこむには隙間が足りなかった。


　数年が過ぎると、やがてソウェトの住人たちはひそかにこう言い合うようになった。本なんか持ってるあの変人は、いったいどこから金を手に入れているんだ？

　これ以上疑われないよう、タボは仕事を探すことにした。一番手っ取り早いのは、週に数時間汲み取りの仕事をすることだった。

　ほとんどの同僚は若く、アルコール依存症で、未来がなかった。子供も何人かいた。そのひとりが、タボの腿にハサミを突きたてた13歳の少女だ。たまたま、まちがったシャワー室のドアを開けてしまっただけなのに。いや実際は、あれは正しいドアだった。早とちりしたのは、少女のほうだ。若すぎる。膨らみもくびれもない。タボのためになるものは何もない。よほど切羽詰まっていれば別だが。

ハサミの一撃は痛かった。その主が今、タボの小屋の外に立って、字の読み方を教えてほしいと言っている。

「喜んでと言いたいところだが、明日から旅に出るんでな」タボは言った。頭のなかでは、今口にしたとおりのことをするのが、たぶん一番面倒がないと考えた。

「旅？」生まれて13年、一度もソウェトの外に出たことのないノンベコが言った。「どこに行くの？」

「北だ」タボは言った。「あとのことは、行ってから考えるさ」

＊＊＊

タボの留守のあいだに、ノンベコは14歳になり、昇進した。そしてただちに、責任者という立場を最大限に活用し、作業手順の工夫に取りかかった。担当地区を地理や評判ではなく人口統計を基に区分けし、汲み取り場所のルートを効率化した。

「30パーセントの業績アップだ」ノンベコの前任者が賞賛の声をあげた。

「30・2パーセントよ」ノンベコが言った。

必要なところにはしっかり使い、むだを省いた結果、予算が余り、新しい洗浄・消毒装置を4機購入できることになった。

14歳のノンベコは、彼女を取り巻く男たちが日々使う言葉を考えると、実に巧みに話をすることができた（ソウェトの汲み取り労働者と話してみれば、彼らの使う言葉の半分は文字にするのに不適切で、あとの半分は思い浮かべるのすら不適切だとわかるだろう）。言葉や文章を筋道立てて考える彼女の能力は、一部は生まれついてのものだった。加えて、処理場の事務所にはラジオがあった。ノンベコは幼いころから、事務所に行くと決まってすぐにスイッチを入れて、トーク番組にチャンネルを合わせて聞き入った。話の内容だけではなく、話のされ方にも興味があった。

週に1度の「アフリカの展望」を聞いて、ノンベコは初めてソウェトの外の世界に思いを至らせた。ソウェトより美しいとか、未来があるとは限らないとしても、少なくともそこはソウェトの外なのだ。

当時、アンゴラは独立を果たしたばかりだった。ＰＬＵＡ（アンゴラ統一アフリカ闘争党）とＰＣＡ（アンゴラ共産党）が統合してＭＰＬＡ（アンゴラ解放人民運動）を結成し、ＦＮＬＡ（アンゴラ民族解放戦線）とＵＮＩＴＡ（アンゴラ全面独立民族同盟）と共闘して、アフリカ大陸でこの地を発見したことをポルトガル政府に後悔させた。ちなみに、４００年にわたる統治のあいだ、大学のひとつも建てることができなかった政府である。

ノンベコは苛立った。文字の組み合わせがいくつも出てきたが、どれが何をしたのか、まったく話についていけないからだ。しかし、なんであれ、その結果は「変化」らしいということはわかった。「食べ物」と並んでノンベコが好きな言葉だ。

一度、何かのはずみで、同僚たちの前で自分の意見を口にしたことがあった。この「変化」は、自分たちにとっても意味があるものかもしれない、と。けれども彼らは、所長が政治の話をしたと文句を言った。一日じゅう、クソを「運ぶ」だけで十分だっていうのに、そのうえさらに「聞かされる」なんて勘弁してくれ、というわけだ。

し尿処理場の責任者としてノンベコに課せられた仕事は、どうしようもない汲み取り労働者連中を取りまとめること、それに加えてヨハネスブルク市衛生課のデトゥエィ補佐官の相手をすることだった。その日、ノンベコを所長に任命してから最初の訪問で、補佐官は深刻な予算の問題により、新しい消毒装置は1機買うのがやっとだ、４機などとんでもないと言い渡した。ノンベコは、ちょっとした復讐をすることにした。

「話は変わりますけど、補佐官は、タンザニアにおける展開をどうお考えですか？　ジュリウス・ニエレレの社会主義実験は崩壊しようとしているようですけど」

「タンザニア？」

「ええ、現在の穀物不足量はおそらく１００万トンにのぼろうとしています。問題は、もし国際《I》通貨《M》基金《F》の支援がなければ、ニエレレはどうしたかということです。それとも、補佐官はもしかして、ＩＭＦの関与やそれ自体に問題があるというお考えですか」

これを言ったのは、学校に行ったこともなければ、ソウェトの外に出たこともない少女だった。言われたのは当局の役人である補佐官だ。大学も出ている。そしてタンザニアの政情については何も知らない。少女の質問は、もともと白い補佐官の顔を幽霊並みに白くした。

デトゥエィは14歳の文盲に恥をかかされたうえ、衛生課の財政に関する書類を突き返された。

「ところで、補佐官、これはどうやって計算したのかしら？」ノンベコは、数字の読み方は独学で習得していた。「どうして目標値を掛け合わせちゃったの？」

文盲のくせに、数学ができるのか。

補佐官は少女を憎んだ。
彼ら全員を憎んだ。

＊＊＊

数ヶ月後、タボが帰ってきた。最初に気づいたのは、ハサミ少女が自分の上司になっていたことだった。しかも、すっかり成長してるじゃないか。膨らみも、くびれもできはじめてるぞ。

歯抜け男は、激しく葛藤した。本能は、隙のある笑顔と語りの技術とパブロ・ネルーダの力を信じろと言い、また一方、彼女は上司だと諫《いさ》める気持ちもあった。それにあのハサミの記憶。

タボは注意深く行動することにして、手始めにこう言った。

「さて、そろそろおまえさんに字の読み方を教えてやろうか」

「やった！　今日の仕事が終わったら、さっそく始めるわよ。あたしたち、あなたの小屋に行くわ。あたしとハサミとでね」ノンベコは言った。

タボは有能な教師だった。ノンベコも覚えが早い生徒だった。３日め、ノンベコはタボの小屋の外で、棒切れを使って泥にアルファベットを書けるようになった。５日めには、単語を綴《つづ》るところから文章を書くまでになった。初めは、正しく書けるよりまちがえることのほうが多かった。それが２ヶ月後には、正しく書けることのほうが多くなった。

勉強の合間の休憩中には、タボは旅での経験をノンベコに語って聞かせた。ノンベコはすぐに気づいた。本当の話はせいぜい一部で、そこにでたらめと嘘という2種類の作り話が混ざりこんでいる。でも、それでいいと思っていた。自分の現実だけでも十分に悲惨なのだ。本当の話なんてそれ以上聞かなくてもかまわない。

　タボが最近行ったのはエチオピアで、皇帝を退位させてきたのだという。ユダ族のライオン、神の選びし者、王のなかの王だ。

「ハイレ・セラシエね」ノンベコが言った。

　タボは答えなかった。聞くより話すほうが好きなのだ。

　皇帝は、ラスタファリ運動という包括的宗教の預言された救世主として、とりわけ西インド諸島では崇《あが》められていた。その皇帝の廃位に、世界じゅうで信徒たちが困惑し、麻薬をくゆらせ、嘆いていた。タボは、この話はいかにもそそるので、いざ前進というときのために取っておくことにしていた。

　ノンベコは、この劇的な事件の政治的背景については尋ねないことにした。どうせタボは何も考えていないとわかっていたし、質問しすぎて楽しみを台無しにしたくなかった。

「それから？」代わりに促した。

　タボは、どうやらうまくいってるらしいぞ、と思い（なんたる勘違い）、少女に1歩にじり寄って、話を続けた。この旅からの帰り道、キンシャサに立ち寄ってモハメド・アリを助けたんだ。無敵のジョージ・フォアマンを倒したヘビー級の試合、あの「キンシャサの奇跡」の前に。

「すごい、わくわくする話ね」ノンベコは、作り話だとわかっていたがそう言った。

　タボはその言葉に満面の笑みを見せ、ノンベコはタボの歯のあいだにきらりと光る輝きを見た。

「それが実は、助けを求めてきたのは無敵のフォアマンのほうだったんだ。だが俺の気持ちとしては……」そう言って始まったタボの話は、８ラウンドでフォアマンがノックアウトされ、アリが親友タボの貴重な支援に感謝したところまで延々と続いた。

「そういえば、アリの奥さんは、いい女だった」

「アリの奥さん？　まさかと思うけど、おじさんたら……」

タボが声を出して笑うと、顎がかちかち音を立てた。それからさっとまじめな顔になり、さらにノンベコに近づいてきた。

「ノンベコ、ずいぶんきれいになったじゃないか。アリの奥さんなんかより、ずっときれいだよ。なあ、俺といっしょにならないか。いっしょにどこかへ引っ越そう」

タボはそう言うと、ノンベコの肩に腕を回した。

ノンベコにとって、「どこかへ引っ越す」という言葉はとても魅力的に響いた。本当にどこかへ行けるなら。それでも、このスケベ男はごめんだった。今日の授業はこれで終わり。ノンベコはハサミを、この前とは反対の腿に突きたてて立ち去った。

翌日、ノンベコは再びタボの小屋を訪れると、今日は仕事にも来なければ、連絡も寄こさなかったじゃない、と言った。

タボは、腿がひどく痛むせいだと答えた。とくにこっちの片方がな。ノンベコ所長はその理由をご存知かもしれないですがね。

もちろん、ノンベコは知っていた。もっとひどいことになったかもしれないくらいだ。もし次があったら、腿ではなくその真ん中についているものに、ハサミを突きたててやるつもりだ。それもこれも、タボおじさんがこの先お行儀よくできるかどうか次第。

「それと昨日、あなたがその汚い口に何を入れているか、この目で見たし、音も聞いたわよ。もし、今すぐ心を入れ替えなかったら、そのことをあらんかぎりの人に言いふらしてやる」

タボは慌てた。隠し財産がダイヤモンドだと知れ渡ったりしたら、たちまち命を奪われかねない。

「何が望みだ」タボはみじめな声で尋ねた。

「ここにある本に書いてあることを、自分でも書けるようになりたいの。いちいちハサミのお世話にならずにね。あたしみたいに、口に歯以外のものが詰まっていない人間には、ハサミだって高価なのよ」

「もう帰ってくれ」タボは言った。「ほっといてくれたら、ダイヤを1個やってもいい」

これまではこの手の賄賂《わいろ》で切り抜けられたかもしれないが、今度はそうはいかなかった。ノンベコは、ダイヤを要求するつもりはなかった。自分のものではないものは、自分のものではないのだから。

それからずっと後になって、地球上のまったく別の場所で、人生とはそんな単純なものじゃないとわかることになる。

＊＊＊

皮肉なことに、タボの人生を終わらせたのはふたりの女だった。ふたりは、ポルトガル領東アフリカで育ち、白人農場主を殺しては金を盗んで生計を立てていた。この仕事は、内戦が続いているうちはうまくいっていた。

しかし独立が果たされ、国の名前がモザンビークに変わると、残っていた農場主たちは48時間のうちに出国してしまった。女たちは、代わりに羽振りのいい黒人を殺すしかなくなったが、これはビジネスとしてはあまりよいやり方ではなかった。盗みを働くに値する財産を持つ黒人は、ほとんどが現政権を握るマルクス・レーニン主義者たちで、ふたりはじきに指名手配され、新国家の恐るべき警察権力に追われる身となった。

　ふたりが南へ逃亡したのは、そういうわけだった。そして、格好の潜伏先であるヨハネスブルク市ソウェトへと行き着いた。

　南アフリカ最大の貧民街の利点が人混みに紛れこめること（黒人に限る）であるとしたら、欠点は、80万人いるソウェト地区全体の住人たち（タボを除く）の全財産をあわせても、ポルトガル領東アフリカの白人農場主ひとりの財産より少ないことだった。しかし女たちは、色とりどりの錠剤を飲みくだして、大量殺人へと出かけていった。じきにB地区に行きつくと、汲み取り場の裏にずらりと並ぶ錆《さ》びた茶色や灰色の掘っ立て小屋のなかに、ひとつだけ緑の小屋があるのに気がついた。掘っ立て小屋を緑（でも何色でも）に塗るような人間は、まちがいなく金が余っている。女たちはそう考え、真夜中に小屋へ押し入ると、タボの胸にナイフを突きたて、ねじこんだ。数多《あまた》の女たちに胸も張り裂けんばかりの思いをさせてきた男は、最期に自分の胸が張り裂けたのである。

　男が死ぬと、ふたりは小屋じゅうに積まれたクズみたいな本をくまなくあさって、金を探した。今度ばかりは、どんな馬鹿を殺してしまったものやらと思いながら。

　しかしようやく、男の靴の片方から札束を見つけだし、もう一方からもひと束見つけた。そして、なんとも軽率なことに、小屋の外に座って山分けを始めた。グラス半分のラム酒と錠剤の飲み合わせのせいで、ふたりは時間と場所の感覚を失っていた。たまたまその日見回りに来ていた警察が通りかかったときにも、まだにやにや笑いながら座っていた。

女たちは逮捕され、南アフリカの刑務所で30年の禁固刑に処された。ふたりが数えようとしていた札束は、捜査の早い段階でどこかへ消えた。タボの死体のほうは、翌日まで殺された場所にほったらかしにされた。南アフリカの警察では、黒人の死体があがったときには、できるかぎり次のシフトに始末を押し付けるのがひとつの娯楽になっていた。

ノンベコは、その夜、処理場の反対側で騒ぎが起きているのに気づいて、目が覚めた。外に出て、おおよそ何が起きたのかを悟った。

警察が犯人を連れ、タボの金を持ち去った後で、ノンベコは彼の小屋に入った。

「とんでもない人だったけど、ホラ話は楽しかったわよ。もう顔を見られないのは残念ね。少なくとも、本はもっと見たかった」

ノンベコはそう言うと、タボの口からダイヤモンドの原石を14個取り出した。ちょうど、抜けた歯の隙間にぴったり入る数だった。

「14の隙間、14のダイヤモンド」ノンベコは言った。「ちょっとできすぎね、そうじゃない？」

タボは答えなかった。しかしノンベコは床のリノリウムをはがすと、地面を掘り始めた。

「だと思った」探していたものを見つけて、ノンベコはつぶやいた。

その後、水とぼろ布を持ってきてタボの死体をきれいにすると、小屋から運びだし、唯一持っていた白いシーツを遺体にかけてやった。こんな男でも、最期は少しくらい尊厳が必要だ。多くはいらない。でも、少しくらいは。

ノンベコはすぐに、タボのダイヤモンドを一着だけ持っている上着の縫い目に縫いこんだ。それからベッドに戻った。

　し尿処理場の所長は、翌日寝坊したことにして仕事に遅刻した。やらねばいけないことが山ほどあった。ようやく出勤すると、汲み取り労働者が勢ぞろいし、その朝3杯めのビールを空けているところだった。というより、2杯めですでに仕事そっちのけで座りこみ、自分たちよりインド人のほうが劣った人種だと言い合っていた。とくに調子のいい男が、あいつら、掘っ立て小屋の天井の雨漏りを段ボールで直そうとしたりするんだぜ、と話していた。

　ノンベコは話を遮ると、空になっていないビール瓶を集めて言った。

「あたしの部下たちの頭には何も入ってないんじゃないかって疑いたくなるわ。せいぜい入っていたとしても、あんたたちが汲み上げておくはずだった桶の中身くらいね。まさかあんたたち、頭の悪さは人種に関係ないってわからないほど、頭が悪いわけじゃないわよね？」

　調子のいい男が言い返した。所長にはわからないかもしれないが、人は朝っぱらから75杯も汲み取り桶を運んだら、静かにのんびりビールの一杯も飲みたくなるものだ。そのうえ、人間はみんな同じだ、平等だなどとくだらない説教を聞かされるのはごめんだ。

　ノンベコは返事代わりに、男の額にトイレットペーパーを投げつけてやろうかと思った。しかしそれではトイレットペーパーがもったいない。だからただ、仕事に戻るよう命じた。

　それから、自分の掘っ立て小屋に帰り、今一度、つぶやいた。「あたし、ここで何をしているんだろう？」

　ノンベコは、明日、15歳になる。

＊＊＊

15歳の誕生日に、ノンベコはヨハネスブルク市衛生課のピィト・デトゥエィと話し合いをした。日程は前もって決めていたので、今度は彼も準備万端だった。計算書は細かいところまで目を通してある。これでもくらえ、12歳め。

「B地区は11パーセントの予算オーバーだ」デトゥエィは言った。そして読書用メガネのレンズ越しにノンベコを見た。本当はメガネなど必要ないのだが、かけていると少しは年上に見える。

「B地区はそんな無駄遣いはしていないわ」ノンベコは言った。

「僕がB地区は11パーセントの予算オーバーだと言えば、そうなんだ」デトゥエィは言った。

「だったら、あたしが補佐官は自己流でしか計算ができないと言えば、そうなのよ。ちょっと待って」ノンベコはそう言って補佐官の手から計算書を取ると、数字に目を走らせ、20列めを指した。

「ここは交渉して、超過分というかたちで実質的に値引きしてもらったの。あんたの空想の定価じゃなく、値引き後の実際の単価で計算したら、その謎の11パーセントは消えてなくなるわよ。それから、足し算と引き算もこんがらがってる。あんたが言うとおりに計算したら、逆に予算を11パーセント下回ることになるわ。でも、どちらにしろ間違いに変わりはないけど」

　デトゥエィの顔は真っ赤になった。この娘、自分の立場がわかっているのか？　何が正しくて何がまちがっているかを決めるのは、お前じゃない。彼はこれまで以上に少女を憎らしく思ったが、言い返す言葉を思いつかなかった。それでただこう言った。「課のほうで、おまえの話が出ていたぞ」

「そう、それで？」ノンベコは言った。

「おまえは非協力的だと思われている」

ノンベコは、自分は前任者と同じようにクビにされそうなのだとわかった。

「そう、それで？」ノンベコは言った。

「配置換えになるかもしれないな。万年汲み取り仕事に逆戻りだ」

ということは、前任者よりもましな条件だ。ノンベコは、今日はとくに補佐官の機嫌がいいのだろうかと不思議に思った。

「そう、それで？」ノンベコは言った。

「その『そう、それで』以外に、言うことはないのか？」補佐官は声を荒らげた。

「そうね、デトゥエィさんにデトゥエィさんがどんなにバカかは言いたいかも。でも、それを理解してもらうのは不可能に近いわね。何年も汲み取り労働者といっしょに働いていたから、よくわかっているの。バカならここにも何人もいるから、そのつもりでいて。あたしはもう出ていくわ。あんたとも二度と会わずにすむしね」ノンベコはそう言って、言ったとおり出ていった。

ノンベコが一気にまくしたてて行ってしまったので、デトゥエィは言い返す暇もなかった。かといって、掘っ立て小屋を探し回るなんてごめんだ。自分がこの仕事に就いているかぎり、あいつは結核か、薬物か、ほかの文盲にやられるかして死ぬまでは、せいぜいここのゴミに身を隠しておくがいい。

「ふん」デトゥエィは言い、父親が雇ったボディガードにうなずいた。

文明社会に帰る時間だ。

補佐官との会話でノンベコが失ったのは、責任者としての地位だけではなかった。大したものではないとはいえ、仕事もそうだし、それをいうなら、最後の給料もだった。

リュックサックにわずかばかりの持ち物を詰めた。着替えひと組と、タボの本を3冊、小銭ばかりの有り金をはたいて買ったレイヨウの干し肉を20切れ。

本はすでに読んだもので、そらで覚えていた。それでも、本には何かしらの喜びがあった。その存在自体に共感を覚えるという意味では、汲み取り労働者仲間と同じだった。ただし正反対の意味で、ではあるが。

外は暮れかかり、空気が冷たかった。ノンベコは一着きりの上着を着込むと、ひとつきりのマットレスに横になり、1枚きりの毛布をかぶった（1枚きりのシーツはつい最近、埋葬用に使ってしまった）。明日の朝にはここを出よう。

そのとき、どこへ行けばいいかひらめいた。

昨日、新聞で読んだ場所だ。プレトリア（南アフリカの政治的中心地のひとつ）のアンドリース通り75番地。

国立図書館。

そこはたしか、黒人立ち入り禁止区域ではないはずだ。少し運がよければ、中に入れるだろう。入って何をするか、本の香りをかいで眺めを楽しむ以外のことは思いつかなかった。でも、それが始まりになる。文学はきっと自分を前に進ませてくれる。

そう確信して、ノンベコは眠りについた。5年前に母親から受け継いだ掘っ立て小屋で過ごす最後の夜。顔には笑みが浮かんでいた。

ノンベコの人生で初めてのことだった。

朝が来ると、ノンベコは出発した。前に続く道は短くはない。初めてソウェトを出て、90キロもの道を行くのだ。

6時間ほど歩き続け、90キロのうち25キロを過ぎたあたりで、ヨハネスブルクの中心地に着いた。まるで別世界だ！　まわりはほとんどが白人で、みんなピィト・デトゥエィにそっくりだった。ノンベコは興味津々であたりを見回した。ネオンサインや信号機があり、喧騒に満ちている。ぴかぴかの新しい車や新型車など、見たこともないものばかりだった。さらに見ようと振り向いたところに、1台の車が歩道に乗りあげ、スピードをあげてまっすぐこちらへ向かって走ってくるのが見えた。

かっこいい車だな、と思う時間はあった。

でも、よける時間はなかった。

＊＊＊

技術者のエンゲルブレヒト・ファン・デル・ヴェストハイゼンは、クォーツ通りにあるヒルトンプラザホテルのバーで午後を過ごした。それから、最近購入したオペル・アドミラルに乗りこむと、北に向かって走りだした。

しかし、体内に1リットルのブランデーを取りこんでおいて、車の運転が簡単なわけはない。ひとつめの交差点にも行かないうちに、蛇行運転のオペルは歩道に乗りあげ、そして——クソ！　今、黒人《カフィル》を轢《ひ》かなかったか？

技術者の車の下敷きになった少女の名前は、ノンベコ。し尿処理場の元所長だった。15年と1日前に、南アフリカ最大の貧民街にあるブリキ板の掘っ立て小屋でこの世に生を受けた。酒とシンナーと薬物に囲まれ、わずかのあいだ生きたら、ソウェトB地区の処理場の泥に埋もれて死ぬものと思われていた。

それらすべてのものから、ノンベコは脱け出してきた。最初で最後のつもりで、自分の掘っ立て小屋を後にしたのだ。

それが、ヨハネスブルクの中心地に来ただけで途絶えてしまうなんて。オペル・アドミラルの下敷きになって、みじめな姿で。

これで終わりなの？　ノンベコは、遠のく意識のなかでそう思った。

しかし、終わりではなかった。

2　地球の反対側で、すべてがひっくり返るに至るまでの話

15歳の誕生日の翌日、ノンベコは車に轢《ひ》かれた。しかし死ななかった。それはよかったともいえるし、悪かったともいえる。ただ事態は何よりおかしなほうへと進みだしていた。

この先何年かのあいだ、ノンベコは数人の男とかかわることになるのだが、はるか９６００キロメートル彼方《かなた》、スウェーデンのセーデルテリエに暮らすイングマル・クヴィストはそのなかに入ってはいない。それでもやはり、彼の運命が彼女を強く引き寄せたことはまちがいなかった。

イングマルが正気を失ったのがいつかは、正確にはわからない。ただ、いつしかそうなっていた。はっきりしているのは、１９４７年の秋には、すでにその兆候はあらわれていたということで、さらにイングマル本人も妻も、まったく気づいていなかったということだった。

イングマルとヘンリエッタが結婚したのは、世界じゅうで戦争が続くさなかだった。ふたりは、ストックホルムからおよそ30キロ南西に行ったセーデルテリエ郊外の森にある、小さな農地で暮らしはじめた。

イングマルは下級公務員で、ヘンリエッタは工場から裁縫の仕事を請けおって内職していた。

ふたりが出会ったのは、セーデルテリエ地方裁判所第二法廷だった。イングマルは、ヘンリエッタの父親と係争中だった。ある日の夜中、イングマルはスウェーデン共産党の集会場の壁一面に、ひと文字1メートル四方で「国王陛下万歳！」と落書きをした。共産主義と王室は、通常手に手を取り合

う関係ではない。翌日明け方にセーデルテリエ共産党の幹部であるヘンリエッタの父親がその落書きを発見し、当然大騒ぎとなった。

　イングマルは、速やかに身柄を拘束された――速やかすぎるくらいだった。というのも、そのいたずらの後、イングマルは警察署からそう遠くない公園のベンチで寝てしまったからだ。手にはペンキと刷毛《はけ》を持ったまま。

　その法廷で、被告のイングマルと原告の娘であるヘンリエッタのあいだに、電流が走ったのである。ヘンリエッタが禁断の果実に誘惑されたという面もひとつにはあった。しかし何より、イングマルのみなぎる生命力が、父親とは正反対だったからだ。ヘンリエッタの父は、世界が地獄に落ちたら、ここセーデルテリエだけでも自分と共産主義が取ってかわろうと、うろうろ待っているだけの男だった。もともと革命主義者ではあったが、１９３７年4月7日に、自分が第９９９９９９号国家無線免許取得者となる書類に署名をしていたとわかって以降は、辛辣《しんらつ》さと暗い思想も兼ね備えた人間になった。次の日、３２０キロほど離れたフーディクスヴァルに住む仕立て屋の男が、第１０００万号免許の書類に署名したとして、祝福された。その仕立て屋は有名になったばかりでなく（なんとラジオに出演した！）、６００クローナ相当の銀の記念トロフィーまで授与された。それにひきかえ、ヘンリエッタの父が得たものといえば、浮かない表情だけだった。

　父がこの出来事から立ち直ることはついぞなかった。もともと欠けていたユーモアのセンスをいっさい失っていたので、共産党集会所の壁にグスタフ5世を称《たた》える落書きがされて、黙っていられるわけがなかった。自ら法廷に立って党側の申し立てを主張し、イングマル・クヴィストに禁固18年の刑を求めた。しかし判決は、15クローナの罰金刑だった。

ヘンリエッタの父の不運は、とどまるところを知らなかった。最初は無線免許。そしてどちらかといえば失望に終わった地方裁判所での裁判。そのせいで娘が君主主義者の手に落ちたこと。そしてもちろん、いつでもうまいこと窮地を切り抜けているように思える、あのいまいましい資本主義というやつ。

ヘンリエッタがイングマルとの結婚式を教会であげると決めるに至って、この共産党幹部は、今後いっさい娘との縁を切ることにした。それが理由で夫との縁を切ったヘンリエッタの母親は、セーデルテリエ駅でドイツの大使館付き武官と新たな出会いがあり、戦争が終わる直前に彼とともにベルリンへ移住し、以後消息不明となった。

ヘンリエッタは、できることならなるべくたくさん子供がほしいと思っていた。イングマルも基本的にはそれがいいと思っていた。なんといっても、子作りの過程がいい。初めてしたときのことが思い出される。裁判の2日後、場所はヘンリエッタの父親の車の後部座席。あれはすばらしかった。ただその後で、つけを払わされることにはなった。未来の義理の父親にセーデルテリエじゅうを追い回されているあいだ、伯母の家の地下室に身を潜めていなければならなかった。使用済みのコンドームを車に忘れたりしてはいけなかったのだ。

まあ、すんだことはすんだことだ。それにとにかく、イングマルがたまたまアメリカ兵宛てのコンドームが入った箱を見つけたのは、天からの恵みだった。物事というのは、正しい順番で行えば間違いがないものだからだ。

しかしイングマルはそれを、自分自身が出世し、家族を養えるようになるという意味で言っているのではなかった。勤務先はセーデルテリエ郵便局だが、イングマル自身は好んで「王立郵便局」と呼んだ。給料は平均的で、この先昇給できない見込みならばふんだんにあった。

ヘンリエッタは器用で仕事も早かったので、縫製の内職でイングマルの倍ほどの稼ぎがあったし、大口の得意先もついていた。イングマルさえいなければ、家計には十分余裕があるはずだった。ところがこの夫は、妻がやっとの思いで貯めたお金をむだに使う才能にだけは長《た》けていた。

たしかに、子供を持つのはすばらしい。しかし、イングマルには果たすべき人生の使命があり、それには集中する必要があった。使命を果たすまでは、本筋以外の副次的案件が入りこむ余地はない。

ヘンリエッタは夫の言葉選びに抗議した。子供はそれ自体が人生で未来だ——副次的案件などではなく。

「そんなふうに思っているなら、大事なアメリカ兵のコンドームの箱でも抱いて、キッチンのソファで寝てちょうだい」

イングマルは決まり悪げに体を揺すった。もちろん、子供が「本筋以外」だって意味じゃないよ。ただ……そう、君もわかっているだろう？　国王陛下の問題さ。まずそれを最初に片付けてしまおうってだけだよ。永遠にかかるわけじゃない。

「ねえ、かわいいヘンリエッタ。今晩はいっしょに寝られないかな？　将来のために少し練習を積んでおくのもいいだろう？」

ヘンリエッタの心は、すっかりとろけてしまった。いつもその繰り返しだった。今までも、この先もずっと。

イングマルが言う人生の使命とは、スウェーデン国王と握手をすることだった。初めはただの希望だったが、次第にそれは目的になった。すでに述べたように、どの瞬間にその考えに取り憑《つ》かれたのかを特定するのは難しい。それよりは、そもそもすべてがいつ、どのように始まったかを説明するほうが簡単だろう。

1928年6月16日土曜日、グスタフ5世（ベルナドッテ王朝第5代国王。テニスが得意。男色傾向があった）国王陛下は70歳の誕生日を迎えた。14歳のイングマル・クヴィストと両親は、ストックホルムの宮殿の外でスウェーデンの国旗を振り、それからスカンセン野外博物館にクマやオオカミを見に行くことにした。

ところが、予定が少し変わった。宮殿周辺の人出が多すぎたため、一家は数百メートル離れたパレード道路沿いで、王とヴィクトリア王妃が王室用の幌なし馬車で通るのを待つことにした。

実際そうしてみると、そこはイングマルの両親が思っていたよりずっといい場所だった。クヴィスト家の横にいたのは、花束を持ったルンツバリス寄宿学校の生徒20名だった。ルンツバリスにはグスタフ・アドルフ王子が在学していて、国王から特別な寄付を賜《たまわ》っていた。彼らはその感謝の意を伝えるために待っていたのである。馬車はそこで停まり、下車された国王陛下が花束を受け取って、子供たちに礼を言うことになっていた。

予定どおり、王は花束を受け取った。しかし、再び馬車に乗りこもうと振りむいて、踏み台に足を乗せたとき、王はイングマルに気がついた。そして足を止めた。

「なんと、美しい子供よ」王は言い、2歩少年に近づくと、髪をくしゃっと撫でた。「ああそうだ――ほら、これをあげよう」王は内ポケットから今日の特別な日を祝して発行された記念切手のシートを取り出した。

シートをイングマル少年に渡すと、王は笑顔で言った。「食べてしまいたいくらいだ」そして今一度髪を撫でると、馬車の上から怒りのまなざしを向ける王妃の隣に乗りこんだ。

「イングマル、ありがとうは言ったの?」母親は、王がわが子に触れ、贈り物までくれたことに呆然としていたが、われに返ってそう言った。

「う、ううん」イングマルは、切手を手に立ちつくし、へどもどと答えた。「何も言えなかった。王様はなんというか……立派すぎて、話せなかった」


切手はもちろん、イングマルの一番の宝物となった。2年後、彼はセーデルテリエ郵便局で働きだした。経理課で一番の下層職員の位置から始めて、16年後の今、まったくどこにも上りついていない。

イングマルは、背が高く堂々とした王を心の底から誇りに感じていた。日々、グスタフ5世は、イングマルが仕事で扱う切手の一枚一枚から威厳に満ちた目をこちらに向けてきた。イングマルは、経理課職員の義務でもないのに王立郵便局の品位ある制服に身を包んで席に着き、畏れ多い気持ちと敬愛をこめて王のその目を見つめ返していた。

ただ問題がひとつあった。王はこちらを見ていても、イングマルを見てはいなかった。どれほど忠実な愛をこの目にこめても、王が見てくれないのであれば意味はない。イングマルは、王の目を直接見返したくて、いても立ってもいられない気持ちになった。14歳のあのときに「ありがとう」を言えなかったことを、謝りたかった。永遠なる忠誠を、伝えたかった。

「いても立ってもいられない」、まさにその通りだった。日に日に思いは募っていった。王の目を見つめ返したい、王と話したい、王と握手をしたい。

ますます、思いは募った。

そしてさらに募っていった。

王は、すでにかなりのご高齢。手遅れになる日も遠くないかもしれない。イングマル・クヴィストはこれ以上、王がセーデルテリエ郵便局に行進してくる日を待っているだけではいけないと思った。何年も見るだけだった夢から、今こそ覚めるときなのだ。

王は、イングマルを探し出してなどくれない。

イングマルが、王を探し出す以外に道はない。

子供は、その後で作ることにしよう。イングマルはヘンリエッタにそう約束した。

＊＊＊

クヴィスト家のみじめな生活は、さらに悪化の一途をたどっていた。一家の金は、王に会いたいというイングマルの企てのために消えていく一方だった。王に本気のラブレターを何通も書き（切手は不必要な額を何十枚も貼った）、電話をし（当然、気の毒な王室秘書より先へ取りつがれることはなかった）、王がお気に入りのスウェーデン産の銀製品を贈った（これは、王家に届く贈り物記録係の、正直とはいいがたい5人の子持ちの男を助けることになった）。これらに加え、テニスの試合を初め、王が参席する可能性のあるほとんどすべての行事に通いつめた。当然、膨大な交通費と入場料がかかっていたわけだが、そのわりに愛する王とはちらりとも会えずじまいだった。

家計が強化されないのは、ほかにも理由があった。思い悩んだヘンリエッタが、同じように悩みを持つほとんどの人にならって、強いタバコを1日に1箱ないしそれ以上吸うようになったのだ。

郵便局のイングマルの上司は、君主制やらその利点やらについてアホらしい話を聞かされるのに、心底うんざりしていた。そのためクヴィスト下級職員から休暇の申請があったときには、理由もろくに聞かないうちに即刻許可を出すのが常だった。

「ええと課長、たった今から2週間ほど休みをいただくのは可能でしょうかね？　というのも——」

「許可する」

職場では、イングマルは名前ではなく頭文字で呼ばれるようになっていた。先輩や同僚たちのあいだで、彼は「ＩＱ」だった。

「ＩＱ、今度はどんなバカをするつもりか知らんが、幸運を祈るよ」課長が言った。

イングマルは、からかわれても気にしなかった。セーデルテリエ郵便局で働くほかの職員とはちがって、彼の人生には意味と目的があったからだ。

その後、すべてがひっくり返るに至るまでに、イングマルがしでかした事件は3つあった。

ひとつめは、ドロットニングホルム宮殿に出向き、郵便局の制服に包んだ身をぴしっと正して、呼び鈴を鳴らしたことだった。

「こんにちは。私の名前はイングマル・クヴィストといいます。国王陛下にどうしてもお目にかからねばならない事情があって、王立郵便局より参りました。お手数ですが、その旨陛下にお伝え願えませんか。私ならここで待っておりますので」イングマルは城門の守衛に言った。

「何を寝ぼけたことを言っているのだ」

実のないやりとりが続き、ついにイングマルは今すぐ立ち去るよう命じられた。さもないと、郵便局員様を小包にして所属の局へと送り返してさしあげるぞと言われてしまった。

イングマルはかっとして、守衛のモノの寸法をとっさに見積もって言い返した。そのせいで守衛に追いかけられ、逃げ出すはめになった。

うまく逃げおおせたのは、守衛よりほんの少し足が速かったのもあるが、門を離れてはいけない守衛が仕方なく引きあげたからだった。

それからは、王にとって何が大事か理解しようとしない石頭の目を避けて、高さ3メートルのフェンスの周囲を、丸2日のあいだこそこそうろつき回った。そしてついにあきらめ、作戦中の基地に定めていたホテルへと帰った。

「ご精算してよろしいですか」フロント係が言った。このおかしな客はよからぬことを企んでいて、支払いも踏み倒そうとしているのではないかと、常々疑いを持っていたのだ。

「ああ、頼む」イングマルはそう言って部屋に戻り、荷物をまとめると、窓からチェックアウトした。

すべてがひっくり返るに至るまでのふたつめの事件は、職場のトイレで仕事をさぼっているとき、ダーゲンス・ニーヘーテル紙であるニュース記事を見つけたことに始まった。記事には、王がトゥルガン宮殿で2、3日の休暇をとり、ヘラジカ猟をすると書かれていた。イングマルの頭にこじつけの理論が展開されていった。ヘラジカが走り回っていうなら、そこはもちろん緑萌える神の大自然だ。神の大自然っていうなら、そこはもちろんだれだって入っていいはずだ！　王様から王立郵便局のしがない職員まで、みんな！

イングマルは体裁を繕うためにトイレの水を流してから、新たな休暇うかがいを立てにいった。課長は許可を出すと、「いつの間に前回の休暇を終えて仕事に戻っていたのか、気づいていなかったよ」と、ざっくばらんな意見を述べた。

イングマルは、セーデルテリエで車を借りる信用がそろそろ古びて消えつつあったので、まずはニーショーピングまでバスで出かけなければならなかった。そこでは正直そうな見た目がまだ通用して、しゃれた中古のフィアット５１８を借りることができた。そしてそのままトゥルガンへ向かって、48馬力に可能なかぎりの最高速度で出発した。

しかし、目的地まで半分も行かないうちに、イングマルのフィアットは、王が乗った黒の１９３９年型キャデラックＶ８とすれちがった。猟を終えて戻ってきたのだ。またもこうして、王はイングマルの手をすり抜けようというのか。

イングマルは、目にもとまらぬ速さで借り物のフィアットをＵターンさせた。下り坂が続く幸運も手伝って、１００馬力以上も強い王家の車に見事追いついた。この後は、どうにか追い越して道のど真ん中でエンストしたふりをすればいい。

ところが王家の運転手は、フィアットごときに追い越されて王がお怒りを爆発あそばしたらたまったもんじゃないとスピードをあげた。運転手はバックミラーばかりを気にして前方不注意になっていたため、不幸にもカーブで曲がりきれずに、キャデラック、王、お付きの者もろとも水が溜まった溝につっこんでしまった。

グスタフ５世にもほかの者たちにもケガはなかったが、後続車の運転席にいたイングマルにそれがわかるわけがない。彼が最初に思ったのは、車を飛びだして王を助け、ついでに手を握ってはどうかということだった。しかしすぐに思いなおした。ひょっとしたら、王を殺したかもしれない。そして最後に思ったのが、30年の懲役刑。握手の代償にそれは高すぎやしないか？　ましてや死人の手だったら？　世論が味方につくとも思わなかった。王を殺しておいてそれでは虫がよすぎる。

というわけで、イングマルは逃げた。

セーデルテリエに着くと、車は共産党の集会所前に乗り捨てた。あわよくば義理の父に罪をなすりつけようと思ったからだ。そこから家までひたすら歩いて帰ると、ヘンリエッタに、ついさっき、心から愛する王を殺してしまったかもしれないと打ち明けた。

ヘンリエッタは、そんなカーブくらいなら王もみんなも無事だろう、自分がまちがっていたとしても、家計にとってはいいことだと言って慰めた。

翌日のニュースでは、国王グスタフ5世の車が何者かの車に猛追されて溝にはまる事故にあったが、王にケガはなかったと報じられた。ヘンリエッタは複雑な気持ちでそのニュースを聞いたが、もしや夫にはこれが教訓になったのではないかと考えた。そこで、希望をこめて、もう王を追いかけるのにも懲りたのではないかと尋ねた。

懲りてなどいなかった。

すべてがひっくり返るに至るまでの3つめの事件は、旅先の南仏の保養地、ニースで起こった。そこは、88歳になる王が毎年秋の終わりに持病の気管支炎の保養に滞在する地だった。珍しくインタビューに答えた王は、プロムナード・デ・ザングレ《英国人の遊歩道》をそぞろ歩く日課の散歩以外は、ホテル・ダングルテールの特別室のテラスでのんびり過ごしていると言った。

イングマルにとっては十分な情報だった。そこへ出かけていって、散歩中の王を見つけたら、自己紹介をすればいい。

そのあとのことは、なりゆき任せだ。しばらく立ち話をして、意気投合したらその夜ホテルで王に一杯おごってもいいし、次の日にはテニスでお手合わせというのはどうだろう?

「今度こそうまくいくぞ」イングマルはヘンリエッタに言った。

「それは何よりだわ」ヘンリエッタは言った。「私のタバコ、見なかった?」

イングマルはヒッチハイクでヨーロッパを縦断した。1週間かかって到着したら、ニースに入るや2時間で、遊歩道沿いのベンチに、銀の杖を持ち片メガネをかけた長身で堂々たる紳士が座っているところへ出くわした。おお、なんたる威厳あるお姿！　少しずつ近づいていく。なんと、おひとりだ。

続く展開については、ヘンリエッタは後年になっても詳細に語ることができた。生涯にわたって、イングマルがくどくど繰り返すのを聞かされたからだ。

イングマルは自分が座っていたベンチから立ちあがると、国王陛下の前に進み出て自己紹介した。自分は王立郵便局から参りました王の忠実なる臣民であります。よろしければいっしょにお酒を一杯、それにテニスでお手合わせはいかがでしょうか――そして最後に、握手をお願いした。

しかしながら、王の反応は期待していたようなものではなかった。王はまず、得体の知れない男の手を握るのを拒否した。そしてまともに見ようともしなかった。イングマルを通りこして遠くを見ただけだった。今まで仕事でさんざん取り扱ってきた、何万枚という切手のなかの王そのままに。さらに王は、いかなる場合であっても、自分は郵便局の小間使いなどとは交わるつもりはない、と言った。

威厳ある王たるもの、本来は臣民についてどう思うかなど口にすることはない。子供のころから、どうでもいいような人々に対しても敬意を表する術を教え込まれている。それが今は、思ったままを口にしていた。ひとつには全身がひどく痛んでいたからだが、胸のうちを一生ひとりで抱えこむ重荷に耐えかねたからでもあった。

「いえ、国王陛下、誤解です――」イングマルは訴えた。

「もし余がひとりでなければ、お付きの者からこのならず者に、余はまったき理解に至っているとわからせるのだが」

王はそのように言うことで、不幸な臣民に直接語りかけることもしなかった。

「ですが――」イングマルが言えたのはそこまでだった。王が手に持った銀の杖でイングマルの額を打ったのだ。「控え、控えよ！」

イングマルは尻もちをつき、おかげで王はその横を悠々と通りすぎることができた。地面にはいつくばったままの臣民を残し、王は歩き去った。

イングマルは打ちのめされた。

25秒のあいだ。

それから注意深く立ちあがり、歩き去る王を長い間じっと見つめていた。そして今一度、その背中を見た。

「小間使いだって？　ならず者だって？　だったら、小間使いとならず者がどんなもんか、見せてやろうじゃないか」

すべてがひっくり返るに至ったのは、こういうわけだった。

3 厳しすぎる刑と誤解された国と多彩な顔を持つ中国人3姉妹

エンゲルブレヒト・ファン・デル・ヴェストハイゼンの弁護士によれば、黒人の少女が急に飛び出してきたので、依頼人はハンドルを切らなければならなかった。よって事故は少女の過失によるもので、技術者ヴェストハイゼンは犠牲者にほかならない。加えて、少女は白人用の歩道を歩いていた。

少女側の選定弁護人はいっさい抗弁を行わなかった。出廷するのを忘れていたからだ。少女本人も、何も言いたくはなかった。顎《あご》を骨折して会話ができる状態ではなかったからだ。

代わりにノンベコの弁護をしたのは判事だった。ヴェストハイゼン氏の血中アルコール濃度は法定基準値の少なくとも5倍だったこと、問題の歩道は正しく認識されてはいないが、たしかに黒人の歩行が認められていることを示した。しかしながら、もし少女が通りに飛び出したなら——ヴェストハイゼン氏が宣誓のうえ証言しているのだから、疑う余地はないでしょう——、責任の多くは少女にあることになる。

ヴェストハイゼンに対する損害賠償金は、身体的損傷に５０００ランド、さらに少女がぶつかったことで生じた車体のへこみに２０００ランドが裁定された。

ノンベコは、罰金もへこみ何個分の修理代も、払うに十分な金を持っていた。それをいうなら、新車を買ってやることだってできる。新車10台だっていい。ノンベコがたいへんな金持ちだという事実は、法廷でも、ほかのどの場所でも、だれひとり想定していなかった。上着の縫い目のダイヤは、入院中に動くほうの手でちゃんと残っているのを確かめていた。

そのことを黙っていたのは、顎の骨折が理由ではなかった。ある意味、ダイヤは盗品だ。死んだ男のものとはいえ、盗みは盗み。まして、現金ではなくダイヤモンドである。ひとつでも手放そうものなら、すべて取りあげられてしまうだろう。よくても盗みの罪で捕まり、最悪の場合は計画的強盗殺人の犯人にされてしまう。要するに、状況は単純ではなかった。

判事はノンベコの様子を観察し、心配そうな表情以外の何かを読み取った。そこで、被告には申し立てるほどの資産はないと思われ、よって賠償金の支払いは、被告が技術者ヴェストハイゼン氏のもとで働いて、その給金を充てるよう定めることもできると言った。ただし、氏がこれを適切な提案とみなせばの話だが、判事と技術者は以前も同様の案で手を打ったことがあり、あれはうまくいったじゃないか、というわけである。

技術者は、あの中国人３人を雇う羽目になった経緯を思い出して、思わず身震いした。しかしこのごろは、やつらもだいぶ役には立っている。それにもしかしたら、黄色に黒を混ぜれば何かと活性化するかもしれない。こいつは脚も手も一本ずつ折れて、顎も砕けてしまってはいるから、ただの邪魔になるだけかもしれないが、ものは試しだ。

「だとしたら、給料は半分ですな。だって判事様、こいつのざまを見てくださいよ」技術者はそう言って、月給５００ランドから、家賃と食費として４２０ランドの天引きを提示した。判事は同意を示してうなずいた。

ノンベコは大笑いしそうになったが、どうにかこらえた。全身痛くてたまらなかったからだ。あの太っちょでアホな判事と嘘つき技術者の言うとおりだとしたら、７年以上もただ働きをすることになる。自分の全財産からしたらほんのささいな額の賠償金を払う代わりがこれだなんて。しかも実際にはとんでもなく高額で、理不尽な話なのだ。

　とはいえ、この案ならノンベコの葛藤は解決される。技術者のところでケガが治るのを待って、これ以上プレトリアの国立図書館は待ってはくれないと思うようになったら逃げ出してもいい。労役とはいえ刑務所ではなく、いってみれば家事手伝いの奉公なのだから。

　ノンベコは判事の提案を受け入れてもいいと思った。しかし、顎の痛みを押しても少しくらいは抗弁して、考える時間をとることにした。

「ということは、手取りは月80ランドになりますね。つまり、全額払い終わるまでには技術者さんのところで7年と3ヶ月と20日働かなくてはなりません。判事様、公道で運転するべきではない量のアルコールを摂取していた人の車に、歩道を歩いていてたまたま轢かれただけなのに、その刑はちょっと重すぎるとは思いませんか」

　判事はすっかり面食らった。少女が自分の意見を言ったからだけではない。きちんと言ったからだ。技術者が宣誓のうえ行った供述の正確性にも疑問を述べていたし、法廷内のだれよりも先に刑期の計算をしている。本来は発言を咎《とが》めるべきだが、しかし……判事は少女の計算が正しいか知りたくなった。そこで判事補に検証させたところ、数分かかってやっと答えが出された。「たしかに、先ほど話をしたとおり――聞いていたとおり――、7年と、３ヶ月と……、ええと20日くらいになるかと思います」

　技術者ヴェストハイゼンは、ブランデー禁止の場で常に持ち歩いている茶色の咳止め薬の瓶から、ひと口中身を飲みくだした。恐ろしい事故のせいで持病の喘息が悪化したせいだと説明した。

　薬の効果はあったようで、技術者はこう言った。「端数は切り捨ててやる。きっかり7年でどうだ。

どうせ、車のへこみはハンマーでならせばいいからな」

ノンベコは、刑務所に30年いるよりはこの技術者のところで数週間働くほうがましだと判断した。図書館が遠のいてしまったのは残念だが、もともと遠い道のりだし、足を骨折していてはそんな長旅はしたくない。ほかのケガもあるし、最初に歩いた25キロでマメもできていた。

ここで少し休憩するのも悪くはないと思った。技術者にもう一度轢かれなければの話ではあるが。

「技術者ファン・デル・ヴェストハイゼンさん、ご親切にありがとうございます」ノンベコはそう言って、判決を受け入れた。

「技術者ファン・デル・ヴェストハイゼンさん」くらいは我慢しよう。「ご主人様《バース》」と呼ぶつもりは絶対にないけれど。

＊＊＊

結審後ただちに、ノンベコは技術者ヴェストハイゼンの車の助手席に座らされ、北に向かって出発した。技術者は片手でハンドルを握り、もう一方の手にはクリップドリフトのブランデー瓶を持っていた。ブランデーの香りと色は、裁判中に技術者が飲んでいた咳止め薬とまったく同じだった。

１９７６年6月16日のことだった。

同じ日ソウェトでは、学校に通う若者たちが、政府の最新法案に憤慨していた。今ですら劣っている自分たちの教育が、今後はアフリカーンス語で行われることになるというのだ。学生たちは街へ出て、反対を表明した。先生の話がわかるほうが授業は楽だ。読んで中身がすぐわかる教科書のほうが使いやすい。だから今のまま教育は英語で行ってほしい。

包囲した警察は若者の演説に耳を傾け、その後、南アフリカの権力者特有の方法で政府の立場を表明した。

発砲したのである。

デモ参加者たちに向けて、ためらいなく。

学生23人がほぼ即死した。翌日、警察はヘリコプターと装甲車で念を押しにかかった。混乱が収まる間もなく、さらに１００人もの命が失われた。ヨハネスブルク市教育課は、学生数の減少を理由にまんまとソウェト地区の予算配分を削減することに成功した。

ノンベコはこれらのことを経験せずにすんだ。国家によって奴隷状態に置かれ、新しい主人の家に向かう車に乗せられていたからだ。

「家まではまだかなりかかるの？　技術者さん」ノンベコは、何か言わなくてはいけない気になって、言った。

「そうでもない」技術者は答えた。「言っとくが、軽々しく口をきくな。話しかけられたときだけ答えれば十分だ」

技術者ヴェストハイゼンにはいろいろな顔があった。法廷での受け答えからは、嘘つきだということがはっきりした。法廷を出た後の車のなかでは、アルコール依存症だとわかった。加えて、仕事のこととなると詐欺師だった。自分では自分の仕事を理解していないくせに、嘘をつくことと、ちゃんと理解している周囲の人間の手柄を奪うことで、トップに君臨し続けていた。

このことをほんの余談ですませてしまえないのは、技術者が世界最大級の秘密にして重大な、ある任務を負っているからだった。すなわち、南アフリカを核保有国家へと導くこと。そのすべては、ヨハネスブルク市から北へ1時間ほど行ったペリンダバの研究施設で進められていた。

ノンベコはもちろん、何も知らなかった。それでも、当初思っていた以上に物事が複雑らしいことには、技術者の職場に近づいて初めに気がついた。

クリップドリフトがちょうど切れたところで、ノンベコと技術者は施設に到着した。門で身分証明書を示してなかに入ることが許可され、高さ3メートルで1万2000ボルトの電流が流れる柵を抜ける。犬連れの警備員ふたりが監視する道を15メートルほど進むと、高さ3メートルで1万2000ボルトの電流が流れるふたつめの柵がある。さらには、外側と内側の柵のあいだは、施設全体を囲う地雷原になっていた。

「ここでおまえは罪を償うのだ。生活の場もここだ。逃げようなんて考えないことだな」技術者が言った。

電流が流れる柵、犬連れの警備員、地雷原。いずれもノンベコが数時間前の法廷で勘定に入れていなかった変数ばかりだった。

「ずいぶんと居心地がよさそうだこと」ノンベコは言った。

「また軽々しく口をきいたな」技術者が言った。

＊＊＊

南アフリカの核開発プログラムは、1975年に始まった。酔っ払いのヴェストハイゼンが黒人の少女を轢く前年である。技術者がその日ヒルトンホテルに座って、やんわり退店をうながされるまでブランデーを飲み続けていた理由はふたつあった。ひとつはアルコール依存症のせいだ。仕事を進めるためには1日に最低ひと瓶のクリップドリフトが必要だった。もうひとつの理由は、機嫌が悪かったからだ。そして苛《いら》立ってもいた。首相のフォルスターが、プログラム発足後1年が経ってもなんら進展を見せないことに不平を述べ、圧力をかけてきたのだ。

　技術者にしてみれば、自分の努力は進展を見せないどころかその正反対だった。ビジネス的戦略として、イスラエルとの技術交流を始めていた。もちろんもとは首相その人が導入した事業ではあったが、ともかく今では、エルサレム方面にはウランが向かい、彼らはお返しにトリチウムを受け取っている。さらには、イスラエルから諜報員2名がペリンダバに派遣され、常駐もしている。

　いや、首相はイスラエルや台湾やそのほかの国との共同作業に不満があるわけではなかった。もたつくばかりの仕事そのものが不満なのだった。首相の考えはこうだ。

「言い訳はもうたくさんだ。節操なくあちこち手を組むのもやめろ。それよりまずは原子爆弾を1基寄こせ、ファン・デル・ヴェストハイゼン。その後で、さらに5基追加だ」

＊＊＊

　ノンベコが二重鉄柵の奥に落ち着こうとしていたとき、バルタザール・ヨハネス・フォルスター首相は官邸の部屋に座り、ため息をついていた。朝早くから夜遅くまで多忙を極める日々だった。もっとも差し迫った問題は6基の原子爆弾である。あの卑屈なヴェストハイゼンのやつがこの任務に適してないとしたら、どうしたもんだろう。口だけは達者だが、いっこうに結果を出してこない。

フォルスターは、いまいましい国連や、アフリカ南部に革命主義者軍団を送り込んでくるアンゴラやソビエトやキューバの共産主義者どもや、すでにモザンビークを抑えたマルクス主義者どもについて毒づいた。それと、なんでもかんでも探り出すのに成功しては、それを漏らさずにいられないＣＩＡの連中。

ああ、くそくらえ。Ｂ・Ｊ・フォルスターは世界全体に対してそう思った。

国家は今、危機に瀕している。あの技術者のやつが、ぐずぐずケツの穴をいじってる暇などないのだ。

フォルスターが首相へと上りつめたその道のりには、見所が満載だった。１９３０年代後半、若きフォルスターはナチズムに関心を寄せた。ドイツのナチ党というのは、ある人種をほかの人種から選別する点で興味深い方法をとっていると思った。この話を、興味を持ちそうな人に話すのも好きだった。

そして世界大戦が始まった。不幸なことに、南アフリカは連合国についた（当時南アフリカは英連邦の一部だった）ため、フォルスターのようなナチス支持者は、戦争に勝利するまで数年のあいだ投獄された。釈放されたフォルスターは、よりいっそう用心深くなった。以前もそれ以降も、ナチスの理念はそのままで人々の支持を得られたことはないからだ。

１９５０年代、フォルスターはよく躾《しつ》けられた犬のように思われていた。１９６１年、ノンベコがソウェトの掘っ立て小屋に生まれたのと同じ年には、法務大臣の座についた。その１年後、フォルスターと彼の警察組織は、一番大きな魚を釣りあげるのに成功した。アフリカ民族会議のテロリスト、ネルソン・ホリシャシャ・マンデラだ。

マンデラは当然ながら終身刑を言い渡され、ケープタウン外海の島にある監獄に収監された。そこでただ朽ち果てていくのを待てというわけだ。フォルスターはその日は案外遠くないだろうと思っていた。

マンデラが期待どおりに朽ちていっているころ、フォルスターのほうは出世の階段を順調に上り続けていた。その最後の一段を上りきる助けとなったのが、ある特殊な問題を抱え、ついにその苦悩に屈したひとりのアフリカ人だった。男はアパルトヘイトのシステム上は白人に分類されていたが、実際の見た目は黒人に近く、それゆえ、どこにも居場所がなかった。男が胸の内の苦しみを解消するために選んだ方法は、フォルスターの前任の首相の腹を、ナイフで刺すことだった――15回も。

白人でもありほかの何かでもある男は、精神病棟に収容され、その後33年間自分がどの人種に属するかと悩み続けた。そして答えを得られぬままそこで死んだ。対極的に、男に15回刺された首相はまちがいなく白人で、その場で死んだ。

そういうわけで、南アフリカは新しい首相が必要になった。できれば強硬な姿勢の持ち主が望ましい。そしてすぐに、元ナチス支持者のフォルスターがその座についた。

内政問題に関しては、フォルスターは自身と国が成しとげた仕事に満足していた。新しい反テロリズム法によって、政府はだれでもテロリストとして逮捕し、好きなだけ収監できるようになった。逮捕理由は何でもいい。理由がなくてもよかった。

もうひとつの成功例は、民族別に「ホームランド」を制定したことだ。各人種ごとにひとつの

「国」が割り当てられ、コーサ族だけは数が多すぎたため、ふたつに分けられた。要は特定の有色人種を集めてバスに乗せ、割り当てた「ホームランド」へと送って新たな市民権を与えると、南アフリカの市民権を剥奪した。南アフリカ人ではない人間は、南アフリカ人としての権利を主張できなくなる。簡単な論理だ。

外交政策についていえば、状況はやや面倒だった。世界はずっと、南アフリカの野望を誤解していた。たとえば、南アフリカの国家は、白人以外に生まれついた人間は生涯白人になることはないという単純な事実によって運営されているだけなのに、そのことに、夥《おびただ》しい数の批判が寄せられていた。しかし元ナチス支持者のフォルスターは、イスラエルと提携することでそこそこの満足を得られていた。やつらはユダヤ人にはちがいないが、周囲にさまざまな誤解を受けている点でフォルスターとは共通点があった。

まったく、くそくらえだ。フォルスターは再度そう思った。

あの能なしヴェストハイゼンのやつは、何してやがる？

＊＊＊

技術者ヴェストハイゼンは、神が与えたもうた新しい使用人に満足していた。片足に添え木をつけ、片手を吊ったままの状態のときから、すでにいくつかの仕事をこなしていた。ところで、あいつの名前はなんだった？

初め技術者は、以前から外側の境界で掃除をしている黒人女と区別するため、新入りを「黒人《カフィル》2

号」と呼んでいた。しかし、近所の改革派教会の牧師にそれを知られて、黒人にはもっと敬意を表すべきだと叱責された。

100年以上前には、教会は黒人にも白人と同じ聖餐式に出ることを許していた。ただ黒人は、白人の後ろで自分たちの番を待たねばならなかっただけだ。それがのちに黒人の数が増えすぎて、彼ら専用の教会をつくるほうがいいということになった。牧師は、それは教会のせいではなく、黒人がウサギのように子供を産むせいだと考えていた。

「敬意です」牧師は繰り返した。「よく考えてくださいよ、技術者さん」

牧師の言葉はたしかに技術者の心に刻まれたが、だからといってノンベコの名前が覚えやすくなるわけではなかった。したがって、直接話しかけるときには「ナマエナンダ」と呼び、直接ではないときには……そもそも、個人として話題にあげる理由がなかった。

フォルスター首相はすでに2度施設を訪れていた。常に親しげな笑顔を絶やさず、しかし、じきこの施設に爆弾6基の置き場所を用意しないことには、技術者ヴェストハイゼンの居場所がなくなると暗に示していた。

首相との最初の面談前、技術者はナマエナンダを掃除用具入れに閉じこめておくつもりだった。施設で黒人や有色人種を手伝いとして使うことは、けっして暇を与えたりさえしなければ違法ではなかった。ただ技術者は、黒人がいては見苦しくなると考えたのだ。

掃除入れに少女を隠しておく欠点は、彼女をそばに置いておけないことだった。技術者は、この少女が近くにいるのは悪くないと、雇い始めてすぐに気づいていた。この少女の頭のなかでは常に何かが起きている。実際、ナマエナンダは、許容範囲を超えて生意気だったし、あらんかぎりの規則を破っていた。なかでもとりわけふてぶてしいのが、研究施設の図書室に許可なく入り、本を持ち去っていることだった。技術者は最初、それをやめさせて、警備部門に詳しい調査をさせようと考えた。ソウェト出身の文盲が、本で何をしようってんだ？

しかしその後、少女は持ちだした本を実際に読んでいることに気づいた。ますますおかしな話だ。文字が読める能力は、たいていの場合この国の文盲の特徴ではない。そこで技術者は、少女が何を読んでいるのか見てみることにした。すると！　高等数学、化学、電子工学、冶金《やきん》学といった、どれも技術者のほうこそ勉強しておくべき本ばかりだった。あるときなど、床を磨かずに本に見入っている少女を脅かしてやろうと目の前に飛び出してみると、ずらりと並ぶ数学の公式をながめて笑みを浮かべていた。

ながめて、うなずいて、ほほえんでいる。

まったくもって、けしからん。技術者は数学も、ほかの分野も、学ぶ意味を見出したことは一度もなかった。それでも、父親が最大の寄付者だった大学では、幸運にも首席をとることができた。

技術者は、人は何でもすべて知っている必要はないと知っていた。トップに立つのは簡単だ。よい成績をとり、父親の力を正しく使い、他人の能力を注意深く利用すればいい。しかし今回は、仕事を続けるためには結果を出す必要があった。技術者自身が出す必要はない。優秀な研究者やら専門家やらを抜かりなく雇い入れ、彼らが技術者の名前で日夜任務達成に向けて励んでいるからだ。

そして実際、成果が出つつあった。技術者は、核実験の開始を阻んでいたいくつかの技術的な問題は、遠くない将来に解決できるだろうと踏んでいた。研究監督のやつは無能ではなかった。ただ、どうにもうっとうしい――何か進展があるたびに、どれほどくだらないことでも報告し、技術者がなにがしか反応するのを期待する。

そんなところへやってきたのがナマエナンダだ。図書室の本のページを好きなようにめくらせ、数学の世界への扉を大きく開け放ってやったら、片っぱしからのめりこんでいった。代数や超越関数や虚数や複素数にも、オイラー定数にも、微分やディオファントス方程式にも、それ以外無限（∞）にあるややこしい問題すべて、すなわち、技術者本人には程度の差こそあれ理解できない問題すべて。

時が時なら、ノンベコは上司の右腕と呼ばれてもおかしくはなかった。もし彼女が女ではなく、何よりまちがった肌の色をしていなければ。代わりに、今の彼女は「手伝い」という曖昧な地位にあるだけだった。しかし（本業の掃除に加えて）、研究監督が次々とあげてくるレンガほどの分厚さの報告書を読むのは、ノンベコだった。書かれている問題点や、実験結果とその分析は、技術者ひとりではどれも読みきれなかった。

「このゴミには何が書かれている？」技術者ヴェストハイゼンはある日、掃除婦の手に新たな報告書の山を押しつけて言った。

ノンベコは報告書を読むと、答えた。

「異なるキロトン数で爆弾に静的、動的過圧力をかける実験結果の分析ね」

「もっとわかりやすい言葉で言え」技術者が言った。

「強力な爆弾ほど、たくさんビルを吹き飛ばせるって話よ」ノンベコは噛みくだいて言った。

「おい、並みのマウンテンゴリラだってそのくらい知ってるぞ。俺の周りにいるのはバカばっかりか？」技術者はそう言ってブランデーを注ぐと、掃除婦を追いはらった。

＊＊＊

ペリンダバを刑務所と考えれば、ほぼ最上級に近い環境だ。自分のベッドがあるし、４０００ヶ所の汲み取り所の責任を負うことなく水洗トイレを使えるし、朝食と夕食に加えて昼食代わりの果物も出される。そして自分専用の図書室。正確には専用ではないが、ノンベコ以外に関心を持つ人はいない。本の数は特別多いわけではないし、想像していたプレトリアの図書館の質にもほど遠く、棚にある本は古すぎるか内容が的外れかその両方だった。それでも本が読めることには変わりない。

こうした理由からノンベコは、１９７６年の冬の日にヨハネスブルクで酔っ払いの車に轢かれ、お粗末な裁判で定められたこの刑期を、きわめて前向きに務めていた。今ここで毎日経験していることは、世界最大の人間のゴミの山で汲み取りの仕事をするより、ずっとよかった。

それでも何ヶ月かが過ぎると、次第に残りの刑期を数えるようになった。当然のことながら、それより早くにペリンダバを出られる方法はないかと考えたことも一度や二度あった。ふたつの柵、地雷原、警備犬、そして警報をくぐりぬけて外に出るのは、これ以上ないほどの挑戦といえた。

トンネルを掘る？

だめね、いくらなんでも馬鹿げてる。

ヒッチハイクとか？

だめ、ここでヒッチハイクなんてしたら、あのジャーマン・シェパードに見つかってしまう。そうなったら、下手に痛い思いをするより、いっそひと思いに喉に食らいついてほしいと願うのみだ。

賄賂《わいろ》は？

ひょっとしたら……ただしこの手は一度しか使えない。それに買収相手が、南アフリカ流にダイヤをもらうだけもらって彼女を売る可能性もある。

だれかの身分証明書を盗む？

これはいけるかもしれない。ただ問題は、そのだれかの肌の色は盗めないことだ。

ノンベコは、いったん逃亡について考えるのをやめた。おそらく唯一の道は、透明人間になって羽を生やすことだけだ。羽だけでは足りないのは、４棟の見張り台に控える８人の警備員に撃ち落とされないためだ。

ノンベコが二重柵と地雷原のなかに閉じこめられたのは15歳になった直後だった。そして17歳を目前にしたある日、技術者がもったいぶって、ノンベコは黒人だが南アフリカのパスポートを申請したと告げた。経緯はこうだ。今後、施設内の一部の通路は、パスポートがないと通れないことになった。しかし、職務不熱心な技術者としては、ノンベコには何としてもその通路を通ってもらわないと困る。だったら、パスポートがありゃいいんだろう。この規則は南アフリカ諜報部が制定したもので、技術者は彼らとのケンカの方法ならよくわかっていた。

彼はパスポートを自分の机の引き出しに保管し、常に威張り散らしておきたい欲求から、なぜ自分がそれをしまいこまねばならないか、うるさいほど繰り返した。

「おい、ナマエナンダ、おまえが逃げ出そうなんて考えないように、こうしてるんだぞ。パスポートがなければ国を出ることはできない。国内にいるかぎりは遅かれ早かれ見つけ出してやるからな」技術者は醜い笑みを浮かべてそう言った。

ノンベコは答えた。ナマエナンダというなら、パスポートに書いてあるので、万が一興味があれば見てみてね。それと、鍵棚はあたしが管理するようになって長いけど、そのなかには技術者さんの机の鍵も入っているわよ。

「それに、逃げないのはそのせいなんかじゃないし」そう言いながら、ノンベコは、警備員や犬、警報、地雷原、それに1万2000ボルトの電流が流れる柵が問題なのだと思っていた。

技術者は掃除婦をにらみつけた。また生意気なことを言いやがって。このせいでこっちの気がおかしくなってしまう。いつも正しいことしか言わないときてるから、なおのことだ。

いまいましいやつめ。

国家最高機密のこの事業には、さまざまなレベルで250人もの人間が携わっていた。ノンベコは、そのトップにいる人間が、私腹を肥やす以外はまったくの能なしだと早いうちに確信した。それでいて、運には恵まれている（いよいよその運に見放される日までは）。

事業を進めるある段階でぶつかったもっとも大きな問題が、六フッ化ウランの漏洩《ろうえい》だった。技術者はオフィスの壁の黒板に線やら矢印やらを書いては、公式やら何やらをいじくり回し、いかにも考えているふりをしていた。安楽椅子に腰かけて「水素含有ガス」「六フッ化ウラン」「漏洩」とつぶやいては、合間に英語とアフリカーンス語でののしっていた。おそらくノンベコは、技術者に好き勝手につぶやかせておけばよかったのだ。その場にいたのは、掃除をするためだったのだから。それなのに、結局口を出してしまった。「ねえ、あたしは『水素含有ガス』についてはほとんど知らないし、『六フッ化ウラン』なんて聞いたこともないけど、壁の黒板にある意味不明の努力のあとを見ると、自触媒作用の問題なんだってことはなんとなくわかるわ」

技術者は何も言わなかったが、ナマエナンダごしに後ろのドアから廊下まで目を走らせ、立ち聞きする者がいないか確かめた。もう何百回めになるか、またしてもこの奇妙な生き物に混乱させられそうだったからだ。

「黙っているってことは、続けていいってこと？　いつも最後には、話しかけられたときだけ答えろって言うじゃない？」

「かまわん、さっさと続けろ！」

ノンベコは親しげな笑顔を浮かべると言った。自分にとっては、変数の名前が何かなんて、関係ない。数学的計算ができればそれでいい。

「というわけで、水素含有ガスをＡ、六フッ化ウランをＢとするわね」ノンベコは言った。

黒板の前に立ったノンベコは、意味をなさない技術者のなぐり書きを消すと、自触媒作用の一次反応における反応速度式を書いた。

あっけにとられて黒板を見る技術者を前に、ノンベコはシグモイド曲線を描いて自分の推論について説明した。

説明し終えてヴェストハイゼンの顔を見ると、同じ状況におかれた汲み取り作業員たちに負けず劣らず、この技術者は書かれた式をまったく理解していないとわかった。あるいはこの状況なら、ヨハネスブルク市衛生課の補佐官でもいい。

「お願い、技術者さん。このくらいわかってよ。あたしは床掃除をしなきゃなんないのよ。この気体とフッ化物は仲が悪くって、その不幸は自分で勝手に消えていくって話」

「解決策はなんだ」技術者が言った。

「さあね」ノンベコが言った。「考えてる時間がないわ。さっきも言ったけど、あたしは掃除婦ですから」

そのとき、ヴェストハイゼンの優秀な研究員のひとりが部屋に入ってきた。監督に言われてよい知らせを届けにきたのだ。研究チームは、問題は自触媒作用の性質にあり、その結果加工機のフィルターに化学性不純物が生じていると突きとめ、解決策はじきに示せると考えるに至った。

それを伝えようとしていた研究員は、モップを持った掃除婦の背後の黒板に、数式が書かれているのを見て、その必要はないと悟った。

「ああ、今お伝えしようと思っていた話は、すでにお見通しでしたね。では、これで失礼します」研究員は踵《きびす》を返し、部屋を出ていった。

技術者は机の前に座って黙りこんだまま、クリップドリフトを新たになみなみとタンブラーグラスに注いだ。

ノンベコは言った。「よかった、ラッキーだったじゃない？　すぐにひとりにしてあげるから、その前にいくつか質問させて」

ひとつめは、チームがいかにして廃棄濃度０・46パーセントで年間1万２０００ＳＷＵ（分離作業単位）から2万ＳＷＵに能力を増大させることができたかについて、ノンベコが数学的説明をしたほうがいいかどうか。

説明しろ、と技術者は言った。

ふたつめは、オフィスの床を磨くモップが、技術者さんの犬にかじられてぼろぼろになってしまったので、ご親切なはからいでひとつ新しく買ってもらえないかどうか。

技術者は、約束はしないが考えておく、と答えた。

ノンベコは、逃げ出せる可能性がないまま幽閉生活を送る以上、なるべく明るい点を見つけて楽しもうと考えた。たとえば、技術者ヴェストハイゼンのはったりがいつまで持つかを見ていられると思うとわくわくする。

それにすでに述べたとおり、ノンベコはうまくやっていた。人が見ていないときを選んで本を読み、廊下を掃除して、灰皿を空にして、研究チームの報告書に目を通し、その内容をできるだけわかりやすく噛みくだいて技術者に説明した。

休憩時間は、ほかの使用人たちと過ごした。彼らは、アパルトヘイトの枠組みでは分類が難しい少数人種に属していた。規則に従うなら「その他アジア人」になるのだが、より正確にいえば、中国人だった。

人種としての中国人は、およそ１００年前に南アフリカに住みついた。当時、ヨハネスブルク郊外の金山で、安価な（そしてさほど口汚く文句も言わない）労働力が必要とされていたためだ。今ではそれも歴史となったが、中国人移住者たちはこの地にとどまり、自分たちの言葉を繁栄させていった。

中国人の3姉妹（長女、次女、三女）は、夜になるとノンベコといっしょに鍵をかけられた部屋で寝ていた。初めこそよそよそしかったが、麻雀をやるには3人より4人が都合がいいということで、一度試してみたところ、このソウェト出身の女の子は、黄色人種じゃないという3人なりの理屈に反して、頭がいいことがわかった。

ノンベコは楽しく遊びながら、じきにポン、カン、チーについても、場の流れからどの座位でどの牌《はい》が捨てられる可能性があるかも、すべて理解した。ノンベコは、１４４牌すべてを記憶できるという利点があったので、1場の4局のうち3局は自分が勝って、最後の1局は３人のうちひとりを勝たせるようにした。

毎週数時間、ノンベコがその週の仕事中に廊下や壁越しに聞いてきた世界情勢のニュースを、３姉妹に話す時間をもった。ノンベコの話は断片的でけっしてわかりやすくはなかったが、聞き手の水準もそこまで高くはなかった。たとえばノンベコが、中国でアリストテレスとシェークスピアが解禁されたと報告したときには、姉妹は、ふたりともきっとせいせいしているでしょうね、と答えた。

不運に見舞われた者どうし、４人はニュース報告会と麻雀を通じて友情を深めた。そして麻雀牌に書かれた漢字と記号をきっかけに、姉妹はノンベコに自分たちが使う中国語の方言を教えることを思いついた。ノンベコがあっという間に彼らの言葉を覚えるのに比べて、ノンベコが母から受け継いだコーサ語を彼らに教えてもちっとも上達しないので、いつも４人で大笑いになった。

歴史的な背景からか、中国人３姉妹の道徳観はノンベコと比べてだいぶあやふやだった。３人とノンベコは、15年と7年という期間の違いはあるものの、同じ経緯で技術者の支配下におかれていた。３人とヴェストハイゼンは、ヨハネスブルクのバーでたまたま出会った。彼は３人同時に口説いていたのだが、３人からは、自分たちも病気の親族のためにお金が必要なので、ぜひ売りたい……のは体ではなく、貴重な家宝だと言われた。

技術者の最優先事項は性的欲望だったが、次なる優先事項は金儲けになりそうな怪しい話だったので、姉妹の家についていくことにした。そこで３人は、技術者に紀元前１００年ごろの漢代の作品だと言って文様の入った陶器のガチョウを見せた。３姉妹はガチョウの値段に2万ランドを要求したが、技術者は少なくともその10倍、ひょっとしたら１００倍の価値はあると踏んだ。だが、この３姉妹はただの娘っこではない。中国人だ。そこで彼は、翌朝銀行に行き、その場で1万５０００ランドを現金払いすると持ちかけた。ひとり５０００ランドか、そうじゃなきゃゼロだ！　馬鹿な姉妹はその話に乗った。

珍品のガチョウは、技術者のオフィスの台座という名誉ある置き場所に飾られた。その1年後、核開発プログラムに加わるために滞在していたイスラエル諜報局モサドの諜報員が、ガチョウを見るなり、10秒もかからずにガラクタだと言い切った。その後、目に殺意をみなぎらせた技術者が先導して行った調査の結果、ガチョウは紀元前１００年ごろの漢王朝時代に浙江《せっこう》省の職人によって作られたものではなく、何王朝時代でもない紀元後１９７５年に、ヨハネスブルク郊外で中国人３姉妹がこしらえたものだとわかった。

３姉妹は不用意にも、わざわざ技術者を自宅に案内してガチョウを見せていた。技術者と法組織は３人を逮捕したものの、1万５０００ランドのうち残っていたのはわずか2ランドだった。そういうわけで、３人は最低十数年という期間、ペリンダバに拘束されることになったのだった。「あたしたちのあいだでは、技術者のやつを『鵝《アー》』って呼んでやろう」３姉妹のひとりが言った。

「ガチョウのことね」ノンベコは意味を確認した。

中国人姉妹の一番の望みは、ヨハネスブルクの中国人地区に帰って、再び紀元前のガチョウを作ることだった。ただし今度は前よりもっと洗練された方法をとるつもりだ。

その一方で、３人もノンベコ同様に今の状況にはあまり不満を持っていなかった。３人の仕事はいろいろあったが、ひとつは技術者と警備員の食事を用意すること、それから郵便物の管理だった。とくに発送は受け取り以上に大事な仕事だった。届いた郵便物は大きなものから小さなものまで、なくなってもさほど不審がられないものを片っぱしから失敬しては、ごく簡単に自分たちの母親の住所に書きかえて、発送用のボックスに入れなおした。母親はありがたくそれらを受け取っては売りとばし、娘たちに読み書きを習わせる投資をしておいてよかったと思っていた。

とはいえ、３人のやり方はかなりずさんで際どかったので、荷物の取り違えはしょっちゅうだった。一度など、ひとりが宛名シールをまちがえたせいで、首相本人から技術者に電話がかかってきて、ろうそく8本と穴あけパンチふたつと何も綴《と》じていないバインダー4冊が小包で送られてきたのはどういうわけかと聞かれたこともあった。そのころ3姉妹の母親は、４００ページにも及ぶ「核分裂電荷における基礎物質としてのネプツニウム使用の欠点」に関する報告書を受け取って、即刻燃やしているところだった。

＊＊＊

自分がいかに抜き差しならない状況に置かれているか、こんなに長いあいだ気づかずにいたなんて——ノンベコは歯噛みする思いだった。技術者のもとで働くよう定められた刑期は、もはや7年ではすまない。死ぬまで出られなくなってしまった。中国人の3姉妹とはちがって、ノンベコは世界でも最高機密のプロジェクトの裏側を知りつくしていた。彼女とおしゃべり相手のあいだに1万２０００

ボルトの電流が流れる柵があるかぎりは、それも問題ではない。でも、もし外に出ることになったら？　ノンベコは、無価値な黒人女でかつ安全保障上の危機になる。生き延びさせてもらえるのは、どのくらい？　10秒か。もし運が味方してくれたら、20秒か。

　ノンベコが置かれた状況は、数学でいえば解答のない数式だった。技術者の仕事が成功するよう手助けすれば、技術者の地位はますますあがり、隠居をしたら国から優良年金の支給を受けることになるが、一方のノンベコは知るべきではない秘密を知ったがために、後頭部に銃弾を受けることになる。だからといって、もし失敗するよう仕向けたとしたら、技術者は失脚して職を失い、大幅に減額された年金を受け取ることにはなるが、ノンベコは結局後頭部に銃弾を受けることに変わりはないのである。

　要するに、答えの得られない数式だ。できることは、落ちないように綱渡りをするのみ。つまり、技術者がペテン師だとばれないように最善を尽くすこと、同時に事業の完成を可能なかぎり先に引き延ばすこと。それで後頭部に銃弾を受けなくてもよくなるわけではないが、とりあえず先延ばしにはできる。そのあいだに、もしかしたら何かより大きなチャンスが訪れないともいえない。革命とか職員の暴動とか、何か信じがたい出来事が。

　どうしても逃げ出す方法を見つけ出せなかったら、という仮定での話だ。

　ほかに何も思いつかなかったので、時間があるときは図書館の窓際に座って、門で起こることをつぶさに観察することにした。日に何度か周囲をうろうろして、警備員の任務についてメモをとったりもした。

　それでわかったのだが、敷地内に入る車はすべて警備員と犬の両方にチェックされていた。技術者の車はそのかぎりではない。それと研究監督、モサド諜報員のふたりそれぞれも。この4人がチェックの対象から外されることは、はっきりした。ただついてないことに、彼らは駐車場もほかの人たちよりよい場所を与えられていた。ノンベコは、大きいほうの車庫にしのびこみ、だれかの車のトランクにもぐりこむところまでなら、どうにかできるかもしれないと思った。それでも結局は、警備員と犬には見つかってしまう。しかも犬のやつは、とりあえずは咬みついてから、主人の指示を仰ぐよう教えこまれている。一方、要人たちが使う小さいほうの車庫でトランクにもぐりこめば、チェックを逃れて生き延びることはできるかもしれないが、その前に車庫に入る手段がなかった。技術者は、車庫の鍵だけは、ノンベコが管理を任されている鍵棚に置いていなかった。毎日使うので、自分で持ち歩いていたのだ。

　ほかにわかったのは、外側の境界側で掃除を担当している黒人の女性が、内側の柵を越えてペリンダバの敷地内に入り、1万２０００ボルトの電流が流れる柵のすぐ横で、毎回緑色のゴミ箱の中身を回収していることだった。この作業は2日に1回行われていて、ノンベコは強い関心を持った。あの女性が許可証を持たずに中に入って作業をしているのは、警備員がゴミを自分で捨てるのがいやで、目をつむっているとわかったからだ。

　それを知ったノンベコの頭に、大胆な考えが浮かんだ。大きいほうの車庫を通って、人目を避けてあのゴミ箱まで行き、なかに隠れたら、女性の車で運んでもらって門をふたつ抜け、あとはスキップで自由な世界に出ればいい。女性は厳密な時間割に沿って、一日おきに午後4時5分きっかりにゴミ箱を空けにきた。彼女がこの仕事をやりおおせているのも、警備員の犬がこの特定の黒っぽいやつは最初にうかがいを立ててからでないと食いちぎってはいけないと学習しているからだった。その一方で、ゴミ箱には毎回不審そうに鼻をすりつけて匂いを嗅《か》いでいた。

つまりは、犬たちに1日か2日、午後の任務から外れてもらう必要があった。そのときにだけ、脱走者に生きて外へ逃げ出せるチャンスが訪れる。エサにちょっとだけ毒を盛ったら——うまくいかないかしら？

ノンベコは、3姉妹にもかかわってもらうことにした。警備員を初め警備部門の食事は、人間も動物も、姉妹が担当しているからだ。

「もちろん！」ノンベコが話を持ちかけると、長女が言った。「あたしたち、うまい具合に、犬に毒を盛る専門家なんだ。3人ともね。っていうか、少なくともふたりは」

そのころには、ノンベコは3人の言動にいちいち驚かないようになっていたが、それにしてもこの話は別だった。ノンベコは、長女に詳しい話をしてほしいと頼んだ。ここを出て今後の人生に謎を残したくなかったからだ。とはいっても、どのくらい長く生きられるかはわからないけど。

さて、中国人の3姉妹とその母親が金になる模造品制作を始める前、母親はヨハネスブルク郊外のパークタウン西にある白人地区の近所で、犬の墓地を営んでいた。商売はうまくいっていなかった。その界隈では、犬は人間並みによく食べ、しかも人間並みに栄養のある食事をして長生きだったからだ。そこで母親は、白人のプードルやペキニーズが自由に走りまわる公園に毒入りドッグフードをばらまいておけば、売り上げを増やせるのではないかと思いつき、長女と次女にやらせることにした。三女は、当時まだ小さくて、ドッグフードを手にしたら何も考えず自分の口に入れる危険があった。

犬の墓地の経営者は、短期間で2倍の売り上げを得られるようになった。そして一家は、そのまま今に至るまで、よい暮らしを続けてこられたのかもしれなかった。露骨にいうなら、がめつくなりすぎさえしなければ。公園内に、生きている犬より死んだ犬のほうが多くなってくると、白人の人種差別主義者たちは、そのあたりで唯一の中国人である母親と娘たちを指さすようになった。

「それはたしかに差別だね」ノンベコは言った。

母親は仕方なく急いで荷物をまとめ、娘たちをつれてヨハネスブルクの中心部に身を隠すと、職業も変えることにした。

あれから数年経つが、姉妹は、ドッグフードに毒を盛る方法ならいろいろ思い出せるはずだと言った。

「ええと、今問題にしているのは、犬8頭よ。あいつらに程よく毒を盛ってほしいの」ノンベコは言った。「1日か2日、具合が悪くなればいい。それ以上は必要ないから」

「不凍液がぴったりな典型例ね」次女が言った。

「あたしもそう思ってた」長女が言った。

ふたりは適切な投与量について話し合った。次女は1カップ半と言い、長女は今回扱うのは大型犬のジャーマン・シェパードで、ちっこいチワワなんかじゃないのよ、と反論した。

長女と次女は、犬たちを翌日まで使い物にならない状態にするには2カップが適量ということで最終的に合意した。

姉妹があまりにお気楽にこの問題に取り組む様子を見て、ノンベコは手伝いを頼んだことをすでに後悔しはじめていた。毒入りのドッグフードから自分たちに足がついたら、どれだけ面倒なことになるか、わかっているのかしら？

「だいじょうぶ」三女が言った。「ちゃんとうまくいくから。まずは、不凍液を注文するところから始めないとね。毒がなければ盛ることもできないから」

ノンベコの後悔は今では倍になっていた。警備部門が、いつもの買い物リストとはちがうものが入っていると気づいたら、たちどころにあんたたちの仕業と割り出されるって、わからないの？

そのとき、ノンベコの頭にある考えが浮かんだ。

「ちょっと待ってて」ノンベコは言った。「あたしが戻ってくるまで、何もしないでよ。なんにもだからね！」

３姉妹は、ノンベコが行ってしまうのをあっけにとられて見ていた。いったい何をしようっていうんだろう？

ノンベコは、研究監督から技術者に届く数え切れないほどの報告書で読んだ一節を思い出していた。それは不凍液ではなくエチレングリコールについて書かれたもので、沸点が１００度以上の液体を使って臨界質量に達する温度を上昇させることで、到達するまでの時間をコンマ数秒遅らせるという目的の実験だった。その実験に使われた液体がエチレングリコールだ。たしか不凍液とエチレングリコールは、似たような特性を持っていなかっただろうか？

研究所の図書室はたしかに最新ニュースの宝庫とはいえないが、より一般的な情報を得るにはもってこいだ。たとえば、エチレングリコールと不凍液がほぼ同じものかを確認するとかの――。ふたつは同じものだった。

ノンベコは技術者の鍵棚から鍵をふたつ借りて、大きい車庫にしのびこみ、発電施設の隣にある薬品貯蔵室に入りこんだ。ほぼ満杯の35リットル容器ひとつ分のエチレングリコールが見つかった。そこから5リットル分をバケツに注いで運びだし、３姉妹のところに戻った。

「さあ、どうぞ。これで十分よね。お釣りがくるくらいでしょ」ノンベコは言った。

ノンベコと姉妹は、まずごく微量を混ぜるところから始めて様子を見て、徐々に量を増やしていき、警備員に怪しまれないで8頭すべての具合が悪くなるまで続けることにした。

そのため、中国人姉妹はノンベコの勧めに従って、投与量を2カップから1と4分の3カップに減らすことにした。それなのに、その計量を任されたのが三女だったというのが、間違いだったのだ。そう、古き良き公園の時代には、まだ幼すぎた一番下の妹である。三女は、控えめにいくべき1回めに、1頭につき1と4分の3カップのエチレングリコールを使うのだと勘違いしてしまった。果たして12時間後、８頭の犬はすべて、数年前のパークタウン西の犬たちと同じように死んでしまった。さらには、警備部長が飼っている盗み食い癖のある猫が危篤状態に陥った。

エチレングリコールの特徴のひとつは、腸を経由して急速に血液中に吸収される点にある。その後、肝臓で代謝されてグリコールアルデヒドとグリコール酸エステルとシュウ酸エステルが産出される。これらの量が多すぎると、まず腎臓が破壊され、その後肺と心臓の機能も損なわれてしまう。８頭の犬の直接の死因は、心停止だった。

中国人の三女の計量間違いはてきめんの効果があり、警報が鳴り響いて警備員が厳戒態勢を敷き、つまり当然のことながら、ノンベコがゴミ箱に隠れて脱出するのは不可能となった。

3姉妹が尋問に呼びだされるまでには2日しかかからなかった。しかし、３人が断固として否認しているあいだに、２５０人いる職員のひとりの車のトランクから、エチレングリコールがわずかに残留するバケツが発見された。技術者の鍵棚のおかげで車庫にしのびこむことができたノンベコが、たまたまひとつだけ鍵のかかっていなかったトランクにバケツを押しこんでいたのだ。車の持ち主は、倫理観が半分欠けた男だった。残っている半分によって自分の国を裏切るようなまねはけっしてしないが、欠けている半分のせいで、運よくよりにもよってその日、上司のブリーフケースから現金と小切手帳を盗みだしていた。それがバケツといっしょに見つかり、あれこれあったものの、結局男は捕まって尋問され、解雇され……盗みの罪で6ヶ月、テロ行為で32年の禁固刑をくらった。

「あぶなかった」疑いが晴れた後で、三女が言った。

「もう1回試してみる?」次女が尋ねた。

「でもそれなら、またやつらが犬を連れてくるまで待たなきゃ」長女が言った。「前のやつはみんな死んじゃったもん」

ノンベコは何も言わなかった。予測されうる自分の未来は、あれ以来痙攣《けいれん》の発作が出るようになった警備部長の猫と比べても、さほど明るいとは思えなかった。

4 善きサマリア人と自転車泥棒とますますタバコの量が増える妻

ヘンリエッタの金が底をついたので、イングマルはニースからセーデルテリエへ帰るヒッチハイクの道中ほとんどを、食事抜きで切り抜けなければならなかった。しかしマルメまで来たところで、汚れきって腹をすかせた郵便局の下級職員は救世軍の兵士と出会った。兵士は長時間にわたる一日の奉仕活動を終えて、家に向かっているところだった。イングマルは兵士に、余分なパンがひと切れあれば恵んでほしいと頼んだ。

兵士はたちまち激しい慈愛と憐れみの念に衝き動かされ、イングマルを家に呼び入れることにした。家に着くと、兵士はマッシュしたカブに豚肉を添えて出すと、イングマルをベッドに寝かせ、自分はストーブの前の床で寝た。イングマルはあくびをしながら、兵士の親切には感動したと言った。その言葉に対して、兵士は自分の行いの理由はすべて聖書にあると答えた。とりわけ、ルカによる福音書の善きサマリア人《びと》について書かれているところに。救世軍の兵士は、イングマルに聖書を数節読みあげてもかまわないだろうかと尋ねた。

「かまいませんとも」イングマルは言った。「でも小さな声でお願いします。僕は寝ないといけませんから」

イングマルはそのままうとうとと眠りこんだ。翌朝は、何かが焼けるいい香りで目が覚めた。

朝食後、イングマルは慈悲深い兵士に感謝を述べ、別れの挨拶をして家を出た。そして兵士の自転車を盗んだ。ペダルをこいで走り去りながら、「背に腹はかえられない」は聖書の言葉だったかなと考えていたが、わからなかった。

ルンドに着くと盗んだ自転車を売り、その金で家までの電車の切符を買った。

ヘンリエッタは玄関から入ってくるイングマルを出迎えた。彼女がおかえりなさいを言うより早く、夫はついに子供を作るときが来たのだ、と告げた。

ヘンリエッタには聞きたいことがたくさんあったが、なかでもイングマルがなぜ突然あのいまいましいアメリカ兵のコンドームの箱を持たずにベッドに入りたがるようになったのかが、不思議でならなかった。とはいえ、彼女もそんな夫を拒むほど愚かではない。夫に言ったのは、まずシャワーを浴びてきて、ということだけだった。見た目に劣らず、匂いもひどかったからだ。

夫婦にとってコンドームなしの初めての冒険は、４分で終わった。イングマルはそれで果てたが、ヘンリエッタは満たされていた。愛するおバカさんが帰ってきて、そのうえベッドに入る前にはコンドームを本当にゴミ箱に捨ててしまったのだ。もう自分たちの馬鹿げた日々もすべて終わりということ？　そして、かわいい赤ちゃんを授かれるってこと？

15時間後、イングマルは再び目覚めた。起きてすぐ、ヘンリエッタにニースで王に接近したと話した。いや、逆かもしれない。王の方がイングマルに接近したのだ。というか、イングマルの額に。杖で。

「えっ、まさか」ヘンリエッタは言った。

まったく、そのまさかなのだ。しかし実際のところ、イングマルは感謝していた。王はイングマルの目を再び開いてくれた。君主制など悪魔が生み出したものであり根絶すべきものであると、気づかせてくれたのだ。

「悪魔が生み出した？」ヘンリエッタは驚いて言った。

「そして根絶すべきものだ」

しかし、それには巧妙さと忍耐が求められる。さらにその計画には、イングマルとヘンリエッタの子作りも含まれている。ちなみに、名前はホルゲルだ。

「だれの名前？」ヘンリエッタが言った。

「僕たちの息子だよ、あたりまえじゃないか」

ヘンリエッタは、大人になってからというもの、子供ができたらエルサという名前にしたいとひそかに思っていた。そこで、子供を持つというなら、娘になる可能性も同じくらいあるのよ、と言った。するとイングマルからは、後ろ向きなことを言うなと諭されてしまった。

「そんなことより、何か軽く食べられるものを出してくれたら、これからのことを全部話してあげよう」

ヘンリエッタはそうした。角切りにしたじゃがいもとベーコンを炒めて目玉焼きを乗せ、ピッティパンナを作ると、ビーツを添えて出した。

イングマルは口いっぱいほおばりながら、ヘンリエッタにグスタフ5世との出会いについてさらに詳しく話して聞かせた。彼が妻に語った、初めてではあるがけっして最後ではない「小間使い」と「ならず者」についての話と、2度めではあるがけっして最後ではない銀の杖と額についての話だ。

「そして、それが君主制は根絶すべきものだという理由なの？」ヘンリエッタは言った。「巧妙さと忍耐によって？　巧妙さと忍耐って、どういう意味で使ってるの？」

彼女が思っていた――しかし口には出さなかった――のは、巧妙さも忍耐も、歴史的に見て夫の際立った特徴とはとても言いがたい、ということだった。

忍耐というなら、僕にもちゃんとわかっている。君と僕とで子供を作ったのが早くて昨日だとしても、生まれてくるまでにはこの先数ヶ月は待たなくちゃいけない。それからだって、ホルゲルが立派に父の跡を継げるようになるまでには、何年もかかるんだから。

「何を継ぐって？」

「闘争だよ、愛するヘンリエッタ。闘争だ」

イングマルには、ヒッチハイクでヨーロッパを縦断しているあいだに考える時間がたっぷりあった。君主制を根絶するのは容易なことではない。一生を捧げるべき仕事だといってよい。いや、もしかしたら一生じゃ足りないかもしれない。そこでホルゲルが登場するというわけだ。もしイングマルが闘いに勝利を収める前に道半ばで死ぬようなことがあったら、息子がその先の道に足を踏みだすのだ。

「ホルゲルっていう名前はどこからきたの？」ヘンリエッタは、いろいろ疑問に感じていることのなかから、その件を尋ねてみた。

実際のところ、呼びやすければなんだってよかったのだ。大事なのは名前ではなく闘いなのだから。だからといって、息子を「ムスコ」と呼ぶのは実用的ではない。それで初めは、有名な作家にして共和主義者であるヴィルヘルム・ムーベリにちなんで、ヴィルヘルムはどうかと思ったのだが、そういえば王の息子のひとりがその名前で、おまけに、「セーデルマンランド公爵および王子」などという称号までついていると気がついた。

そこで、ほかの名前をアルファベット順に考えていったら、マルメからルンドに向かって自転車をこいでいるときに、Hのところではたと思いついた。前日に知り合った救世軍の兵士は、そういえばホルゲルという名前だった。あの男はまちがいなく善良な心の持ち主だった。自転車のタイヤにちゃんと空気を入れておかないくらいはご愛嬌だ。ホルゲルがイングマルに示した誠実さと礼節は実に大したものだったし、イングマルが知るかぎり、地球上にその名前の王族はいなかった。ホルゲルは、まさにこの状況に望ましい、王家の家系図とは縁遠い名前といえた。

　そこでやっと、ヘンリエッタに全体像が見えた。スウェーデンでも最先鋭の君主主義者は、今このときから、王家をぶっ潰すことに生涯を捧げることにしたというわけだ。彼はその使命を墓に入るまで全うし、そのときに備えて前もって子供たちにも準備をさせるつもりでいる。まとめると、これによって彼は巧妙かつ忍耐強くなるのだ。

「子供たちじゃない」イングマルは言った。「子供はひとりだからね。名前はホルゲルだ」

＊＊＊

　しかし、後になってわかったのだが、ホルゲルのほうは父親ほど生まれる気満々というわけではなかった。そのとき以来14年間、イングマルは本質的に以下のふたつに時間を費やすことになった。

1、手に入りうるかぎりの不妊症に関する資料を読む。

2、現象としての王と個人としての王に対し、包括的で型にはまらない誹謗《ひぼう》中傷を行う。

これらに加えてセーデルテリエ郵便局では、もっとも地位の低い職員としての仕事を、上司の忍耐が切れない範囲すれすれでこなすことは怠らず、したがってクビになることもなかった。

セーデルテリエ市内の図書館の関連書はすべて読みつくしてしまったので、イングマルは定期的に電車でストックホルムの王立図書館まで出かけていった。呪わしい名前の図書館ではあるが、蔵書はあり余るほどある。

イングマルは、排卵障害や染色体異常や精子機能不全について、知る価値のあることはすべて学んだ。知恵の宝庫のさらに奥へと進むと、科学的には意味のないうさんくさい情報にも通じるようになった。

たとえば日によって、仕事後（たいてい勤務時間終了15分前）帰宅してから夜寝るまでの時間は、下半身裸で家の周りを歩いた。こうすると陰嚢の温度を低く保つことができ、それはイングマルが読んだ資料によれば、精子の運動性を高める効果があるのだ。

「イングマル、洗濯物を干してくるから、スープを混ぜておいてくれない？」ヘンリエッタが言ったとする。するとイングマルはこう答える。

「だめだ、陰嚢がストーブの火に近づきすぎるからな」

ヘンリエッタは生命力にあふれる夫を今でも愛していたが、ときとして物事のバランスをとるため1本余分にタバコの力を必要とすることもあった。そしてもう1本。そしてそこへ、たまたまイングマルが食料品店にクリームを買いに行っていいところを見せてくれるものの、下半身丸出しなのをすっかり忘れていたりするので、また1本。

ほかの点では、イングマルは忘れっぽいというよりいかれていた。たとえば彼は、ヘンリエッタの生理周期を覚えた。そうすればその無益な期間は遠出をして、国家元首の人生に不幸をもたらす仕事ができる。実際にイングマルは大小さまざまな方法でそれを実行した。

そのひとつが、１９４８年6月16日の90歳の誕生日に、国王陛下を称《たた》えたことである。ストックホルムのクングスガータン《国王通り》で、王の車の行列が通りすぎる瞬間に「老いぼれヤギに死を」と書いた幅25メートルを超す横断幕を広げてみせたのだ。そのころにはグスタフ5世の視力はかなり衰えていたが、その横断幕に何が書かれているかなら、たとえ目が見えない人でもおおよそわかるというものだ。翌日のダーゲンス・ニーヘーテル紙によれば、王はこう言ったという。「犯人を逮捕して、余のもとへつれてまいれ！」

今では、王の方がイングマルに会いたがっていた。

クングスガータンで成功を収めたあと、しばらくはなりを潜めたイングマルだったが、１９５０年10月には、ストックホルム歌劇団の若くて疑うことを知らないテナー歌手を雇って、王が死の床に伏せるドロットニングホルム宮殿の窓の外で「バイ・バイ・ベイビー」を歌わせた。歌手は宮殿外で喪に服していた人々からこっぴどく殴られたが、周辺の茂みの位置を熟知していたイングマルはなんとか逃れることができた。打ちのめされた歌手はイングマルに恨み言を綴《つづ》った手紙を出し、事前の契約どおりの２００クローナの謝金に加えて、身体的心理的損害に対して５００クローナを要求した。しかしイングマルは、嘘の名前にでたらめの住所で契約をしていたため、歌手の手紙はルーヴスタごみ処理場に届いただけで、一読した所長に丸められて2番焼却炉に放りこまれて終わった。

１９５５年、イングマルは新しい王の国内公務旅行の追っかけをしたが、何ひとつ問題を起こせずに終わった。イングマルはなかば絶望し、もっと大胆にならねばと思い、世論を形成するだけに落ち着いていてはいけないと心に決めた。玉座に収まった王の太ったケツは、かつてないほどに安定していた。

「そろそろ、あきらめたらどう？」ヘンリエッタは言った。

「ねえ、またそんな後ろ向きな気持ちになっているのか。前向きな気持ちこそが妊娠の秘訣だって聞いたよ。そういえば、何かで読んだけど、君、水銀を飲むんじゃないよ。妊娠初期には害になるからね」

「水銀？」ヘンリエッタは言った。「なんで私が水銀なんて飲むのよ？」

「だから、飲むなって言ってるじゃないか！　それからダイズも食事に入れないように」

「ダイズ？　何それ？」

「知るもんか。でもとにかく、食事に入れちゃだめだぞ」

１９６０年８月、イングマルは新しい妊娠の秘策を考えた。またも何かで読んだかしたらしい。ヘンリエッタに持ちかけるには、若干の気恥ずかしさを伴う類の話だった。

「えーと、君が逆立ちをして……その、あの最中に……そしたら精子がいっそう……」

「逆立ち？　バカじゃないの？」

ヘンリエッタは、そう言って気がついた。実は自分も、同じ方法を考えたことがあった。だったら、ぜひやってみようじゃない？　どうせうまくいきっこないんだから。ヘンリエッタは、もうとっくにあきらめていた。

　驚きだったのは、この風変わりな体位が長らくなかったような快感をふたりにもたらしたことだった。営みのあいだじゅう、両者は喜びの声をあげどおしだった。ヘンリエッタは、イングマルが終わってすぐに眠ってしまわなかったとわかると、さらに誘ってみることにした。

「悪くなかったじゃない、ダーリン？　もう1度どう？」

　イングマルは自分でもまだ寝ていないことに驚いていた。ヘンリエッタの誘い文句にどうしようかと考えたすえ、言った。「よし、やろうじゃないか」

　その夜の1回めでだったのか2回めでだったのかは知りようがないが、13年間の不妊期間を経て、ヘンリエッタはついに妊娠した。

「ホルゲル、僕のホルゲル、もうすぐ来てくれるんだね！」イングマルは、ヘンリエッタに妊娠を告げられると、妻のお腹に向かって叫んだ。

　ヘンリエッタは、エルサの可能性だってあるじゃない、と思うだけの基本的な性知識はあったので、キッチンへ行ってタバコを吸った。

＊＊＊

　それから数ヶ月、イングマルは着々と準備を進めた。ヘンリエッタの大きくなっていくお腹の前に座り、毎晩ヴィルヘルム・ムーベリの『なぜ私は共和主義を支持するのか』を読んで聞かせた。毎日朝食の時間には、ヘンリエッタのへそ越しにそのとき頭を占めている共和主義思想について論じ、ホルゲルと会話した。マルティン・ルターは、かなり頻繁に槍玉にあげられた。「われわれは神を畏れ、愛さなければならない。だから親や目上の者を見下したり、彼らを煩わせたりしてはならない」という考えを持っていたからだ。

ルターの理論には少なくともふたつ誤りがある。ひとつめは神に関する部分である。神は人間によって選ばれたのではない。そしてその座から追われることはない。もちろん、人は望めば改宗できるが、神はどれも似たり寄ったりにしか見えない。

ふたつめは、われわれは「目上の者を煩わせる」べきではないというところだ。ここでいう目上の者とはいったいだれのことか。そしてなぜ、そいつらを煩わせてはいけないのか。

ヘンリエッタは、自分のお腹の前でひとり言を言うイングマルの邪魔をすることはほとんどなかったが、ときにはその活動を遮らなければならないこともあった。ストーブの料理が焦げてしまうからだ。

「待て、まだ終わっていないぞ」イングマルが言う。

「でも、おかゆなのよ」ヘンリエッタは答える。「家が焼け落ちてしまうのがいやなら、わたしのおへそと話すのは、また明日にしてちょうだい」

ついにそのときが来た。予定日よりも1ヶ月早かった。その日、イングマルは弁償しろと脅しを受けてようやく、手にする切手すべてのグスタフ6世アドルフの額に角を描くのをやめると同意していた。イングマルがいまいましいにもほどがある王立郵便局から帰宅したちょうどそのとき、幸運にもヘンリエッタが破水した。それから、事はあっという間に進んでいった。ヘンリエッタはベッドに這いずって行き、イングマルは助産師を呼ぼうとして、壁の電話をコードから何からそっくり引っこ抜いてしっちゃかめっちゃかにした。イングマルがキッチンの入り口に突っ立って悪態をついているあいだに、隣の部屋ではヘンリエッタが赤ん坊を産み落とした。

「悪態をつき終わったら、いらっしゃい」ヘンリエッタが荒い呼吸の合間に言った。「ただ、ハサミを持ってきてね。へその緒を切ってほしいの」

イングマルはハサミを見つけることができなかった（キッチンの地理にはとんと疎《うと》かった）が、ワイヤーカッターなら道具箱で見つけることができた。

「男の子かしら、女の子かしら」ヘンリエッタが尋ねた。

イングマルは形式上、その答えが存在する場所に目をやってから言った。「もちろん、ホルゲルだ」

そしてイングマルが妻に口づけしようとしたそのとき、ヘンリエッタが言った。

「やだ！　もうひとり出てきてるみたい！」

新米の父親は混乱していた。当初は出産に立ち会えそうだったのだが、電話のコードが絡まって廊下で身動きが取れなくなってしまった。そしてその数分後……息子がもうひとり産まれてきた！

イングマルがこの事実をしっかり受けとめる間もなく、ヘンリエッタは弱々しくも断固とした声で、母体と赤ん坊の命を危険にさらさないためにやるべきことについて、夫に次々指示を出した。

しかし、やがて事態も少し落ち着いた。すべて順調だった。ただイングマルは、膝にふたりの息子を抱えて座りこみ、改めてはっきりと、ひとりのはずだったのにと思った。やはり、ひと晩に2回もするべきではなかったのだ。おかげでこんなに込み入ったことになってしまった。

「なに馬鹿なことを言ってるの」

　ヘンリエッタは言うと、ふたりの息子をじっと見た。初めに生まれた子とあとから生まれた子。

「左の子がホルゲルっぽいんじゃない？」

「そうだね」イングマルがもごもごと言った。「それか、右の子」

　この問題は、最初に生まれた子をホルゲルにして解決するのが筋だったのだが、胎盤やら何やらすべてが混乱をきたしていたために、最初の子と2番めの子が入り乱れてしまい、イングマルにはもはや区別がつかなくなっていた。

「ちくしょう！」イングマルが思わず口走ると、たちまち妻に叱責された。

　たまたまちょっと多く生まれすぎてしまったからといって、息子たちがこの世で最初に耳にする言葉がののしり言葉であっていい理由にはならない。

　イングマルは話すのをやめた。改めて状況を通して考えてみる。そして決意した。

「こっちがホルゲルだ」イングマルは右側の子を指してきっぱり言った。

「わかったわ、これで決まりね」ヘンリエッタは言った。「それで、こっちの子は？」

「そっちもホルゲルだ」

「ホルゲルとホルゲル？」ヘンリエッタは、急激にタバコが欲しくなった。「本気で言ってるの、イングマル？」

　本気だとも、とイングマルは言った。

第2部

人間を知れば知るほど、
自分の犬が愛しくなる。

――スタール夫人
（1766～1817年。フランスの批評家、小説家）

5 匿名の手紙と地球の平和と腹をすかせたサソリ

技術者ヴェストハイゼンの掃除婦は、社会全体に大きな変化があればここから出られるのではないかというかすかな希望に、再びすがるようになっていた。そうはいっても、自分に未来を与えるチャンスなど、簡単に思い描くことはできなかった。その未来がどういう類のものであってもだ。

研究施設の図書室にある本や資料は、もちろんある程度の事実を教えてはくれたが、ほとんどが10年以上も前の古いものばかりだった。たとえばある日、1924年にロンドンのある教授が書いた200ページほどの本を流し読みしていたら、国際連盟とジャズ人気の高まりの結合により、今後新たな戦争が起こる可能性はないことを証明したと書かれていた。

柵と施設の壁の内側で起きていることは、もう少し簡単に経過を追うことができた。残念ながら最新の報告書には、技術者の優秀な部下たちが自触媒作用やそのほかの問題を解決したので、爆破実験の準備が整ったとあった。実験が成功すればプロジェクト全体が完成に近づくことになり、ノンベコとしてはけっして穏やかではいられない。願わくは、まだしばらくは生きていたかった。

今できるのは、プロジェクトの進展をわずかでも遅らせることくらいだ。プレトリアの政府が、ヴェストハイゼンは能なしだという事実に気づいて、疑いを持つまでには至らない方法が望ましい。たぶん、最近始まったばかりのカラハリ砂漠の掘削《くつさく》工事を一時的にとめるくらいがちょうどいいだろう。

不凍液の件ではさんざんな結果に終わりはしたが、ノンベコは今一度、中国人3姉妹の力を借りることにした。姉妹を通して彼女たちの母親から、手紙を1通送ってもらえないかという頼みだった。

そうはいっても、うまくいくかしら。発送物はすべてチェックが入るのでは？

もちろん、そうだ。警備部門が認可した発送先リストの住所に宛てた郵便物は、白人の専門職員が残らず発送して、それ以外の少しでも疑わしい郵便物はすかさず開封し、送り主を例外なく尋問する。

これはもちろん、乗り越えられない問題のはずだった。もし警備部長が数年前に郵便物管理の責任について指導をしたりしなければ。部長は適用される警備基準を中国人姉妹にこと細かに説明したうえで、こうした基準が必要なのは、ひとりたりとも信頼するわけにはいかないからだとつけ加え、その後手洗いへ行くと席を外した。中国人姉妹は、部長のその言葉を早速証明してみせた。部長が部屋を出るや机の前に回りこんで、タイプライターに住所リストの紙を差しこみ、認定済みの１１４ヶ所の住所の最後に、新しい住所をタイプしたのである。

「お母さんの住所ね」ノンベコが言った。

姉妹たちは笑顔でうなずいた。念には念を入れて、母の名前には響きのよい肩書きも加えておいた。チェン・リアンだけじゃ怪しまれるわ。チェン・リアン教授なら信頼できそうな感じじゃない？　人種差別の理屈とは、それ以上に複雑ではない。

ノンベコには、教授という肩書きがついているとしても、中国系の名前は見る人の注意を引くことにならないだろうかと思えたが、危険を冒してもそれを乗り越えるのが、この件にかぎらず姉妹の気質のひとつのようだった。ただひとつ、ノンベコと同じようにここで囚われの身となった件は別として。母親の名前は、この何年か問題なく使えているのだから、あと1日くらいはなんとかなるだろう。ということは、ノンベコがチェン・リアン教授宛てに手紙を書けば、それを姉妹の母親から別の場所に転送してもらうことはできるだろうか？

「できるに決まってる」姉妹は、ノンベコがだれに手紙を送ろうとしているかにはまったく興味を示さずに言った。

ワシントン
ホワイトハウス
ジェームス・アール・カーター・ジュニア大統領閣下

拝啓、大統領に謹んでお知らせ申しあげます。南アフリカは、酔っ払いのクズ指導者のもと、今後３ヶ月以内に３メガトン規模の原子爆弾１基の爆破を行う計画を進めております。爆破は、１９７８年初頭、カラハリ砂漠にて実施される予定です。より具体的に申しあげますと、正確な地理座標は、南緯26度44分26秒、東経22度11分32秒です。南アフリカ政府の計画では、その後さらに同じ型５基を装備し、適宜使用することになっています。

敬具
あなたの友人より

ノンベコはゴム手袋をはめた手で封をし、住所を書くと、封筒の隅に「アメリカに死を！」と書きそえた。その封筒はさらに別の封筒に入れられ、翌日には、警備部門に認可されたヨハネスブルク市内の中国系の名前の教授宛てに発送されていった。

＊＊＊

ワシントンにあるホワイトハウスは、ノンベコの故郷アフリカから連行された黒人奴隷たちによって建てられた。当初から巨大な建物だったが、１７７年後の現在は、さらにいかめしさを増していた。部屋数は１３２室、トイレは35ヶ所あり、６階建てで、ボウリング場と映画館まで併設されていた。さらに、夥《おびただ》しい数の職員が働いていて、毎月彼ら宛てに届く郵便物の数は３万３０００件にもなった。

郵便物はすべてX線検査を通って、専門の訓練を受けた犬の鋭い嗅覚に晒され、さらに目視検査を経て各宛先の人物へと送られた。

ノンベコの手紙は、X線と犬の検査はくぐりぬけたが、眠くても注意を怠らない目視検査官が「アメリカに死を！」の文字を見て、警報を鳴らした。12時間後、手紙はバージニア州のラングレーに送られ、ＣＩＡ長官のスタンスフィールド・Ｍ・ターナーに提出された。報告を行う諜報員は、封筒の特徴を述べ、検出された指紋の数はごく限られており、複数の郵便局職員のものと判明すると思われると報告した。またX線検査機でも反応はなく、消印の信憑性も妥当と思われる。投函されたのは南アフリカのヨハネスブルク市第９区で、８日前。コンピューターの解析によると、手紙の文章は『地球の平和』と題する本に出てくる単語を切り貼りして書かれたようだ。著者のイギリス人教授は、国際連盟とジャズの結合が世界に幸運をもたらすと唱えた初めての人物で、その後１９３９年に自ら命を絶っている。

「ジャズが世界に平和をもたらすだと？」が、ＣＩＡ長官が最初に口にした見解だった。

「長官、申しあげましたとおり、著者は自殺しております」諜報員は答えた。

ＣＩＡ長官は諜報員に礼を言うと、手紙を前に、部屋にひとり残された。20分間で3本の電話をかけたのち、手紙の内容は長官が先に掴んでいたある情報と完全に一致することがわかった。情報源は具合の悪いことにソビエトで、3週間前のことだったが、そのときは信じていなかった。ソビエトからの情報との違いは、手紙には正確な地理座標が記されている点だけだった。全体を見るに、情報は相当に信憑性が高いといえた。ＣＩＡの長官の頭には今、主にふたつの考えがあった。

1、手紙の送り主はどこのどいつなのか？

2、大統領に報告する段階だ。そもそも宛名は大統領なのだから。

ターナー長官は、諜報員のあいだで不評を買っていたが、その理由はできるだけ多くの部下をコンピューターと入れ替えようとしているからだった。そして手紙の言葉が『地球の平和』なる本からの切り貼りだと突きとめたのは、人間ではなくそのコンピューターだった。

「ジャズは地球に平和をもたらすものなのか？」カーター大統領は、翌日大統領執務室を訪ねた学生時代からの旧友ターナーに向かって言った。

「著者は数年後に自殺しているそうです、大統領」ＣＩＡ長官は言った。

ジャズ愛好家のカーター大統領は、しばらくそのまま考え続けた。もし哀れな教授が正しかったら？　ビートルズとローリング・ストーンズがのしあがり、すべて台無しにしたのだとしたら？

ＣＩＡ長官は、ビートルズはさまざま責めを負うべきところはあるが、ベトナム戦争を始めた件はそれに当たらないと言った。そして自身はその説には懐疑的である、なぜならたとえビートルズとローリング・ストーンズが世界の平和を破壊しなかったとしても、セックス・ピストルズは抜かりがないから、と続けた。

「セックス・ピストルズ？」大統領がいぶかしげに言った。

「ゴッド・セイヴ・ザ・クイーン《神よ、女王を救ってくれ》、あいつは人間なんかじゃないのさ。お聞きになったことがあるのでは？」ＣＩＡ長官がヒット曲を挙げた。

「ああ、あれね」大統領は言った。


　差し迫った問題だ。南アフリカのバカどもが、原子爆弾を爆発させようとしている？　しかもクズ野郎の先導で？

「クズ野郎の件についてはわかりかねますが、開発はヴェストハイゼンという技術者が監督となって進めているようです。南アフリカの最高学府を主席で卒業した男ですので、選り抜きのはずですが」

　しかし、それ以外の情報は多くの点から正しいと思われた。もちろん、すでに親切なソ連国家保安委員会（ＫＧＢ）からは、内報を受けている。そして今度がこの手紙だ。こうした巧妙な書き方から、ＣＩＡの部長は背後にＫＧＢはいないと命を懸けて断言した。加えてＣＩＡの衛星写真は、謎の手紙の主が特定した座標の砂漠の一帯で、何かしらの動きがあることを示していた。

「それにしても、封筒に『アメリカに死を』と書いたのはなぜなんだ？」カーター大統領が言った。

「そのおかげで、ただちに私のデスクに届けられたのですよ。おそらくそこが狙いだったのでしょう。手紙を送った人物は、大統領の周辺警備に関して相当な洞察力を持っています。なおのこと、この男が何者かが気になりますね。いずれにせよ、巧妙なやり口だ」

大統領は咳払いをし、口ごもった。彼は「アメリカに死を」の何がそんなに巧妙なのかが、さっぱりわからなかった。それを言うなら、エリザベス2世が人類ではない、何か別の種だとかいうあの歌も。

しかし大統領は旧友に礼を述べ、秘書に言ってプレトリアのフォルスター首相に電話をかけた。カーター大統領は、さまざまな方角に向けた3万2000基の核ミサイルに直接の責任を負っていた。モスクワのブレジネフも同じような状況だ。世界は今さら同じ規模の爆弾を6基も必要としていない。だれかが説教してやらねばならん！

＊＊＊

フォルスターは激怒していた。あのピーナッツ農夫でバプテスト派信者のアメリカ大統領が図々しくも電話を寄こし、現在準備を進めているカラハリ砂漠での爆弾実験に対し文句をつけてきたのだ。あまつさえ、実験場所の正確な座標まで特定してきた。根拠のない言いがかりで、まったく信じられないほどのひどい侮辱だ！　フォルスターは怒りに任せてジミー・カーターの耳元に思いきり受話器を叩きつけて電話を切ってやったが、そこでやめておく理性はあった。代わりに、すぐさまペリンダバの技術者ヴェストハイゼンに電話をかけると、実験場所を変更しろと命令した。

「でも、どこにです？」電話で話す技術者ヴェストハイゼンの足下を、掃除婦がモップがけしていた。

「カラハリ砂漠以外ならどこでもだ」フォルスター首相が言った。

「それだと、数ヶ月は遅れてしまいますよ。もしかしたら1年か、それ以上」技術者は言った。

「いいから言ったとおりにしろ、うすのろめ」

＊＊＊

技術者の掃除婦は丸々２年、雇い主が実験場所について頭を悩ませるのを放っておいた。カラハリ砂漠が使えなくなった今、ヴェストハイゼンが思いつく最善策といえば、ホームランドのどこかひとつにブツを持ちこむことくらいだった。しかしさすがの彼も、それではあまりに聞こえがよくないと考えた。

ノンベコは、技術者の株価が最安値を更新しそうなのを感じとり、そろそろ価格つりあげにかからなければと思っていた。ところがそのとき、幸運に見舞われた。ある外的要因によって、技術者に（広い意味では掃除婦にも）６ヶ月の猶予が与えられたのだ。

Ｂ・Ｊ・フォルスター首相は、ほぼすべての文脈で自分の国が受ける文句や恩知らずな態度に晒されるのに、いいかげん嫌気が差していたと思われる。そこで首相はちょっとした助けを借り、魔法のような手を使って国庫から７５００万ランドを消滅させると、『国民』という名の新聞を創刊した。この「国民」は一般の国民と違って、南アフリカの政府と、政府が先住民族や外の世界を厳しく統制する能力に対して、独自に、完全なまでに肯定的な態度を示した。

不運にもこの件は、並外れて反逆的な国民によって広く世間の注目を集めることになった。同じころ、いまいましい世界の良心とやらが、アンゴラで成功した軍事行動を市民６００人の虐殺だと言い出した。次はフォルスターの番だった。

ああ、くそくらえ。フォルスターは今一度最後に思った。そして、１９７９年に政治の世界を去った。残りの人生でやらなければいけないことといえば、ケープタウンの自宅に帰って、邸宅のテラスに座ってウイスキーのグラスを手に、テロリストのマンデラが囚われているロベン島をながめるくらいだ。

朽ち果てていくのはマンデラのほうだ。私ではない。フォルスターは、朽ち果てながらそう思っていた。

後任の首相のＰ・Ｗ・ボータは「大きなワニ《デイ・グルート・クロコド》」と呼ばれるだけあって、最初の電話から技術者をこっぴどく脅してきた。ノンベコは、これ以上は実験を遅らせることはできないと悟った。そこである日の午後遅い時間、技術者がまだ会話ができるときを見はからって、話を持ち出した。

「あの、技術者さん……」デスクの灰皿に手を伸ばしながら、ノンベコは切りだした。

「今度はなんだ」技術者が言った。

「あの、ちょっと考えたんだけど……」技術者はノンベコの話を遮らなかった。「考えたんだけど、南アフリカの土地はカラハリ砂漠以外どこも余裕がないっていうなら、爆弾は海で爆発させてみたらどうかしら？」

南アフリカの国土は、三方を事実上果てしなく続く海に囲まれている。砂漠がだめになった以上、実験場所に最適なのはどこかなんて子供にだってわかるはずだと、ノンベコはずっと思っていた。案の定、子供のようなヴェストハイゼンは顔をぱっと明るくした。一瞬だけ。そしてすぐに、諜報部から、いかなる状況であっても海軍との提携はないと警告されていたことを思い出した。アメリカのカーター大統領がカラハリ砂漠で計画されていた実験について情報提供を受けたと思われる後、詳細な調査が行われ、海軍中将ヨハン・シャール・ウォルターズが第一容疑者として絞りこまれた。ウォルターズ中将はカーターの電話よりきっかり3週間前にペリンダバを訪れており、プロジェクトを明確に理解していた。また、技術者ヴェストハイゼンが朝の渋滞に巻きこまれているあいだに、少なくとも7分間ひとりきりで技術者のオフィスにいたこともわかっている（渋滞のくだりは、技術者が尋問ででっちあげた話である。実際は朝食代わりの一杯を飲むバーで少しばかり長居しすぎてしまっただけだった）。ウォルターズは自分の潜水艦が核弾頭で武装できないと知ってへそを曲げ、アメリカに余計な話を漏らしたのだろうというのが、もっぱらの説だった。

「海軍は信用ならん」技術者は掃除婦に向かってぼそぼそ言った。

「じゃあイスラエルの手を借りたらいいじゃない」ノンベコは言った。

　そのとき、電話が鳴った。

「はい、首相……もちろん、重大さはわかっております……ええ、首相……いえ、首相……お言葉ですが、それはちょっと同意しかねます、首相。今まさに、インド洋で行う実験計画についての詳細を検討しておるところです。ええ、イスラエルと……3ヶ月以内にです、首相。ありがとうございます、首相。ご親切に、本当に感謝いたしております。ええ、では、ごきげんよう」

　技術者ヴェストハイゼンは電話を切ると、たった今注いだばかりのグラスいっぱいのブランデーをぐいっと飲み干した。そしてノンベコに言った。

「ぼさっと突っ立ってるんじゃない。あのイスラエル人ふたり組を連れてこい」

案の定、実験はイスラエルの支援を受けて行われた。技術者ヴェストハイゼンは、元首相にして元ナチス支持者のフォルスターに向けて狙いを定め、イスラエルと協力関係を築いた天才的手腕に対する心からの感謝の念を発射した。イスラエルの現場責任者は、ふたりの尊大なモサド諜報員だった。残念なことに、技術者は必要以上に彼らと顔をつきあわせることになったが、あの優越感たっぷりの笑顔には、何があっても耐えられるようになるとは思えなかった。あの笑顔を見ると、「生乾きの粘土のガチョウを、２０００年前のものだと信じて買うなんて、どんだけバカなんだよ」と言われた気分になった。

国家反逆罪容疑者のウォルターズ中将が蚊帳《かや》の外に置かれているのだから、アメリカも情報を入手することはできまい。ざまあみろ！　もちろん、爆発の様子はアメリカの衛星ヴェラが記録したが、それはやや遅きに失したといえよう。

新首相のボータは実験結果に大喜びして、研究施設にコンスタンチア産スパークリングワインを３本抱えてやってきた。そしてヴェストハイゼンのオフィスでおつかれさま会のパーティーを開いた。出席者は、首相に加えて、技術者、ふたりのモサド諜報員、それに給仕を行う黒人の女だった。ボータ首相は、黒人を黒人と口に出して呼ぶことはけっしてなかった。立場上はその反対を求められたからだ。しかし心でどう思おうが、それを取り締まる規則はない。

ともかく、ノンベコはやるべき仕事をこなし、それ以外はできるだけ白い壁に同化しようとしていた。

「本当におつかれさん、技術者君」ボータ首相がグラスを持ちあげて言った。「乾杯！」

技術者ヴェストハイゼンは、英雄扱いされることにはそれなりに居心地悪そうな様子を見せ、首相がモサド諜報員たちと親しげに会話をしているあいだ、ナマエナンダに酒を注ぐよう控えめに命令した。

しかしその後、会の和やかな雰囲気が一変した。首相が振り返り、ヴェストハイゼンに尋ねたのだ。

「ところで、トリチウムの問題についての君の見解は？」

＊＊＊

Ｐ・Ｗ・ボータの経歴は、前任の首相と大きな違いはない。ただし、現職の首相のほうが若干は知恵者だったといえるかもしれない。ナチスの先は長くないと見て早々に見限り、自らの信念については「キリスト教ナショナリズム」であると公言するようになった。それによって、連合国が戦況で足場を固めたときにも拘留を免れ、待ち時間なしで政治的キャリアを始められた。

ボータと改革派教会は、聖書を丹念に読みこみさえすれば、真理はそこに見出せるとしていた。たとえば、人が天に届かせようと建てたバベルの塔の話は、「創世記」に登場する。神はこの企てを傲慢とみなした。怒り、人々をすべての地に散らして言葉を乱し、それを罰とした。

異なる人種と異なる言語。人を分け隔てるのは神の意思である。天上からの青信号によって、人間を肌の色で区別するのである。

大きなワニもまた、自分は神の助けによってキャリアの階段を上ったのだと感じていた。前任者のフォルスター内閣では、早くも防衛大臣を務めた。この地位で、彼はアンゴラに潜伏するテロリストたちに対する空襲を指令し、この行為が世界じゅうの間抜けどもから無辜《むこ》の民の殺戮《さつりく》と呼ばれた。「証拠写真があるんだぞ！」と世界は言った。「あんな写真、ちっとも重要じゃない」ワニは反論したが、説得できたのは自分の母親だけだった。

ともかく、技術者ヴェストハイゼンの眼前の問題は、ボータの父が第二次ボーア戦争の指揮官を務めており、ボータ自身の血にも軍事的戦略と論理が流れていることだった。さらにボータは、技術的な事柄に関する知識もいくらかはあった。いずれも核開発プログラムのトップに立つ技術者ヴェストハイゼンなら知っていて当然のことばかりである。ボータには技術者が詐欺師だと疑う理由はなかった。ただ会話の流れから興味を持って、質問しただけだった。

＊＊＊

技術者ヴェストハイゼンが口を開かないまま10秒が過ぎた。そろそろ技術者にとってはまずい事態になってきた。そしてノンベコには、紛れもなく危険が迫っていた。バカ！　あんな世界で一番簡単な質問にもすぐに答えられないなんて、身の破滅じゃない！　毎度毎度この男を助けることに、ノンベコはもう疲れ果てていた。それでも結局、ポケットに予備として入れていたクリップドリフトの茶色の瓶を取りだすと、技術者に近づき、また喘息の発作が出たみたいですね、と言った。

「さあ、この薬を一気に飲めば、すぐよくなって話せるようになります。そしたら首相に、トリチウムは爆弾の破壊力に関連していないから、半減期が短いことは問題にならないとお答えできますよ」

技術者はボトル1本を飲み干し、たちまち気分がよくなった。ボータ首相は目を丸くして使用人を見た。

「おまえ、トリチウムの問題がわかるのか」

「まさか、そんな」ノンベコは笑った。「ただ、あたしは毎日この部屋の掃除に来ていますし、技術者さんはほとんどの時間、公式やら何やら不思議なことをぶつぶつ言いながら過ごしているんです。それで、あたしの小さな脳みそでも、いくらかは覚えてしまったってことです。ところで、おかわりはいかがですか、首相？」

ボータ首相はスパークリングワインのおかわりをもらい、再び壁紙に戻ろうとしているノンベコをまじまじと見た。一方の技術者は、咳払いをして喘息の発作が出たことと、使用人が生意気にも口を開いたことを謝罪した。

「実を言いますと、トリチウムの半減期は爆弾の破壊力には関連性がないのです」技術者は言った。

「ああ、その話なら今、あの召使から聞いたよ」首相がむっつりと言った。

ボータ首相は、その答えに続けてさらに難しい質問はしてこなかった。ノンベコがせっせとワインのおかわりを注いだおかげで、すぐにまたよい気分になったからだ。技術者ヴェストハイゼンはまたも危機を乗り切った。掃除婦も同じだった。

ひとつめの爆弾が用意できたところで、続く製造過程は以下のように進められた。独立したふたつの精鋭チームがそれぞれに第1号をモデルに爆弾を製造する。両チームともに、製造手順の説明は、厳密に正確でなければならないと指示を受けている。爆弾第2号と第3号の製造方法は、最初は互いに、その後はそれぞれ1号と比較することで詳細に検討する。その比較検討を行うのは、技術者ただひとりである（数に入っていないある女は除く）。

もし両者ともまったく同じ爆弾ができていたら、両者ともに正しいということになる。このような高次の実験では、ふたつの独立したチームが同一の間違いをする可能性はほとんどない。ナマエナンダによれば、その可能性の統計的確率は、０・００５４パーセントである。

＊＊＊

ノンベコは、引き続き自分に希望を与えてくれる何かを探していた。中国人の3姉妹はいくつかのことを知っている。たとえば、エジプト人のピラミッドはエジプトにあること、犬を毒殺する方法、上着の内ポケットから財布を盗むときに注意すべき点のようなことだ。

技術者は南アフリカと世界の発展について、しょっちゅうぶつくさ言ってはいたが、ここで得られる情報にはフィルター処理と解釈が必要だった。技術者のつぶやきのほとんどは、地球上の政治家はすべて馬鹿か共産主義者で、やつらの決めることはすべて馬鹿げているか共産主義的だし、共産主義者はつまり馬鹿でもあるという内容に偏っていたからだ。

アメリカで新しい大統領に元ハリウッド俳優が選ばれたときなどは、選ばれた大統領にとどまらず支持者もいっしょに罵倒していた。しかし、ロナルド・レーガンは共産主義者のレッテル付けはされずにすんだ。代わりに論点は、なんであれ自分と立場の違う人間はみな同性愛者だという仮説をもとに、新大統領の性的指向に集中した。

中国人姉妹と技術者には申し訳ないが、情報源としては、彼らは技術者のオフィスの外にある待合室のテレビと比べ物にならなかった。ノンベコはしょっちゅう、こっそり電源を入れては床を磨いているふりをして、ニュースや討論番組を見ていた。その通路の床は、研究施設内のどこよりもきれいになった。

「またそこを磨いてるのか」ある日、午前10時30分だというのに、技術者が不機嫌そうに体を引きずって出勤してきて言った。ノンベコが当てにしていたより15分も早かった。「テレビをつけたのはだれだ？」

情報収集という観点では不十分な結果には終わったが、ノンベコは技術者を知りつくしていたので、質問には答えず話題を変えた。

「さっき掃除したときに、机の上に半分残ったクリップドリフトがあったわよ。古くなってるだろうから捨てようかと思ったけど、いちおう技術者さんに確認したかったの」

「捨てるだと？　おまえはバカか？」技術者は血相を変えてオフィスに駆けこむと、命の水が無事かを確かめた。ナマエナンダのやつがまたアホな考えを起こさないように、瓶の中身はさっさと自分の血流に取りこんだ。テレビと床と使用人のことは、すぐに忘れてしまった。

＊＊＊

ある日、ついにやってきた。

チャンスが。

ノンベコが手持ちのカードを正しく切って、技術者の運をほんのちょっぴり借りることができたら、もうじき晴れて自由の身になれるはずだ。自由で、お尋ね者。それでもだ。そのチャンスは、まだノンベコは知らなかったが、地球の反対側で生まれていた。

中国の事実上の指導者である鄧小平《とうしょうへい》は、ライバルを出し抜く才能を早くから示していた。実のところ、耄碌《もうろく》した毛沢東《もうたくとう》が死なずに粘っていたころからだ。もっとも華々しい噂といえば、毛沢東の右腕の周恩来《しゅうおんらい》がガンを患ったときに治療させなかったというものだろう。ガン治療をしないガン患者がよい結果を出せた例はほとんどない。もちろんそれは、ものの見方にはよる。ともかく周恩来は、CIAに粉々に吹き飛ばされずにすんだ20年後に亡くなった。

周の死後、鄧は、毛沢東最後の妻である江青《こうせい》を筆頭とした四人組に妨害を受けかけたが、毛じいさんがついに息を引きとると、四人組もただちに逮捕、拘留された。鄧はその牢の鍵をどこに置いたかは忘れることにした。

外交面では、鄧はモスクワにいるとんまのブレジネフに心底苛《いら》立っていた。ブレジネフの後はとんまのアンドロポフが引き継ぎ、アンドロポフの後はチェルネンコが引き継いだが、チェルネンコは3人で一番のとんまだった。幸運にも、チェルネンコは就任してあっという間に永久に辞任した。噂によれば、ロナルド・レーガンがスター・ウォーズ計画で死ぬほど怖がらせたせいではないかともいわれていた。現在は、ゴルバチョフとかいう若造が後を継ぎ……つまり、とんまからやんちゃに替わったということだ。この新人には、山ほど証明するべきことがあった。

さまざまな問題があるなかで、中国にとってアフリカでの立ち位置は常に懸案事項だった。過去数十年のあいだ、ソビエト連邦はアフリカ各地で起こった数々の自由化運動に首を突っこんできた。近年のアンゴラでの戦闘はその最たる例である。アンゴラ解放人民運動《MPLA》は、ソビエト産の武器を受けとって、それと引き換えに正しいイデオロギー的方向に進むという結果を出した。もちろんソビエトの方向である。なんてことだ！

ソビエトは、アンゴラを初めとするアフリカ大陸南部を、アメリカと南アフリカが望むのと反対方向に向けて動かしていた。さて、このごちゃごちゃのなかでの、中国の立ち位置とはどこか。クレムリンにいる共産主義の造反者たちを支援する？　それとも、アメリカ帝国主義者たちとプレトリアのアパルトヘイト体制と手を取りあう？

鄧はもう一度思った。ちくしょうめ！

どちらの側にもつかないという選択もできたはずだった。憎きアメリカが好んでいう、試合放棄である。ただし、南アフリカが台湾と手を結んでいるという噂が引っかかる。

アメリカがカラハリ砂漠での核実験を阻止した話は公然の秘密だった。南アフリカが何を企んでいるかはだれもが知っていた。ここでいう「だれもが」とは、「名前負けしていないあらゆる諜報機関」という意味である。

鄧の机上には、カラハリ情報に加えて新たな重大案件があった。南アフリカがその武器の件で台北と連携をとっていたようだとする注意書きが、諜報機関からの要点報告にあったのだ。台湾人が、中国本土に向けるミサイルを獲得するなど絶対に受け入れがたいことだった。そんなことになったら、南シナ海の戦況拡大につながりかねず、どんな決着を迎えるかまったく予想できない事態になる。そしてアメリカの太平洋艦隊はすぐそこまで来ているのだ。

つまり、鄧小平はどうにかして、あの不快なアパルトヘイト体制を捌《さば》いていかなければならなかった。主任課報員からは、南アフリカは勝手に自滅するから何もしなくていいと提言された。そのちょっとした助言のおかげで、主任課報員は今では主任課報員ではなくなった。台湾が核保有国と制約なしに取引したら、実際中国はより安定するかもしれないだと？　元主任課報員は、新しい職場の北京市地下鉄で臨時駅務員の仕事をしながら、いくらでもこの件を考えていればいい。

「采配」が駆け引きのカギだった。さて、どうしたものか。

　鄧小平自身があちらに出向いて、あの元ナチスのボータの横に並んで写真に撮られるわけには、絶対にいかなかった（ただその考え自体にはちょっと魅力を感じた。衰退期の西洋には、わずかながら独特の魅力がある）。側近を送るのもだめだ。断じて、北京とプレトリアが親しい間柄に見えるようなことがあってはならない。

　だからといって、観察報告をする能力も判断力もない、書類仕事しかできない下級官吏を送ってはなんの意味もない。もちろん、中国の代表として、ちゃんとボータの謁見を賜《たまわ》れるほどの重職であることも肝要だ。

　かくして、任務をこなすことができ、かつ政治局常務委員会に近すぎず、北京の鄧小平の代理とははっきり認識されないような人物という条件で見つかった答えが、貴州省の若き党委員会書記長だった。貴州省は、人口より少数民族の数のほうが多いともいわれるが、この書記長は、ヤオ族、ミャオ族、イ族、チャン族、トン族、チワン族、プイ族、ペー族、トゥチャ族、コーラオ族、シュイ族といった気難しい少数民族をまとめあげる能力を示したばかりだった。

　そんなふうに11個のボールを空中でうまく扱えるほどの人物なら、元ナチスのボータくらいお手のものだろうと鄧小平は考えた。よし、この若者をプレトリアに送ろうじゃないか。

　書記長の任務は、南アフリカにメッセージを届けることだった。それとなく、核兵器に関して台湾と共同作業を行うことは受け入れられないと伝え、ケンカを売るつもりなら、買うのはだれなのか、南アフリカ人たちに理解させるのである。

＊＊＊

　ボータは、自分よりも格下の中国の省長を迎えるのに、まったく心躍る気分になれなかった。ましてや、ボータ自身の格はあがったばかりなのである――首相から大統領に。大統領ともあろう者が、中国人ごときをだれでもそうやって歓迎したりしたら、世間はどう思うだろう？　もし連中を全員迎えてやらなきゃいけなくなったら、ひとり数秒としても、１万３０００年以上かかることになる。ボータは自分がそこまで長生きできるとは思えなかった。実際、肩書きは新しくなったというのに、ボータ自身は疲れきっていた。

　同時にボータは、中国がなぜ子分を送りこんでくる戦略を選んだのかも、理解していた。北京は、自分たちがプレトリアの政府を受け入れているという非難を受けたくはないのだ。それをいうなら、こちらも事情は同じだ。

　問題はまだある。やつらの目的はなんだ？　台湾に関係する何かか？　南アフリカと台湾の関係は、成果が出ないままとっくに終わってしまっているというのに、なんとも滑稽な話だ。

　まあ、あれだ、そうはいっても、その使いの坊やに会いに行くくらいは、してもいい。

なぜか？　私は子供のように好奇心旺盛だからだ。ボータはひとり言を言い、笑うようなことは何もないのに笑顔になっていた。

大統領が使い走りと会うというとんでもないマナー違反を緩和するため、ボータは中国人の身分に合わせた会合と食事会を設定することを考えた。そして自分は、偶然そこを通りかかるのだ。やあ、君たちだったのかい。座っていいかな？　そんな感じ。

そこでボータは、最高機密の核開発プログラムの責任者に電話をかけ、大統領との面会を求めてきた中国人客の接待を命じた。大統領が言うには、技術者とお客はいっしょにサファリへ行って、夜にはすばらしくおいしい食事をともにする。夕食をとりながら、技術者は中国人に南アフリカの軍事工学を甘く見るんじゃないと理解させる。ただし、実際に核兵器に関する真実そのものを話してはならない。

メッセージをしかと伝えきることが重要だった。そうと口にすることなく、わが国の力を見せつけるのだ。ボータ大統領は偶然にもその近くにいて、さらに人は食事をとらねばならないので、喜んで技術者と中国人に同席させてもらう。

「もちろん、君が気にしなければの話だがね、技術者ヴェストハイゼン君」技術者は頭がくらくらしてきた。つまりは、大統領が会いたくない客を接待するということか。そしてはっきりそうとはいわずに、例の件の我が国の実情を客に伝えて、その席へ、大統領は会いたくもない客に会うために姿を現す。

技術者は、自分が何やら茶番のような状況に足を踏み入れようとしていることはわかった。それ以外は、大統領が開催すべきだと決定した夕食会に、自分が大統領を今すぐ招待しなければいけない以上のことは理解していなかった。

「気にするもんですか、歓迎いたしますよ、大統領！」技術者は言った。「ぜひともいらしてください！　ところで、日にちはいつです？　そして場所は？」

こうして、北京の鄧小平の心配事は、ペリンダバの技術者ヴェストハイゼンの問題になった。もちろん実際のところ、技術者は自分が統率しているプロジェクトについて何も知らない。まったくなんの能力もないというのに、有能なふりをして座っておしゃべりをするのは簡単ではない。解決策は、ナマエナンダを雑用係兼カバン持ちとして同行させることだった。ナマエナンダは、プロジェクトの話で頭を使うところは控えめに技術者を助け、技術者が話しすぎないよう、もしくは話さなすぎないよう、よく考えて気を配るのだ。

その手の気配りだったら、ナマエナンダは見事な手腕を発揮するはずだった。あの最悪人間のためにいつもしてやっていることそのままだからだ。

＊＊＊

技術者の掃除婦は、中国人とのサファリツアーと、途中から大統領も参加する夕食会を前に、厳しい指導を受けた。万全を期すため、掃除婦は自分を指導する手伝いを自分でして、自分が正しく行動できるようにした。

ノンベコは、技術者から腕1本分の距離を保つよう言われた。折を見てその都度、ふつうの会話をしているように適切な知恵を技術者の耳にささやくのだ。それ以外のときは、口を閉じ、本来どおり存在していないかのようにふるまう。

9年前、ノンベコは技術者の使用人として7年働く刑を宣告された。自分の刑期が終わったとき、あえて技術者に言おうとは思わなかった。生きて牢獄に入っているほうが死んで自由になるよりましだと腹をくくったからだ。

でも、もうすぐ、ノンベコは柵と地雷原の外に出る。警備員と彼らの新しいジャーマン・シェパードから何キロも離れた場所に行く。そこでなんとかして目付け役から逃げだすことができたとしたら、今度は南アフリカでも屈指のお尋ね者になる。警察も諜報局も軍部も、国じゅうくまなく彼女を探すだろう。もしかしたら、プレトリアの国会図書館だけは除いて。そこは彼女がどこよりも行きたい場所だ。

もし、逃げだすことさえできたなら。

技術者は親切にも、お抱え運転手兼サファリのガイドはライフルを持っていく予定で、襲ってくるライオンだろうが逃げだす掃除婦だろうが、目に入り次第撃つように指示されていると教えてくれた。さらに念のための用心に、技術者もホルスターにピストルを入れて持っていくそうだ。9×19mm《9ミリ》パラベラム弾が弾倉に17発入ったグロック17だ。ゾウやサイを倒すのは無理だが、体重54キロの使用人ならやれるだろう。

「お言葉ですけど、52キロよ」ノンベコは言った。

ノンベコは、技術者がピストルをしまっているオフィスの金庫の鍵を開けて、17発の弾を抜いておこうかとも考えたが、やめた。あの酔っ払いにもしその現場を見つかったら、非難された挙句、逃亡計画は始まりもしないうちに終わってしまう。

代わりに、タイミングを待つのに、あまり気負いすぎないようにしようと決めた。ただ、もしそのときが来たら、精いっぱい速く茂みに向かって走り出す。運転手からも技術者からも背中に弾を受けたりするもんか。それとできれば、サファリの目玉の猛獣に出会ったりもせずに。

さて、そのタイミングとはいつだろう？　午前中は、運転手の気力も十分だろうし、技術者もまだ墓穴を掘らないくらいには素面《しらふ》だろう。だとしたらきっと、サファリツアーの直後で、夕食の直前。ヴェストハイゼンは程よくへべれけのうえ、大統領との食事を前に緊張もしているはずだ。運転手は、長時間のガイド仕事の後で疲れきっている。

そうだ、その時間帯がいい。あとは、その一瞬を見誤らずに、しっかり掴むだけだ。

＊＊＊

サファリに行く準備ができた。中国人は通訳を連れてきていた。始まりは最悪だった。通訳が愚かにも、用を足しに高く茂った草むらに入っていったのだ。さらに愚かなことに、足にはサンダルを履いていた。

「助けて、死にそう」親指のつま先に鋭い痛みを感じ、サソリが草むらを這っていくのを見て、通訳は声をあげた。

「15センチより高い草むらに入るときには、ちゃんとした靴を履かなきゃ。それ以外では絶対に行っちゃだめ。とくに風が吹いているときは」ノンベコが言った。

「助けて、死にそう」通訳がまた言った。

「なんで風が吹いているとだめなんだ？」技術者が不思議そうに言った。通訳の体のことはどうでもいいが、そこは興味があるらしい。

ノンベコは、虫は風が吹くと草陰に隠れるので、サソリがエサを求めて巣穴から這いだしてくるのだと説明した。そして今日は、ちょうど目の前に親指があったというわけだ。

「助けて、死にそう」通訳がまたもや言った。

ノンベコはやっと、通訳は自分が言っているとおりのことを信じているのだと気がついた。

「だいじょうぶ、死にやしないわ。サソリは小さくて、あんたは大きいから。でも、病院には行って、ちゃんと手当てをしてもらったほうがいいわね。つま先がふだんの3倍くらいに腫れて青くなって、死ぬかってくらい痛むはずよ。こんな言い方で悪いけど。どっちにしろ、もう通訳としてはあまりいい仕事はできないと思うわ」

「助けて、死にそう」通訳がまたしても言った。

「いい加減、あんたの言うとおりだったらいいのにって思っちゃいそうよ」ノンベコは言った。「死にやしないのに死にそうなんてベソベソしてないで、いいように考えなさい。あんたを咬んだのは、コブラじゃなくてただのサソリだったんだから。おまけにこれで、アフリカでは所かまわず好き勝手に用を足したら罰が当たるって学べたでしょ。衛生施設ならどこにでもあるわよ。あたしが育った場所なんて、ずらっと列をなして並んでたくらい」

通訳は、少しのあいだ静かになった。自分が今死にそうになっている原因が、絶対死ぬことになるコブラだったかもしれないと知って、ショックだったのだ。そうこうしているあいだに、ガイドが通訳を病院に連れていく車と運転手を見つけてきた。

サソリの毒に苦しむ通訳はランドローバーの後部座席に乗せられ、自分の健康状態がたどるであろう道のりを再び復唱しはじめた。運転手は呆れたように目をぐるりと回すと、車を出した。

残された技術者と中国人は、立ちつくし、顔を見合わせた。

「こりゃいったいどうなっちまうんだ」技術者がアフリカーンス語でつぶやいた。

「これはいったいどうなることやら」中国人省長が上海語でつぶやいた。

「省長さんは、もしかしたら江蘇《こうそ》省のご出身ですか？」ノンベコが同じく上海語で言った。「しかも、まさか姜堰《きょうえん》市なんてことは？」

まさにその江蘇省姜堰市出身の中国人省長は、驚きで耳を疑った。

なんだってあのくそいまいましいナマエナンダのやつは、いつも信じられないくらい癪《しゃく》に障るんだ？　技術者ヴェストハイゼンは思った。今度は、中国からの客人とまったくわけのわからない言葉で立ち話ときたもんだ。これでは、自分が会話の主導権を握りようもない。

「失礼だが、どういうことかね」技術者は言った。

ノンベコは、偶然にもお客さまと自分が同じ言葉を話せることがわかった、と説明した。つまり、通訳が自分の仕事をしないで病院のベッドで青くなったつま先を抱えてベソベソ泣いていても、まったく問題ない。

「もちろん、技術者さんがいいって言えばの話だけど。それとも、今日はこのまま一日じゅう、ずっとだんまりで通すほうがいいとか？」

もちろん、そういうわけにはいかなかった。とはいえ技術者は、ナマエナンダは通訳に徹して余計なことはいっさい言うなと言った。中国人省長と気軽におしゃべりなんて、身の程知らずだ。

ノンベコは、おしゃべりはなるべく控える、と約束した。ただ、中国人省長に話しかけられてうっかり答えてしまったときには、大目にみてほしい。それは技術者がいつもそうしろと言っていることでもあるからだ。それに、これはある意味、災い転じて福となすこともできる。

「技術者さんは、開発中の兵器技術のことも、そのほかのよくわかっていないことも、好きなように話してよくなったのよ。もしまちがったことを言っても――それは無視できない可能性よね？――、あたしが通訳しながら修正できるもの」

本質的に、ナマエナンダの言うとおりだった。それに、ナマエナンダは完全に技術者よりも劣っているのだから、不快に思う必要はない。人は生き延びるためにすべきことをするのだ、と技術者は考えた。ツキが回ってきたおかげで、今夜の中国人省長と大統領との食事を切り抜けられそうな気がしてきた。

「もしうまくやったら、新しいモップを買ってやってもいいか、考えてやる」技術者は言った。

サファリツアーは成功した。サファリの目玉、ビッグファイブ――ゾウ、ライオン、サイ、ヒョウ、バファロー――もすべて、間近で見ることができた。合間には、コーヒーを飲んでおしゃべりも楽しんだ。ノンベコは隙を見て、中国人省長に5時間後にボータ大統領が偶然通りかかることになっていると言っておいた。省長はノンベコに教えてくれてありがとう、と言い、できるだけ驚いたふりをしてみると約束した。ノンベコは、黙ってはいたが、サファリ内のレストランから夕食会の最中に臨時の通訳が突然いなくなったら、いやでもみんな仰天するだろうと思っていた。それでそのまま、お互いに顔を見合わせて座っているだけだったらいいんだけど。

　ノンベコはランドローバーを降り、技術者についてレストランに入った。近づきつつある逃亡計画で頭はいっぱいだった。厨房を抜けて裏口に出られるだろうか？　メインディッシュとデザートのあいだのどこかで？

　その考えは、技術者が突如立ち止まって彼女を指さしたせいで中断された。

「それはなんだ？」技術者が言った。

「それ？　それはあたしよ。あたしの名前がなんであれ」

「ちがう、バカめが。おまえが着ているそれだ」

「上着よ」

「なんでそれを着ている？」

「なぜなら、あたしの物だからよ。失礼ですけど、さすがにブランデーの飲みすぎじゃないの、技術者さん？」

　技術者には、これ以上掃除婦を叱りつける力が残っていなかった。

「おまえに聞く耳があればだが、俺が言っているのは、その上着はみっともないって話だ」

「これしか持ってないんだもの」

「知るか。わが国の大統領にお会いするっていうのに、貧民街出身者みたいな格好をするな」

「そんなこと言っても、まさにそこの出身なのよね」ノンベコは言った。

「今すぐそいつを脱いで、車に置いてこい！　急げよ。大統領がお待ちだ」

ノンベコは、逃亡計画はこれでお流れになったと悟った。一着しか持っていない上着の縫い目には、ダイヤモンドがぎっしり縫いこまれている。この先の人生での糧になる財産だ――この状況で、「この先」を望めればの話ではあるが。ダイヤを持たずに、不法出国するのはどうだろう……無理だ。今いる場所にとどまるほうがいい。大統領と、中国人省長と、爆弾と、技術者といっしょに。運命を待ちながら。

＊＊＊

夕食は、ヴェストハイゼンが大統領に朝起こったサソリ事件を話すところから始まった。技術者は続けてこう言った。

「大したことではありませんよ。こんなこともあろうかと、使用人のひとりを連れてきてたんですが、それがたまたま省長がお話しになる言葉を話せたものですから」

中国語を話す黒人の女だと？　この前ペリンダバに行ったとき、シャンパンを注いで、トリチウム問題を語っていたのと同じ人間ではないのか？　ボータはそれ以上この話を探るのはやめた。ただでさえ頭痛の種は多いのだ。それよりも大統領は、この通訳代わりの使用人は絶対に施設の外に出ることはないという単純な理由で、安全保障上の危険因子になる心配はないという技術者の言葉に、安堵しておくことにした。

　ボータは大統領らしく、夕食の席では会話の指揮を執った。まずは、南アフリカの誇るべき歴史について話した。通訳ノンベコは、自分の9年の監禁生活をこの場で終わらせることができなかった、という思いで頭がいっぱいになっていた。そのため、通訳をしていても大統領の話に反発する考えが湧きあがってくることもなく、言葉どおりに伝えるだけだった。

　大統領の誇るべき南アフリカの歴史の話は続いていた。ノンベコは言葉どおりに訳していた。

　大統領の誇るべき南アフリカの歴史の話はさらに続いた。その時点で、ノンベコは中国人省長にこれ以上必要のない話を伝えるのに飽き飽きしてしまった。そこで省長のほうを向いて言った。

「省長さん、もしお望みでしたら、大統領のひとりよがりのむだ話を続けることもできますが、もう結構ということでしたら、先にかいつまんでお話しします。自分たちは進んだ兵器を作るのに非常に長《た》けているので、あなたたち中国人はその点で自分たちに敬意を払うべきだ、ということのようです」

「率直なお話をありがとう、お嬢さん」中国人省長は言った。「まったくおっしゃるとおり、お国が優れているという話はもうそろそろいいでしょう。でも、今はこう通訳しておいていただけますか。大統領の生き生きした語りで貴国の歴史を知ることができて、感謝しております、と」

　食事は続いた。メインディッシュが出たところで、技術者ヴェストハイゼンが自分はいかに才能にあふれているかを語る番になった。ヴェストハイゼンがでっちあげたのは、まったく意味をなさない技術的な嘘のごちゃまぜだった。しかし次第に、自分でも自分が話していることがわからなくなるし、大統領ですら、ついていけなくなっていた（技術者が恵まれている運は、それが尽きるまでは続くという運である）。ノンベコは、技術者のでたらめ話を通訳しようとがんばってみたが、もはや手に負えなくなっていた。そこで、省長にこう言った。

「何やら長々と意味不明な話をぶちまけていますので、もう省略しておきますね。大まかに言うと、こういうことです。技術者があんな人にもかかわらず、彼らは核兵器の作り方を解明し、すでにいくつかは完成させたそうです。ただ、あたしは台湾人がうろうろしているところは見たことがありませんし、聞いたかぎりでは爆弾をどこかに輸出するという話もありません。恐縮ですけど、何か儀礼的にお返事をしてくださいますか？　それと、通訳にも何か食べる物を与えるよう、提案していただけないでしょうか。あたし、お腹がすいて倒れそうなんです」

　中国人の使者は、ノンベコに心から魅せられていた。親しげな笑顔で、ヴェストハイゼン氏の博識ぶりには感銘を受けた、敬意を覚えずにはいられない、と言った。そのうえで、南アフリカの伝統をないがしろにするつもりはまったくないが、中国ではテーブルに着いた者にみな同じように食事が出されないのは、単純に正しいことではない、と言った。さらに続ける。この優秀な通訳が何も食べていないのが気になっている、大統領のお許しがあれば、自分の分をいくらか分けてもかまわないだろうか。

　ボータは指をぱちんと鳴らすと、現地民のために一品注文した。あの女が腹に何か入れたところで、世界が終わるわけではないが、お客はいい気分になる。そのうえ、対話が最善の結果にまとまることにもなる。この中国人はなかなか聞きわけがよさそうだ。

　そして夕食が終わるまでには、以下のことが起こった。

1、中国は南アフリカが核保有国であることを知った。
2、ノンベコは中国の貴州省省長と生涯の友になった。
3、技術者ファン・デル・ヴェストハイゼンは、またも危機を免れた。なぜなら……
4、ボータは、よくわかっていなかったので、その日の事の次第におおむね満足だった。

そして最後になるが、大事なことがもうひとつあった。

5、25歳のノンベコ・マイェーキは、あいかわらずペリンダバで囚われの身だったが、生涯で初めて、本当にお腹がいっぱいになるまで食事をすることができた。

6 ホルゲルとホルゲルと壊れた心臓

イングマルが長年抱いていた計画の一部は、生まれたときからホルゲルに共和主義の精神を教えこむことだった。子供部屋の壁の一面には、シャルル・ド・ゴールとフランクリン・D・ルーズベルトの写真を並べて貼った。どちらも互いにこいつの隣はごめんだと言うだろうことは、考えないようにした。もう一面の壁には、フィンランドのウルホ・ケッコネンの写真を貼った。３人の紳士は、国民によって選ばれたことで、この場所を獲得したのである。彼らは大統領だ。

イングマルは、なかには生まれたその日から一国の公式な指導者となる人間もいるのだという恐ろしい考えに、身震いした。誕生初日から、自らを守る術も持たないまま特定の価値を教えこまれる、個人としての悲劇はいうまでもない。それは児童虐待と評されて然るべきだとイングマルは考え、安全策を取るため、まだ生まれていないホルゲルの部屋の壁に、アルゼンチンの前大統領であるファン・ペロンの写真も貼ることにした。

常に先走りするイングマルには、心配事がひとつあった。法律によると、ホルゲルは学校に行かなくてはいけない。もちろん、息子が読み書きを習う必要はある。しかし子供たちは、それに加えてキリスト教の知識や地理やほかの無意味なあれこれを、無理やり詰めこまれるのだ。そんなものは、真の教育、重要な家庭教育のための時間を奪うだけである。大事なのは、王はできることなら民主的な手段で退位させ、人民から選ばれた代表がその座に取ってかわるべきであるという教えだ。

「できることなら、民主的な手段で？」ヘンリエッタが言った。

「あげ足とりはするもんじゃないよ、かわいいヘンリエッタ」イングマルは答えた。

ホルゲルが数分違いで一度ならず二度この世に誕生したことで、初めはこの事業の計画はよりいっそう難しいものとなった。しかし、イングマルはこれまでもいつもそうだったように、今度もまた逆境をうまく利用した。あまりに革命的な案だったので、思いついて心を決め、妻にその決定について発表するまでに40秒とかからなかった。


その案とは、ホルゲルとホルゲルとで、学校に通う時間を分けるというものだった。うまいことに産まれたのが自宅だったので、出生届けを出すのはふたりのうちどちらかひとり、出したいと思うほうだけにして、残りのひとりの存在は隠しておくのだ。幸運にも、イングマルが電話線を壁から引き抜いたので、目撃者たる助産師は呼ばれていなかった。

イングマルの考えはこうだ。ホルゲル1号が月曜に学校へ行き、そのあいだホルゲル2号は家で父親から共和主義の知識を教えこまれる。火曜日にはそれを入れ替え、後も同じように続けていく。結果として、一般的な学校教育を適切量受け、さらには意味ある教えも、十分に学べることになるのだ。


ヘンリエッタは、聞き間違いであってほしいと思った。イングマルは、ふたりのうちひとりは、一生隠しておくという意味で言ったのだろうか？　学校から？　ご近所から？　世界から？

「多かれ少なかれ、そうだ」イングマルはうなずいた。「共和主義の名のもとに」

ちなみに、学校の動向には注意しておいたほうがいい。本を多く読みすぎると、人間は馬鹿になる。なんとなれば、イングマルはほとんど本を読まずに会計係になった。

「会計係の補佐ね」ヘンリエッタが訂正すると、またあげ足とりをするのか、と返された。

ヘンリエッタのやつ、今度は何を心配しているのだ？　ご近所や世界が何を言うというんだ。どうかしている。そもそも、人里離れた森のなかに住むふたりには、話をするようなご近所さんはいなかった。丘の上の家にはヨハンがいるが、彼はヘラジカの密猟以外のことはしない。お裾《すそ》分けすらしない。それとまちがいなく、世間一般なんてものに、敬意を払う価値はほとんどない。この世は君主制だの王朝だのばかりではないか。

「あなたはどうするの？」ヘンリエッタが言った。「郵便局の仕事は辞めて、家で一日じゅう子供たちを教えるわけ？　そして、家族が必要とするお金はすべて、私に稼いでこいと？」

　イングマルは、君はそんなに心が狭いことを言うのか、とヘンリエッタを憐れんだ。もちろん、郵便局の仕事は辞めなければならない。終日勤務の仕事をふたつ掛け持ちするのは、とうてい無理だからだ。だからといって、家族に対する責任から逃れようというのではない。たとえば、台所仕事の手伝いなら喜んでやるつもりだ。もう、陰嚢の温度を低く保っておく必要はなくなったのだし。

　ヘンリエッタは、イングマルが台所に立たなくてはいけない理由があるとしたら、家が狭すぎることだけだと言った。それでイングマルと彼の陰嚢が、自分のオーブンに近づかずにいてくれるのなら、縫製の仕事も、料理も、おしめ替えも、どうにかひとりでこなせると思った。

　ヘンリエッタは、こんな状況なのに笑ってしまった。生命力にあふれているって表現だけじゃ、この人には控えめすぎるくらいだわ。

　イングマルは翌日退職願を提出した。申請は、給料３ヶ月分の退職金付きで即日認められた。イングマルが去ると、ふだんは物静かで陰気な郵便局の経理部職員たちが、その夜は自然とみんな集まってパーティーが開かれることになった。

１９６１年のことだった。偶然にもそれは、並外れて才能に恵まれた女の子が、はるか彼方《かなた》に離れたソウェトの掘っ立て小屋に生まれたのと、同じ年だった。

＊＊＊

ホルゲルとホルゲルがまだ幼いころ、イングマルの日々の過ごし方は大きくふたつに分かれていた。家で妻の邪魔をすることと、変化に富み、しかし共和主義的性質を帯びたいたずらを仕掛けに出かけることだ。

また、偉大なるヴィルヘルム・ムーベリの倫理的指導のもとに集う、共和制クラブにも参加した。伝説的作家のムーベリは、裏切り者の社会主義者や自由主義者たちが、彼らの党の演説に「共和主義」という言葉を使いながら実際にそのための行動は何もしないことに怒っていた。

しかし、イングマルはあまり早くに出すぎたまねはしたくなかったので、２回目の会合まで待って、自分にクラブの少なからぬ資金の管理を任せてもらってもかまわないと提案した。自分には、王太子を誘拐して隠し、それにより次々と王位継承権を主張する者たちの流れを断ち切ってやる意志がある。

会合の席は呆気に取られて静まり返った。その数秒後、ムーベリ自らイングマルを追いたてると、最後にはせんべつ代わりによく狙いを定めた蹴りを尻にお見舞いした。

ムーベリの右足を食らい、イングマルは階段を転がり落ちた。どちらも痛かった。しかし、ほかの点ではなんら傷を負わされてはいない。イングマルは足を引きずり歩きながら思った。連中は、ああやって自己満足のクラブ活動を続けたらいいさ。僕には僕の考えがある。

　そのひとつとして、イングマルは、骨抜きとなっていた社会民主労働党に入党した。社会民主主義者たちは、第二次世界大戦の脅威のなか、ペール・アルビン・ハンソン党首が国家を占星術で導いた時代から政権を握っている。ハンソンは、戦前に共和制を訴えたことでキャリアを築いたが、古くからの禁酒法支持者としては、権力の座に就《つ》きその持論をどうとでもできる立場になるや、自身の信念を追うよりも少年たちとのポーカーとウイスキーを優先させた。この話が悲劇性を増すのは、ハンソンは敏腕だと記録上わかっているからだ。さもなくば、妻と愛人の双方を何年にもわたって満足させ、両陣営で子供をふたりずつ持てたわけはない。

　イングマルの計画とは、社会民主労働党の上層部に上りつめ、いつの日か権力を握って、憎き王を議会の手でできる限り遠くへ追いやることだった。ソビエトはすでに犬を宇宙に送りだすのに成功しているが、次はスウェーデン国王をそうしてくれてまったくかまわない。イングマルはそんなことを考えつつ、エスキルストゥーナにある支部事務所に向かっていた。セーデルテリエの社会民主労働党事務所は、義理の父の共産党事務所の隣にあったからだ。

　ところが、イングマルの政治的キャリアは、共和制クラブでのキャリアより短命に終わってしまった。イングマルは木曜日に党員登録をされると、その場でビラの束を渡されて土曜日に公営酒販店の外で配るよう言われた。

　問題は、国際志向のエスキルストゥーナ支部が、サイゴンのゴ・ディン・ジエムの辞任を要求していたことだった。だって、ジエムは大統領なのに！　しかも、１０００年にもわたる帝政支配の後の！

たしかに、すべてが正当に行われたわけではなかった。たとえば噂では、ジエムの弟はアヘンの吸いすぎで脳がおかしくなっていながらベトナム大統領選挙で開票作業の責任者となり、ジエムに２００万票が追加された幻覚を見たと言われたりしていた。

もちろん、そんなことはあってはならない。だからといって、それで大統領の職を解くよう要求するのは、行き過ぎというものではないか。

そこでイングマルは、渡されたビラをエスキルストゥーナ川に捨てた。代わりに、社会民主労働党員の名前でジエムとアメリカ軍の有効性を称《たた》えるビラを自作し、印刷した。しかしながら、社会民主労働党が受けた損害は限定的にすんだ。同地区指導部党員の４分の３が、たまたま同じ土曜日午前中に公営酒販店を見回る任務に就いていたからだ。イングマルのビラは、有権者の手に渡ることなくゴミ箱行きとなり、イングマル本人は、受け取る間もなかった党員手帳の即刻返却を求められた。

＊＊＊

数年が過ぎた。ホルゲルとホルゲルは成長し、イングマル父さんの計画どおり、ほとんど瓜二つになっていた。

ヘンリエッタ母さんは毎日服を縫い、心を鎮めてくれるタバコを吸い、３人の子供たちに愛情を注いだ。一番年長のイングマルは、年少ふたりに共和制礼賛の言葉を吹きこむことに膨大な時間を費やした。それ以外の時間は、君主制に混乱をもたらす任務のため突発的にストックホルムに出向いた。

任務が遂行されると、ヘンリエッタは、へそくりの体をなしていない砂糖つぼ貯金を再びゼロから始めなくてはいけなくなった。

個人としての退行はあったが、１９６０年代はイングマルと彼の大義にとっては比較的よい10年だったといえる。たとえば、ギリシャでは軍事政権が国王コンスタンティノス２世と王室をローマへ通ずる道へと追いだした。ギリシャの君主制が歴史となり、国が経済的繁栄の未来へと向かう姿には、明るい兆しが見てとれた。

ベトナムとギリシャが経験した出来事は、イングマルに、なんだかんだいって暴力は変化をもたらすものだと示した。つまり、彼は正しく、ヴィルヘルム・ムーベリがまちがっていたということだ。数年前に尻を蹴られたあの痛みは、今なお感じることができる。くそ作家野郎め。

そのことでいうなら、スウェーデンの国王も、宇宙犬ライカの仲間として飛ばされるのがかなわないなら、ローマへ行くのも悪くないのではないか。そうすれば、夜な夜なともに過ごす人たちもいる。やつらごちゃごちゃの王族連中は、みんなどこかで親戚関係なのだから。

新しい年の１９６８年は、もうすぐそこまで来ていた。イングマルは、クリスマスの日、来年は自分の年になるぞ、と家族の前で宣言した。そして、共和制の年だ。

「それはすてきね」ヘンリエッタが、愛する夫からのクリスマスプレゼントを開けながら言った。さほど期待はしていなかったが、それでもわくわくした。それは、アイスランド大統領アウスゲイル・アウスゲイルソンの額入りの顔写真だった。

「禁煙を考えている妻、ヘンリエッタへ」

１９６８年の秋、ホルゲルとホルゲルは、スウェーデンの教育制度に参加することになった。ただし、彼らがひとり以上いることが判明したその日にイングマルが決めた、一日おきルールに則ってのことである。

学校の教師は、おかしいとは思っていた。ホルゲルが月曜日に習ったことを翌日にはもう忘れていて、火曜日の授業の内容も水曜日には消えてしまう。そうかと思えば水曜には、月曜日の分が戻ってくる。

でも、まあ、それ以外のほとんどの部分はちゃんとできているようだし、あの年齢のわりには政治にも関心があるみたいで、あまり心配しすぎることもないだろう。

続く数年間は、全般的な問題行動はなりを潜め、イングマルは人前で騒ぎを起こす以上に家での教育を優先させるようになった。それでも外出するときには、いつも子供連れで行った。ふたりのうちひとりは、とくに特別の監督が必要だった。生まれついてはホルゲル2号と呼ばれるほうの子で、早いうちから自分の信念に迷いを覚える様子を見せていた。

ホルゲル1号は、たまたま出生届を出されたほうの子だった。たとえばそれにより、1号はパスポートを持てて、一方の2号は法的に存在しないことになった。2号はすなわち1号の予備のようなものだった。1号が持っていなくて2号が持っている唯一のものは、学習能力だった。そのため、試験のときに学校に行くのは、どちらが登校する番かに関係なくホルゲル2号だった。一度だけ2号が熱を出したことがある。その数日後、2号は地理の教師に教壇に呼ばれ、どういうつもりでピレネー山脈がノルウェーにあると答えたのか説明するよう問われた。

ヘンリエッタは、1号と比べて2号が置かれたみじめな状況を気にかけていた。そんな息子を憐れむほどに、自分自身もみじめになっていった。これは本当に、愛するおバカさんにとってどうしても譲れない問題なのかしら？

「もちろん、僕だって譲ることはあるとも。愛するヘンリエッタ」イングマルは言った。「実のところ、その件については、このところちょっと考えていたんだ。さすがに最近は、いっきょに国全体を制圧することは難しいかもしれないと思うようになったよ」

「国全体を制圧する？」ヘンリエッタが言った。

「いっきょにね」イングマルが言った。

スウェーデンの国土は印象的な楕円形をしている。イングマルは、南から始めて徐々に北上しながら、少しずつ国土を制覇していくという考えを楽しむようになっていた。もちろん逆から始めてもよいのだが、何せ北部はアホみたいに寒い。氷点下40度で政府の転覆などできたものではない。

ヘンリエッタをさらに心配させたのは、ホルゲル1号がまったくなんの疑問も持っていないように見えることだった。1号の瞳はきらきら輝いていた。イングマルがおかしなことを言えば言うほど、1号の瞳はよりいっそう、きらきらするのだ。ヘンリエッタは、これ以上の無茶苦茶は受け入れられないと決めた。さもなくば、自分の頭が無茶苦茶になりそうだった。

「もうたくさん。いいから家にいてちょうだい。さもなくば、この家を出ていって！」彼女はイングマルに言った。

イングマルはヘンリエッタを愛していたので、彼女の最後通牒を尊重した。息子たちの学校はこれまでどおり1日おきのルールに沿いながら、過去と現在のさまざまな大統領たちに関する講釈は続けた。無茶苦茶は変わらず、ヘンリエッタの苦悩は続いた。イングマルはあちこち遠出するのだけはやめたが、それも息子たちの高校卒業が近づくある日のことまでだった。

その日、症状を再発させたイングマルは、王子が生まれたばかりのストックホルムの宮殿の外でデモを行っていた。

ついに、堪忍袋の緒が切れた。ヘンリエッタはホルゲルとホルゲルを台所に呼び、テーブルに着くよう言った。

「かわいい子供たち。すべてを話すことにするわ」彼女は言った。

そして、そうした。

ヘンリエッタの話は、１９４３年にセーデルテリエ地方裁判所でイングマルと初めて出会った日までさかのぼり、タバコ20本を吸い終えるまで続いた。

息子たちの父親が生涯を懸けた仕事について、価値判断を加えることは避けた。ただそれまで、何があったかだけを説明した。生まれたばかりの赤ん坊をごっちゃにして、どちらが先に生まれたかわからなくなってしまった話もした。

「あなたが2号だった可能性もあるのよ、ホルゲル1号。でも私にはわからないわ――だれにもわからないの」ヘンリエッタは言った。

ヘンリエッタは、この話の意味は明らかなのだから、息子たちはすべて聞いたところで正しい結論を出すだろうと考えていた。

それはきっちり半分だけ正しかった。

ふたりのホルゲルは話を聞いた。ふたりのうちひとりにとって、それはまるで英雄譚のように聞こえた。情熱に衝き動かされ、疲れを知らず逆風に立ち向かう男の物語。もうひとりにとっては、まったく正反対だった。死を予兆させる話だ。

「私の話はこれで終わりよ」ヘンリエッタは締めくくった。「あなたたちに話をすることが大事だと思ったの。今言ったことを、よく考えてちょうだいな。自分がどこへ向かう人生を望むのかを。そのうえで、明日の朝食の時間にまた話しましょう。いい?」

その夜ヘンリエッタは、共産党の地方支部長の娘にふさわしいだけ神に祈った。子供たちが自分とイングマルを許してくれますように。ふたりが理解し、事態が正しく落ちついて、家族4人でふつうの生活を始められますように。そしてヘンリエッタは、明日役所へ行って18歳の新生児に市民権を請求するのを助けてください、と神に祈った。すべてがうまくいきますように。

「お願いします、神様、お願いします」ヘンリエッタは言った。

そして眠った。

翌朝になってもイングマルはまだ帰っていなかった。ヘンリエッタは自分と子供たちのためにおかゆを作るだけで疲れ果ててしまった。まだたった59歳だというのに、すっかり老けこんで見えた。ヘンリエッタは、何をするのも難しく感じた。すべてが心配だった。子供たちには話すべきことは話した。あとは彼らが判断するだけだ。それと神様が。

母と息子たちは台所のテーブルに再び座った。ホルゲル2号は感じ入り、理解しているように見えた。ホルゲル1号はわかってもいなかったし理解もしていなかった。でも感じてはいた。ヘンリエッタを慰めたいと。

「母さん、心配いらないよ」1号は言った。「僕はあきらめないからさ! 生きて息をしているかぎり、父さんの名前で闘い続けるよ。生きて息をしているかぎり！　聞いてる、母さん？」

ヘンリエッタはよく聞いていた。そして今聞いたことが、とどめのひと言となった。ヘンリエッタの心臓は壊れた。悲しみのせいだった。罪悪感のせいだった。抑えつけてきた夢と、展望と、はかない憧れのせいだった。人生のほとんどが、自分の望んだとおりにいかなかったせいだった。32年間、心配を抱えながら生きてきたせいだった。そして、息子のひとりが、最後の最後まで無茶苦茶を続けると誓ったせいだった。

けれども、そのすべてにもまして、１９４７年の秋以来吸い続けた、46万７２００本のフィルターなしのタバコのせいだった。

ヘンリエッタは戦士だった。子供たちを愛していた。それでも心臓が壊れたら、おしまいだ。強烈な心臓発作が、わずか数秒で彼女の命を奪った。

＊＊＊

ホルゲル1号は、自分がイングマルとタバコとともに、母親を殺した原因だとは露ほどもわかっていなかった。ホルゲル2号は、1号に教えるべきか悩んだが、それで事態が好転するとは思えなかったので、やめておいた。セーデルテリエの地方紙に載った死亡記事を読んだとき、彼は初めて、自分がいかに存在していないのかを思い知ることになった。

私たちの愛する妻にして

母である
ヘンリエッタ・クヴィストは
消えることのない悲しみと喪失を
私たちふたりに残し、
この世を去りました。

セーデルテリエ　１９７９年５月15日
イングマル
ホルゲル

——

共和制万歳！

7 この世に存在しない爆弾とじきに存在しなくなる技術者

ノンベコは1万２０００ボルトの電流が流れる柵の内側に戻り、生活は元のとおり続いていった。ノンベコにはわかっていた。刑期が無期なのは、実のところ案外どうでもいい。それよりも辛いのは、それに最初に気づけなかった、その事実のほうだった。

爆弾第1号の後、２号と3号が同時に作られ、数年後に完成した。そしてその20ヶ月後、４号と５号も用意ができた。

最近では、ふた組の開発チームは完全に独立していて、双方とも相手が存在していることすら知らなかった。あいかわらず、完成した爆弾の最終検査は技術者ただひとりで行っていた。爆弾は、技術者のオフィス内にある装甲板で囲った倉庫のひとつに保管されていたので、検査のときにはひとりきりになれた。よって技術者は、だれかに不審がられることなく掃除婦を助手につけることができた。どちらがどちらを助けているのかは、ひとまずおいておくとして。

重ねていうが、３メガトンの爆弾を合計6基という指令については、合意がなされ予算もついていた。しかしプロジェクトのトップにいる技術者ヴェストハイゼンは、作業の進捗状況について、そもそも初めから管理しきれておらず、今では完全に把握できなくなっていた。毎朝きっかり10時から泥酔しているのだから無理もない。そして彼の使用人は、掃除の仕事や図書室でこっそり本を読むのに忙しくて、四六時中技術者の尻拭いをしているわけにはいかなかった。それに、モップはついに買ってもらえなかったので、床を磨くのにもずっと時間がかかるようになっていた。

その結果、さらに運も後押しして、ふたつのチームが4号と5号の後に製造を続けた結果、6号と——7号ができてしまった！

余分な原子爆弾が1基、手違いでできてしまったのだ。計画にはなかった1基。

本当は存在しない爆弾が、今では存在していた。

掃除婦がこの間違いに気づいて上司に知らせたところ、上司は不安に駆られた。当然である。存在しないはずの爆弾は存在しないままでなければ、問題になってしまう。だからといって、大統領と政府に隠れてこっそり解体作業に取りかかるわけにもいかない。どちらにしろ、技術者にはやり方もわからなかった。開発チームに計算違いを明かすつもりもなかった。

ノンベコは、技術者を慰めた。どうせもうすぐ、また新たに爆弾を作れという指令が出るはずだから、存在しない爆弾はだれにも見つからない場所に置いておき、存在してもいいという許可が出るまではそのままなかったことにしていればいい。

「俺も同じことを考えてたよ」技術者は言った。実際は、掃除婦もすっかり大人になって、しかもかなりいい女になったな、と考えていた。

そういうわけで、存在しない爆弾は、完全に存在している6基の兄弟たちの隣の、空いている倉庫にしまいこまれることになった。倉庫には技術者以外だれも入ることはできなかった。もちろん、ナマエナンダはそのかぎりではない。

10年以上研究施設の柵の内側にいたため、ノンベコはペリンダバの図書室で読む価値のある本はすべて読んでしまったし、読む価値のない本もあらかた読みつくしてしまった。

ノンベコは大人の女性にはなったが、それで何かいいことがあるわけではなかった。もうじき26歳。そして、彼女の知るかぎり、黒人と白人が交わることはいまだに許されていない。なぜなら神が「創世記」にそう定めていると改革派教会が定めているからである。ノンベコが交わりたいと思うような人は研究施設にはいなかったが、そうだとしても楽しみらしきものは何もなかった。夢に見る男の人ならいる。その人といっしょにできること、とりわけ、ある特定の展望からの夢。その光景は、ある文学作品で読んだことがあった。１９２４年にイギリス人教授が世界平和について書いた文章とは、比べ物にならないほど質の高い作品だった。

柵の内側の研究施設でまわりに恋愛じみたものすらない日々のほうが、柵の外側で命そのものがないよりもずっといい。そうでなければ、死んで土に埋められて、まわりに虫以外何もないだけの日々になってしまう。

だからノンベコは、自分を抑え、技術者に7年の刑期のはずがすでに11年になっているとは、思い出させないままにして、今いる場所にとどまっていた。

あともう少し、先になるまで。

***

南アフリカの軍事費は、経済規模からすれば破格にすぎるほどの高額になっていた。最終的には、国家予算の５分の１という絶望的に不均衡な数字となり、世界は新たな輸出入禁止措置に踏みきった。それにより南アフリカの人々の魂がもっとも痛手を受けたのは、クリケットとラグビーの試合が国内戦だけになったことだった。だれも彼らと試合をしたくないというのだから、しかたがない。

とはいえ、南アフリカもどうにかやってはいた。輸出入禁止措置を敷いたのは地球の果ての国ばかりだったからだ。そして、拡大する制裁に多くの国から反論の声もあがっていた。ロンドンのサッチャー首相とワシントンのレーガン大統領は、この問題に関して同様の見解を大ざっぱな物言いで表明した。いわく、「各国の新たな通商禁止措置は、同国の最貧困層の国民に多大なる影響を与えるものと思われる」。その点スウェーデン穏健党党首のウルフ・アデルソンは、繊細な表現を用いている。「南アフリカからの商品をボイコットしたら、あの国の黒人たちが失業することになる」。

現実には、厄介事は別にあった。サッチャーとレーガンにとって難問（それをいうならアデルソンにとっても）は、憎きアパルトヘイトではなかった。人種差別問題はここ数十年、政治的な市場価値を失っていたからである。むしろ、問題はその後釜に何が台頭してくるかということだった。アパルトヘイトと、たとえば共産主義のどちらかひとつを選ぶのは難しいという話である。あるいは、むしろ簡単か。とりわけレーガンは、ハリウッド俳優時代には映画俳優組合の代表として、共産主義者の侵入を断固として阻む戦いを経験している。レーガンがソビエト共産主義を死に至らしめるための軍拡競争に何十億ドルも費やしていながら、同時に南アフリカでその変化形が権力を奪おうとしているのを見過ごしたら、人々はどう思うだろう？　ましてや今では、南アフリカもいまいましいことに核保有国なのだ。自分たちは認めていないが。

サッチャーとレーガンのアパルトヘイト政権に対する煮え切らない態度に真っ向から対立していた国家指導者には、スウェーデンのオロフ・パルメ首相と、リビアを社会主義によって導くムアンマル・カダフィがいた。パルメは「アパルトヘイトは改正できるものではない。ただ排除されるべきものでしかない！」と吠えた。パルメ自身はその直後、自分がだれでどこにいてなぜそれをするのかもよくわかっていない、混乱した男の手によって排除された。あるいは、その男とは正反対のだれかだったかもしれないが、真相はいまだ不明のままだ。

反対にカダフィは、その後長年にわたって良好な健康状態を保った。南アフリカの反政府勢力、アフリカ民族会議《ANC》に大量の武器を提供し、プレトリアの白人政権に対抗する貴い戦いを声高に唱えたが、その裏で自分の城には大量虐殺者のイディ・アミンを匿《かくま》っていた。

世界は、望めば何度でも、いかようにでもいびつになる。それを示した大なり小なりの例が以下の話だ。アメリカでは、民主党と共和党が手を組んで、パルメとカダフィと運命をともにすることを決め、議会として大統領に反旗を翻した。議会は南アフリカとのあいだにいっさいの貿易と投資を禁じる法案を通し、ヨハネスブルクからアメリカへ直接飛行機で行くことも不可能になった。行くとしても、引き返すか、撃ち落とされるかのどちらかを選ぶことはできた。

サッチャーとその他ヨーロッパ諸国、世界のそれ以外の国の指導者たちは、事態がどうなるかわかっていた。もちろん、だれも負けチームにいたいとは思わない。アメリカとスウェーデンとリビアを支持する国は次第に増えていった。

こうして南アフリカは、周知のとおり、縁から崩れはじめていった。

研究施設で軟禁状態にあるノンベコには、外の世界の動向を追うのにも限界があった。中国人の友人たちはあいかわらず、ピラミッドがエジプトにあること、それもかなり長いあいだそこにあること以外は、あまり多くを知らなかった。技術者もなんの役にも立たない。彼の世界に対する分析は、ますますただの気まぐれなぼやきになっていた。

「アメリカ議会の変態どもは、今度は輸出入禁止措置まで始めやがった」

そして当然のことながら、ノンベコがテレビのある待合室で、ぴかぴかの床をさらに磨こうにも、頻度や時間には限度があった。

しかし、テレビでニュースを聞きかじる以外にも、ノンベコは注意を怠らなかった。何かが起こっていることはわかっていた。なぜなら最近は、何も起こっていないからだ。廊下を慌てて駆けてくる人もいない。首相や大統領の訪問もない。もうひとつの兆しといえば、技術者の酒の量が以前にもまして多くなっていることだった。

ノンベコは、技術者はじきに24時間をブランデーに捧げるようになるのではないかと思った。ただ座って、過去の年月を夢のなかで振り返る。まわりにいる人間に、自分は能力があると思いこませることができていた日々。同じように、隣のいすでは、大統領が黒人どものせいで国がひっくり返って落ちぶれた、と文句をたれるかもしれない。もしそうなったら、ノンベコの身に、ずっと心の奥にしまいこんできた何かが起きることだってある。

「あのガチョウおやじと一味たちの悪事が、ついに明るみに出るんじゃないかって気がするわ」ノンベコは流暢な上海語で言った。

「いよいよかもね」中国人姉妹が言った。

3人のコーサ語も、そこそこにはなっていた。

＊＊＊

ボータにとって、時勢はいっそう厳しさを増していた。それでも、大ワニという呼び名のとおり、彼はただひっそりと深い水に潜み、鼻の穴と目だけを水面から出して自分を守った。

もちろん、改革案を検討するのはやぶさかではなかった。時代に遅れるわけにはいかない。国民が黒人と白人とカラード《混血》とインド系に分割されてから、もう長い年月が経っている。現在ボータは、後者ふたつのグループに選挙権を与えることを決めていた。その点でいえば、黒人にも選挙権はある。ただし南アフリカのではなく彼らのホームランドのだが。

ボータはまた、人種間の一般的交流に関する制限も緩和した。今では、黒人と白人は、少なくとも理論上は、公園で同じベンチに座ることができる。また、少なくとも理論上は、同じ時間に同じ映画館で同じ映画を見ることができる。また、少なくとも理論上は、体液を共有することもできる（実際上も可能だが、その場合は暴力や現金を介することが多い）。

加えて、大統領は自分に確実に権力を集中させるため、いくつかの人権を縮小し、メディアの検閲を導入した。新聞は意味のある記事を書く判断力がないなら、そんな自分たちを責めるべきだ。根幹が揺らいでいる国に必要なのは、明確な指導力である。馴れ合いの記事を書いてばかりのジャーナリズムではない。

ボータがどれほど事態を引き延ばしても、すべて悪い結果にしかならなかった。国家経済は、急停止する以前に発進もできないままで、やがてまったく別方向へ向かい出した。軍隊が文字どおりすべての貧民街で不穏な動きをひとつひとつ制圧すれば、それなりに金はかかる。黒人どもは単になんにでも満足しないだけなのだ。ボータがあのいまいましいマンデラに、政府に従う約束の見返りに釈放すると申し出たときもそうだった。「面倒くさいことは言うな」がボータが出した唯一の要求だった。

「それならここにいる」が、20年を監獄島で過ごして性根が腐った男の返事だった。そして男は言ったとおりにした。

時間が経つにつれ、ボータが憲法改正をしてまでようやくもたらすことができた最大の変化は、自身が首相から大統領にのしあがったことだけだとわかってきた。あとは、マンデラをかつてないほど偉大な偶像にしたこと。

それ以外は、すべて同じだった。いや、それは正しくない。それ以外は、すべて悪化していた。ボータはあらゆることにうんざりしはじめていた。ＡＮＣに取ってかわられて、すべてが終わりになるかもしれないこともわかっていた。ただ、６基の核兵器だけは、共産主義者の黒人どもの組織にみすみす渡すわけにはいかなかった。全部破棄すれば好都合なうえ、宣伝活動としてもちょっとした見ものになる！「われわれは責任を果たしました」とかなんとか、国際原子力機関《IAEA》の査察で言ってやればいい。

そうだ、きっとうまくいくぞ。大統領はまだ完全に心を決めたわけではなかったが、ペリンダバの責任者である技術者に個人的に電話をかけ、準備をしておくよう言った。待てよ、まだ朝の9時だというのに、なんだかあいつ、ろれつが回ってなかったな。まさか、そんなわけはないだろう。

＊＊＊

技術者ヴェストハイゼンの小さな数学的誤算（爆弾6基が7基になった）は、突如として身の毛もよだつような秘密となった。大統領は、６基の爆弾を廃棄することになるかもしれないと言っていた。

6基の爆弾だ。7基ではない。なぜか。もちろん7基めは存在していないからだ。

今や技術者にできることは、ふたつにひとつしかなかった。自分の過ちを認め、1年以上隠していたと告白し、不名誉にも職を解かれて最低額の年金を受ける。あるいは、すべて自分の利になるようにうまくやって、経済的にも独立する。

技術者は不安でいっぱいだった。しかしそれも、クリップドリフトの最後の1滴が血液に変わるまでのことだ。そうなってしまえば、決断は簡単になる。

技術者は今がそのときだと悟った。もう時間がない。いよいよ、モサドの諜報員Ａ、Ｂと真剣に話すときが来たのだ。

「おい、ナマエナンダ」技術者がろれつの回らない舌で言った。「あのユダヤ人ふたり組を呼んでこい。大事な仕事の話だと言っておけ！」

エンゲルブレヒト・ファン・デル・ヴェストハイゼンにはわかっていた。自分の任務はもう終わったのだ。ＡＮＣに国を乗っとられたら、この仕事で生き残れるとは到底思えなかった。だったら、わが家が残っているうちに、整理整頓はしておかねばなるまい。

ナマエナンダは諜報員たちを探しにいった。彼らは、南アフリカの相棒イスラエルを代表して、ここに至るすべてを見てきている。廊下を探し回っているうちに、彼女は技術者が1歩先へ行こうとしすぎているのではないかと考えた。あるいは、2歩。

モサド諜報員ＡとＢが技術者のオフィスにやってきた。ノンベコは、部屋の隅に立った。技術者からは、事態が緊迫するときはそこにいるようにといつも言われている。

技術者ヴェストハイゼンは畏まって言った。

「ああ、ユダヤ人Ａ君とユダヤ人Ｂ君。シャーローム《こんにちは》！　まあ、かけてくれたまえ。モーニングブランデーはどうだい？　おい、ナマエナンダ！　友人たちに一杯ずつご用意しろ！」

ノンベコは、よければ水もあるけど、とこっそり言った。ふたりは水を頼んだ。

技術者ヴェストハイゼンは、こんなふうに話を切り出した。自分の人生は幸運続きだった。その運のおかげで、偶然にも核兵器を1個余計に抱えこむことになった。存在していることをだれも知らない、つまり、なくなってもだれにも気づかれない爆弾をひとつ。本当は自分で持っておき、マンデラが就任したところを狙って大統領府に向けて爆破させてやりたいところだが、独りで戦争をしかけるにはもう年を取りすぎている。

「というわけで、ものは相談だが、ユダヤ人Ａ君、ユダヤ人Ｂ君。エルサレムにいるユダヤ人の親分に、かなり強力な類の爆弾をひとつ買う気はないか、聞いてみてはもらえないかね。なんなら、友人家族特別割引にしておくぞ。待てよ、今の話はやめだ。３０００万ドルでどうだ。１メガトンにつき１０００万ドル。乾杯！」技術者は言って、ブランデーを一気に飲み干すと、空になった瓶を不満そうに見た。

モサド諜報員ＡとＢは、申し出に丁重に礼を言うと、エルサレムの政府関係者にこの手の取引をヴェストハイゼン氏と行うことをどう思うか、確認してみると約束した。

「俺はだれが相手でもへいこらしたりしない」技術者は言った。「そちらがだめと言うなら、ほかのだれかに売るまでだ。話は終わった。ここでおまえらとくだらないおしゃべりをしている暇はない」

技術者はふたりを残してオフィスを出て、さらに建物の外へと、新しいブランデーを求めて行ってしまった。モサド諜報員ふたりとナマエナンダを残して。ノンベコには、このイスラエル人たちにとって何が問題なのかはわかっていた。

「こう言っちゃなんだけど」ノンベコは切りだした。「技術者さんの運は、今さっき切れたんじゃないかって気がするわ」

ノンベコは「そして、あたしのも」と口には出さずに、考えていた。

「ミス・ノンベコ。あんたの機転にはいつも感心させられているよ」モサド諜報員Aが言った。「前もって、ご理解に感謝しておこう」

彼は「あんたも、かなりまずい状況みたいだけどな」と口には出さずに、考えていた。

イスラエルは技術者の申し出を受けたくないわけではなかった。むしろその逆だった。ただ、売人が深刻なアルコール依存症で当てにならないことが問題だった。取引をしても、やつが行く先々で金の出所がどこかをあのろれつの回らない舌でしゃべったりしたら、危険きわまりない。一方で、むげに断れば爆弾がどうなるかがわからない。今の技術者なら、本当にだれにでも売りかねないからだ。

そういうわけで、彼らは自分たちの任務を果たすことにした。モサド諜報員Aはプレトリアのスラム街で物乞いの男を雇い、翌日の夜、１９８３年型のダットサン・ローレルを1台盗ませた。謝礼として、男は50ランド（双方の同意による）と、こめかみに銃弾（諜報員の厚意による）を受け取った。

諜報員Aは、技術者の終わりなき幸運に終わりをもたらすため、数日後、彼が手持ちのクリップドリフトがないときに出かけるいつものバーからの帰り道に、その車で轢《ひ》くことにしていた。

初めて不運に見舞われた技術者は、諜報員Aが車を停めて引き返したせいで2度轢かれ、さらに轟音を立てて大急ぎで走り去ったせいで3度轢かれた。

皮肉なことに、技術者は歩道を歩いていてその事故にあった。

これで終わりか？　彼は2度めと3度めに轢かれるあいだに考えた。11年前、ノンベコがよく似た状況で考えたのと同じように。

今度は、これで終わりだった。

＊＊＊

モサド諜報員Bは、研究施設に技術者死亡の知らせが届いてすぐ、ノンベコを探しにいった。今のところ、その件は事故として処理されているが、目撃者や現場検証をした専門家からの証言が出たら、状況は変わるだろう。

「ミス・ノンベコ、あんたとふたりで話したいことがある」Bは言った。「しかも、緊急に」

ノンベコは最初何も言わなかったが、頭は必死で働かせていた。自分の身体的安全の保証人であり、永遠の酔っ払いであるヴェストハイゼンが、死んでしまった。ノンベコが思ったのは、自分も近々同じ目にあうのではないかということだった。急いで頭を働かせなくちゃ。

頭を働かせ、ノンベコは言った。「そうね、あたしもそう思うわ。そういうわけで、諜報員さん、あなたのお仲間もいっしょに、きっかり30分後に技術者のオフィスでお会いできないかしら？」

諜報員Bは、長年の付き合いからミス・ノンベコの頭のよさは承知していた。彼女なら、自分が今危険な立場にあることはわかっているだろう。つまり今、主導権はこっちにある。

ミス・ノンベコは、立ち入り厳禁の通路に入る鍵と許可証を持っている。自分たちが爆弾を確実に手にするために、彼女の存在は必要だ。その見返りには、罪のない嘘でもつけばいい。

おまえのことは生かしておく、と。

しかし今、彼女は30分の時間稼ぎをした。なぜだ？　諜報員はたいていのことはわかるが、これは理解に苦しんだ。ただ、30分はしょせん30分だ。もちろん、こっちも急を要してはいる。南アフリカの情報庁が技術者は殺害されたといつ気づくか知れないからだ。そうなったら、たとえ協力関係にある諜報機関の諜報員といえども、施設から3メガトンの爆弾を運び出すのは相当厳しくなるだろう。

それでも、30分はしょせん30分。諜報員Bは了解の意味でうなずいた。

「では、12時5分にここで会おう」

「12時6分よ」ノンベコは言った。

その30分のあいだ、ノンベコはただ時間が過ぎるのを待っていた。

諜報員たちは、きっかり指定どおりの時間に戻ってきた。ノンベコは技術者のいすに座り、ふたりにも机の反対側に座るよう、感じよく促した。奇妙な光景だった。南アフリカのアパルトヘイト制度の中心地で、若い黒人の女が責任者のいすに座っている。

ノンベコは話し合いに入ることにした。「モサド諜報員のおふたりは、存在しないことになっている7基めの爆弾を手に入れようとしてるのよね？　それともこれは誤解かしら？」

諜報員は、真実を言葉にしたくなかったので、ただ黙っていた。

「今は、お互い正直になりましょう」ノンベコはふたりに迫った。「もたもたしてたら、3人とも行き場がなくなっちゃうわよ」

諜報員Aはうなずいて言った。ミス・ノンベコの理解は正しい。イスラエルが爆弾を手に入れる手助けをしてくれたら、見返りに彼女がペリンダバを出るのを手伝おう。

「その後で、技術者みたいに車で轢いて、あたしも片付けちゃったりしない？　あるいは、銃で撃って近くのサバンナに埋めるとか？」

「ミス・ノンベコ、まさか！　頼むよ」諜報員Aが言った。「あんたの髪の毛一本だって、どうにかしようなんて気はないぜ。俺たちをなんだと思ってるんだ？」

　ノンベコは、諜報員の嘘に納得したようだった。自分はすでに一度車に轢かれたことがあるので、もう十分だ、とも言いそえた。

「よければ聞きたいんだけど、ここからどうやって爆弾を運びだすつもり？　保管場所の鍵は、あたしが持っているにしても」

　諜報員Bは、急ぐ必要があるだけで、さほど難しいことではないと言った。爆弾を木箱に入れて、外交貨物として分類する旨を記した文書を添付したら、エルサレムにあるイスラエルの外務機関宛てに発送する。外交書簡は、プレトリアの大使館経由で最低1週間に1便発送されるが、大きめの木箱でもやり方は変わらないだろう。南アフリカ情報庁が警備を固めて、木箱を開けないかぎりは――。ノンベコも諜報員たちも、技術者の死の真相が割れたら、たちまちそうなるだろうと予想していた。

「了解よ、諜報員さん。例のご対応には心から感謝するわ」ノンベコは言った。本音と建前の両方の意味で。「名誉ある仕事をしたのは、ふたりのうち、どっち？」

「それはどうでもいいだろう」諜報員Aが、ちらりと罪悪感を覚えながら言った。「すんだことはすんだことだ。あれは必要な仕事だったと、あんたならわかってくれると思ってるよ、ミス・ノンベコ」

　そう、ノンベコにはわかった。まさにこのとき、彼らが自分の罠にかかったと。

「じゃあ、このちっぽけなあたしの身が安全だって、どうやって保証してくれる？」

諜報員は、ノンベコを車のトランクに隠して外に出るつもりだった。今のレベルの警備体制なら、見つかる危険はない。ペリンダバにいるイスラエル諜報員は、ここでの数年間ずっと捜査対象外だった。

外に出たら、まっすぐ潅木《かんぼく》地に行って女をトランクから引きずり出し、額かこめかみか、苦しみようによっては首の後ろに一発お見舞いする。

悲しい気持ちも少しはあった。ミス・ノンベコはいろいろな意味で特別な女だったし、彼女も自分たちと同じように、技術者ヴェストハイゼンから、自分は優れた人間の代表だという、ただの酔っ払いの妄想を根拠にした歪《ゆが》んだ軽蔑心の標的にされてきたのだ。そう、悲しくなるじゃないか。しかし、気に懸けるならほかにもっと重大な問題がある。

「あんたを車のトランクに隠して外に出ようと思ってる」その後の予定は省略して、諜報員Ａが言った。

「いいわね」ノンベコは言った。「でも、不十分よ」

彼女は続けた。彼らがヨハネスブルク発リビアのトリポリ行きの航空券をくれるまでは、自分は彼らを助けるために、指１本動かすつもりはない。

「トリポリ？」諜報員ＡとＢが同時に言った。「そこで何をするつもりだ？」

ノンベコにもこれといった答えはなかった。これまでずっと、彼女の目的地はプレトリアの国立図書館だった。でも今ではもう行くことは叶わない。国を出なければいけないのだから。それと、リビアのカダフィはＡＮＣの味方だっていうじゃない？

ノンベコは、変化に対して寛容な国に行きたいのだと言った。そう考えると、リビアはよい選択のように思えた。ただ諜報員さんたちのお勧めがほかにあるなら、ぜひ聞いてみたい。

「でも、テルアビブやエルサレムはやめてね。あたしとしては、少なくとも1週間は生き延びる計画だから」

モサド諜報員Aは、自分の目の前に座る女に魅了されそうになっていた。このまま向こうのペースに乗せられないよう気をつけねばならない。交渉上の立場は、自分が下だと思い知らせるのだ——この場所を抜け出すには、信頼できない諜報員を信頼する以外にないのだと。ただしその後は、状況を自分の有利に働くようにすることはできる。問題は、その「後」がないことだ。トランクが閉められたが最後、そのまままっすぐ墓場行き。そうしたら、航空券の行き先がどこだろうが、関係ない。トリポリだろうが、そうだ、月なんてどうだ？

だが、まずは取引だ。

「そうだな、リビアはありかもしれない」諜報員Aは言った。「あとはスウェーデンか。南アフリカに一番大きな声でアパルトヘイトの文句を言っている国だからな。頼めば10秒以内に保護してくれるはずだぜ」

「まさか、それは言いすぎでしょ」ノンベコは言った。

「だが、カダフィには欠点もある」諜報員は続けた。

「欠点？」

諜報員Aは喜んで、トリポリの狂人について洗いざらい話してやった。かつて、イスラエルの呼びかけにエジプトの大統領が応じたというだけで、エジプトを手榴弾で攻撃したという話だ。こうしてミス・ノンベコを心配してやってる顔を見せたところで、痛くもなんともない。後頭部を撃ち抜くまでのあいだの信頼関係だ。

「そういえば、カダフィも南アフリカと同じくらい核兵器を欲しがってたな。今のところ、成功してないようだが」

「え、ほんと？」ノンベコは言った。

「そうはいっても、倉庫に少なくともマスタードガス20トンと、世界最大の化学兵器工場を持ってるって事実で慰められるだろうさ」

「何よ、それ」

「それに、抗議もストライキもデモも何もかも、禁止してる」

「ひどい」

「たてつくやつは皆殺しだ」

「人間的な面はないわけ？」ノンベコは言った。

「そりゃ、あるさ。元独裁者のイディ・アミンがウガンダを追い出されたとき、面倒をみてやったからな」

「ええ、それは何かで読んだわ」ノンベコは言った。

「話はこれだけじゃないぜ」諜報員Aが言った。

「まさか」

「俺を誤解しないでくれよ、ミス・ノンベコ。俺たちはあんたの安全を気にかけてる。あんたの身に何かあってほしくないんだ。あんたのほうは、こっちを信頼してないみたいな口ぶりだったけどな。

本当のことを言えば、俺たちふたりとも、そんなふうに言われて傷ついたんだぜ。とはいえ、あんたがどうしてもトリポリに行きたいって言うなら、もちろん手配はする」

完璧だ、と諜報員Aは思った。

完璧だな、と諜報員Bは思った。

これまでの人生で聞いた最高のたわ言ね、とノンベコは思った。しかもあたしがこれまで相手をしてきたのは、ヨハネスブルク市衛生課の補佐官と、自意識の歪んだアルコール依存症の技術者だけだっていうのに。

諜報員があたしの安全を気にかけてる？　たしかに生まれはソウェトかもしれないけど、昨日今日生まれたわけでもあるまいし。

リビアはもうそれほどよさそうに思えなくなってきた。

「スウェーデンはどう？」ノンベコは言った。

そりゃ、少しはましだろうな、と諜報員たちは言った。たしかについ最近、首相が殺されはしたが、一般の国民は、少なくとも街を歩いていて襲われることはないはずだ。さらにさっきも言ったとおり、スウェーデンでは、アパルトヘイト体制に反対していると言いさえすれば、南アフリカ人は即刻受け入れられるのだ――諜報員たちには、ノンベコが反体制だと信じる理由があった。

ノンベコはうなずいた。そしてしばらく何も言わずに座っていた。スウェーデンがどこにあるかは知っている。ほぼ北極だ。ソウェトからははるか彼方《かなた》に離れている。それはいかにもよいことだ。今までの人生から、すべてにおいてまったく遠い場所。恋しくなるとしたら、なんだろう？　ノンベコは考えた。

「ミス・ノンベコ、もし何かスウェーデンに持っていきたいものがあるなら、できるかぎり手に入れるのを手伝うぜ」諜報員Bが、中身がゼロの信頼関係をさらに強固にするために言った。

こんな話が続いたら、この人たちを信じてもいいかという気になりそうだわ。でもあくまでも、なりそうというだけのこと。欲しいものを手に入れておきながらすぐに自分を殺さないとしたら、プロとしてはありえない姿勢だもの。「レイヨウの干し肉をひと箱分かな」ノンベコは言った。「スウェーデンにレイヨウがいるとは思えないから」

そりゃいない、とAとBも思った。諜報員たちは、すぐさま小さい荷物用と大きい荷物用に1枚ずつ送り状を用意しようと言った。木箱に入った爆弾は、プレトリアの大使館経由でエルサレムの外交機関へ行く。ミス・ノンベコは数日後、ストックホルムのイスラエル大使館で署名をしてレイヨウの肉を受け取る。

「これで交渉成立かな？」諜報員Aが言った。すべて上首尾にいったな、と思っていた。

「そうね」ノンベコは言った。「これで合意しましょう。ただ、あとひとつあるの」

あとひとつだと？　諜報員Aは、自分がする類の仕事に対しては感覚が優れていた。ふいに、自分と同僚はとらぬ狸の皮算用をしてやしないかという疑念がわき起こった。

「時間があまりないのは、わかってる」ノンベコは言った。「でも、ここを出る前に、やっておきたいことがあるの」

「やっておきたい？」

「1時間後に、もう一度ここで会いましょう。1時20分よ。それまでに航空券とレイヨウの肉を両方手配するとしたら、あんたたちには時間が足りないくらいかもしれないけど」ノンベコは言った。そして技術者の机の後ろにあるドアから隣の部屋へと消えた。諜報員が入る手段を持たない部屋だ。ふたりはオフィスに残された。

「あの女を甘く見すぎてたかな?」ＡがＢに言った。

Ｂは心配そうな表情になって言った。

「おまえは航空券を手配してくれ。俺は肉をどうにかする」

＊＊＊

「これがなんだかわかる?」会合が再開されたところで、ノンベコは技術者ヴェストハイゼンの机の上にダイヤモンドの原石を置いて言った。

諜報員Ａは多才な男だった。たとえば、陶器のガチョウを見て、漢代のものではなく１９７０年代の南アフリカ産だと難なく特定できた。今目の前に置かれた石が、イスラエルの通貨でおそらく１００万シェケルはくだらないだろうことも、ひと目見ただけでわかった。

「なるほどな」Ａは言った。「こいつでどこへ行こうってつもりだ、ミス・ノンベコ?」

「どこへ行くかって?　あたしが行きたいのはスウェーデンよ。サバンナの潅木地の奥の穴なんかじゃなく」

「それが俺たちにダイヤをくれてやりたい理由か?」諜報員Ｂが言った。Ｂは諜報員Ａとはちがい、まだどこかノンベコを甘く見ているところがあった。

「あたしがどういう人間かわかってないようね、諜報員さん」ノンベコが言った。「そうじゃない、このダイヤは、さっきあたしたちが別れた後で、あたしがこの施設から外へ、ちょっとした荷物を出したという話により信憑性を持たせるために使ってるのよ。たとえば、これと同じようなダイヤの力を使ってあたしがそれに成功したか、あとはあんたたちが信じるか信じないかって話。それとその後で、問題の荷物が目的地に着いたか確証を得るために、もう1個ダイヤを使ったかどうかもね。それに、誇り高くも常に低賃金にあえぐペリンダバの２５０人の労働者のひとりが、ひょっとしたらその手の取引に応じたかどうかも」

「意味がわかんねえな」諜報員Bが言った。

「いや、俺は最悪の事態を疑う」諜報員Aが小さく言った。

「そのとおり」ノンベコは笑顔になった。「さっきのあたしたちの会話を、録音してたのよ。あんたたちが南アフリカの国民を殺したとか、南アフリカから大量破壊兵器を盗むとか告白してた、あの会話。ふたりとも、自分と自分の国がどんな目にあうかわかるわよね、もしテープが……さて、どうなることやら。どこに送ったかを言うつもりはないけど、賄賂《わいろ》を渡した配達人を通じて、ちゃんと目的の場所に届いたことは確認してるわ。言い換えれば、もうテープはここにはないってこと。もしあたしが24時間以内に——あ、ごめんなさい、23時間38分以内だった。楽しい時間はすぐ過ぎるって本当ね。ともかく、時間内にそこから回収できたら、テープは完全に破棄するって約束する」

「そしてもしできなかったら、公開される？」Aが補足した。

ノンベコは、わざわざ答えて時間をむだにはしなかった。

「さて、話し合いはこれでおしまいね。トランクの旅をあたしが無事に生き延びられるか、楽しみだわ。でも、可能性は高まった気がする。ゼロよりは」

そしてノンベコは立ちあがり、レイヨウの肉の小包は発送部門に30分以内に届けておくように、と言った。大きいほうの荷物は、どうせすぐ隣の部屋にあるのだから、自分がまちがいなく同じようにしておく。

「それから、正式な書類もお願い。外交的危機を扱いたくない人が、だれひとり木箱に触ったりすることがないように、押印や書類やほかに必要なものは全部そろえてね」

課報員AとBはむっつりとうなずいた。

＊＊＊

イスラエルの課報員ふたりは、状況を分析した。あのいまいましい掃除婦のやつが、最初の会話を録音したテープを持っていたかについては、ありそうな話だった。ただ、それをペリンダバから実際に外に送り出せたかとなると疑わしい。まちがいないのは、女が最低でもひとつはダイヤモンドの原石を持っているということだ。そしてもしひとつ持っているなら、もっと持っている可能性はある。そしてもし持っているなら、労働者のなかでも施設内の安全検査をすり抜けやすい立場の人間が、ひとりくらい誘惑に負けて、今後の人生の家計を安定させたいと思うのはあり得る話だ。あり得る、しかし確証はない。一方、掃除婦（もう名前で呼ぶのはやめだ。イライラするから）は、この施設に11年いる。もう一方で課報員たちは、彼女が技術者と自分たち以外の白人といるのを、一度たりとも見たことがなかった。２５０人の労働者たちは、裏で黒人《カフイル》と呼んでいる女に本当に自分の魂を売りわたすだろうか。

　諜報員たちは、そこにセックスという次元を加えてみた——すなわち、掃除婦が賭け金に自分の肉体を加えた可能性、いやむしろ危険性のことだ。その場合、勝負は諜報員側に不利に動く。ダイヤのために掃除婦の使い走りになるような倫理観の低い人間なら、裏切って女を通報するくらい倫理観が低いことも考えられる。だが、金に加えて性的冒険の可能性まで期待するような輩は、ただ墓穴を掘るだけの愚か者だ。いや、墓にすら入れないかもしれない。

　全体的に見て、諜報員AとBは、ノンベコが言ったとおりの手札を持っている可能性は60パーセント、持っていない可能性は40パーセントと踏んだ。つまり、こっちの勝算は低い。掃除婦が自分たちと——それより何より！——イスラエル国家に対して与え得る打撃の大きさは、計り知れないからだ。

　こうして、掃除婦は計画どおり車のトランクに載せられ、計画どおりスウェーデン行きの航空券を受け取り、レイヨウの肉10キロは計画どおりストックホルムに送られるという決断が下された。そして計画どおりにいかず、女は後頭部に銃弾を受けない。額にも。それ以外のどこにも。掃除婦を生かしておけば、リスクは残る。しかし今現在は、殺したほうがリスクはずっと高くなる。

　29分後、ノンベコは航空券と諜報員Aが約束したレイヨウの肉と、外交荷物用の正副2枚組の記入済み正式文書を受け取った。彼女はふたりに感謝を伝え、15分以内に出発できると言った。発送する2件の荷物について、まちがいなく処理されるよう確認しておきたいからだった。口にはしなかったが、つまりは、中国人姉妹としっかり話をつけておくということだった。

「大きい木箱がひとつと、小さい小包がひとつね？」三女が言った。姉妹のなかで一番創造性がある子だ。「ミス・ノンベコ、これはあたしたちの……」

「そう、まさにその話」ノンベコは言った。「このふたつの荷物は、ヨハネスブルクのあなたたちのお母さんには、絶対に送っちゃだめ。小さいほうの荷物は、ストックホルム行き。あたし宛てよ。それだけで、触っちゃだめっていう理由になるはずでしょ。大きいほうは、エルサレムに送るのよ」

「エルサレム?」次女が言った。

「エジプトね」長女が解説する。

「行っちゃうの?」三女が言う。

ノンベコは、技術者はどうしてこの3人に郵便物の管理を任せようなんて思ったのか、不思議でならなかった。

「そうよ、でも、だれにも言わないで。あと少ししたら、ここから逃げだすわ。スウェーデンに行くの。ここでさよならよ。今まで仲良くしてくれてありがとう」

そして4人で抱きあった。

「体に気をつけてね、ノンベコ」中国人姉妹がコーサ語で言った。

「再会《ツェウェ》」ノンベコも上海語で返した。「さようなら」

それからノンベコは技術者のオフィスに戻り、デスクの鍵を開けると、パスポートを持った。

「マーケット・シアターまでお願いね。ヨハネスブルクのダウンタウンの市場通りよ」ノンベコは、外交官ナンバーの車のトランクにもぐりこみながら諜報員Aに言った。

タクシーの常連客がなじみの運転手に言うかのような口ぶりだった。ヨハネスブルクの街をすっかり知りつくしていて、どこに向かうかわかっているようでもあった。実は数分前、ノンベコはペリンダバの図書室で最後に確認していたのだ。この国で、一番人が多くてにぎわっている場所はどのあたりか。

「了解」諜報員Aは言った。「そうしよう」

そしてトランクを閉めた。

彼が了解したのは、ノンベコがテープを送った人物のもとへ車を向かわせるつもりはないということだった。もしそうなら、その相手ともども殺してやれたのに。指定の場所に着いたら、ノンベコはものの2分で人混みに紛れて姿を消すだろう。諜報員Aは、ノンベコの勝ちだと思った。

第1ラウンドは。

だが、エルサレムに爆弾が着いてしまえば、野放しの物的証拠はなくなる。その後なら、例のテープが何度、どんな場所で流されようとも、否定すればいいだけのことだ。どちらにしろ、イスラエルに味方する者はいないし、その種のテープは今でも出回っている。しかし、ただ存在しているからといって信じるのは、愚かな行為だ。

そこで、第2ラウンドが始まる。

モサドにケンカを売るものではないと、思い知らせてやる。

＊＊＊

諜報員の車は、1987年11月12日木曜日の午後2時10分にペリンダバを出た。同日3時1分に、その日発送する郵便物が同じ門から運びだされた。通常より11分遅れとなったのは、特大貨物を積むために車輌変更をしたからである。

３時15分、技術者ファン・デル・ヴェストハイゼンの死亡に関する捜査担当部長は、技術者は殺害されたと断定した。３人の別々の目撃者から、類似の証言を得たためだ。しかも３人のうちふたりは白人だった。

彼らの証言は、捜査部長が行った現場検証で裏づけが取れていた。技術者の潰れた頭部についたタイヤ痕は３本分あった。つまり技術者は、最低でも３つのタイヤに轢かれたことになる。通常車の片側についているタイヤの数よりひとつ多い。よって、技術者は１台以上の車に轢かれたか、あるいは――目撃者が証言したとおり――同じ車に複数回轢かれたということだ。

それからさらに15分後の３時30分には、研究施設の警備体制が一段階強化された。外側の境界で働いていた黒人掃除婦と、中央部のＧ棟にいた黒人掃除婦と厨房のアジア人３人は、ただちに解雇された。５人は全員、情報庁の危険分析の対象とされ、その後ひょっとしたら解放される可能性もあった。敷地を出入りする車輌は、軍の司令官その人がハンドルを握る車も含めて、すべてくまなく検問された。

＊＊＊

ノンベコは空港で、道を尋ねながら人波について進んでいくうち、保安検査場があったことも検査を受けたことも気づかないうちに、ゲートを通過していた。上着の縫い目に隠したダイヤモンドは、金属探知機にはひっかからないのだと後から知った。

モサド諜報員は短時間で航空券を手配しなければならなかったため、手に入ったのは一番高価な席だけだった。客室の座席は、たしかに値段どおりのすばらしさだった。客室乗務員は、ポンパドールの極辛口《エクストラ・ブリュット》のグラスをノンベコに出そうとして、料金は座席代に含まれているので不要だと、時間をかけて説得した。後に続いた食事も同様だった。ノンベコがほかの乗客の食事トレーを片付けるのを手伝おうとしたときも、丁重にしかし断固として、席に戻るよう言わなければならなかった。

さすがのノンベコも、デザートが出るころにはいろいろわかってきて、ラズベリー入りアーモンドパウダーのケーキとコーヒーをいただいた。

「コーヒーといっしょにブランデーもいかがですか？」客室乗務員がにこやかに尋ねた。

「ええ、お願いします」ノンベコは言った。「クリップドリフトはありますか？」

食事がすむと、ノンベコはすぐに眠りこんだ。穏やかな心地よい眠りだった――それも、心ゆくまで。

ストックホルム・アーランダ空港に到着すると、ノンベコは、あの見事なまでに騙《だま》されやすいモサド諜報員の教えに従って、最初に見た国境警察に行って、政治亡命を要請した。理由は、非合法組織ＡＮＣのメンバーであることとした。そのほうが、他国の諜報員が核兵器を盗む手助けをしたというより、聞こえがいいと思ったからだ。

スウェーデン国境警察による初期審問は、滑走路を見わたせる明るい部屋で行われた。窓の外で、何かが起きていた。それは、ノンベコが生まれて初めて目にする光景だった――雪が降っていたのだ。ストックホルムで、その冬最初の雪だった。南アフリカは今、まさに春のさなかだった。

8 引き分けで終わった勝負と自分の人生を生きられなかった社長

亡き母を称《たた》えるためには戦闘を続けるのが一番だという考えで、イングマルとホルゲル１号は合意した。ホルゲル２号は父親と兄はまちがっていると確信していたが、口にしたのは、その場合だれが家計を支えるのかという質問だけだった。

イングマルは眉をひそめ、このところほかに心配事が多くて、その件を優先してはいなかったと認めた。ヘンリエッタの砂糖つぼには１００クローナ札が数枚残っていたが、そのくらいの額はヘンリエッタ本人のように、すぐになくなってしまうだろう。

何もよい考えが浮かばなかった元郵便局員の父は、元職場に会計係補佐として再就職しようと考えた。しかも会計係は、定年まで残すところ２年だ。そして会計係は、何があってもクヴィスト君にその２年を台無しにさせるつもりはない、と答えた。

状況はかなり困難だった――それから数日のあいだは。というのも、イングマルの義父が亡くなったのである。

怒れる共産党員は、孫の顔を見ることなく（そしてイングマルをとっ捕まえることもなく）、88歳で亡くなった。娘を失い、妻には捨てられ、世は資本主義が花盛りという苦しみに満ちた人生の終わりだった。ただ少なくとも、自分の財産がすべて、ホルゲルたちとイングマルに引き継がれるのを見ずにはすんだ。何せもう、この世に存在していないのだ。そしてこの世に存在しているホルゲル１号が、すべてを相続した。

セーデルテリエ共産党幹部の義父は、政治活動のかたわら、ソビエト連邦の製品を輸入販売していた。亡くなる直前まで、スウェーデンじゅうの市場に出かけていっては、商品とともにソビエト連邦の偉大さも宣伝して回った。どちらもまあまあの評判だったが、儲けた金は、生活必需品に加えて、カラーテレビ、週に2回の公営酒販店通い、そして毎月３０００クローナの党への寄付金を賄《まかな》うのにどうにか足りるといった程度だった。

ホルゲル1号が祖父から相続した遺産は、状態のいいトラック1台と、ガレージとは名ばかりの、実際は物であふれんばかりの倉庫だった。ここ数年、年老いた祖父は売りさばける以上の商品を大量に買いこんでいたのだ。

倉庫には、キャビアとイクラ、ピクルス、燻製オキアミ、それにグルジアのお茶、ベラルーシのリネン、ロシアのフェルトブーツ、イヌイットのアザラシの毛皮があった。それに、定番の緑のペダル付きゴミ箱を初めとしたさまざまな種類のホーロー容器がたくさん。ロシアの軍帽フラーシュカ、かぶれば絶対凍えそうにない耳当て付き毛皮帽のウシャンカもあれば、ゴム製の湯たんぽ、ナナカマドの実が描かれたショットグラスもあった。それと、サイズ47の麦わら帽子。

さらには、ロシア語の『共産党宣言』が５００冊、ウラル産のヤギの毛で編んだショールが２００枚、それにアムールトラ用の罠４つもあった。

その後も、これらすべてに加えてさらに多くのものが見つかった。そして、最後に出てきた大物がこれだ。

高さ２・５メートル、カレリア産花崗岩《かこうがん》でできたレーニン像。

イングマルの義理の父がまだ生きていて、義理の息子であるイングマルが首を絞めるより腹を割って話したいと思える相手だったら、その像はペトロザボーツクの芸術家がうっかり偉大な指導者の人間的な面を表現してしまったがゆえに、安く買えたのだという話ができたはずだ。実物のレーニンの冷酷な灰色の瞳は、像ではどこかはにかみを帯び、実物が未来をまっすぐに指し示すために掲げたはずの手は、本来導くべき人々に向けて親しげに振られているかに見えた。像を発注した市長は、できあがりを見て動揺した。彫刻家に、今すぐ消えろ、さもなくば私のほうでおまえを消してやる、と言った。

ちょうどそこへ、買い付け旅行に来ていたイングマルの義父が通りかかったというわけだ。2週間後、像はセーデルテリエの倉庫に横たわり、壁に向かってまっすぐ手を振っていた。

イングマルとホルゲル1号は宝の山を探ってまわりながら、嬉しそうにきゃっきゃと笑っていた。これを売れば家計数年分にはなるぞ！

2号は、ふたりほどこの展開を喜ばしいと思っていなかった。母の死をむだにしたくはなかったし、これをきっかけに本当に事態が変わってほしいと願っていたからだ。

「レーニン像には、世界最高の市場価値はないかもしれないよ」2号はそれを伝えようとしたが、たちまち遮られた。

「おいおい、おまえは後ろ向きなんだな」父親のイングマルが言った。

「そうそう、こいつは後ろ向きなんだよ」兄のホルゲル1号が言った。

「それに、ロシア語の『共産党宣言』も」2号はつけ加えた。

＊＊＊

倉庫の商品は、丸8年にわたって一家の家計を支えるのに十分だった。イングマルと双子は、イングマルの義父にならって市場から市場へと商品を売り歩き、そこそこの生活水準を保てるに足るそれなりの稼ぎを得た。これは何よりも、セーデルテリエの共産党がもうこの収入の分け前にあずかることがなかったからだった。ついでに言えば、税務署も同様だった。

　ホルゲル2号は、本当なら逃げだしてしまいたかった。それでも、こうして市場回りをしているあいだは、少なくとも馬鹿げた共和主義運動をする余計な時間はないという事実で、自分を慰めていた。

　そうして8年が過ぎ、残されたのはカレリア産花崗岩でできたレーニン像と、ロシア語の『共産党宣言』５００冊のうち４９８冊だけになった。『共産党宣言』は、イングマルが1冊をマリーエスタードで市場を回っているときに盲目の男に売りつけた。あとの1冊は、マルマ見本市《マルケン》に向かう途中でイングマルのお腹の虫が騒ぎだし、どぶにしゃがみこんだときに必要になった。

　つまり、ある程度はホルゲル2号は正しかったわけである。

「これからどうするの？」今までの人生、自分で何かを考えたことのないホルゲル1号が言った。

「好きなことをすればいいよ。王家と関係がないことなら」ホルゲル2号が言った。

「いや、むしろそれが一番必要じゃないか」イングマルが言った。「最近は、すっかりそっち方面から遠ざかっていたからな」

　イングマルの生き残り大作戦は、レーニン像の修正に関連していた。どういうことかというと、この特徴的なレーニン像とスウェーデン国王の容貌が、かなりの点で共通していることに最近になって気づいたのである。このじいさんのひげをそり、鼻をほんの少しばかり叩いて、帽子をくせ毛に見えるように直したら、ウラジーミル・イリイチ・レーニンがわれらが王様そっくりに早変わり！

「高さ2・5メートルの王の像を売ろうっていうつもり？」ホルゲル2号は父親に言った。「父さんには、信念ってものはないの？」

「生意気を言うんじゃない、反逆者のわが息子よ。背に腹はかえられない。このことを、父さんはまだ若く元気だったころに、救世軍の兵士から新品の自転車を盗んで学んだのだ。ちなみに、その兵士の名前はホルゲルだった」

　イングマルはさらに、お前たちはこの国に金持ちの君主支持者がどれほどいるか知らないだろうと言った。王の像なら、2万から3万クローナで売れるぞ。もしかしたら4万もいけるかもしれない。そしたらあとは、トラックを売るだけだ。

　イングマルはさっそく取りかかった。丸々1週間、叩き切ったり、やすりをかけたり、磨いたりした結果、まったく予想以上にやってのけた。できあがった像を見たホルゲル2号が思ったのは、人は父のことをあれこれ言うかもしれないが、父が意志薄弱ではないのは確かだということだった。そして、芸術的センスが欠けてるわけでもない、ということも。

　あとは売るだけだ。イングマルは、トラックの荷台に巻き揚げ機で像を載せたら、ストックホルム周辺の伯爵や男爵の領地をすべて回ろうと考えた。そしたらそのうちきっと彼らのひとりが、なんとしてでも自分の庭にカレリア産の花崗岩でできたスウェーデン製の王の像がなければ生きていけないと気づくはずだ。

　しかし、巻き揚げ機の操作には繊細さが要求される。なんだかんだ言って、さすがに王を尻から落とすわけにはいかない。ホルゲル1号は、父親に何か言われたらすぐにでも手伝おうと、そわそわしていた。2号は両手をポケットに入れたまま、黙っていた。

　イングマルは息子たちの様子を見て、心を決めた。今回ばかりは、この子たちにへまをさせることは許されない。すべて父たる自分の手でやろう。

「少し下がって待っていなさい。気が散るといけないから」イングマルはそう言うと、高度な滑車装置のあちこちにケーブルを巻きつけた。

　イングマルは、巻き揚げ作業を開始した。そして実際に、たったひとりの力で王の像をトラックの荷台の縁に引きあげるところまでいった。

「あとは台に置くだけだ」王嫌いの父親が満足そうに言った。その瞬間、一本のケーブルがぶちっと切れた。

　そのときその場所で、イングマル・クヴィストの人生を懸けた戦いは終わりを迎えた。

　王は畏れ入ったようにイングマルに向かっておじぎをし、初めて目と目を合わせてから、ゆっくりと、しかし決然と、自身の創造主の真上に倒れこんでいった。

　イングマルは王の重みにひとたまりもなく絶命し、一方で王は自身の重みで4つに割れた。

　ホルゲル1号は深い悲しみに打ちのめされた。その隣で2号はただ立ちつくし、まったく何も感じられそうにない自分に恥じ入っていた。そして死んだ父親と、その隣の割れた王を、じっと見た。

　戦いは、引き分けに終わったように思えた。

　以下は、数日後にセーデルテリエ地方紙に載った通知である。

愛する父
イングマル・クヴィストは
消えることのないの悲しみと喪失を
私に残し、
この世を去りました。
セーデルテリエ　１９８７年６月４日
ホルゲル

――

共和制万歳！

＊＊＊

ホルゲル1号と2号は、互いに相手の生き写しだった。それでいて、実際は対極的な存在でもあった。

ホルゲル1号は、父親の天職についてちらりとも疑問を抱いたことはなかった。一方で2号の疑念は7歳のころには兆しを見せはじめ、年々大きくなっていった。2号は12歳になるころには、父親の頭のなかはとにかくふつうじゃないのだとはっきり理解した。母の死後、父の考えに対してはますます疑問が増すばかりだった。

けれどもホルゲル2号は、逃げなかった。父と兄に対する責任を、かつてないほど重く感じるようになったためだった。それに何があったとしても、1号と2号は双子の兄弟なのだ。その絆を断ち切るのは容易ではなかった。

兄弟でここまで大きな違いが出たのはどうしてなのか、特定するのは難しい。関連があるとすれば、兄とちがってホルゲル2号（実際には存在していないほう）が概して優秀だという事実だろう。

そのため学校に通っていたころ、作文を書いたり試験を受けたりするのは、当然のことながらホルゲル2号のほうだった。兄の運転免許試験に合格したのも、運転を兄に教えたのも、2号である。おまけにそれは、トラックの運転免許だった。祖父のボルボＦ４０６は、兄弟にとって唯一財産といえるものだ。ただし実際の持ち主はホルゲル1号である。人が何かを所有するには、まず存在していなければいけないからだ。

父親が亡くなり、ホルゲル2号は役所へ行って自分は存在していると知らせることも考えた。そうすれば大学入学申請もできるかもしれない。そして好きになれる女の子とも会えるかもしれない。そして愛し合ったりもできるかもしれない。それってどんな感じがするんだろう？

とはいえ考えてみれば、物事はそう単純でもないことに気がついた。自分が高校で得た優秀な成績は、果たして使えるのか？　あれは兄が取ったということになるのではないか？　定義上、自分は高校までの教育を受けていないことになっているのだから。

加えて、さらに差し迫った問題があった。自分たちの食い扶持をどうするかという話だ。存在しているほうのホルゲルはホルゲル1号である。パスポートも運転免許も持っている。だから当然、仕事を探すべきなのは1号のほうだ。

「仕事？」2号がその話を出すと、1号は言った。

「そう、就職してする仕事。26歳の人間にとっては、いたって当たり前のことだ」

ホルゲル1号は、2号が1号の名前でやってみてもいいんじゃないかと提案した。学校に通っていたころにも、同じようにやっていたじゃないか。しかし2号は、王が父親を殺した今、自分たちも子供時代と決別すべきではないのか、と言った。自分は、1号の使い走りになるつもりはない――それに、父さんのにも、絶対に。

「あれは王じゃない、レーニンだよ」ホルゲル1号が拗《す》ねたように言った。

「父さんの上に落ちてきたのがだれかなんて、どうでもいい。マハトマ・ガンディーだろうがだれだろうが、兄さんがそうであって欲しいと思う人物だということにしておけばいいよ。どうせもう過去の話だ。これからは未来を築いていくんだ」ホルゲル2号は答えた。そしてできれば、兄さんといっしょにがんばっていきたいが、それにはまず兄さんに、政府を変えるというその考えを、いっさい捨てると約束してほしい。

「どのみち、僕には考えなんてものはないよ」ホルゲル1号はもごもご言った。

ホルゲル2号は1号の答えに満足し、それから2、3日は、人生の次の一歩をどう踏みだすかを考えて過ごした。

喫緊《きっきん》の問題は、食卓に出す食べ物だ。

解決策として考えたのは、問題となっている食卓を売ることだった。実際には、家ごと全部。セーデルテリエ郊外の家は持ち主が変わり、兄弟はボルボＦ４０６の後部座席に引っ越した。ただし兄弟が売ったのは小屋であり城ではなかったのと、その小屋は40年前にイングマルが正気を失って以来、意図と目的を持って手入れがなされていなかったので、公的な所有者のホルゲル1号が両親の家の代金として受け取ったのは、わずか15万クローナだった。この金も、兄弟が何もしなかったら、またすぐになくなってしまう。

ホルゲル1号は言った。父さんの石像の上4分の1なんだけど、どのくらいの価値になるだろう。2号は、1号が二度とその話題を持ち出さないよう、彫刻刀とハンマーで像を粉々に叩き割った。終わると、次はロシア語版『共産党宣言』の残り４９８部を燃やすからなと言った。でも、まずはひとりの時間が必要だから、ちょっと散歩に行ってくる。

「僕がいないあいだ、あれこれ考えるんじゃないぞ」

＊＊＊

ホルゲル&ホルゲル社だって？　そんなのうまくいくのか？　運送会社？　たしかに、トラックは持っている。というより、トラックしか持っていない。

ホルゲル2号は新聞に広告を出した。「当方、小さな運送会社です。お仕事お待ちしています」。するとすぐにグネースタ市にある枕会社から連絡があった。その枕会社が今まで使っていた運送会社は、5回に1回は品物を持ってくるのを忘れるうえ、2回に1回税金の支払いを忘れて、矯正のためアーヌー刑務所に入れられることになった。国は、矯正には18ヶ月かかると判断した。枕会社は、運送会社の本性を知りつくしていたので、その期間はさらに延びるだろうと考えた。いずれにせよ、運送会社が刑務所にいる以上、枕会社はすぐに代わりを探す必要があった。

グネースタ・ダウン&フェザーベッド社は、長年、枕をホテル業界や地元の公共機関向けに作っていた。商売は初めこそうまくいっていたが、次第に売り上げは減り、ついにはゼロになってしまった。社長は4人の従業員を解雇し、代わりに中国から枕を輸入することにした。これでどうにか生活は立て直せたが、仕事はきつく、また寄る年波を感じるようにもなっていた。働きすぎの男はすべてに疲れていた。それでも働き続けたのは、仕事以外の人生があることを忘れて久しかったからである。

ホルゲル1号と2号は、グネースタ市の町外れにある工業用ビルで枕会社の社長に会った。敷地には庭を囲んで倉庫と廃墟ビルが並び、道向かいに何年も前に潰れたらしい陶芸工場があるという殺風景な場所だった。近所にあるのは鉄くず置き場だけで、ほかはまったく荒れ果てていた。

ホルゲル2号が自分の言いたいことを言って、ホルゲル1号は2号の言いつけで黙っていたので、枕会社の社長はこの新しい配送業務のパートナー候補は信頼できそうだと感じた。社長は兄弟に、廃墟ビルには居住用の部屋があり、世界一広いとはいえないまでも、よければ引っ越してきてひと部屋でもふた部屋でも使ってもらってかまわない、と言った。社長本人は、グネースタ市の小さな町の中心部に住んでいた。

それですべてがうまくいくように思えた矢先、年金事務所から、社長はじきに65歳になり年金受給資格を得るという通知が届いた。思ってもいないことだった。なんという幸運！　これからは悠々自適の年金生活だ！　24時間自由の身、それこそ彼の望んでいたことだった。またブギウギでも踊りに行ってみようかな？　羽目を外して楽しもうと思ったのなど、1967年の夏も終わろうというころ、ストックホルムのナーレン・ナイトクラブに出かけたのが最後だ。しかも、行ってみたら、店はすでに閉まって自由教会になっていた。

年金支給開始の通知は、社長にとってはよい知らせだったが、ホルゲルとホルゲルにとっては厄介な問題だった。

兄弟に失うものは何もなかった。そこで2号は思い切って攻めの姿勢で進むことにした。ホルゲル&ホルゲル社で枕会社の事業をそっくり引き継ぎたいと提案したのである。倉庫、廃墟ビル、そして陶芸工場もひっくるめてだ。社長への見返りとして、存命中は毎月ホルゲル&ホルゲル社から3万5000クローナを支払う。

「おまけの年金みたいなものと考えてください、社長さん」ホルゲル2号は言った。「ただ単に、僕たちに今一括払いできるほどの現金がないというだけのことなのですが」

新人年金受給者はその提案についてじっくり考えた。さらに考えた。そして言った。「乗った！ただし3万5000ではなく、3万クローナにしよう。その代わり、ひとつ条件をつけさせてくれ」

「条件？」ホルゲル2号が言った。

「そうだ、というのは……」社長は話を始めた。

値下げの条件とは、ホルゲルとホルゲルに、社長が14年前に陶芸工場で見つけたアメリカ人技術者の世話を引き継ぐと約束してほしいというものだった。そのアメリカ人は、ベトナム戦争中に軍用の地下トンネルを掘った。絶えずベトコンの攻撃に晒されて、最後には重傷を負った。日本で治療を受けてケガが快復すると、病院の部屋の床から地下に抜け道を掘って脱出し、北海道へ飛んだ。はえなわ漁船に乗せてもらってソ連領海まで渡ると、ソビエト沿岸警護隊の船に乗りかえてモスクワへ行き、その後ヘルシンキを経てスウェーデンのストックホルムにやってきた。そこで彼は政治難民の認定を受けた。

しかし、ベトナム脱走兵の男は、ストックホルムでは至るところにＣＩＡがいるような気がした。神経衰弱を患い、いつか連中に見つかって再び戦地に送られると思いこんだ。そして田舎をさまよい歩いていた彼は、グネースタ市にたどり着いて、潰れた陶芸工場を見つけてしのびこみ、横になると防水シートをかぶって寝た。男がその場所に行きついたのは、ただの偶然以上の何かだった。というのも、このアメリカ人の男は、心の奥深くではずっと陶芸家になりたいと思っていたからだ。技術者となり、軍人となったのは、父親の言いつけに従ってのことだった。

枕会社の社長は、陶芸工場を陶芸用には使わず、会社の経理で表に出せない帳簿の仕事をする場所にしていた。そういう理由で、週に数回はこの建物にくる用事があった。ある日、バインダーとバインダーのあいだから怯《おび》えた顔がのぞいているのを見つけた。それがそのアメリカ人だった。社長は男にすっかり同情した。追い出したりはしないから、住むならフレード通り5番地にある廃墟ビルの部屋にしてくれ、と言った。ここは、陶芸工場として使いたければ作りなおしてかまわないが、ただしその窓のない部屋は開かずの間のままにしておいてほしい。

アメリカ人は驚きながらも、その申し出を受け入れた。それからただちに、許可も受けずに、フレード通り5番地の1階の自分の部屋から、道を挟んだ向かいの工場まで通じるトンネルを掘りはじめた。社長に気づかれると、男はＣＩＡが訪ねてきたときの逃げ道として必要なのだと説明した。トンネルの完成には数年かかった。実際使えるようになるころには、ベトナム戦争はとうの昔に終わってしまっていた。

「ちょっと正気を失っているんだよ。いや、だいぶかな。しかし、あいつも込みでの契約だ」働きすぎの社長は言った。「とはいえ、人に迷惑をかけるわけでなし、私の知るかぎり、自分で作った陶器や磁器をこのあたりの市場で売って生計を立てている。頭はおかしいが、自分以外の人間を傷つけるようなことはしないよ」

　ホルゲル2号はためらった。自分の周りにこれ以上おかしなやつはいらない。兄がいるし、自分だって父親の血を受け継いでいるのだ。一方この取り決めを飲めば、ホルゲルたちはそのアメリカ人と同じように、廃墟ビルの部屋に住めることになる。マットレスを敷いたトラックの後部座席ではない、本物の家だ。

　ホルゲル2号は考えたすえ、その神経の弱ったアメリカ人陶芸家の面倒をみることに同意した。こうして、元枕業者の持ち物や財産はすべて、署名によりホルゲル1号の新しい会社へと正式に譲渡された。

　ようやくこれで、働きすぎの男も羽を伸ばせるのだ！　男はその翌日にはストックホルムに繰りだし、本格スパのステューレバーデットの入浴施設でゆっくりお湯につかって、それからステューレホーフ・レストランで酢漬けのニシンやスナップスを楽しんだ！

　しかし彼は、20年前ににぎやかな首都を訪れたときから法律が変わって、車が右側通行になっていたことを忘れていた。グネースタではずっと、その変更に気づく機会もなかった。かくして、ビリエル・ヤール通りに降り立った彼は、誤った方向を見ていた。

「人生まだまだこれからだ！」男は言った。

その直後、避けがたい運命のもと、男はバスに轢《ひ》かれた。

「悲しくなる話だな」何があったかを知って、ホルゲル１号が言った。

「本当に。そして安くなる」ホルゲル２号も言った。

ホルゲルとホルゲルは、アメリカ人陶芸家の男を訪ねることにした。枕会社の社長を見舞った悲劇的な運命について知らせ、男はそのままそこに住み続けてかまわないこと、なぜならそれは亡き社長との契約の一部で、契約とは守るためにあるからだということを、告げるつもりだった。

ホルゲル２号はドアをノックした。

なかは物音ひとつしない。

ホルゲル１号もドアをノックした。

「ＣＩＡからか？」声が聞こえた。

「いや、セーデルテリエだ」ホルゲル２号が言った。

その後数秒、再び静かになった。それからドアが、ゆっくり様子をうかがうように開いた。

男との話し合いはうまくいった。初めこそぎこちなかったが、ホルゲルとホルゲルが、自分たちも少なくともひとりは、社会と複雑ともいえる関係を築いている、とほのめかしてからは、話が通じやすくなった。男が政治亡命を認められたことは本当だった。しかしその後はスウェーデン当局との接触を絶ったので、今現在は自分の状況がどの程度亡命に値するか、あえてあれこれ考えないようにしているということだった。

陶芸家は、廃墟ビルの所有者が変わったことについては気にならなかったので、そのまま住み続けることに決めた。ホルゲルとホルゲルが、アメリカの諜報局の手先だと実際に示す十分な証拠もない。それどころか、証拠などないに等しかった。なぜなら、ＣＩＡがいかにずる賢くても、瓜二つで名前まで同じ諜報員をふたりいっしょに送りこんでくるなど、絶対に思いつくわけがないからだ。

男はホルゲル２号から、たまには飛び入りで枕の配送をやってみてはどうかと持ちかけられ、真剣に考えることとすらした。しかしその場合、車には偽のナンバープレートをつける必要があると答えた。国中に数千と置かれたＣＩＡの隠しカメラで写真に撮られたとしても、居場所を特定されないためだ。

ホルゲル２号は首を横に振ったものの、1号を夜間任務に出して、ナンバープレートをひと組盗ませた。しかし、陶芸家はさらに、トラックを黒く塗り替えるよう要求した。ＣＩＡの諜報員についに追いつめられたときでも、森林沿いの暗い道で追っ手を撒《ま》きやすくなるからだ。ホルゲル２号は、もうたくさんだと思った。

「いろいろ考えたけど、自分たちの枕は自分たちで運ぶことにしたよ。ともかく、ありがとう」

陶芸家はホルゲル２号を長いあいだ見つめた。どうしてまた、そんなにころっと気が変わったんだ？

＊＊＊

ホルゲル２号は、枕会社と廃墟ビルの家の件がうまくいったにもかかわらず、全体としては人生がみじめな方向に向かっている気がしてならなかった。そのうえ、1号にガールフレンドができたせいで、自分の嫉妬心を意識させられることになった。2号の見解では、その女の子もかなりの変人だったが、類は友を呼ぶということなのだろう。年齢は、おそらく17歳くらいとまだ若い。そして、ホルゲル1号以外のすべてのものに怒っている。ふたりが出会ったのは、その怒れるガールフレンドが、グネースタ市の中心地で腐敗した銀行組織に対してたったひとりでデモを行っていたときのことだった。彼女は銀行で、ニカラグアのダニエル・オルテガ大統領の代理人を自称し、50万クローナの借り入れを申し込んだところ、支店長——たまたま偶然、彼女の父親だった——から、借り入れは代理人による申し込みでは認定されないので、オルテガ大統領ご自身がグネースタまでおいでのうえ、身分証明書を提示し、貸付信用力を主張いただきたい、と言われたのだ。

貸付信用力だって？　銀行の支店長さんは、こんなふうに実の娘を袖《そで》にして、自分にはどのくらい信用があると思ってるのさ？

デモはこうして始まった。しかし影響力は限られていた。聴衆は、銀行のドアのところに立つ彼女の父親と、時計が10時を打ち公営酒販店が開くのをベンチに座って待つくたびれた男ふたりと、ホルゲル1号だけだったからだ。ホルゲル1号は、その朝アパートの部屋の床に開いた穴を修理しようとして、かなづちで親指を叩いてしまったため、絆創膏と消毒薬を買いに来ていたところだった。

女の子の父親が何を思っていたかについては、容易に察しがつく。ふたりのくたびれた男たちはというと、50万クローナあれば酒販店で何が買えるかもっぱら想像をめぐらせていた（うち太ったほうは、高級酒のエクスプローラ・ウオッカでも１００本は買えるだろうと計算していた）。そしてホルゲル1号は、その女の子にすっかり目を奪われていた。この子は、大統領のために闘っているんだ。

しかもその大統領は、アメリカや世界のほとんどの国を敵に回し、控えめにいっても厳しい闘いを強いられているっていうじゃないか。

女の子がデモ行進を終えると、ホルゲル1号は自己紹介をして、スウェーデン国王を退位させる夢について語った。5分も経たず、ふたりは互いに相手を自分の運命の人だと悟った。女の子は、銀行のドアの前に立ったままのかわいそうな父親のもとへ行くと言った。「父さんはもう地獄へ行っちゃっていいよ。あたしはあの人といっしょに暮らすから……えっと、なんて名前だっけ？　ホルゲル！」

ホルゲル2号は1号といっしょに暮らしていた部屋を追い出され、廊下を挟んだ向かいの、さらに荒れた部屋に移らざるを得なくなった。人生のすべてが、不幸な道を進み続けていた。

ある日ホルゲル2号は配達で、ストックホルム北部、ウップランド地方ヴェスビにある入国管理局運営の難民キャンプに行った。トラックで敷地内に入り、キャンプ倉庫の外に駐車をした。遠くのベンチに、到着したばかりらしい黒人女性がひとりで座っているのが見えた。そのままとくに気にもとめず、持ってきた枕を運びこんだ。再び倉庫から出てくると、さっきの黒人女性が突然話しかけてきた。2号がていねいに答えると、彼女は心から驚いたように、あなたみたいな人が、ちゃんとこの世に存在するのね、と言った。

彼女のその言葉は、ホルゲルの心に沁みいった。思わず言葉が口をついて出た。

「そのことだけど、僕は存在していないんだ」

それからどんなことが起こるか知っていたら、そんな話はせずにすぐに逃げ出しただろうに。

第3部

現在——永遠のなかで、
希望の国土と失望の領地を隔てる境目。

——アンブローズ・ビアス
（1842～没年不明。アメリカの作家、ジャーナリスト）

9 出会いと手違いと予想もしていなかった再会

ノンベコは自分のことを、南アフリカの自由の闘士で、母国では首に懸賞金が賭けられている、と説明した。スウェーデンはその手の人物を好むので、予想どおり、即座に入国を許可された。最初に送られたのは、ストックホルム北部のウップランド地方ヴェスビにあるカールスルンド一時滞在キャンプだった。

キャンプに来て4日め。難民キャンプ第7棟の外の寒空の下、ノンベコは「入国管理局」と書かれた茶色の毛布にくるまって、突然手にしたあり余るほどの自由を、これからどうしようかと考えていた。

ノンベコも、もう26歳。感じのいい知り合いが何人かできればいいのにな、と思う。ふつうの人たちでいい。いや、何人もいなくても、ふつうの人なら、ひとりでもいいのだ。スウェーデンについて教えてくれる人。

それから、ほかには？　そうだ、この国にもきっと国立図書館はある。たとえ棚にあるのが、自分にはわからない言葉で書かれた本ばかりでもいい。そのふつうの人が、きっとスウェーデンについて教えてくれるだけじゃなく、スウェーデン語も教えてくれるにちがいない。

ノンベコはレイヨウの干し肉を噛んでいると、いつでもいい考えが浮かんだものだった。ペリンダバではそんなものは見たこともなかった。逃げだす方法を思いつくまでに11年もかかったのは、それが理由かもしれない。

レイヨウの肉がもうイスラエル大使館に届いていたら、どうしよう。思い切って行ってみてもいいだろうか。そうしよう。脅しに使った例のテープはまだ有効なのだ。ただ、あのときも今も、本当はそんなものは存在していないのだが。

そこへ、赤いコンテナのトラックがキャンプの敷地に入ってきた。倉庫にバックで寄せていくと、運転席からノンベコと同じくらいの年齢の男性が降りてきて、ビニールのカバーに入った枕をトラックから倉庫に搬入し始めた。何度も往復して、やがてコンテナが空になると、男性は倉庫の責任者と思《おぼ》しき女性からサインをもらっていた。女の人が責任者なんて。いくら白人とはいったって、女の人なのに！

ノンベコは男性に近づいて、質問があると話しかけた。ただ、スウェーデン語が話せないので、英語になってしまう。まさか、コーサ語か上海語が話せたりはしませんよね？

男性はノンベコを見て、英語でだいじょうぶだと言った。あとのふたつの言葉は聞いたこともない。それで力になれることがあるなら、なんでも。

「そういえば、初めまして」男性は手を差しだした。「僕はホルゲルといいます」

ノンベコは驚きを覚えながら、ホルゲルの手を取った。白人の男の人なのに、こんなに礼儀正しいなんて。

「ノンベコです」ノンベコは言った。「南アフリカから来ました。政治難民なんです」

ホルゲルは、ノンベコの不運に同情の気持ちを伝え、いずれにしても、スウェーデンへようこそと言った。寒いことはないだろうか。欲しいなら、倉庫からもう1枚毛布をもらってくるけれど。

寒くないかって？　毛布をもらってくる？　これはどういうことだろう？　さっき願ったばかりな

のに、その数秒後に、今まで会ったこともないようなふつうの人にもう出会ってしまったということだろうか。ノンベコは、嬉しい驚きを思わず口にした。

「あなたみたいな人が、ちゃんとこの世に存在するのね」

　ホルゲルの顔に、もの憂げな表情が浮かんだ。

「そのことだけど、僕はしていないんだ」

　していない？　何を？　ノンベコにはわけがわからなかった。「していないって、何を？」

「存在だ」ホルゲルが答えた。「僕は存在していないんだ」

　ノンベコは、ホルゲルを頭のてっぺんから爪先まで何度もじっと見て、思った。まったく、いかにも自分の人生らしい。やっと尊敬に値すると思える人が現れたと思ったら、自分は存在していないと言いだした。

　ノンベコは、ホルゲルのその告白は受け流して、代わりにイスラエル大使館の場所を知っているかと尋ねた。

　存在していない男は、南アフリカ難民とイスラエル大使館のあいだにはなんの関係も見出せなかったが、それは自分には関わりのないことだと思った。

「僕の記憶が正しければ、街の中心部にあったと思うよ。僕もそっちのほうに行くから、よかったら送っていこうか。でもそれじゃあ、あんまり出過ぎたことになるかな？」

　あれ、またふつうに戻った、とノンベコは思った。「出過ぎた」なんて、存在していなければ謝りようもないことではないか。もし存在していないなら、当然矛盾した話になる。

ノンベコは、警戒心を覚えて、ホルゲルをじっと観察した。よさそうな人だ。自分の気持ちを話すときにも、知性と親しみの両方を感じさせる。

「助かるわ、お願いします」ノンベコは、心を決めて言った。「でも、ちょっと待ってもらえる？　部屋からハサミを取ってくるから」

ふたりはストックホルムの中心部に向けて、南へと走っていた。男は――ええと、名前は、ホルゲルだ――、思っていたより話しやすかった。ノンベコにスウェーデンについて話してくれた。スウェーデン人がした発明や、ノーベル賞や、ビョルン・ボルグについて……。

ノンベコには聞きたいことがたくさんあった。ビョルン・ボルグは本当にウィンブルドンで5連覇したの？　すごい！　ウィンブルドンて何？

赤いコンテナのトラックは、ストゥール通り31番地に到着した。ノンベコは運転台から降りると、大使館の門へ行って守衛に名前を名乗り、自分宛てに南アフリカから荷物が届いていないかと尋ねた。

「ああ、それならちょうど届いたところだ。すぐに来てくれて助かったよ。大使館では、とてもあんな荷物は置いておけないからね」守衛はそう言うと、ノンベコの運転手に向かって、そこを曲がったところにある荷下ろし場にトラックを寄せてほしいと頼んだ。

「お嬢さんはここにいて。書類にサインをしてもらわないといけないから。おや、書類はどこに行った？」

ノンベコは必死で伝えようとした。荷物はトラックに積まずに、自分で抱えていきたいんです。キャンプまでは自分でどうにかして帰りますから。なのに守衛は笑顔になっただけで、ホルゲルに手で荷物の場所を示した。そして紙の山に再び鼻を突っこんだ。

「ここにあるかな……？　ご覧のとおり、整理整頓は苦手なほうでね。これじゃないな……こっちかな？」

　結構な時間がかかった。書類の処理が終わるまでには、荷物はトラックに積みこまれ、ホルゲルはすぐにでもトラックを出せる状態になっていた。ノンベコは守衛に別れを告げ、運転台の助手席に再び乗りこんだ。

「バス停で降ろしてもらえるかしら」ノンベコは言った。

「どういうことなのかな」ホルゲルが言った。

「何が？」

「荷物はレイヨウの干し肉が10キロだって言っていたよね？」

「そうだけど？」ノンベコはポケットのハサミをぐっと握った。

「どう見ても1トンはあるよ」

「1トン？」

「僕の車がトラックでよかったよ」

　ノンベコは数秒黙りこんだ。頭の中で必死に情報を整理する。そして言った。

「よくない」

「何がよくないの？」　ホルゲルが不思議そうに言った。

「何もかもよ。何もかも」ノンベコは言った。

＊＊＊

モサド諜報員Aは、ヨハネスブルクにあるホテルの一室で清々しい朝を迎えていた。ペリンダバで数年を共に過ごした元同僚は、すでに新任地のブエノスアイレスへ向けて出発していた。A自身は、ホテルで朝食をとったらすぐにヤン・スマッツ国際空港に向かい、家路につく予定だった。これからの数週間は当然の権利として休暇をとり、その後スウェーデンで、例の掃除婦を任務に従って（そして喜んで）始末することになっていた。

　部屋の電話が鳴った。心当たりはなかったが、とりあえず受話器をとった。電話はほかでもない、外務大臣のシモン・ペレスその人からだった。大臣は評判の率直さで話を切り出した。

「馬肉が10キロ届いたが、どういうことだ」

　諜報員Aは、飲み込みの早い男である。即座に何が起きたかを理解した。

「たいへん申し訳ございません、大臣。どうやらとんでもない手違いがあったようです。ただちに対応いたします！」

「どんな手違いをすれば、私が受け取るべきあれが、馬肉10キロに変わってしまうんだ？」ペレスは、電話口で「原子爆弾」という言葉を使いたくはなかった。

「正確には、レイヨウの肉ですが」諜報員Aは言ったが、言ってすぐに後悔した。

　諜報員Aは、怒りくるう外務大臣をひとまず振り払い、ストックホルムのイスラエル大使館に電話した。守衛につながると、Aは言った。

「おい、いいか、南アフリカから送った８００キロの荷物は、そこから外に出すんじゃないぞ。俺がそっちに着くまで、触るのも禁止だ！」

「それは困りましたなあ」守衛が言った。「先ほど、感じのいい黒人のお嬢さんがトラックでいらして、持っていかれましたよ。もちろんサインはいただいて。ただ名前はわかりません。受領書がすぐには見つからないものですから」

モサド諜報員Ａは、生まれてこのかた悪態をついたことはない。信心深く、子供のころから厳しい戒律のもと、口にしていい言葉といけない言葉を教えこまれてきた。彼は受話器を置き、ベッドに腰かけ、そして言った。「くそ、あのアマめ」

諜報員Ａは、頭のなかでどうやってノンベコ・マイェーキを殺してやろうかと、こと細かに思い描いた。じっくりいたぶって殺《や》ってやるのが一番いいと決めた。

＊＊＊

「原子爆弾？」ホルゲルが言った。

「原子爆弾」ノンベコが言った。

「核兵器ってこと？」

「そうとも言うわね」

ノンベコは、ホルゲルにならすべて話してもいいだろうと考えた。もう事態はここまできてしまったのだ。そこでノンベコは、ペリンダバについて、極秘の核兵器プロジェクトについて、６基の予定が７基になってしまった爆弾について話した。それから技術者ヴェストハイゼンのこと、彼の運とクリップドリフトと不運な最期のことも、モサド諜報員のことも、本当はレイヨウの肉の小包がストックホルムに来て、自分たちが今コンテナに積んで持ち運んでいる、あのかなり大きな荷物がエルサレムに行くはずだったことも、全部話した。細かい話まではしなかったが、ホルゲルには何が起こったかの全体像は掴めた。

　そう、ホルゲルはすべて理解していた。ただ、なぜ物事がそこまでややこしいことになったのかだけがわからなかった。ノンベコと諜報員が追跡すべき荷物はふたつ。ひとつは小さく、ひとつは巨大だ。まちがえようがないではないか。

　確信は持てなかったものの、ノンベコはあることを疑っていた。人はいいのだが少しおっちょこちょいで判断力の乏しい中国人の3姉妹が、研究施設で郵便物を担当していた件である。ノンベコが思うに、送り状を書いて発送する荷物が同時にふたつあったのがよくなかったのだ。ひとつ余分だった。それでこんな手違いが起きてしまったのだろう。

「なるほど、ものすごく控えめにいえば、そういうことだろうね」ホルゲルは、全身に寒気が走るのを感じながら言った。

　ノンベコはしばらく黙りこんだ。ホルゲルは続けた。「つまり、君と、世界でもっとも有能な諜報機関の諜報員が、3人のおっちょこちょいで判断力の乏しい女の子たちに送り状を預けたってことだろう？」

「まあ、そういうことになるわね」ノンベコは言った。「物事を批判的に見たければ。たぶん、状況からすればそうすべきなんでしょうけど」

「ふつう、信頼できない人間に郵便物の発送なんて任せるかな？」

「受け取りもね」ノンベコが言った。「そう、技術者のすることは、一事が万事そうだったの。あたしがこれまで会ったなかでも、一番愚かな人間ね。字は読めても、ただそれだけ。あの人を見てると、10代のころに面倒をみさせられたヨハネスブルク市衛生課の頭の鈍い補佐官を思い出したわ」

ホルゲルは何も言わなかったが、頭のなかではいろんな考えがあちこち飛びかっていた。図らずも自分のトラックの荷台に爆弾を積んで走りまわることになったら、だれでもそんな心境になるはずだ。

「引き返して、大使館のイスラエル人たちに返す？」ノンベコは言った。

頭が働かなくなっていたホルゲルは、その言葉で自分を取りもどした。

「だめだ、絶対！」

ノンベコは、ホルゲルの話から彼も数奇な人生を送ってきたのだとわかった。つまり、なんらかの意味で彼は存在していない。そうだ、さっきもそう言っていた。それでもなお彼は自分の国を愛している。そして、母国スウェーデンの地で、自らすすんで爆弾をどこぞの諜報機関――イスラエルでもどこでも――に引き渡すなんて、とても考えられないと、ホルゲルは言った。

「絶対に、だめだ」そう繰り返した。「それと、君はもう難民キャンプにはいられないぞ。イスラエル人のことだ、きっとあそこに君と爆弾を探しにくる」

ノンベコは、ホルゲルのその言葉をしっかり受けとめた。けれども、何より彼女の心をとらえたのは、繰り返し主張していた「自分は存在していない」という言葉だった。

「それは、長い話になるんだ」ホルゲルは言葉を濁した。

ノンベコはさらに考えた。これまで描いてきた自由な女性としての自分の未来では、ふつうの人と出会いたいと思っていた。今までしたことのない経験だからだ。そうしたら、一見ふつうのスウェーデン人の男の人が現れた。感じがよくて、思いやりもある。知識も豊富だ。なのに自分は存在していないと言う。

そこまで考えたところで、ホルゲルが言った。「僕はグネースタ市の廃墟ビルに住んでいるんだ」

「あら、いいわね」ノンベコは言った。

「君もそこに引っ越してこないか」


ノンベコにはもう、ホルゲル相手にハサミは必要ないことはわかっていた。廃墟ビル……ええと、どこだっけ。グネースタ市？

ノンベコは考えた。これまでの人生の最初の半分は、掘っ立て小屋で暮らしてきた。そしてその後の半分は、柵のなかに閉じこめられていた。廃墟ビルは、たぶん大きな進歩だ。

でも、ホルゲルさんは、難民と爆弾を抱えこむことになって、本当にいいのだろうか。そのうえ、他国の諜報機関に追われる身になっても？

ホルゲルは、何か確信を持っているわけではなかった。でも、目の前のこの人が好きだという気持ちになっていた。彼女をみすみすイスラエルのモサドの手に渡すなど、考えられなかった。

「いや」ホルゲルは言った。「よくはないよ。でも、さっきの話は取り消さない」

ノンベコも、ホルゲルのことを好きになっていた。好きになった相手が、本当に存在していればの話だが。

「じゃあ、爆弾のことは、怒ってないの？」

「いや」ホルゲルは言った。「そういうこともあるさ」

トラックはエステルマルムにあるイスラエル大使館から高速道路E４線へと入り、南下してノルマルムとクングスホルメンを抜けて進んだ。フロントガラス越しに、スウェーデン一の高層ビルで高さ85メートルのダーゲンス・ニーヘーテル・タワーが見えていた。ホルゲルは、もし爆弾が爆発したらあのビルがどうなるか、つい想像してしまい、とうとう聞かずにいられなくなった。

「もし、事態が悪いほうに進んだら、どのくらい悪いことになるの？」

「どういう意味？」ノンベコは言った。

「ええと、もしこのトラックが、今ここであの街灯に衝突して、爆弾が爆発したら……実際のところは何が起きるのかな？　君と僕がひどいことになるのはわかるけど、あそこに見えてる高層ビルは、たとえば、その、倒壊したりする？」

ノンベコは、自分たちが助からないという点ではホルゲルは正しいと言った。高層ビルも、おそらくそうだろう。爆弾は半径……えっと、約60キロの範囲内にあるものは、ほぼすべて破壊してしまうから。

「半径60キロの範囲内にあるものほぼすべてだって？」ホルゲルは言った。

「そうよ。というか、すべてね。実際は」

「半径60キロ？　ストックホルム首都地区全部？」

「そうね、ストックホルム首都地区がどのくらい広いのかわからないけど、かなり広いってことよね。ということは、ほかにも考慮すべき要素が……」

「要素？」

「火球そのものに加えて、衝撃波、初期放射線、風向き。それから、あとは……さっき、この街灯にぶつかって爆発したらって言ってたわよね」

「ああ、いや、ぶつからないけどね。よく考えたら」ホルゲルはそう言って、両手でぐっとハンドルを握った。

「そう、たとえばよ。何が起こるかというと、たぶん、ストックホルム全域の主な病院は、あっという間に全焼する。そうしたら、爆撃で重傷を負った何百人、何千人の救護はだれがするのかって話」

「本当だ、だれがするんだ?」ホルゲルが言った。

「あなたやあたしじゃないことは、確かね」ノンベコが言った。

ホルゲルは60キロ圏内から早く抜け出したくて、高速道路E4線をスピードをあげて走った。ノンベコはホルゲルに、どれほど速く遠くまで走っても、コンテナに積んでいるものをトラックで運んでいる以上、安全圏まではずっと60キロのままだと思い出させなければならなかった。

ホルゲルはスピードを落とした。少し考えてから、ミス・ノンベコが原爆を製造した現場にいたのなら、爆弾の安全処理をすることはできないのかと尋ねた。ノンベコは、爆弾には2種類あると答えた。処理可能型と処理不可能型だ。幸運なことに、ふたりが運んでいる爆弾は処理可能型である。作業して安全にするまでにかかる時間は、4、5時間といったところだろう。南アフリカでは、突如としていろんなことが一気に起こったため、その処理をしている余裕がなかった。そして不運なことに、今ではこの爆弾に固有の解体図面《ダイアグラム》は、イスラエルが握っている。自分たちが、エルサレムに電話して、図面をちょっとファクスで送ってもらえないだろうかと頼める立場にないことくらい、ホルゲルにも理解できた。

ホルゲルは、心配そうな表情でうなずいた。ノンベコはそれを見て、爆弾はかなりの衝撃には耐えられるはずなので、もし路面スリップしても、ホルゲルとノンベコとストックホルム首都地区が生き延びる可能性は十分にある、と慰めた。

「もちろんそれを確かめずにすめば何よりだけど」ノンベコは言った。「ところで、なんていうところに向かってるんだっけ。グネースタ？」

「うん。着いてすぐの大仕事は、僕の兄に、トラックの積荷は革命を起こすために使えないってわからせることだ」

＊＊＊

ホルゲルが住んでいるのは、話のとおり廃墟ビルだったが、ノンベコにはとてもすてきな場所に思えた。４階建てのL字型のビルが、やはりL字型の倉庫とつながって、中央に中庭ができる形で四角形を作って建っている。中庭には狭い通路があって、外の道に出られるようになっていた。

ノンベコは、このビルを壊してしまうのはもったいないと思った。たしかに、ノンベコの部屋の階にあがる木の階段には、ところどころ穴が開いている。部屋の窓にいくつかガラス代わりのボール紙がはまっているのは事前に聞いていたし、木の壁の裂け目から隙間風も吹きこんできた。それらすべて差し引いても、ソウェトの掘っ立て小屋からすれば、たいへんな進歩だった。なんといっても、廃墟ビルの床には本物の木の板が敷かれている。踏みかためただけの土ではないのだ。

台車と知恵と腕力を使って、ホルゲルとノンベコはどうにか爆弾をトラックのコンテナから運びだし、枕が山と積まれていた倉庫の隅に移動させた。大量の枕の話はとくにしなかった。ホルゲルがそれらの販売や配送を仕事にしていることは、ノンベコほどの才知がなくともだれでも察しがつく。

爆弾は倉庫の隅に押しこまれ、さしあたっての脅威はなくなった。引火しやすいそれら数千の枕のどれかひとつに火がついたりしないかぎりは、ニーショーピング市やセーデルテリエ市、フレーン市、エスキルストゥーナ市、ストレングネース市、ストックホルム市とその周辺地区は、無事だと思ってまちがいない。当然、グネースタ市もだ。

爆弾を倉庫に運び終えると、ノンベコはさっそくいくつか質問した。まずは、ホルゲルが存在しないという馬鹿げた話。そして、ホルゲルのお兄さんの件。どうしてホルゲルは、お兄さんが爆弾で革命を起こす誘惑に駆られるなんて思ったのか。そもそも、お兄さんはだれなのか。どこにいるのか。そして名前は？

「兄さんの名前はホルゲルだ」ホルゲルは言った。「たぶん、どこかそのへんにいると思う。僕たちが木箱を運んでいるときに、兄さんが現れなくて本当に運がよかった」

「ホルゲル？」ノンベコは言った。「ホルゲルとホルゲル？」

「そうだ。兄さんは僕だ、そう言ってもいい」

今すぐ状況を整理しておかないと、ノンベコはきっと去ってしまう。ホルゲルは、ただそうなっても、爆弾は倉庫に置いておくつもりだった。ノンベコはもう爆弾にはうんざりだろうから。

ノンベコは倉庫の木箱の上に枕を積みあげ、よじのぼると、隅に腰かけた。それから、床に立ったままのホルゲルに命令した。つまり、こう言った。

「説明して！」

ノンベコはいったいどんな話になるのかと思っていたが、40分後、ホルゲルの話を聞き終えたときには、ほっとしていた。

「そんなの、大したことじゃないわ。自分は存在すると書かれた書類がないって理由だけで存在していないことになるなら、南アフリカではいったいどのくらいの人が存在していないことになるのかって話よ。あたしが存在しているのも、存在していることになってるのも、雇い主だったアホの技術者が自分の都合であたしの力を必要としていたからにすぎないもの」

ホルゲル2号は、ノンベコの慰めの言葉を聞いて、自分も木箱によじのぼった。ノンベコと反対側の隅に敷かれた枕の上に横になると、息をついた。話すことがありすぎた。最初は自分たちの下の木箱に入った爆弾の話。そして次は、自分の人生の物語を披露した。初めて家族以外の人間に、本当のことをすべて話した。

「ここにいる？　それとも出ていく？」ホルゲル2号は尋ねた。

「ここにいる」ノンベコは言った。「もしよければだけど」

「もちろん」ホルゲル2号が言った。「でも今は少し、落ち着いて休みたい」

「あたしも」ノンベコも言った。

そしてノンベコは、新しくできた友達の向かいに腰を落ち着けると、やっと息をつくことができた。

その瞬間、ガタンと音がして、爆弾が入った木箱の短いほうの一辺の板が外れて落ちた。

「なんだ？」ホルゲル2号が言うが早いが、板がもう1枚外れて床に落ち、なかから女性と思しき腕が1本にょきっと出てきた。

「いやな予感がする」ノンベコが言ったその瞬間、すべてがはっきり確認できた。中国人の3姉妹が、箱から這いだしてくると、目をぱちくりさせた。

「ひさしぶり」三女がノンベコの姿を見て言った。
「なんか食べるものない？」次女は言った。
「それと飲み物もあるといいわね」長女が提案した。

10 賄賂がきかない首相と王を誘拐する野望

この無茶苦茶な1日に終わりはないのか。ホルゲル2号は、敷きつめた枕のなかに体を起こし、木箱から3人姉妹がぞろぞろ出てくるのを見ていた。

「どういうことだ？」2号は言った。

ノンベコも、たしかに姉妹のことや、ペリンダバの警備体制が厳しくなったらどうなるかは少し心配だった。自分が負うべきだった不運を、彼女たちが引きうけることになりはしないかとも思っていた。

「次に何が起きるかなんてわからない」ノンベコは言った。「だってそれが人生っていうものだから。でも、たった今起こったことならわかる。小さな箱と大きな箱がどうして入れかわったかが明らかになったのよ。よく逃げ出せたもんね、あんたたち！」

爆弾といっしょに木箱に入っていた4日間、2キロの冷めたコメと5リットルの水でしのいできた3姉妹は、すっかりお腹をすかせていた。3人はホルゲルの部屋に案内され、ブラッド・プディングのコケモモジャム添えを生まれて初めて食べた。

「前にガチョウを作るのに使っていた粘土を思い出すね」次女が口いっぱいほおばりながら言った。

「おかわり、もらえる？」

お腹がいっぱいになった3人は、ホルゲルの部屋の広いベッドにいっしょに横になった。本当は、最上階にあるこのビルで使えそうな最後のひと部屋に入れるはずだったのだが、リビングの壁に開いていた穴を修理するまでは住めそうになかったのだ。

「今日のところは、こんなに狭いところに寝かせてしまって、申し訳ない」ホルゲル2号がそう言ったときには、３人ともすでに夢のなかだった。

＊＊＊

廃墟ビルがそう呼ばれるのは、壊すべきだし、そのうちきっと壊れるだろうからだ。よほどの理由《わけ》ありでもないかぎり、ふつう廃墟ビルに住む人はいない。

その意味で、セーデルマンランド県グネースタ市の廃墟ビルの状況は注目に値するといえた。何しろ今現在、その一棟にアメリカ人陶芸家、瓜二つなのに似ていない兄と弟、兄の怒れるガールフレンド、逃亡中の南アフリカ難民、判断力に乏しい中国人３姉妹が住んでいるからだ。

彼らはみんな、核兵器のないスウェーデンという国に住んでいた。気づけば３メガトンの原子爆弾のすぐ隣で。

現在までに、核保有国のリストには、アメリカ合衆国、ソビエト連邦、イギリス、フランス、中国、そしてインドが名を連ねている。専門家は、この6ヶ国が保有する核弾頭の合計数はおよそ6万５０００発になると見積もっている。同じ専門家のあいだで、これらの兵器が地球を何回滅ぼすことになるかについては、見解が分かれている。核出力は、兵器の種類によって異なるからだ。悲観的な見方では14回から16回、楽観的な見方では2回かそのくらいだといわれる。

このリストには、南アフリカの名前も加えていいだろう。イスラエルも同様だ。ただしこの両国は、事の経緯については語りたがらない。そしておそらくは、隣国インドが爆破実験をして以来、自国で核兵器開発をすると公言しているパキスタンも加えていい。

　そして今回、スウェーデンが加わった。自らの意思に関係なく。そうとも知らぬ間に。

＊＊＊

　ホルゲル２号とノンベコは、眠る３姉妹を残して倉庫に戻った。ふたりで静かに落ち着いて話をしたかったからだ。とはいえ、枕が敷きつめてあるその一角は、一見心落ち着く場所に思えるが、下の木箱には爆弾が入っていて、実際はことさらに心落ち着ける環境というわけではない。

　ふたりは木箱によじのぼり、それぞれ両端に座った。

「あの爆弾は――」ホルゲル２号の言葉に、ノンベコが続けた。

「社会に害を及ぼさなくなるまで、ここに置いたままというわけにはいかないわ」

　ホルゲル２号は、心にぱっと希望の明かりが灯《とも》った気がした。それはいったい、どのくらいの期間なんだろう？

「２万６２００年」とノンベコは言った。「前後３ヶ月くらいの誤差はあるかもしれないけど」

　ホルゲル２号とノンベコは、ふたりとも２万６２００年は誤差があろうがなかろうが長すぎるという意見で一致していた。２号はこの核兵器が政治的にどのように危険なのかを説明した。スウェーデンは中立国で、――自称――世界一倫理観が高い国の代表である。完全な非核保有国で、戦争にも１

８０９年以来加わっていないことを自負しているのだ。

　ホルゲル2号によると、これからふたつのことがなされる必要があった。まずは、爆弾を国の指導者に引き渡すこと。そしてこれを、噂にならないよう手際よくやること。さらにいえば3つめもあった。この作戦的行動を、ホルゲルの兄と兄の連れに引っかき回させる隙も与えないほど、すばやく行うこと。

「じゃあ、さっそくやらなきゃ」ノンベコが言った。「国の指導者はだれ？」

「王だ」ホルゲルが言った。「でも、実権はない」

　トップなのに実権がない。なんだかペリンダバのようだ。技術者は実質的に、意味も理解せずにノンベコが言うとおりのことをしていた。

「じゃあ、だれに実権があるの」

「うーん、首相じゃないかな」

　ホルゲル2号は、スウェーデンにはイングヴァール・カールソンという首相がいると説明した。前任者のオロフ・パルメがストックホルムで暗殺されたため、後を継いで一夜にして首相になったのだ。

「カールソンに電話するのよ」ノンベコが提案した。

　ホルゲルは言われたとおり電話した。とりあえずは、首相官邸に。首相につないでほしいというと、電話は秘書に回された。

「こんにちは、僕はホルゲルといいます」ホルゲルは言った。「イングヴァール・カールソン首相に緊急の用件があって、電話しました」

「どのようなご用件でしょうか」

「残念ながら、申しあげられません。秘密なのです」

前首相のオロフ・パルメは就任中、自宅の番号を電話帳に載せていた。首相に頼みがある国民はだれでも、電話で首相に話すことができた。首相は、子供を寝かしつけたり、夕食の真っ最中だったりしないかぎりは、電話に出ていた。

しかしそれもすべて、古き良き時代のこと。そんな日々は、１９８６年2月28日、パルメ首相が護衛をつけずに映画へ行った帰り道に背中を撃たれて亡くなり、終わりを告げた。

後任のカールソンは、一般庶民からは防護されていた。彼の秘書はミスター・ホルゲルに言った。いかなる状況でも身元の知れない方からのお電話はわが国の首相におつなぎしかねます、ご理解くださると幸いです。

「でも、大事な用件なんです」

「みなさん、そうおっしゃいます」

「本当に大事なんです」

「申し訳ございません。よろしければお手紙で――」

「原子爆弾の件なんです」ホルゲルは言った。

「今なんて？　それは脅迫ですか？」

「まさか、とんでもない！　その反対です。ああ、その、爆弾は脅迫的です、もちろん。だからこそ、始末してしまいたいんです」

「お持ちの爆弾を始末したいというお話ですか？　それで首相に渡したいと、電話をかけたというわけでしょうか？」

「ええ、でも――」

「首相に何か渡そうとする人は、たいへんたくさんいらっしゃるんですよ。つい先週も、粘り強い家電セールスマンが、新しい洗濯機を送りたいと言ってきました。ですが、首相はそういった贈り物は受け取らないことになっております。ましてやその……爆弾？　本当に脅迫ではないんですよね？」

ホルゲルは、危害を加えるつもりはまったくないと、改めてはっきり言った。もうこれ以上話をしてもむだだと思った。そこで秘書に、くたびれ儲けをさせてくれたことに礼を言って、電話を切った。

その後、ノンベコに押されて王にも電話をかけたが、応答した王室秘書からは首相秘書と似たような反応を、より横柄な物言いで返されただけだった。

完璧な世界なら、首相（または少なくとも王）が電話に出て、情報を聞いたら、すぐにグネースタまで飛んできて、爆弾を箱ごと持って行ってくれるのだろう。ひょっとしたら革命を起こすかもしれないホルゲルの兄が、木箱を見つけて質問責めにしてくるより前に、そして、自分の頭で考えはじめる――そんなことあってたまるか――隙も与えず。

そう、もし完璧な世界なら。

現実の世界では、そうはならずに、ホルゲル1号が怒れるガールフレンドといっしょに倉庫の扉を開けてやってくるのだ。ふたりは、自分たちが2号の冷蔵庫から失敬しようと思っていたブラッド・プディングがなくなっていて、部屋いっぱいに中国人が寝ているのはどういうわけかを、はっきりさせるためにやってきた。そして今、新たにいくつか質問が増えた。隅っこにある木箱に座る黒人の女はだれなのか、そして彼女が座っている木箱はなんなのか。

ノンベコは、ふたりのしぐさから自分と木箱が問題になっているのだとわかった。そこで、英語で話してもらえたら、自分も会話に参加できてありがたいんだけど、と言った。

「あんた、アメリカ人？」怒れるガールフレンドが言った。「あたし、アメリカ人嫌いなんだよね」

ノンベコは、自分は南アフリカ人だと答え、アメリカ人といってもかなり大勢いるので、全員を嫌うのはたいへんそうだ、と言った。

「箱には何が入ってる？」ホルゲル1号が聞いた。

ホルゲル2号は、答えないことで答えることにした。そこで、中国人の女の子たちとここにいるこの人は、みんな政治難民で、しばらく廃墟ビルの部屋に滞在することになった、と言った。ブラッド・プディングはその件に関連して、1号が盗む前に食べてしまったのだと謝った。

そう、1号はそのことで苛《いら》立っていた。しかし、それより箱の話はどうなった？　なかには何が入ってるんだ？

「あたし個人の持ち物よ」ノンベコは言った。

「あんた個人の持ち物？」怒れるガールフレンドが、もっとちゃんと説明しろといわんばかりに繰り返した。

ノンベコは、ふたりの目が好奇心に爛々《らんらん》と輝くのを見て、ここは縄張りをちゃんと主張しておいたほうがいいと考えた。

「あたしの、個人の持ち物よ」ノンベコは繰り返した。「はるばるアフリカから来たの。あたしと同じ。あたし、今は愛想よくしてるけど、次に何をしでかすかわからないところもあるの。以前、態度の悪い男の腿《もも》にハサミを突きたててやったことがあるくらい。ほかのときも……また同じことがあった。実は相手も同じ男なんだけど。でもハサミは新しいのを使ったし、腿も最初とは反対側にしてやったわ」

ホルゲル1号とガールフレンドが理解するには、やや難しい展開だった。どうやら箱に座る女は声だけ聞くといかにも親しみやすそうだが、言っていることは木箱をほっておかないとハサミで攻撃してくるという意味らしい。

というわけで、1号はガールフレンドを脇に抱えて、もごもごとふたり分の別れを告げ、倉庫を去った。

「冷蔵庫の下の段にファールン・ソーセージ（ストックホルムの北西ファールンの名産）が入ってると思うよ」2号は兄の背中に向かって言った。「もし自分たちの食料を自分たちで買いに行くつもりがないならだけど」

倉庫には、ホルゲル2号とノンベコと爆弾が残された。2号は、もうわかったと思うけど、今のが共和主義者の兄とその短気なガールフレンドさ、と言った。

ノンベコはうなずいた。あのふたりが爆弾と同じ大陸にいるのは、危険なことに思えた。ましてや同じ国、さらに今では同じ建物だ。できるだけ早いうちに、ふたりをどうにかしないといけなかった。とはいえ、そろそろゆっくり休む時間だ。長く、いろいろなことのあった1日だった。

ホルゲル2号はノンベコの言葉にうなずいた。長くて、いろいろなことがあった。

ホルゲルはノンベコに毛布と枕を渡し、自分はマットレスを抱えて前を行き、彼女を部屋に案内した。ホルゲルはドアを開け、運んできたものを下ろすと、お城みたいな部屋を用意してはあげられないけど、ゆっくりくつろいでほしいと言った。

ノンベコはホルゲルに礼を言い、おやすみなさいと、ひとまずの別れを告げた。そしてそのまま戸口にたたずみ、ひとりしばらく思索にふけった。

　自分は今、まさに人生の入り口に立っている。ただし、前途多難な人生ではある。爆弾は手許にあるし、おそらくはモサドの諜報員がひとりかふたりは、脇目も振らずに追いかけてきているはずだからだ。

　そうだとしても、今ではソウェトの掘っ立て小屋とはちがう、自分だけの家がある。二度とし尿処理場の管理をしなくていいし、二重鉄柵のなかに閉じこめられて、実質ひとりで全ブランデー業界を支えている技術者に仕《つか》えたりしなくていいのだ。

　プレトリアの国立図書館へ行く夢は絶たれてしまったが、代わりになる場所は、グネースタにもあるらしい。ホルゲルは、かなり広いと言っていた。

　それ以外のことは？

　一番の望みは、あの爆弾のやつをイスラエルの大使館に返しに行くことだった。門の外に置いたら、守衛にそれを伝えてすぐ逃げる。その後改めて在留資格を申請し、定住許可を取り、大学で勉強して、いつかはスウェーデン国民になりたい。

　その後は？　プレトリアでスウェーデン大使になるのも悪くない。最初の仕事は、ボータ大統領を食事の出ない夕食会に招待することだ。

　ノンベコは、自分の想像に笑ってしまった。

　しかし現実では、ホルゲルはスウェーデンの首相以外に爆弾を渡す気がない。あるいは国王ならあり。そしてそのふたりともが、電話に出ようとしない。

　ホルゲルは、ノンベコがそれまでに会ったなかで一番ふつうの人だ。それどころか、すごくすてきな人だといっていい。そのホルゲルが決めたことは尊重したかった。

それにしても、彼を除けば、ノンベコは周囲をバカに囲まれる運命にあるようだった。それは戦うに値する運命といえるだろうか。そうかといって、バカをただ黙って受け入れるなんてごめんだ。たとえばホルゲルが言っていた、アメリカ人の陶芸家。彼を漠然とした狂気にこもらせたままにしておくべきか。それとも、そこから彼を引っぱり出して、英語を話すからといって、当然ＣＩＡの人間だというわけではないと理解させるべきか。

それから、中国人の３姉妹。３人とも成人してかなり経つというのに、行動が年齢に伴っていない。旅が終わり、ブラッド・プディングとたっぷりの睡眠で元気を取りもどしたら、すぐにあちこち探りだすだろう。３人の今後に、ノンベコはどんな責任を果たすべきだろうか。

ホルゲルと同じ名前を持つ兄は、もう少し単純そうだ。お兄さんも、ガールフレンドも、とにかく爆弾に近づけてはいけない。実際に彼らが爆弾に近づかないよう、自分が責任を持って手段を講じなければ。

ノンベコはペリンダバで掃除婦をしていたので、スウェーデンに来てからも、実際の生活を始める前に片付けておくべきものがあり、しておくべき決断があるとわかっていた。スウェーデン語の勉強はそのなかでも上位にくる。図書館まで２キロ足らずのところに住んでいながら、利用しないでいるなんて考えられなかった。爆弾を守ることは、最低でもそれと同じくらいには重要だ。そして、これはやらないわけにはいかない――心の平安を得るために、頭のおかしい陶芸家とお気楽で無分別な３姉妹をどうにかする。そのうえでノンベコは、唯一大切な人だと思えるホルゲル２号のための時間が残っていますように、と願った。

でも、まずは何よりも睡眠だ。ノンベコは自分の部屋に入ると、ドアを閉めた。

＊＊＊

翌朝、ノンベコがそれぞれの動向を確認したところ、ホルゲル1号は、ガールフレンドを連れて早朝にヨーテボリに枕の配達に出かけていた。中国人姉妹は一度起きて、ファールン・ソーセージを食べてから、今はまた眠っていた。ホルゲル2号は倉庫のくつろぎスペースに座って、会社の事務仕事をやっていた（同時に爆弾を見張っていた）。

仕事の中身はほとんどがスウェーデン語だったので、ノンベコには手伝うことができなかった。

「今のうちに、陶芸家さんに挨拶してこようかな」ノンベコは言った。

「うまくいくことを祈ってるよ」ホルゲル2号が言った。

「だれだ？」陶芸家がドア越しに言った。

「あたしはノンベコよ」ノンベコは言った。「ＣＩＡの人間じゃないわよ。でもモサドになら追われてる。だから、なかに入れて」

陶芸家の神経症はアメリカの諜報機関に対してであって、イスラエルのではないので、言われたとおりにした。

訪ねてきたのが黒人でしかも女性だったことで、陶芸家の緊張は少し緩んだ。世界に散らばるアメリカの諜報員は、まちがいなくあらゆる肌の色をして、特性もさまざまのはずだが、陶芸家にとって

ＣＩＡといえば30代の白人の男だった。

女は、アフリカの部族語を知っている証拠も示した。さらに、ソウェト地区で過ごしたという子供時代について語った。実際にそこで暮らしていたという主張を否定できないほど、微に入り細にわたる話だった。

ノンベコのほうは、陶芸家がここまで神経をすり減らして見えることに、今ではすっかり興味津々だった。今後はなるべく頻繁に、でも短い訪問を繰り返し、信頼関係を築く作戦でいこうと思った。

「じゃあ、また明日」ノンベコはそう言って、立ち去った。

ひとつ上の階では、中国人姉妹が再び起き出していた。食料室でクラッカー状のパンのクネッケブレードを見つけたらしく、ノンベコが部屋に行ったときには座って、バリバリかじっているところだった。

ノンベコは3人に、これからどうするつもりかと尋ねた。そんなことは考える暇もなかった、という答えだった。けれども、伯父さんのチェン・タオが近くに住んでいるので、会いに行こうかとは思っている。バーゼルだ。もしかしたらベルリンかもしれない。あるいはボン。ひょっとしたらベルリン。伯父さんは骨董品を作る名人で、自分たちが手伝うといえば、けっして断ることはないはずだ。

ノンベコが、ペリンダバの図書室でとりわけしっかり身に着けたのが、ヨーロッパ大陸の地理と各都市についての知識だった。そのため、バーゼルとベルリンとボンとベルリンが、どこもすぐ近くとはいえないと推測するだけの判断力はあった。それに、たとえ伯父さんがどの街にいるかわかったにしても、探しだすのは簡単じゃないと思った。それより、まずは少なくともどの国かをはっきりさせなければ。

しかし3人は、自分たちに必要なのは車と少しばかりのお金だけだと言った。あとはなりゆきでどうにかなる。伯父さんが住んでいるのがボンかベルリンかは重要ではない。道なら人に聞けばいいのだ。どっちにしろ、スイスなのだから。


もちろん、ノンベコには中国人の3姉妹のために用意してやる金はいくらでもあった。少なくとも、間接的な形では。ソウェトにいた10代のころから唯一持っている上着の縫い目には、今もダイヤモンドという財産が隠してある。ノンベコは、鑑定してもらうためひとつを取り出して、グネースタの宝石店に持っていった。ところが、宝石商は以前、外国出身の助手に騙《だま》されたことがあり、それが理由で、外国人は信用ならないという国際的見解にいつしか同意するようになっていた。

というわけで、黒人の女が自分の店にやってきて、カウンターにダイヤモンドの原石を乗せて英語で話しかけてきたときには、出て行かなければ警察を呼ぶと言った。

ノンベコは、スウェーデンの法と秩序の番人と密接な接触を持つ気はさらさらなかったので、ダイヤをしまうと、お邪魔しましたと謝ってから店を出た。

そうだ、姉妹は自分たちでお金を稼いで、自分たちの車を買うべきなんだ。小さなことで力になれるなら、その時はもちろん手を貸すけれど、余計なことはしないでおこう。


午後になって、ホルゲル1号と怒れるガールフレンドが帰ってきた。1号は弟の食料室がからっぽなのを発見して、買い出しに行くしかなくなった。そのおかげでノンベコは、初めて彼女とふたりきりで話す機会を持てた。

　ノンベコは、二段階の作戦を考えていた。まずは敵を知る——ホルゲル1号とそのガールフレンドだ——、それで初めて彼らを爆弾から遠ざけることができる。比喩的にも、またできることなら文字どおりにも。

「ああ、アメリカ人か」怒れるガールフレンドは、ドアをノックしたのがノンベコだとわかるとそう言った。

「南アフリカ人よ。前も言ったけど」ノンベコは言った。「そういうあなたは、どこの人間なの？」

「あたしはスウェーデン人だよ。当たり前じゃん」

「だったらあたしに、コーヒーの一杯も出してくれるはずね。紅茶でもいいけど」

　怒れるガールフレンドは、お茶なら出せるかな、と言った。南アフリカのコーヒー・プランテーションのほうがインドの紅茶プランテーションより労働環境がましだっていうから、本当はコーヒーがいいんだけど。それとも、これも嘘かもね。この国では、みんなクソみたいな嘘ばっかりつくから。

　ノンベコは彼女の部屋のキッチンに腰を下ろすと、たぶんどこの国でも、いやになるくらい嘘だらけなのは同じだと言った。それから、まずは単純で一般的な話題から始めることにした。

「それで、調子はどうなの？」

　ノンベコは、彼女がほとんどすべてのことに怒っているのだとわかった。この国が原子力と、そして石油に依存し続けていることに怒っていた。川の流れを利用しつくす水力発電と、うるさくて景観を損なう風力発電に対しても。デンマークに通じる橋を建設していることにも、またデンマーク人に対してもデンマーク人であることを理由に、怒っていた。ミンク農場の主に対してもミンク農場の主であることを理由に怒っていた。というより、動物のブリーダーすべてに。肉食する人間すべてに、しない人間もすべてに（ここでノンベコはしばらく話についていけなくなった）。すべての資本主義者。ほとんどすべての共産主義者。銀行で働く父。まったく働いていない母親。高貴な血が流れる祖母。自分自身にも。世界を変えるより賃金の奴隷に成り下がっているから。そして世界は、良心的な賃金奴隷制度を提供しようともしていない。

　彼女は、自分とホルゲルが廃墟ビルにただで住めることにも怒っていた。ただということは、家賃支払い拒否ができないからだ。そう、彼女は抵抗を求めていた！　何より怒りを覚えていたのは、適当な抵抗の機会がまったくないことに対してだった。

　ノンベコは、この怒れる彼女は、数週間でもいいから黒人として南アフリカで働いて、できれば汲み取り桶のひとつやふたつ空《から》にして、人生を見直してみればいいのにと思った。

「ところで、名前はなんていうの？」

　いやはやまさか、怒れる彼女が、それ以上怒りを爆発させることができるとは。いわく、彼女の名前は口にするのもおぞましいほどひどい代物らしかった。

　ノンベコはそれでも食い下がり、どうにか名前を聞き出すことに成功した。

「セレスティンだけど」

「へえ、すてきな名前じゃない」ノンベコは言った。

「父さんが考えたんだ。銀行の支店長の。くたばればいいのに！」

「命の危険を冒したくない場合は、なんて呼べばいいのよ？」

「セレスティン以外ならなんでもいい」セレスティンが言った。「それで、あんたこそなんていうの？」

「ノンベコ」

「ふうん、それも最悪な名前だね」

「ありがと」ノンベコは言った。「紅茶のおかわりをもらえる？」

ノンベコはその最悪な名前のおかげで、おかわりの後でセレスティンをセレスティンと呼ぶ許可を取りつけることができた。帰りぎわには握手をして、お茶とおしゃべりのお礼を言った。部屋を出て階段のところで、ホルゲル1号と話すのは明日まで待とうと決めた。敵を知るのはなかなかの重労働なのだ。

自分につけられた名前が嫌いな女の子と会った一番の収穫は、彼女がノンベコにグネースタの図書館で自分のカードを使ってもかまわないと言ってくれたことだった。亡命してきた政治難民は貸し出しカードを必要としていて、怒れる彼女のほうは図書館で借りられる本は、どれも似たりよったりのブルジョワ主義のプロパガンダでしかないと思っていた。カール・マルクスの『資本論』だけは、半端な資本主義だから別だが、蔵書はドイツ語版しかなかった。

ノンベコは初めて図書館に行くと、カセットテープ付きのスウェーデン語教本を借りた。

ホルゲル2号がカセットプレーヤーを持っていたので、ふたりは倉庫の木箱の上で枕に座って、最初の3課をいっしょに聞いた。

「こんにちは、お元気ですか？　調子はどう？　私は元気です」テープレコーダーが（もちろん）スウェーデン語で言った。

「私もです」飲み込みの早いノンベコは、スウェーデン語で答えた。

その日の午後、ノンベコはそろそろホルゲル1号と話してみようと思った。見つけると、すぐに本題に入った。

「共和主義者なんですってね」

そうだ、とホルゲル1号は答えた。みんながそうなるべきだ。君主制は腐敗している。ただ問題は、自分の頭はからっぽで、いやになるくらい何もアイデアがないことだ。

ノンベコは、共和制にも欠点はあると言った。たとえば、今の南アフリカがそうだ。でも、それはそれ。自分は力を尽くしたくてここにいるのだ。

ノンベコが言おうとしたのは、ホルゲル1号を爆弾から遠ざけておくための力ということだったが、ほかの意味にもとれるよう、含みを持たせた言い方にした。

「ミス・ノンベコ、僕のために力を尽くそうなんて、とんでもなく親切なんだな」

作戦はすでに始まっていた。計画に則り、ノンベコはホルゲル1号に、父親の上に王が倒れこんでからの年月に考えてきた共和主義思想について聞きたいと言った。

「王じゃない！　レーニンだ！」

ホルゲル1号は、自分はたしかに弟ほど賢くはないが、それでも本当は披露できるアイデアだってあるんだぞと言った。王をヘリコプターで誘拐して、護衛を振りきってどこかの場所に連れ去ったら、そこで退位させるんだ。

ノンベコは1号を見た。まさか、頭を絞って考えて、この程度？

「どう思う、ミス・ノンベコ？」

今思ったことを口にするわけにもいかず、代わりにこう言った。「その計画じゃ、まだ完全とはいえないわね。そう思わない？」

「どういう意味だよ？」

そう、たとえば、ヘリコプターはどこで調達するつもりなのか。そして運転はだれがするのか。どこで王を誘拐し、どこへ連れて行くのか。それ以外にもいろいろ。

ホルゲル1号は何も言わずに座っていた。目は伏せたままだ。

ノンベコにはいよいよはっきりわかってきた。ホルゲル兄弟が母親の胎内で一般的知能の分配を受けたとき、外れくじを引いたのは2号のほうではなかった、と。でも、それも口には出さなかった。

「この話は、1、2週間考えさせて。そしたら、すべて解決できると思う。ただ、今はちょっとあなたの弟さんの顔を見にいきたいの。まあ、軽く変化を求めるためね」

「いろいろとありがとう、ミス・ノンベコ」ホルゲル1号が言った。「本当にありがとう！」

ノンベコはホルゲル2号のところに戻って、報告した。

「お兄さんと話してみたんだけど、彼に木箱と極秘の中身以外のことを考えさせておく策を練ることにしたわ。あたしがこれからさらに策を練ると言ったら、彼は自分が革命に近づく策のことだと思ったみたい。本当は彼を爆弾から遠ざけておくだけなんだけど」

ホルゲル2号はうんうんとうなずくと、すべてうまくいきそうだ、と言った。

11 ひとまずすべてがうまく収まるまで

ペリンダバで厨房の仕事を任されていた中国人の3姉妹は、じきにブラッド・プディングやファールン・ソーセージやクネッケブレードに飽きてしまい、自分たちとフレード通りに住む同居人たちのための食堂を開いた。3人の作る料理は本当においしかったので、ホルゲル2号は枕会社で得た利益から、姉妹の食堂運営のために喜んで資金を出した。

ホルゲル2号は同時に、ノンベコの主導で怒れるガールフレンドをその気にさせ、枕の配送を任せることにした。話し合いは最初こそ難航したが、盗んだナンバープレートをつけたトラックを運転させられることになると聞くや、彼女はがぜん興味を持って話に耳を傾けるようになった。

怒れるガールフレンドが、フレード通りに警察の注意を引き寄せない理由なら、もちろん3メガトンもあった（本人は理解していなかったが）。トラックはナンバーを除けばいたって平凡だったし、そのナンバーもそもそもはグネースタに足がつかないようにと盗んできたものだった。だからといって、その運転手が17歳で、しかも無免許でかまわないということにはならない。だから、もし警察に引っぱられても、自分の名前はもちろん、何も言わないよう指導を受けた。

怒れる彼女は、自分が警察官を前にして、おとなしく黙っていられるとは思えなかった。とにかく警察が嫌いすぎて、とてもじゃないが何か言わずにいられないからだ。そこでホルゲル2号は、代わりに歌を歌ってみたらどうかと提案した。そうすればまちがいなくやつらを苛《いら》立たせることができるし、まちがいなく何も言わないでいられる。

ふたりで話し合った結果、怒れるセレスティンは、警察に捕まったらエディット・ピアフと名乗り、少し変人のふりをして（実際そうだしな、とホルゲル２号は思っていた）、「水に流して」を歌えばいいという話で合意した。それ以外は、電話を借りてホルゲルに連絡をとれるまでは何もしない。電話で彼女が同じ歌を歌えば、ホルゲルは事情を察するというわけだ。

　ホルゲル２号は、そこで話を中断して、それは自分がすぐに彼女を助けに行くという意味だと念を押した。実際は、彼女が警察に身柄を拘束されている隙に、安心して爆弾を倉庫から運びだす計画だった。

　セレスティンは、すっかりこの話を気に入った。

「やったね、警察のブタどもをからかってやれるなんて最高。ファシストなんて大嫌い」そう言って、ちゃんとフランス語の歌詞も暗記すると約束した。

　彼女があまりに期待に満ち満ちているので、ホルゲル２号は警察に捕まることそれ自体が目的ではないと、強調しなければならなかった。むしろ逆だ。刑務所行きにならないようにすることも、枕の配達業という仕事の一部なのだ。

　怒れるセレスティンはうなずいたが、明らかにさっきよりやる気は失せていた。

「わかった？」

「はいはい、ムカつく。わかったよ」

　同じころノンベコは、ホルゲル１号の注意を倉庫の箱からそらすことに、当初の期待以上に成功していた。まず検討したのが、ホルゲル１号をヘリコプターの操縦免許を取る学校に通わせる案だった。

危険を予感させる点は見当たらなかった。彼がいわゆるアイデアを実行に移して成功する可能性は、きわめて低いからだ。

免許をとるには、ふつうの生徒でも最低1年はかかる。つまり、この生徒の場合はおよそ4年は必要だ。これだけあれば、ノンベコとホルゲル2号と爆弾には十分な時間のように思えた。

しかし、さらに詳しく調べてみると、課程には航空システム、飛行安全学、操縦法、飛行計画、気象学、航行術、操作手順、さらに空気力学まであるとわかり——全部で8科目だ——、ノンベコは、これは1号の手に余ると考えた。きっと本人が数ヶ月で音を上げるか、その前に学校から追い出されるかのどちらかになる。

ノンベコは考えなおすことにして、ホルゲル2号がその手助けをした。数日かけて新聞の求人広告に目を通しながら、うまくいきそうな案を考えた。

残された手は、ちょっとした整形手術くらいだった。別名「経歴詐称」といわれる手段である。2号の並外れて無能な兄を、すごい人物に仕立てあげるのだ。ホルゲル2号は、ノンベコの指示に従って下書きを作り、切り貼りをした。満足のいくものが仕上がると、ノンベコは2号の協力に感謝し、完成品を持ってホルゲル1号のところへ向かった。

「就職活動をしてみない？」ノンベコは言った。

「げっ」ホルゲル1号は言った。

しかし、ノンベコは仕事ならなんでもいいと言っているわけではなかった。ブロンマにあるヘリコプター・タクシー会社が、顧客サービス兼庶務担当の人員を募集している。もしここの仕事に就《つ》けたら、ヘリコプターのすぐそばにいられるし、操縦方法も少しは身に着くかもしれない。然るべき時が来たその日には、準備万端というわけだ。

ノンベコは、思ってもないことを次々口にした。

「すごいや！」が、ホルゲル1号の感想だった。

でもミス・ノンベコは、どうやって僕をその仕事に就かせるつもりなんだ？

実はグネースタの図書館が、最近新しいコピー機を導入したの。どんなものでも、驚くほどきれいに四色コピーができるのよ。

そしてノンベコは、作成済みの就労証明書と、1号（実体は2号）の能力を強力に推す推薦状を見せた。大半がでっちあげで、スウェーデン王立工科大学の刊行物からも大量に盗用していた。しかし、全体的には、非常によい出来といってよかった。

「王立工科大学？」ホルゲル1号がいぶかしげに声をあげた。

ノンベコは、思っていることは口に出さず、続けた。

「これが、王立工科大学工学科の卒業証明書。あなたは工学者で、飛行機全般について豊富な知識を持っているのよ」

「僕が？」

「それと、就労証明書。マルメ市郊外のストルップ空港で4年間航空管制官補佐として勤務していたときのが、これ。それとこっちが、スコーネ・タクシー会社で4年間受付係をしていたときのもの」

「でも、僕、そんなこと――」1号がごねはじめると、たちまち遮られた。

「いいから、行って応募してらっしゃい」ノンベコが言った。「考えてないで。まず応募しなさい」

というわけで、ホルゲル1号は応募した。そして当然だが、合格した。
ホルゲル1号は満足していた。いまだ王をヘリコプターで誘拐するには至っていない。ヘリコプター操縦士の免許も取っていない。機体も、あいかわらずアイデアも持っていない。それでも、ヘリコプター（少なくとも1機、多いときは3機）のすぐそばで仕事をし、ときおりはタクシーヘリの操縦士からただで操縦を教えてもらってもいた。ホルゲル1号は——完全にノンベコの計画どおり——、混乱した夢を見続けることができていた。

ホルゲルは職務に就くのにあわせて、ブラッケバリにあるワンルームマンションに引っ越した。会社があるブロンマからは目と鼻の先だ。ホルゲル2号の愚かな兄の目は、すっかり爆弾からそれて当座の未来のほうへ向けられていた。兄をさらに上回って愚かなガールフレンドもいっしょに引っ越してくれたらなおよかったのだが、彼女の現在の関心事は、エネルギー問題（既存のあらゆるエネルギーシステムは悪である）から女性解放問題に変わっていた。彼女の考える解放には、女が、運転免許取得可能年齢に達する前にトラックを運転し、どんな男よりも多くの枕を一度に運ぶ権利も含まれていた。そのため彼女は廃墟ビルに、賃金の奴隷のままとどまることを選んだ。愛するホルゲル1号とは、交代で互いの家を行ったり来たりすることにした。

アメリカ人陶芸家を取りまく状況は、さしあたり全般的に順調だった。ノンベコは、会うたびに彼の緊張感が薄れていくのを感じていた。ＣＩＡからの脅威について話す相手がいるというのもよかったようだ。ノンベコ自身も彼の助けになれて満足していた。陶芸家の話を聞くのは、かつてタボがアフリカじゅうを冒険して回った話を聞いていたときのように楽しかった。陶芸家によると、アメリカの諜報機関はそこらじゅうにあるらしい。最近全国的に広まっているタクシーの自動配車システムは、サンフランシスコで開発されたのだそうだ。陶芸家はその事実こそがすべてと考えていた。しかし、電話ボックスからあちこちのタクシー会社に電話しまくったところ、少なくとも1社だけは、アメリカの諜報機関の手に落ちるのを拒否したことがわかった。ボーレンゲ・タクシーだ。ここはいまだに係員による直接案内を貫き通している。

「ミス・ノンベコ、将来どこかへ旅行に行くときのために、これは知っておいて損はない」

ノンベコは、いつも陶芸家が口にする馬鹿な話とは違って、このことは信じることにした。そのときはまだ、ボーレンゲとグネースタの位置関係がよくわかっていなかったからだ。

元ベトナム脱走兵の男は、精神的にひどく不安定で、頭のなかは妄想だらけだった。しかし、さまざまな濃淡のナパーム・イエローの釉薬を使って、美しい陶器や磁器を作ることにかけては、まったく非凡な才能の持ち主だった。彼があちこちの市場で売っているのも、この作品だった。現金が必要になると、バスか、例のボーレンゲ・タクシーを使って市場へ出かけていく。鉄道はけっして使わない。ＣＩＡとスウェーデン国鉄が手を組んでいるのは周知の事実だからだ。かさばるスーツケースふたつにぎっしり作品を詰めて持って行くのだが、それをいつも2、3時間で売りきってしまう。恥ずかしいほどの安い値段で売っていたからだ。ボーレンゲ・タクシーを使ったときには、決まって赤字だった。何しろ、２００キロ余りのタクシーの旅は無料ではないのだから。陶芸家が理解できないことは数多《あまた》あったが、借方と貸方に加えて自分の才能も、そのひとつだった。

$$\frac{\left(\left[20\times7\times6\times\frac{1.6}{2}\right]+\left[7\times12\times6\times\frac{1.6}{2}\right]+\left[\left(\frac{\left(9\times\frac{1.6}{2}\right)-\left(6\times\frac{1.6}{2}\right)}{2}\right)\times7\times(20+12)\right]-3\times3\times9\times\frac{1.6}{2}-2\times3\times2\right)}{0.5\times0.6\times0.06}=$$

$$\frac{672+403.2+1.2\times7\times32-3\times3\times9\times\frac{1.6}{2}-2\times3\times2}{0.5\times0.6\times0.05}=$$

$$\frac{672+403.2+268.8-64.8-12}{0.015}=$$

$$\frac{1267.2}{0.015}=84{,}480$$

＊＊＊

しばらくすると、ノンベコはホルゲル兄弟とセレスティンとはまずまずのスウェーデン語で、３姉妹とは上海語で、アメリカ人陶芸家とは英語で会話するようになっていた。グネースタの図書館で文学作品をどっさり借りていたら、グネースタ文学協会から委員就任の依頼がきてしまった。セレスティン名で。しかしこれは、辞退せざるを得なかった。

ノンベコは残りの時間はできるかぎり、ふつうなほうのホルゲルといっしょに過ごすようにした。枕会社の帳簿付けを手伝って、仕入れ、販売、配達の効率性向上について提案した。ホルゲル２号は、ノンベコの手助けを喜んでいた。しかし、１９８８年の初夏、ホルゲル２号は気がついた。ノンベコは計算ができる。いや、「数学」ができるのである。

６月の、美しい朝のことだった。ホルゲル２号が倉庫に着くと、ノンベコが出し抜けに「８万４４８０」と言った。

「おはよう、ノンベコ」ホルゲルが言った。「なんか言った?」

ホルゲルはそのころ、例の働きすぎた社長がちゃんと業務の引き継ぎをすませないまま突然死んでしまったことに、恨み言を言いながら走りまわる日々だった。たとえば、枕の在庫数ひとつ把握するのもままならない。

$$\text{倉庫の容量} = (A \times B + C \times D) \times E + \left(\frac{(F - E) \times C}{2} \right) \times (A + D)$$

$$(A \times C + B \times D) \times \text{影}E \times \frac{G}{H} + \left(\frac{\left(\left(\text{影}F + \frac{G}{H} \right) - \left(\text{影}E + \frac{G}{H} \right) \right) \times C}{2} \right)$$

$$\times (A + D) =$$

$$\left[A \times C\text{影}E \times \frac{G}{H} \right] +$$

$$\left[B \times D\text{影}E \times \frac{G}{H} \right] +$$

$$\left[\left(\frac{\left(\text{影}F \times \frac{G}{H} \right) - \left(\text{影}E \times \frac{G}{H} \right)}{2} \right) \times C \times (A + D) \right]$$

けれども今、ノンベコがホルゲルの手に4枚の紙を持たせた。ホルゲルがベッドでだらだらしているあいだに、ノンベコは倉庫の広さを歩測し、枕1個の寸法を取って、そこから枕の正確な個数を算出していたのだ。

ホルゲルは一番上の紙を見たが、さっぱりわからなかった。ノンベコは、そうだとしても不思議ではないと言った。計算式は全体を見なければ理解できないからだ。

「こっちを見て」ノンベコは1枚めをめくって、2枚めを見せた。

「影E？」ホルゲルは、それ以外にましな言葉を思いつかずに言った。

「そう、日が射しているあいだに、天井までの高さを測ったの」

そう言って、ノンベコはまた紙を1枚めくった。

「この棒人間はだれ？」あいかわらずほかにましな言葉を思いつかず、ホルゲルは言った。

「あたしよ」ノンベコが答えた。「顔がちょっと白

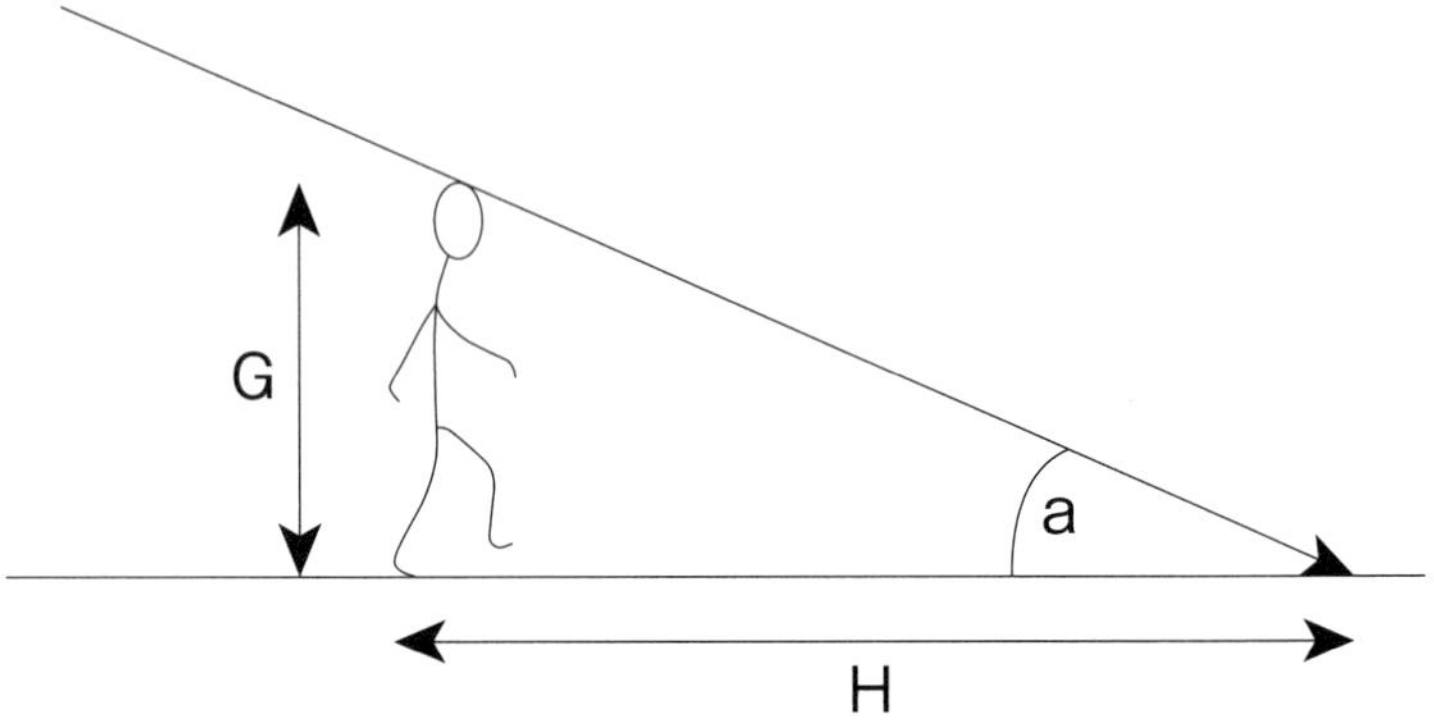

すぎたかも。でも、自分で言うのもなんだけど、それ以外はかなり正確。技術者の親切に初めて感謝したわ。パスポートのおかげで自分の身長がわかったから。あとは、自分の影を測って天井との関係式に当てはめるだけ。すばらしいことに、この国は太陽があまり高くはのぼらないでしょ。ここが赤道直下だったらどうすればいいかわからなかったわ。または、雨が降っていたら」

　ホルゲルがまだ理解できないので、ノンベコは別の数式で説明しようとした。

「すごく簡単よ」ノンベコが言って、もう1枚紙をめくろうとするのを、ホルゲルは遮った。

「いや、簡単なわけないさ。例の木箱の上の枕も入れた？」

「入れた。全部で15個」

「きみの部屋のベッドにある1個は？」

「あ、そっちは忘れてた」

12

爆弾の上で交わす愛と2種類の価格設定

ホルゲル2号とノンベコにとって、人生は複雑なものだった。とはいえ、当時、難しい日々を過ごしていたのは彼らふたりだけではなかった。１９８８年6月、世界じゅうの国々とテレビ局が、ネルソン・マンデラの70歳の誕生日を祝うために企画された記念コンサートに対して、どのような態度をとるべきか熟考を重ねていた。つまるところ、マンデラはテロリストだった。その見解に対し、世界的なスターがひとり、またひとりと反対の声明を出し、ロンドンのウェンブリー・スタジアムで開催されるコンサートに参加する意向を表明しなかったら、そのままテロリスト扱いされ続けていたはずだった。

大方にとっての解決策はその催しを認めることだったが、それだけですまないこともあった。たとえば、コンサートの中継をしたアメリカのＦＯＸテレビは、生映像ではなく編集済みの映像を後日放送した。番組スポンサーのコカ・コーラの機嫌を損ねないよう、政治的にとられかねない箇所は、会話も歌もことごとくカットしたのである。

このようにいろいろあったが、終わってみればコンサート中継は世界67ヶ国で6億人もの人々が視聴した。何があったかを完全にもみ消したのは、世界でただ1ヶ国。

南アフリカだけだった。

＊＊＊

数ヶ月後に行われた議会選挙の結果、社会民主労働党とイングヴァール・カールソンが引き続きスウェーデンの政権を担うことになった。

残念なことに。

選挙結果に対するホルゲル2号とノンベコのこの見解は、なんらかのイデオロギーに影響を受けたものではなかった。カールソンが今いる地位にとどまるとはつまり、再び首相官邸に電話をしてもむだということだからだ。爆弾の処理はお預けのままだ。

この選挙でほかに注目に値する動きといえば、新たな政治運動を展開する環境党が議席を勝ち取ったことだった。それより小さな動きになるが、存在していない政党「クズどもまとめてぶっ潰す」党に投じられた1票は無効票と判定された。この1票を投じたのは、グネースタに住む18歳になったばかりの少女だった。

1988年11月17日は、ノンベコが廃墟ビルの住人になってちょうど1年めとなる日だった。ノンベコが倉庫に行くと、それを祝うケーキが出てきてびっくりさせられた。中国人3姉妹が来たのも同じ日だったが、彼女たちは招待されず、ホルゲル2号とノンベコだけのパーティーになった。ホルゲルがそうしたかったからだ。そして、ノンベコも。

ノンベコは、ホルゲルを心から愛おしいと思い、頬にキスをした。

ホルゲル2号は成人してからずっと、存在することを夢見てきた。存在することで、大きな全体の一部になれると思ってきた。ホルゲルが望むのはふつうの生活、妻がいて子供がいて、まっとうな仕事に就《つ》く生活だ。仕事は、枕と関係がなければ、あるいは王家と関係がなければ、なんでもかまわない。

お母さん、お父さん、子供たち……きっといいものなのだろう。自分には子供時代と呼べるものはなかった。クラスメートは部屋の壁にバットマンとスウィートのポスターを飾り、自分はフィンランドの大統領の写真を崇《あが》めていた。

しかし、ホルゲルの仮の家族で仮の子供の仮の母親になってくれる女性は、果たして見つかるだろうか。父親が、妻と子供にとってしか存在せず、世間ではいないものとされても耐えてくれる人。そしてまさにそれが理由で、廃墟ビルに暮らすことになっても気にせず、家族に許された一番の遊びが、爆弾のまわりでやる枕投げでもいいという女性との出会い。

いや、そんなことは起こるわけがない。

そんなことは起こらず、ただ時間だけが過ぎていく。

でも、考えているうちに、ふと、ある疑念が浮かんできた。ノンベコは……ある意味自分と同じくらいに存在していないのではないか。そして爆弾とは自分よりもずっと関わりが深い。そして総じていえばとても……すてきだ。

そんなふうに思っていたところへ、頬にキスをされたのだ。

ホルゲル２号は心を決めた。彼女は、ほかのだれよりも大事な人というだけではない。唯一、自分にとって望みを持てそうな女性なのだ。この可能性をみすみす逃してしまったら、これ以上のチャンスは望むべくもない。

「ねえ、ノンベコ」２号は言った。

「何、すてきなホルゲル？」

すてきだって？　望みありだ！

「もし、もう少し君の近くにいったら……」

「何？」

「ハサミが出てくるのかな？」

ハサミならキッチンの箱の中にある。ハサミの置き場所にはそこがぴったりだと思う、とノンベコは言った。それに本当は、もうずっとホルゲルがそう思ってくれないかと願っていた。もう少し近くにと。ホルゲルとノンベコのふたりとも、じきに28歳。ノンベコは、これまで男性と親しくなったことはないと打ちあけた。ソウェトにいたころは子供だったし、その後11年間の軟禁生活で周囲にいたのは、あらゆる点で胸の悪くなるような、そして接するのを禁じられた人種の男ばかりだった。でも幸せなことに、あちらで禁止されていることはこちらでは禁止ではない。そして、ノンベコはもう長いあいだ、このホルゲルは兄のホルゲルと正反対だと感じていた。だから、もしホルゲルがそうしたいなら……自分も同じ気持ちでいる。


ホルゲルは息が止まりそうだった。兄と正反対だなんて、これまで人に言われたなかで一番の褒め言葉だ。ホルゲル2号は、自分もそういう……経験はないのだと言った。今までずっと、父さんのことやいろいろあって……でも君は、本当に……？

「いいから黙って、こっちに来て」ノンベコが言った。


存在していない人間にお似合いなのは、同じように存在していない人間だ。ノンベコは、ウップランドのヴェスビにある難民キャンプから数日で姿をくらまし、それ以来地球上から消えたことになっている。この1年は「行方不明者」のリストに名を連ねて、スウェーデンの住民登録上は宙に浮いた状態だ。正式な在留許可を申請に行く時間は取れないままだった。

一方ホルゲル2号は、あいかわらず存在しない自分について、何も手を打てずにいた。事態が複雑すぎた。そしてノンベコに対する気持ちが、さらに問題を難しくした。何か事を起こせば、ホルゲルの話の裏づけをとるために当局が調査を始めて、ノンベコと爆弾のことまで彼らの知るところになるかもしれない。そうなれば、家族を持つ喜びは、それが始まってもいないうちに失われてしまうことになる。

その状況を考えれば、ホルゲルとノンベコが、もし子供ができたらそのときはそのときだと早くも決めてしまったのは、矛盾していたかもしれない。そしてのちに、できていなかったとわかると、なんとしてでも欲しいと思うようになった。

ノンベコは女の子が欲しかった。その子はけっして、5歳で汲み取り桶を運んだり、死ぬまでシンナーを吸うような母親に育てられたりする目にはあわせない。ホルゲルは、男の子でも女の子でも、一番大事なのは洗脳されずに成長できることだと考えていた。

「つまり、王様について自由な考えを持てる女の子ってことね」ノンベコは話をまとめ、木箱の上の枕をかきわけてホルゲルに身を寄せた。

「存在しない父親と、逃亡中の母親の子供だ。人生のスタートとしては最高だな」ホルゲルが言った。

ノンベコが、さらに体を寄せてきた。

「またかい？」ホルゲルが言う。

「ええ、お願い」

でも、木箱の上で？　だいじょうぶだろうか？　ノンベコは、何度しようとも爆発することはないと請け合った。

＊＊＊

中国人３姉妹の料理は、正真正銘、本物のおいしさだった。それなのに、４階の部屋のリビングの食堂が満席になることはめったになかった。ホルゲル1号は仕事でブロンマにいたし、セレスティンは枕の配達でしょっちゅう外出していた。アメリカ人陶芸家は、無用な危険を避けるため、自室の食料部屋で保存食を食べていた（なんの危険かは彼だけが知っていた）。ときには、ホルゲル2号とノンベコまで、ロマンチックな雰囲気を求めてグネースタの繁華街へ外食に出てしまった。

もし上海語に「骨折り損のくたびれ儲け」という概念があるとしたら、３姉妹がときおり感じるのは、まさにそれだった。おまけに、仕事に対する報酬を受け取っていないようなものだったので、いつまでたってもスイスにいる伯父さんのところには行けそうもなかった。

まったく愚かなことに、３人は本物のレストランを開くことを決めた。グネースタで唯一の中華料理店をスウェーデン人の男が経営していると知って、この思いつきはいっそう焚《た》きつけられた。おまけにそのスウェーデン人は、信頼性を増すために厨房にタイ人をふたり雇っているというではないか。タイ人に中華料理を作らせるなんて法律に反していると3人は思った。そこで地元紙に、フレード通りで中華料理店「リトル・ペキン」を開店します、と広告を打った。

「見て、こんなの出しちゃった！」３人は、ホルゲル2号に広告を見せながら、誇らしげに言った。

　ホルゲル2号は失いかけた気をどうにか取りもどし、3人に説明した。君たちがやったのは、許可を受けていないビジネスを、居住禁止の廃墟ビルで、しかも在留許可を得ていない国で始めたということなのだ。さらに加えれば、国の食品庁のもっとも厳しい規則を少なくとも8項目は破っている。

　姉妹はホルゲル2号をけげんな表情で見つめた。自分たちがどこでどうやって料理をして、だれに売るかについて、なぜお役所にあれこれ言われる筋合いがあるのか。

「ここはスウェーデンだ」ホルゲル2号は言った。この国のことならよく知っている。ただ国のほうが彼を知らないだけだ。

＊＊＊

　幸い広告は小さかったうえ、英語で書かれていたので、その夜訪ねてきた人間はたったひとり、市の環境課課長だけだった。食事に来たのではない。開いたばかりらしい何かを閉じに来たのである。

　しかし彼女は、ドアのところでホルゲル2号に阻まれた。2号は、広告はただの悪ふざけだったと取りなした。もちろん、廃墟ビルで食べ物を出す人間などいるわけがないし、住んでいる人間すらいない。ここは枕を保管し、配送するためだけの建物で、それ以外のなんでもない。

「ところで環境課長さん、枕を２００個ほどどうです？　環境課には多すぎると思われるかもしれませんが、あいにくセット販売だけで、ばら売りはしていないんです」

　環境課長は、枕などほしくはなかった。グネースタ市環境課の職員は、勤務時間中は誇りを持って目を覚ましているし、見たところ終業直後も起きているからだ。とはいえ、課長はホルゲルの悪ふざけだったという弁明に納得し、家に帰っていった。

さしあたっての危機は乗り越えた。しかし、ホルゲル2号とノンベコは、姉妹をなんとかしなければならないと考えた。3人は、そろそろ人生の次の一歩を踏み出したいとじりじりしはじめている。「気を散らす作戦なら前も試したじゃないか」2号は1号のヘリコプター会社の仕事の話と、盗んだナンバーをつけたトラックを違法に運転して満足しているガールフレンドの話をした。

「もう一度、あの手を使えないかな?」

「ちょっと考えさせて」ノンベコは言った。

＊＊＊

翌日、ノンベコはいつものようにアメリカ人陶芸家を訪ねておしゃべりをした。この日は、陶芸家が新たに明らかにした真実について聞かされた。スウェーデンではすべての通話内容が録音され、その内容がバージニア州にあるCIA本部のワンフロアを占める全職員によって分析されているというのだ。

「それはまた、ずいぶん広いフロアなのね」ノンベコが言った。

陶芸家がその件についてさらに意味不明な話を展開するのを聞きながら、ノンベコは頭のなかでは中国人姉妹の件を考えていた。あの3人に、レストラン以外でできることはなんだろう。得意なことといえば?

たとえば、犬に毒を盛るとか。これは、やや得意すぎるきらいがある。それに、グネースタやこの近辺で、その種の才能をいかしてすぐに金になる仕事があるとは思えなかった。

あとは、漢代のガチョウを作ること。これならいけるのではないか。通りの向かいには陶芸工場もある。それと、神経をやられている陶芸家。彼と３姉妹とで、何かいっしょにやれないだろうか。

ふと、考えが浮かんだ。

「３時にまた来るわ」

陶芸家がまだ盗聴の話を続けていたのを遮って、ノンベコは言った。

「何かあるのか？」陶芸家が尋ねた。

「とにかく、３時にね」ノンベコは答えた。

約束の時間きっかりに、ノンベコは神経質な陶芸家の部屋のドアをノックした。３姉妹もいっしょだった。

「だれだ」ドア越しに陶芸家が言った。

「モサドだ」ノンベコが言った。

陶芸家にユーモアのセンスはなかったが、ノンベコの声だとわかったのでドアを開けた。

アメリカ人と中国人姉妹は、それまでほとんど顔を合わせたことがなかった。アメリカ人が安全上の理由で、姉妹の作る食事より自分の保存食を好んでいたためである。場を和ませるため、ノンベコは陶芸家に、３人はベトナム北部カオバン省の少数民族の出だと言った。アヘンの栽培をして平和に暮らしていたのに、恐ろしいアメリカ人に故郷を追われてしまった人たちだ。

「実に気の毒な話だ」陶芸家は明らかに、姉妹の嘘の素性を信じこんでいた。

ノンベコは、続きは長女に説明させた。かつて自分たちは２０００年前の陶器制作に腕をふるっていた。それが今では作業場を失い、デザイン担当の母親を南アフリカに残してきてしまった。

「南アフリカ？」陶芸家が言った。

「ベトナムだった」

長女は、慌てて話を続けた。陶芸家さんが自分たちが作業場に入るのを許して、漢代の作品作りをいっしょにやってくれるなら、作品をそれらしく作る方法を教えると約束する。さらに自分たちは、最後の仕上げのコツも知っている。粘土の表面にちょっとした処理をすることで、本物の漢代のガチョウにしか見えない出来あがりになるのだ。まあ、半分程度は本物らしく見える出来には。

ここまでは陶芸家も黙って話を聞いていた。それが次に価格の話になるや、会話が荒れ模様になった。陶芸家は39クローナが妥当だと主張し、一方姉妹は３万９０００はくだらないと言いはった。しかも、ドルで。

ノンベコは巻きこまれたくなかったが、最後は口を挟むしかなかった。

「お互い、半々で譲らない？」

ふたを開けてみれば、陶芸家と3姉妹の共同作業は、なかなかうまくいった。アメリカ人はたちまちガチョウをそれらしく作れるようになり、さらには漢代の馬もかなり上手に作った。馬は本物らしさを増すため、片方の耳を壊すことにした。

できあがったガチョウと馬はすべて、陶芸工場の裏の土に埋め、上にはニワトリの糞と尿を撒《ま》いた。

そうすることで、３週間後には２０００年の時を経た味わいを出せるのだ。売り値は、２種類の価格帯を設定することで話がついていた。ひとつは39クローナで、スウェーデンじゅうの市場で販売する。もうひとつは３万９０００ドルで、こちらは長女が作った真作証明書を付けて売りに出すことにした。長女は証明書を作る技を母親から習ったが、母はそれを、あらゆる技の達人中の達人である兄のチェン・タオから習っていた。

みんながこれはよい妥協案だと考えた。初出荷分の売れ行きはきわめて好調だった。最初の１ヶ月で、姉妹と陶芸家の分をあわせて19の作品に売り手が見つかっていた。そのうち18点がヒーヴィクの市場で、あとの1点はオークション会社のブコフスキで売れた。

しかし、ストックホルムでも有数の伝統あるオークション会社に出品するのは、なかなか手間がかかる仕事になった。刑務所に入ってもかまわないのであれば話は別だが、何しろノンベコと中国人姉妹はすでに一度経験済みである。そこで彼らは、ストックホルム中国人協会を通じて、退職した元庭師にある仕事を依頼した。庭師は30年をスウェーデンで過ごしてもうじき故郷の深圳《しんせん》に帰るところだった。その前に、売り上げの１割を報酬として、オークション会社相手に出品者役をしてもらったのだ。長女が作る真作証明書はよくできていたが、１年や2年経って真実が明るみに出ないともいえない。その場合、法の腕がどれほど長くとも、遠く深圳までとなると事はたやすく運ばないと思われた。深圳には１１００万人もの人が暮らしていて、スウェーデン警察に見つかりたくない事情がある中国人にとっては夢の地といえた。

ノンベコは経理を担当していた。また、この非公式の会社の、さらに非公式の取締役でもあった。

「まとめると、第一決算月の売り上げは、ヒーヴィクが７０２クローナ、加えてオークションが、27

万３０００クローナから手数料を差し引いた額になるわね」ノンベコは言った。「経費は、ヒーヴィクへの往復交通費６５０クローナだけよ」

最初のひと月に陶芸家が貢献した額は、すなわち52クローナ。さすがの陶芸家も、ブコフスキのほうがヒーヴィクより利益が出ることを理解した。とはいえオークションは、あまり頻繁に利用するわけにはいかなかった。漢代のガチョウが落札されてすぐにまた出品されたら、真作証明書の質がどれほど高くても、オークション会社が不審がるだろうからだ。せいぜい年に一度がいいところ、それも新たに故郷に帰る予定の替え玉を手配できた場合に限られた。

中国人姉妹とアメリカ人は、最初の月の利益でそこそこ質のいい中古のフォルクスワーゲン・バスを買った。それから市場で売る品は99クローナに価格を変えた。陶芸家が首を縦にふるぎりぎり上限の値上げだった。しかし陶芸家も、この合同会社の商品に自身のナパーム・イエロー・コレクションをちゃっかり加えた。姉妹と陶芸家は、次にブコフスキに出品できる機会をうかがいながら、この商売でそれぞれ毎月1万クローナ（約20万円）の収入をあげることができるようになった。これは姉妹にも陶芸家にとっても暮らしていくには十分な額だった。結局はみんな、つましい生活を送っていたのである。

13　幸せな再会と名前どおりになった男

フレード通り5番地の住人のひとりが死ぬことになる、少し前の話である。

ホルゲル1号は、ヘリコプター・タクシー社で楽しくやっていた。電話の応答もどうにかこなし、コーヒーはかなり上手に入れられる。おまけに今では、3機あるヘリの1機でときどき操縦の練習をすることも許されていた。そのたび彼は、王の誘拐に1歩近づいた気持ちになった。

同じころ、怒れるガールフレンドは、不正ナンバーのトラックでスウェーデンじゅうを走りまわり、いつの日かパトロール中の警察官に捕まる期待で胸を膨らませていた。

中国人の3姉妹とアメリカ人陶芸家は、市場から市場へと、骨董品の陶器を1個99クローナで売り歩いていた。初めのうちは、ノンベコが同行してすべてに目を光らせていたが、やがて商売がうまく回りだすと、同行する頻度も徐々に減っていった。ブコフスキには、市場の売り上げを補うかたちで年に1度くらい漢代のガチョウを出品したが、毎回あっという間に売れてしまった。

中国人姉妹は、フォルクスワーゲンのバスいっぱいに陶器を積んで、スイスの伯父さんのもとへ出発する計画で貯金していた。そこそこの額になったら、すぐ出発するつもりだった。いや、たくさん貯まってからでもいい。もう慌てる必要はないのだし、何よりこの国（なんて国だっけ？）はお金が儲かるし、生活も快適だった。

陶芸家は3姉妹といっしょに仕事をするようになると、過度の神経症の発作は、いくつかの症状がほんのときおり出るだけになった。たとえば月に1度は、陶芸工場じゅう隠しマイクを探しまわる。

しかし、見つかったためしはない。１個たりともない。１度たりともない。変だなあ。

１９９１年の議会選挙では、「クズどもまとめてぶっ潰す」党が再び無効票を１票獲得した。しかし、穏健党はそれよりもっと多くの有効票を獲得し、スウェーデンに新しい首相が誕生した。おかげでホルゲル２号は、首相にまた電話をかけられることになった。首相はまちがいなく欲しくはないだろうが、受けとるべきある物を渡したいと申し出るのだ。新首相カール・ビルトは、残念ながらイエスともノーとも答える機会を与えられなかった。新しい秘書は、首相につなぐべき電話とつないではいけない電話について、前任者と同じ考えを持っていたからだ。そしてホルゲル２号は、４年前と同じ王にも再度の連絡を試みたが、前回と同じ秘書に前回と同じことを言われた。あるいは言い回し自体は、ほんの少し前回を上回って横柄だったかもしれない。


ノンベコは、ほかのだれでもない、首相に爆弾を渡したいというホルゲル２号の望みを理解していた。唯一例外があるとしたら、たまたま王がそれを阻むようなことが起きた場合だけだ。

けれども４年の時間の経過と１度の政権交代ののち、ノンベコは理解した。周囲に警戒されずにスウェーデンの首相に事足りるほど接近するには、社会に認められる人物になる必要があるのだ、と。他国の大統領になるのが最良だが、そうでないなら、最低でも従業員数３万人から４万人の大企業のＣＥＯくらいにはなる必要がある。

あるいはアーティストという手もある。その年、キャロラという少女が、ヨーロッパの国別対抗音楽コンテストでスウェーデン代表として「愛の嵐にとらわれて」を歌い、優勝した。コンテストの模様は世界中に放送された。その後首相がキャロラに会ったかはわからないが、少なくとも電報の一通くらいは送ったはずだ。

あるいは花形スポーツ選手。ビョルン・ボルグは、全盛期、望めばいつでも首相との面会を許されたはずだ。ひょっとしたら今でもそうかもしれない。大事なのは、社会に認められる何者かであること。それはつまり、存在しないホルゲル2号にもっとも欠けているものだった。そしてノンベコはといえば、法に違《たが》う存在だ。

それでも、電気が通った柵に閉じこめられていた日々が4年も前の話になり、この先もこのままでいられたらと、ノンベコは強く願っていた。だから今は、現状を受け入れるのもやぶさかではなかった。爆弾がどうしても今ある場所に置かれたままでなければならないなら、しばらくは置いたままにしておけばいい。そのあいだは、毎週図書館で新しい棚を探索することにしよう。

一方でホルゲルは、取り扱う商品をタオルやホテルの石けんにも広げ、事業を拡大させていた。枕とタオルと石けんの仕事は、10代のころ、父イングマルから逃れたいと夢見ていたときに思い描いていたことではなかった。でも今はそれでやるしかなかった。

＊＊＊

１９９３年の初め、ホワイトハウスとクレムリンの双方に満ちたりた空気が広がっていた。アメリカとロシアはつい先だって、保有核兵器の相互監視に向けてさらに一歩踏み出したところだった。また、第二次戦略兵器削減条約が締結され、さらなる軍備縮小にも同意していた。

ジョージ・ブッシュもボリス・エリツィンも、世界はより安全な場所になったと思っていた。

ふたりとも、グネースタを訪れたことはなかった。

同じ年の夏、ある出来事により、3姉妹がスウェーデンで実入りのよい事業を続けられる可能性が狭まってしまった。すべては、セーデルテリエの美術商が、地元の市場で正真正銘本物の漢代のガチョウを見つけたことに始まった。彼はそれを12個すべて買い占め、ストックホルムのブコフスキに持っていった。ひとつにつき22万5000クローナの値を付けたものの、気づけば手錠をかけられて檻のなかに入れられていた。ブコフスキでは、過去5年ですでに5個の漢代のガチョウが売却されている。それ以外に12個も存在するとは到底信じられることではなかった。

この詐欺事件は新聞で報道され、記事を読んだノンベコはすぐに事の次第を姉妹に伝え、替え玉がいようがいまいが、ブコフスキには二度と近づかないよう言った。

「どうして?」いつでもどこでも危機察知能力に欠ける三女が言った。

ノンベコは、ここまで聞いても理解しない人には説明のしようがないので、わからなくていいから3人とも言うとおりにするよう言った。

このころには、3人はすでに冒険は十分楽しんだと思っていた。お金はたっぷり貯まったし、今後はアメリカ人陶芸家の言い値で商売をするだけなら、大して上積みされる見込みはないと思われた。

そこで3姉妹は、フォルクスワーゲンのバスにできあがったばかりの紀元前の陶器を260個積むと、ノンベコにお別れのハグをして、伯父さんのチェン・タオと骨董品店が待つスイスへと旅立っていった。車に積んだ陶器のうち、ガチョウは4万9000ドルで、馬は7万9000ドルで売るのだ。それ以外の大失敗作ゆえに希少価値ありとみなした数点については、16万ドルから30万ドルの値札をつけていた。一方でアメリカ人陶芸家は、再び市場を渡りあるく商売に戻り、自分が作った作品の模倣品を39クローナで売った。値段について妥協しなくてもよくなって、ほっとしていた。

　ノンベコは、さよならを言うときに、３姉妹がつけた値段はまちがいなく妥当だと思うと告げた。どれも古さと優美さを感じさせる作品ばかりなのだから――とくに美術品を見る目が養われていない目には。とはいえ、スイス人はスウェーデン人ほど騙《だま》されやすくない可能性もあるわけだから、くれぐれも証明書には念を入れるようにと、最後に言っておきたかった。

　長女はノンベコに、心配しなくてだいじょうぶ、と答えた。伯父さんにもほかの人と同じように弱点はあるが、偽物の真作証明書を作る技にかけては、だれにも負けない。たしかに、昔イギリスで４年ほど刑務所にいたことはある。ただその失敗は全面的に、ロンドンの不器用な男が、本物のくせにお粗末な真作証明書を作ったせいだった。そっちと比べたら、伯父の偽物の真作証明書はあまりによくできすぎていた。ちなみにその男は、ロンドン警視庁が真相を解明するまで、３ヶ月ものあいだ留置されていた。偽の証明書は、元の証明書とは似ても似つかないが、偽物ではないことがわかったのだ。

　この一件で、チェン・タオは学んだ。最近では自分の仕事も、完璧すぎないように念を入れてやっている。３姉妹が値段をつりあげるために漢代の馬の耳を片方壊すのと同じことだ。３人は、きっとうまくいくわ、と請け合った。

「イギリス？」ノンベコはなんかおかしい、と思った。もしや、イギリスとスイスがちがう国だということも理解していないとか？

　ううん、それはまた昔の話なの、と姉妹は言った。伯父は収監中、スイスの結婚詐欺師と同房で、その男は仕事ができすぎたせいで伯父の2倍の刑期を食らっていた。そのため、スイス人はしばらく身分証明書が必要ないので、伯父は証明書を借りることができた。ただひょっとしたら、借りる前に許可はもらっていないかもしれない。釈放の日、警察官が、伯父をリベリアに送還するため門の外で待っていた。収監前、伯父が最後にいたのがリベリアだったからだ。しかし、出所してきたその中国人はアフリカ人ではなくスイス人だということがわかった。そこで警察官は、彼を代わりにバーゼルへ送還した。いや、もしかしたらベルンに。それかボンに。ひょっとしたらベルリンに。とにかく、長女が前に言ったとおり、スイスにである。
「さよなら、大好きなノンベコ」3姉妹は、まだどうにか覚えていたコーサ語で別れを告げた。
「祝你好运《ツオノンホーイン》！」ノンベコはフォルクスワーゲンのバスに向かって言った。「元気でね！」

3姉妹が見えなくなるのを見送る数秒で、ノンベコは、不法滞在の中国人3人が、バーゼルとベルリンの区別もつかないまま、保険に入っていないフォルクスワーゲンのバスでヨーロッパを縦断し、警察に見つからずにスイスにたどり着き、入国して、伯父さんとばったり出くわす統計的確率を計算していた。

その後、ノンベコが姉妹と会うことはなかった。だから彼女は、3人が出発して早々に、目的の国に着くまではひたすらまっすぐヨーロッパを抜けていこうと決めていたとは、ついに知ることはなかった。姉妹は、まっすぐ進むのがもっぱら正しい道なのだと思っていた。至る所で見られる道案内板を、だれひとり理解できなかったからだ。ノンベコはまた、スウェーデンのナンバーでいかにも観光客風のアジア人が運転するフォルクスワーゲンのバスが、オーストリアとスイスを含む道中すべての国境検問所をさっさと通らされていたことも、ついに知ることはなかった。さらに3姉妹が、スイス到着後まっ先に最寄りの中華料理店に入り、店主にチェン・タオという人物を知らないかと尋ねたことも。店主はもちろん知らなかった。しかし彼は、弟のアパートにそういう名前の住人がいるかもしれないと言っている男を知っているだれかを、知っているかもしれないだれかを、知っていた。そして3姉妹は本当に、バーゼルの郊外で伯父さんを見つけた。感動の再会だった。

けれどももちろん、ノンベコがそのすべてを知ることはついになかった。

＊＊＊

フレード通りに残った住人は、まだ全員生きていた。ホルゲル2号とノンベコが互いを思う気持ちは、ますます強くなっていた。ノンベコは、ホルゲルといるだけで幸せな気持ちになった。ホルゲルも、ノンベコが口を開くたびに誇らしい気持ちでいっぱいになった。ノンベコは、ホルゲルが知るだれよりも賢かった。そしてだれよりも美しかった。

ふたりは倉庫の枕のなかで、自分たちの子供を持ちたいという壮大な希望をいっそう募らせていた。実際に子供ができたら、面倒なことになるのはわかっていた。それでもできないとなると、もどかしさと切望はどんどん大きくなった。まるで、すっかり行き詰まったこの人生の障害は、赤ん坊が取り除いてくれる、という気持ちになっていた。

それがさらに一歩進むと、今度は爆弾のせいにする気持ちが出てきた。とにかく、爆弾をどこかへやってしまいさえすれば、今この瞬間にも赤ん坊ができるんじゃないかと。頭では、爆弾と赤ん坊のあいだになんの関係もないことはわかっている。それでも、今では完全に感情が理性を上回っていた。たとえば最近は、週に一度は陶芸工場で愛を交わすようになっていた。新たな場所には新たな可能性があるかもしれない。ないかもしれないが。

ノンベコは、着ることのなくなった上着の縫い目に、今もダイヤモンドの原石を28個隠していた。数年前に売ろうとして失敗してからは、わざわざ売りあるいて自分や仲間を危険に巻きこみたくないと思っていた。けれども今、改めて売ってみようかと考えるようになっていた。もしホルゲルと自分に十分なお金があったら、攻めどころのない首相に近づく新たな可能性が見つかるかもしれないと思ったからだ。スウェーデンが絶望的なほど腐敗とは無縁の国なのがよくないのだ。さもなくば賄賂《わいろ》で首相に近づく道も開けただろうに。

ホルゲルは考えこみながらうなずいた。今の話の最後の案は、悪くないと思ったからだ。さっそく試してみることにした。穏健党の電話番号を探して電話をかけると、名前を名乗って党に２００万クローナの寄付を考えている、と言った。ただしその見返りとして、党首（兼首相）と一対一で面談したい。

党本部の人間は大いに関心を示した。もしホルゲル氏が、職業と身分と住所氏名を明らかにするなら、カール・ビルトとの面談を設定できなくもない。

「できれば匿名でお願いしたいのです」ホルゲルが食い下がると、どうしてもというならかまわないが、それでもビルトは党首であり、ましてや現在は国家政府の指導者でもあるので、一定程度の安全確保は必要である、という答えが返ってきた。

ホルゲル2号は急いで頭を働かせた。ホルゲル1号のふりをして、ブラッケバリの住所と、ブロンマのヘリコプター・タクシー社の名前を出してもいいだろうか？

「首相との面談は確実に設定していただけるのですよね？」ホルゲル2号は言った。返事は、確約はできないが最善を尽くす、というものだった。

「つまり、２００万クローナ寄付したとしても、もしかしたら首相に会えるかもしれない、という程度ということですね？」ホルゲルは言った。

「おおよそはそういうことになります。何とぞご理解ください」

いや、理解などするものか。たかだかアホ首相ひとりと話すだけで、なんでこんなにしちめんどくさいことになるのか。ホルゲル2号は苛《いら》立ちのあまり、金を騙しとるだけのつもりなら、よそを当たってくれと言った。そして、次の選挙では最悪の結果をお祈りすると言い捨てて電話を切った。

ホルゲルが電話をしているあいだ、ノンベコも考えていた。首相といえども、朝から晩までずっと首相官邸に閉じこもりきりというわけではないだろう。外に出て、外国の首脳や同僚といった人たちと会ったりすることもあるはずだ。それにときどきはテレビにも出ている。記者たちとも、左派から右派まで話をするはずだ。右派のほうをより好んではいるだろうが。

ホルゲルかノンベコが、外国の首脳に転身する可能性は、ほぼゼロといっていい。政府関係の仕事に就《つ》くのはまだ簡単そうだが、それでも十分難しい。まずは、2号が大学に入学申請を出すところから始めたらどうだろう。初めに何種類か試験を受けて通らなければいけないだけで、あとは、最終的に首相に近づくことさえできるなら、兄の名前で何を勉強してもよい。ノンベコの上着に隠した財産を売れば、枕を売る仕事を続ける必要もない。

ホルゲル2号は、ノンベコの提案をじっくり考えた。政治学者？　それとも経済学者？

大学で学ぶとしても、数年は必要だ。そしてその結果、何も得られないこともあり得る。だからといって何もしなければ、今の状態が永遠に続くだけだ。あるいは少なくとも、ホルゲル1号が自分にはヘリコプターの操縦を覚えるのは絶対に無理だと気づくまで。あるいは怒れるセレスティンが警察に逮捕されないことに痺《しび》れを切らすまで。もしそれまでに、例の神経をやられたアメリカ人が何か騒ぎを起こすことがなければ。

何よりも、ホルゲル2号にとって大学進学は常に憧れだった。ノンベコはホルゲルを抱きしめ、あたしたち、たとえ子供はできなくても、少なくとも人生設計らしきものはできたのよ、と伝えた。それは嬉しいことだった。

あとは、ダイヤモンドを売る安全な方法を見つけることだ。

＊＊＊

ノンベコは、ダイヤモンドを売る業者をどこにしたらいいかずっと悩んでいた。そんなとき、道を歩いていてその答えとばったり出くわした。グネースタの図書館の前の通りでのことだ。

男の本当の名前は、アントニオ・スアレスといった。１９７３年に、母国チリでクーデターが発生し、両親とスウェーデンに移り住んだ。しかし、周囲の知り合いでも、彼の名前を知る者はほとんどいなかった。単に「宝石屋」と呼ばれていたからだ。しかし実際は「宝石屋」でもなんでもなかった。かつてグネースタに1軒だけあった宝石屋の店員をしていただけだ。そして、その店の商品をそっくり、自分の弟に盗ませる手引きをした。

ご愛読ありがとうございます。今後の出版の資料とさせていただきますので、
お手数ですが、下記のアンケートにご協力くださいますようお願いいたします。

●書名

●この本を何でお知りになりましたか。
1．新聞広告（　　　　　　　　新聞）　2．雑誌広告（雑誌名　　　　　　　）
3．書評・紹介記事（　　　　　　　）　4．弊社の案内　5．書店にすすめられて
6．実物を見て　7．その他（　　　　　　　　　　　　　　　　　　）

●この本をお読みになってのご意見・ご感想、また、今後の小社の出版物についてのご希望などをお聞かせください。

●定期的に購読されている新聞・雑誌名をお聞かせください。
新聞（　　　　　　　　　　　　）　雑誌（　　　　　　　　　　　）

ありがとうございました

■注文書　小社刊行物のお求めは、なるべく最寄りの書店をご利用ください。小社に直接ご注文の場合は、本ハガキをご利用ください。宅配便にて代金引換えでお送りいたします。（送料実費）

お届け先の電話番号は必ずご記入ください。　自・勤 ☎

書名	冊
書名	冊
書名	冊
書名	冊
書名	冊

郵便はがき

料金受取人払

麹町局承認

6864

差出有効期限
平成29年3月
14日まで

1 0 2 8 7 9 0

1 0 8

（受取人）

千代田区富士見2-4-6

株式会社 西村書店

東京 出版編集部 行

お名前

ご職業

年齢 歳

ご住所 〒

お買い上げになったお店

区・市・町・村 書店

お買い求めの日 平成 年 月 日

ご記入いただいた個人情報は、注文品の発送、新刊等のご案内以外は使用いたしません。

盗みはうまくいった。しかし翌日、弟はひとりで浴びるほど祝いの酒を飲み、へべれけの状態で車を運転していたところを、パトロール中の警官にとめられた。スピード違反のうえ蛇行運転をしていたのだから見つかって当然だ。

ロマンチストなところのある弟は、まず女性警官の胸を賞賛するところから話を始めたが、たちまち鼻にパンチを食らった。それがいっそう彼の恋心に火を点けた。強気な女ほどそそられる。弟は、不機嫌な女性警官から息を吹きこむよう渡されたアルコール検知器を置くと、ポケットから20万クローナ相当のダイヤモンドの指輪を取り出し、プロポーズした。

色よい返事をもらえると思っていたのに、実際にもらったのは手錠と近くの留置場への無料送迎だけだった。その後、兄のほうも捕まって檻に入れられた。それでも容疑は全面否認を貫いた。

「これまでの人生で、この男とは一度も会ったことはありません」兄はカトリーネホルム地方裁判所の検事に言った。

「しかし、弟なのでしょう？」検事は言った。

「はい、でも会ったことはありません」

検事はひそかに証拠を用意していた。たとえば、兄弟がいっしょに写っている子供のころからの写真。グネースタの住民登録が同じ住所だという事実、ふたりの部屋のワードローブから盗品の大部分が見つかったという事実。ここまでですっかり旗色が悪くなったところへ、さらに兄弟の正直な両親の証言が決定打となった。

以来、男は宝石屋と呼ばれるようになり、ハル刑務所で弟と同じ懲役4年の刑に処された。出所後、弟はチリに帰ったが、兄の宝石屋はボリビアから輸入した安物の雑貨を売って生計を立てていた。予定では、貯金が１００万クローナになるまでは働いて、その後はタイで隠居生活を送るつもりだった。ノンベコのことは、あちこちの市場で見かけて知っていた。実際に知り合いになったわけではなく、いつしかすれ違いざまにどちらからともなく会釈をするようになったという程度だった。

　問題は、スウェーデンの市場の客が、プラスチックに銀メッキを施したボリビア産ハート型アクセサリーの価値を、真に理解しそうにはないことだった。２年間、身を粉にして働いた結果、宝石屋は抑うつ状態になり、すべてただのクソだと思うようになった（実際そのとおりである）。１００万クローナ貯金するはずが、やっと12万５０００クローナに届くかという程度。そしてそれ以上は増えそうにない。そこで、ある日曜日の午後、鬱々とした気分でスールヴァッラ競馬場へ出かけると、有り金全部を、７レースで勝ち馬を当てるＶ75馬券に投じた。その額は、週を通しての全レースで最大の賭け金となった。そうやってすっからかんの身となってフムレゴーデン公園のベンチに横たわり、死ぬつもりだった。

　ところがレースでは、彼が賭けた馬という馬がそれぞれ本来の実力を発揮した（いつもはないことだ）。全レース終わってみれば、ただひとり7レースとも正しい選択をした勝者の配当金は３６７０万クローナにものぼり、うち20万クローナが現金で支払われた。

　宝石屋は、フムレゴーデン公園のベンチで死ぬ計画は忘れることにして、ナイトクラブのカフェ・オペラに繰りだし、思いきり酒を飲んだ。

　これは予想だにしなかった成功だった。翌朝、スルッセンのヒルトン・ホテルのスイートルームで目覚めると、下着と靴下以外は何も着ていなかった。最初に思ったのは、パンツを履いているということは、昨晩は状況のわりにお楽しみはなかったようだ、とはいえ、そうとも言いきれない。何せ覚えていないのだから。

ルームサービスの朝食を頼み、スクランブルエッグを食べてシャンパンを飲みながら、宝石屋はこの先の人生に何を望むか考えた。タイで隠居生活を送る案は保留だ。それよりもスウェーデンに残り、本格的に自分のビジネスに投資をしてみようと思った。

宝石屋は、本物の「宝石屋」になったのである。

店舗の場所は、純然たる悪意からグネースタの宝石店の隣にした。かつて修行を積ませてもらい、あげく強盗に入った店だ。グネースタのような小さな町では、宝石店は1軒でも多すぎるくらいだ。半年も経たないうちに、元勤務先の店は潰れた。ちなみにその店は、ノンベコが以前ダイヤを持って訪ねた宝石店である。

そして、１９９４年5月のある日、宝石屋は仕事に行く途中、図書館の外で黒人の女性と出くわした。どっかで会ったことがある気がするが？

「宝石屋じゃない！」ノンベコが言った。「ひさしぶり。最近はどうしてるの？」

思い出した。あの妙なアメリカ人と、どうにも話の通じない中国人の娘っこたちといつもいっしょだった女じゃないか。

「ああ、まあまあだよ」宝石商は言った。「銀メッキのボリビア産ハート型アクセサリーはやめて、本物の宝石を扱うことにしたんだ。どうだい、今では俺がこの町の宝石屋だ」

ノンベコは、こんなことが本当にあるのだろうかという気持ちだった。突然、しかも妙な偶然で、スウェーデンの宝石業界にコネができたのだ。しかもよりにもよって、相手は柔軟なモラルの持ち主だ。いや、おそらくはそもそもそんなもの持ってすらいない。

「すごいじゃない」ノンベコは言った。「つまり今は、本物の宝石屋さんってわけね。あたし、ちょっとした取引をしたいんだけど、興味あるかしら。今、手元にたまたまダイヤモンドの原石があるの。それをお金に換えられたら、嬉しいんだけど」

　宝石屋は、神というのはまったく理解に苦しむ存在だと思った。自分は常に神に祈り続けていた。それなのに報いられることはほとんどなかった。そして、あの不幸な強盗事件が起きた。あの件は、自分が天に召されるときには、まちがいなく不利に働くはずだ。そのかわりに今、主はこの膝に直接財宝をもたらそうとしている。

「ダイヤモンドの原石か……かなり興味があるな。ミス……ノンベコ、だったかな?」

　それまでのところ、宝石屋の経営はまったく思い描いていたようにはいっていなかった。しかし、これでようやく、副業に自分の店に盗みに入る計画も立てられようというものだ。

　３ヶ月後、ノンベコの28個のダイヤモンドはすべて取引され、買い取られた。代金として、ノンベコとホルゲル２号はバックパックいっぱいの現金を手に入れた。１９６０万クローナ。ここまで慎重にならなかった場合と比べれば、おそらく15パーセントは低い金額だ。けれども、ホルゲル２号が言うように「そうはいったって、１９６０万クローナだ」。

　ホルゲルは、この秋の大学入学のための試験に出願をすませていた。空には太陽が輝き、鳥たちは楽しげにさえずっていた。

第4部

人生は、中身がむなしくさえなければ、
簡単でなくてもかまわない。

——リーゼ・マイトナー
（1878～1968年。オーストリアの物理学者）

14　招かれざる客と突然の死

１９９４年の春、南アフリカは自国で核を製造してその後廃棄した、世界最初の、そして現在に至るまで唯一の国となった。少数派の白人から黒人へ権力を譲渡するのは強制されて行うのに対し、核プログラムの廃棄はそれより先に、しかも自らすすんで決定したのである。廃棄の工程は、国際原子力機関《ＩＡＥＡ》の監視のもと、数年をかけて進められた。全工程が公式に終了すると、ＩＡＥＡは南アフリカの６基の核兵器はもはやこの世に存在しないと宣言した。

しかし、初めから存在していないはずの７基めの爆弾は、あいかわらず存在していた。しかも、その７基めは今、新たな動きを見せようとしていた。

始まりは、怒れるガールフレンドがいつまでたっても警察に捕まらずにうんざりしてしまったことだった。あいつら、何を考えてるのさ？　彼女は制限速度を破ったり、はみ出し禁止車線をはみ出したり、通りを渡るおばあさんにクラクションを鳴らしたりしてきた。それなのに、彼女に関心を寄せる警察官はひとりたりとも現れなかった。この国には何千人という警察官がいて、全員が地獄へ落ちるべきだというのに、セレスティンにはそれをやつらに知らせてやる機会がいっこうに訪れないのである。

「水に流して」を歌うアイデアはいまだに気に入っていたので、仕事は続けていた。しかし、ある朝目覚めて、自身が体制の一部になっていると気づくことになるより前に、何かが起きなければならなかった。数日前、ホルゲル2号に言われたことを考えてみる。本物のトラック運転免許を取るべきだという話。そんなことをしたら、すべてが台無しだ！

セレスティンは苛《いら》立ちのあまり、ブロンマまでホルゲル1号に会いに行くと、自分たちの痕跡を残さねばならない、それも今すぐ、と言った。

「痕跡？」ホルゲル1号は言った。

「そう、やつらに思い知らせてやるの」

「ふーん、どういうことを？」

怒れるガールフレンドも、何をどうとまでは言えなかった。そこで近くの店に行って、ダーゲンス・ニーへーテル紙を1部買ってきた。権力の手先でいることしか存在意義がないブルジョア主義のクズ新聞だ。ふん、くたばっちまえ！

紙面をめくり、さらにめくっていった。見れば見るほど、日ごろ抱えている怒りをさらにかきたてるような話ばかりだったが、17ページの短い記事はついにセレスティンを爆発させた。

「これ見て！　絶対に許しておくもんか！」

記事には、最近設立された政党のスウェーデン民主党が、翌日ストックホルムのセルゲル広場で集会をすると書かれていた。同党は、3年ほど前のスウェーデン議会選挙で0・09パーセントの票を集めたが、セレスティンに言わせれば、そんなに取りやがってムカつくということなのだった。あいつらは隠れ人種差別主義者で、元ナチスの連中に率いられている。それに、アホみたいに王室大好きなんだ！

怒れるセレスティンは、スウェーデン民主党の集会に何より必要なのは、集会反対集会だと考えた。王や王妃に対する党の見解には、ホルゲル1号の怒りも燃えあがった。死後何年もの年月を経て、父イングマルの精神が世論に影響を与えられるとしたら、すばらしいじゃないか。

「明日は、うまい具合に仕事が休みだ」ホルゲルは言った。「よし、グネースタの家に帰って、準備にかかろう」


ノンベコは、ホルゲル1号と怒れるガールフレンドがプラカードを作っているのを見つけた。明日のデモに使うのだという。プラカードには、「スウェーデン民主党はスウェーデンから出ていけ」「グッバイ君主制」「王は月に送ってしまえ」「スウェーデン民主党はただのバカ」の文字が並んでいた。ノンベコも民主党については何かで読んだことがあるので、言いたいことはわかるとうなずいた。元ナチスという過去は、もちろん政治家としてのキャリアで障害にはならない。20世紀後半に南アフリカで首相の座についた政治家のほぼ全員が、まさにその経歴の持ち主だったからだ。スウェーデン民主党は、たしかに前回の議会選挙でわずか０・１パーセントしか票を獲得しなかった。しかし彼らの話術の根底にあるのは恐怖であり、ノンベコは恐怖には明るい未来があると信じていた。過去、常にそうだったからだ。

なので、「スウェーデン民主党はただのバカ」には、１００パーセントは同意できなかった。むしろナチスの名前を前面に出すのをやめたのだから、彼らにしては利口なくらいだ。

怒れるガールフレンドは、ノンベコの話を聞いて、ノンベコこそナチスじゃないのかという演説を始めた。

ノンベコはプラカードを作るふたりをおいて、ホルゲル2号のもとへ行き、困ったことになるかもしれないと言った。問題児とそのガールフレンドが、ストックホルムに騒ぎを起こしに行こうとしている。

「ああ、なんてことだ。永遠に終わらない平和はないのか」ホルゲル2号は言った。この後にさらなる悲劇が待ち受けているとは、そのときにはまだ、わかっていなかった。

＊＊＊

スウェーデン民主党の街頭集会でメインスピーカーを務めたのは、党首その人だった。手製の演壇に立ち、マイクを手に、スウェーデンの価値とその価値に対する脅威について話していた。何より強く訴えていたのが、移民受け入れ停止と１９１０年11月以降スウェーデンでは実施されていない死刑制度の再導入だった。

党首の前には、主張に共感するおよそ50人ほどの聴衆が立って、拍手喝采を送っていた。怒れるセレスティンと彼女のボーイフレンドは、彼らの背後で待機していた。プラカードにはまだ覆いをかけたままだ。行動を起こすのは、こちらの声がマイクにかき消されないよう、党首が演説を終えた直後を狙うつもりだった。

演説が続くうち、セレスティンはどれほど怒りに燃えていようが、トイレは必要になるものなのだとわかってきた。彼女はホルゲルに、ちょっと広場の隣の文化会館のビルに行かなくてはいけなくなったが、すぐに戻ると耳打ちした。

「そしたら、やつらにぎゃふんと言わせてやろう」彼女はそう言って、ホルゲルの頬にキスをした。

運が悪いことに、党首はその後すぐに演説を終え、聴衆はあちこちに散らばりはじめた。ホルゲル1号はひとりでも行動を起こさねばいけないと思い、覆いの紙を破って「スウェーデン民主党はただのバカ」のプラカードを掲げた。ホルゲル1号の好みとしては、本当は「王は月に送ってしまえ」がよかったのだが、ひとまずはこれでやるしかない。それに、このスローガンはセレスティンのお気に入りでもあった。

プラカードは、掲げて数秒でスウェーデン民主党の党員ふたりの目にとまった。ふたりはその言葉に腹を立てた。

党員は、ふたりとも長期障害休業手当の受給者だったにもかかわらず、すごい勢いでホルゲル1号に走りより、プラカードを取りあげて叩き壊そうとした。うまくいかないとわかると、ひとりがプラカードにかじりつき、そこに書かれたスローガンがある程度は真実であることを証明するかたちになった。

しかし、歯が立たないとなると、もうひとりがプラカードが真っ二つに割れるまで、ホルゲルの頭に叩きつけた。それを果たすと、今度は黒いブーツを履いた足で、いやというほどホルゲルを踏みつけた。ホルゲルは地面に倒れこんだままながら、男たちに向かって弱々しく「ヴィヴ《共和》・ラ《制》・レピュブリーキ《ばんざい》」と言うだけの気概を見せた。党員たちは、それを聞くや再び怒りを爆発させた。なんと言ったかはわからなかったが、何かを言った以上は、新たに制裁を加えないわけにいかなかった。

　彼らは第二次襲撃を終了させると、ぼろぼろになったくず野郎を片付けることにした。ホルゲルの髪と片腕をつかんで広場から地下鉄の駅まで引きずっていくと、回転式改札口のゲート前の床に放り投げ、第三次襲撃を開始した。さっきよりさらにひどく蹴りつけ、すでに動けなくなっているホルゲルに向かって、地下の乗り場まで這いずって行きやがれ、二度と汚いツラで地上にあがってくるんじゃないぞ、とすごんだ。

「ヴィヴ・ラ・レピュブリーキ」ホルゲルは打ちのめされながらも勇敢に繰り返した。男たちは「クソ外人めが！」とぶつくさ言いながら歩き去った。

　ホルゲルはそのまましばらく倒れていたが、やがてテレビ局の記者に助け起こされた。記者はカメラマンといっしょに、少数派ながら上り調子の極右政党を取材するため、スウェーデン・テレビから来ていた。

　記者はホルゲルに名前と代表を務める組織名を尋ねた。完全に叩きのめされ錯乱した犠牲者は、自分はブラッケバリから来たホルゲル・クヴィストだと名乗り、この国で君主制の支配に苦しむすべての市民を代表していると言った。

「つまりあなたは、共和主義者ということですか」記者が言った。

「ヴィヴ・ラ・レピュブリーキ」ホルゲルは、この４分間で３度めとなる言葉を口にした。

　怒れるガールフレンドが用を足して文化会館から広場に戻ったら、ホルゲルはいなくなっていた。姿を探しながら人の波に乗っていくと、地下鉄乗り場に入ったところで、ようやく見つけることができた。人混みをかきわけ、記者を押しのけて、ボーイフレンドを地下世界へと抱えていくと、グネースタ行きの快速列車に乗りこんだ。

本来ならば、話はこれで終わるはずだった。しかし、カメラマンが撮影した映像には、ホルゲルに対する襲撃の一部始終が収められていた。もちろん、民主党員が看板をかじって失敗に終わったところも含む最初の襲撃から始まって、痛めつけられたホルゲルが地面に倒れこみながらも、元気な障害手当て受給者の民主党員ふたりに向かって「ヴィヴ……ラ……レピュブリーキ」としぼり出すように言うアップ画像に至るまで、すべてである。

映像は編集され、襲撃場面32秒に短いインタビューを加えて、その夜のニュース番組「レポート」で放送された。32秒の映像はそのドラマ性の高さから、ニュース放送後26時間で33ヶ国に放映権が売れた。ホルゲル1号がぶちのめされる姿は、あっという間に世界じゅうで10億人以上の人の目に触れることになった。

＊＊＊

翌朝、ホルゲルは体じゅうが痛くて目が覚めた。それでも、骨が折れているわけではなさそうだったので、仕事には行くことにした。その朝は3機のヘリのうち2機が任務に就いていて、事務処理仕事がたくさんあったからだ。

職場には、10分遅刻して到着した。するとすぐに、パイロットのひとりでもある上司から、帰宅するよう言われた。

「昨日の夜、テレビで見たぞ。あんなにひどくやられた後なら、立つのもたいへんなくらいだろう。

いいから帰って休め。ほらほら、休暇だ！」上司はそう言うと、ロビンソンR44の1機に乗り込み、カールスタードに向けて飛び立った。

「バカ野郎、そのツラじゃあ見ているほうがびびっちまうよ」ほかのパイロットも言うと、もう1機のロビンソンR44に乗り込み、ヨーテボリに向けて飛び立った。

ホルゲルはただひとり、パイロットのいないシコルスキーS‐76とともに残された。

家に帰る気力がなかった。そこで足を引きずってキッチンへ行き、コーヒーを入れるとデスクに戻った。どう感じるべきか、自分でもわからずにいた。たしかに彼はこっぴどくやられた。その一方で、「レポート」の映像はたいへんな反響を呼んでいた。これをきっかけに、ヨーロッパ中に共和主義運動が広まるかもしれない！

ホルゲルは、まともな仕事をしている放送局のほぼすべてが、自分が殴られる映像を放送したのを知っていた。僕は身を挺《てい》して番組を盛りあげたんだ。ホルゲルの胸は誇らしさで膨らんだ。

そこへ男がひとり、事務所に入ってきた。なんの挨拶もなしに。

客はホルゲルをじっと見た。ホルゲルはただちに、この状況にも男にも近寄ってはいけないと感じた。しかし、男をよけてここから逃げる手はないし、何より、男の目に並々ならぬ強い決意が見えて、席から動くことができなかった。

「ご用件はなんでしょうか」ホルゲルはこわごわ尋ねた。

「自己紹介をさせてもらおう」男が英語で言った。「俺の名前がなんだろうと、おまえの知ったことではない。俺はある諜報機関から来ているが、それがどこかもおまえとはなんの関係もない。人に自分の物を盗まれたら、俺は怒る。それが原子爆弾なら、なおのこと怒る。さらに言うなら、その怒りがもう長いこと積み重なっている。要するに今俺は、はらわたが煮えくり返っている」

ホルゲルは、状況がわからず戸惑っていた。こういう感情にはなじみがないわけではなかった。しかしだからといって、それを心地よく感じるわけでもない。目に（声にも）決意をみなぎらせた男は、ブリーフケースから2枚の拡大写真を取りだすと、ホルゲルのデスクに置いた。1枚には、ホルゲル2号がどこかの荷置き場にいるところがはっきりと写っていた。もう1枚には、2号とひとりの男がフォークリフトを使って大きな木箱をトラックに積みこんでいるところが写っていた。あの木箱だ。写真の日付は、１９８７年11月17日。

「それはおまえだ」諜報員がホルゲルの弟を指しながら言った。「そして、これは俺のだ」木箱を指した。

＊＊＊

モサド諜報員Aは、7年間、消えた爆弾のことで苦しみ続けた。その年月は、必ずありかを突きとめるという強い決意を持って過ごしてきた。彼は、ふたつのルートを並行して捜査するところから始めた。ひとつはまず泥棒を見つけだす。泥棒と盗品が同じ場所にいれば、これぞ願ったり叶ったりだ。もうひとつは地下情報に耳を澄ます。西ヨーロッパか世界のどこかで、爆弾が売りに出されないか注意深く情報を集めるのだ。泥棒経由で爆弾にたどりつけなくても、盗品売買人を通して見つけだせる可能性がある。

まずは、ヨハネスブルクからストックホルムに飛んで、イスラエル大使館の監視カメラのテープを片っぱしからチェックした。門のカメラの記録で、ノンベコが守衛の前で受け取りの署名をしている姿があっさり確認できた。

もしかして、本当にただの手違いだってことがあるだろうか？　いや、ならばなぜわざわざ大使館にトラックでやってきたのか？　レイヨウの肉10キロなら、自転車のかごで十分だ。それにただの間違いなら、違っていると気づいた時点で引き返してくるだろう。弁護をするわけではないが、映像からはトラックの荷台に木箱が移されたその場に、ノンベコはいなかったとわかっている。そのときはまだ、守衛と角を曲がったところにいて、書類に署名をしていた。

いや、間違いということはあり得ない。モサド諜報員Aは、過去いくつもの勲章を受けてきた。その職業人生において、これで2度、まんまとしてやられたのだ。掃除婦風情に。しかも同じ掃除婦に、一度ならず二度も。

しかし、諜報員Aは忍耐強い男である。いつの日か、遅かれ早かれ、かならず再会の日は訪れると信じていた。

「親愛なるノンベコ・マイェーキよ、そのときには、自分が別の人間で別の場所にいればよかったと思うことだろうよ」

大使館のカメラは、爆弾泥棒に使用された赤いトラックのナンバーもとらえていた。荷置き場の別のカメラには、ノンベコに手を貸した彼女と同年代の白人男の姿も鮮明に写っていた。諜報員Aは画像をプリントアウトし、何種類かコピーを作った。

それからの動きは速かった。その後の調査で、ノンベコ・マイェーキは、大使館から爆弾を持ち去ったのと同じ日にウップランド地方ヴェスビの難民キャンプから逃亡したことが明らかになった。その日以来、彼女は行方不明のままだ。
トラックのナンバーからは、アリンスオースのアンネス・サールモンソンという人物が浮かびあがった。しかし、車は色こそ赤だったが、車種はトラックではなくフィアット・リトモだとわかった。つまり盗難ナンバーだったということだ。まったくあの掃除婦は、やることなすことすべてプロ並みである。

初期捜査で諜報員Aがほかにできることといえば、トラック運転手の写真を国際刑事警察機構《インターポール》に照会することくらいだった。しかしここでも、なんの手掛かりも得られなかった。いかなる違法武器取引グループにも当てはまるメンバーはいないとわかっただけだった。にもかかわらず、男は爆弾を持ち去ったのだ。

諜報員Aは、ここで論理的ではあるが誤った結論を出してしまった。自分を騙《だま》したのは、あらゆる面で自分の仕事を知りつくしている女であり、爆弾はすでにスウェーデン領域を出ている。よってこの先の捜査は、国際的に怪しい動きをしらみ潰しに当たっていくべきだ、と。

ところがその後の数年で、件《くだん》の南アフリカの爆弾以外にも野放しの核兵器が出てきたために、諜報員Aの仕事は困難を極めた。ソビエト連邦の崩壊も重なって、爆弾がぽんぽん姿を現しだしたのだ――想像上のもの、現実のもの両方だ。機密報告書は、１９９１年という早期の段階にアゼルバイジャンで核兵器が行方不明になった件に言及している。窃盗団は、盗みだせる2種類のミサイルのうち、軽いほうを選んだ。彼らが盗みだしたのが砲弾だけに終わったのは、ただそれだけが理由だった。同時にこのことによって、核兵器泥棒は、一般人を上回る頭脳を持つ必要がないことも明らかになった。

１９９２年、諜報員Aは、元ソビエト陸軍大佐のウズベキスタン人、シャフカト・アブドジャパロフの足跡を追っていた。元大佐は妻子をタシケントに残して行方をくらまし、3ヶ月後に上海に現れて、1500万ドルで爆弾を売ると表明していた。その価格は、爆弾がそれ相応の被害をもたらすことを示唆していたが、諜報員Aが現地に到着しないうちに、アブドジャパロフ元大佐は首にドライバーが刺さった状態で、港の係船ドックに浮かんでいるところを発見された。爆弾のほうは見つからず、結局いまだ行方不明のままだ。

1994年から、諜報員Aは、望んだわけではなく本国のテルアビブの配属になった。栄転といえなくもなかったが、もし南アフリカでの爆弾の一件がなければ、より高い役職につけていたはずだった。諜報員はけっしてあきらめなかった。本拠地からも、さまざまな足跡を追い続け、頭のなかには常にノンベコと正体不明のトラック運転手の男の映像があった。

そしてそれは、突然訪れた。アムステルダムで短期のおもしろくもない任務についていた昨晩のことだ。7年の年月を経て！　テレビのニュース映像で！　映像はストックホルムの広場で起こった政治集会中の騒動の様子を映しだしていた。外国人排斥を唱えるスウェーデン民主党の党員が、集会に反対する男を追いたてていた。地下鉄の駅まで引きずっていくと、ブーツを履いた足で蹴りつける。そして、そのとき！　被害者の男の顔がアップになった。

あいつだ！

赤いトラックの男！

ニュースによると、男の名前はホルゲル・クヴィスト。住所はスウェーデンのブラッケバリだった。

＊＊＊

「あのう、すみません」ホルゲル1号は言った。「その爆弾っていうのは、いったいなんの話ですか」

「昨日あれだけやられたのに、まだ殴られたいか」諜報員Aが言った。「コーヒーが欲しければ今すぐ飲んでおけ。5秒後にはおまえと俺とでノンベコ・マイェーキに会いに出発するからな。あいつがどこにいようが」

ホルゲル1号は、ただでさえ痛む頭がさらに痛くなるほど、必死で考えた。テーブルの向かいにいるこの男は、どこか別の国の諜報機関で働いているということか。そしてこいつは、2号と僕をまちがえている。そしてノンベコを探している。ノンベコが男から盗んだのは……原子爆弾。

「あの木箱！」ホルゲル1号が唐突に言った。

「そうだ、どこにある？」諜報員Aが言った。「爆弾が入った木箱はどこかって聞いてるんだ！」

ホルゲル1号は、ようやく事の真相を知った。この7年のあいだずっと、フレード通りのあの倉庫には、自分が知らないだけであらゆる革命家の夢が眠っていた。王を退位させられるおそらくは唯一の手段が、7年間、実は手の届くところにあったのだ。

「地獄の火で焼いてやる」ホルゲル1号は、この切迫した事態に思わず英語でつぶやいた。

「なんだと？」諜報員Aが言った。

「あ、いえ、あなたのことじゃないですよ」1号は謝った。「ミス・ノンベコです」

「賛成だね」諜報員は言った。「だが、おまえが本当にそれをやると信じるつもりはない。だから今すぐ、俺をあいつのところへ連れて行けと言っている。あの女はどこだ？　答えろ！」

諜報員Aの断固とした声から、本気なのだとわかった。そのうえ、今では手に拳銃まで握っている。

ホルゲルは、子供のころのことを思い出さずにいられなかった。父親の闘争について。自分自身がどのようにその一部となっていったかについて。それに父の遺志を継げなかった自分について。
そして今日、解決策はずっとすぐそこにあったのだと知った。

ホルゲル1号の心を苦しめていたのは、目の前でどこぞの諜報機関から来た諜報員に、ノンベコと木箱のところに連れて行かないと撃つぞと脅されていることではなかった。それよりも、弟の南アフリカ人のガールフレンドにずっと騙されていたことのほうが辛かった。そして今ではもう、すべて手遅れだ。この7年のあいだ、父が生涯を懸けた使命を果たす機会が日常的にあったのに。ただ、知らなかっただけで。

「俺の質問が聞こえなかったか？」諜報員が言った。「膝に弾をぶちこんでやれば、少しは聞こえがよくなるか？」

眉間ではなく膝なのか。今しばらくは、この自分もまだ使えるということだ。だが、その後はどうなる？　拳銃を持ったこの諜報員をフレード通りに連れて行ったら、重さ1トンはありそうな木箱を小脇に抱えて、それじゃごきげんようとただ去っていく？

いや、そんなわけはない。それどころか、男はきっとビルの住人を皆殺しにする。ただし、赤いトラックのコンテナに爆弾を積みこむのを手伝わせてから。

こいつは僕たちを皆殺しにする。そうさせないためには、たった今思いついたことをやるしかない。自分にできることはただひとつ。これは、弟とセレスティンを守るための闘いだ。

「諜報員さん、ノンベコのところへ案内しますよ」ホルゲル1号は心を決めた。「ただし、ヘリコプターで行かなくちゃいけません。あの女は今、爆弾を持って逃げようとしています」

さも緊急事態だといわんばかりのこの嘘は、ただの口から出まかせだった。もしかしたら、これぞアイデアということもできるかもしれない。もしそうなら、人生で初めてのことだな、とホルゲルは思った。そして最後だ。今やっと、自分はこの命を捧げて、意義のあることをやるのだから。

ホルゲル1号は、死ぬつもりだった。

課報員Aは、掃除婦とその仲間に、人生で3度も騙されるつもりはさらさらなかった。今度の罠はなんだ？

ノンベコは、ホルゲル・クヴィストがテレビに出たせいで危険が迫っていると気づいたのか？　それで逃げだす準備を始めた？　課報員は、漢代のガチョウとがらくたを見分けることも、ダイヤモンドの原石と安物のガラスを見分けることもできた。そしてほかにも多くのことができる。けれどもヘリの操縦はできなかった。パイロット、つまり目の前のこの男を頼るしかない。だったら操縦席には、ふたりの人間が乗り込むまでだ。ひとりが握るのは操縦桿、もうひとりが握るのは拳銃だ。

課報員Aはヘリで行くことを決めた。ただし万が一に備え、前もって課報員Bには知らせておくことにした。

「掃除婦がいる場所の正確な位置情報を教えろ」課報員が言った。

「掃除婦？」ホルゲル1号は言った。

「ミス・ノンベコだよ」

ホルゲル1号は言われたとおりに教えた。オフィスのコンピューターと地図作成ソフトを使えば、ほんの数秒の作業だ。

「よし。俺が外界にメッセージを送信しているあいだ、座ってろ。すんだら出発だ」

諜報員Aは、進化した携帯電話のような新型の機械を持っていた。それを使って、今どこにだれといて、これからどこへ行くかとその理由についての最新情報を暗号化し、同僚の諜報員Bに送信した。

「出発だ」通信を終わらせ、諜報員が言った。

ホルゲル1号は、ブロンマのヘリコプター・タクシー社に勤務していたこの数年で、同僚のパイロットについて最低でも合計90時間はヘリの操縦を練習してきた。しかし、ひとりで運転するのはこれが初めてだ。自分の人生がすでに終わったことはわかっている。諜報員が掃除婦と呼んでいたノンベコのやつなら、喜んで巻き添えにしてやる。でも、弟と愛するセレスティンは助けなければならない。

非管制空域に入ると、ホルゲル1号は速度120ノットで一気に高度2000フィートに機体を上昇させた。この先は20分もかからない予定だ。

ヘリがグネースタのほぼ上空まで来ても、ホルゲル1号は着陸準備に入らなかった。代わりに、自動操縦に切り替えて進路を東に向け、高度は2000フィート、速度120ノットに設定した。そして慣れた手つきでシートベルトを外し、ヘッドフォンを取ると、操縦室の後部座席に移動した。

「何をしている?」諜報員が言ったが、ホルゲルは答えようとしなかった。

ホルゲル1号が後部ドアのロックを解除して開いたときも、諜報員は前の座席に座ったままだった。振り向いて1号が何をしているか見ようにも、4点式シートベルトを外さないと身動きができないからだ。しかし、どうやったら外せるんだ? ややこしいうえに時間がない。とにかくやってみた。体をねじると、ベルトはますますきつくなった。仕方なく諜報員はホルゲルにすごんでみせた。

「飛び降りたら撃つぞ！」

ホルゲル1号は、ふだんけっして頭の回転が速いほうではなかった。それが今日は、自分でも驚いたことに、すぐにこう答えることができた。

「じゃあ僕は、地面に落ちる前に撃たれて死ぬってことか。諜報員さん、それで何かこの状況がよくなるとでも？」

諜報員Aは怒りに打ち震えた。上空でたったひとり、操縦もできないヘリコプターに取り残されそうになっている。自分の命を引き換えに取引しようというパイロットに言い負かされて。人生で2度めとなる悪態をつきそうになった。ベルトに締めつけられた体をどうにか少しだけひねって、銃を右手から左手に持ちかえようとした――が、落としてしまった！

拳銃は、後部座席の下の床に落ち、ホルゲルに向かってすべっていった。風を受けながら今にも飛び降りようと立っていた足もとへと。

ホルゲル1号は拳銃を驚いたように拾いあげると、内ポケットにしまいこんだ。それから諜報員に、がんばってS-76ヘリコプターの操縦法を覚えてください、と言った。

「事務所に取扱説明書を置いてきてしまって、運が悪かったなあ」

それ以上言うことはなかった。ホルゲル1号は飛び降りた。ほんの一瞬、心に平穏が訪れた。ほんの一瞬だけ。

そして気がついた。飛び降りる前に、諜報員に拳銃を向けてもよかったのだ。

「またか」ホルゲル1号は自分自身の人生を振り返って思った。「僕らしいな。考え違いばかりで、しかもいつもちょっとのろいんだ」

ホルゲルの体は、上空６００メートルから石のように硬い母なる大地へと向かって、時速２４０キロまで加速しながら降下していった。

「さようなら、残酷な世界。父さん、もうすぐそっちに行くよ」ホルゲル1号は、強烈な風の音に自分の声もよく聞きとれないまま言った。

諜報員Ａは、自動操縦がセットされたヘリコプターにひとり残された。向かうのは直進方向にあるバルト海。速度は１２０ノットだ。自動操縦の解除の仕方もわからないし、よしんば解除できたところでそれからどうすればいいかもわからない。燃料の残りは80海里分で、エストニア国境まではあと１６０海里ある。そしてそのあいだには海が広がっている。

諜報員Ａは、目の前にごちゃごちゃ並ぶボタンやライトや機器を見た。そして振り向いた。スライドドアはまだ開いたままだ。ヘリコプターを操縦する人間はいない。あのバカは、拳銃をポケットに入れて飛び降りてしまった。眼下から地面が消え、水面が見えてきた。そしてさらに続く水。

諜報員Ａは、これまでの職業人生で数々の窮地をくぐりぬけてきた。常に冷静でいる訓練も受けている。だから今も、この状況を時間をかけて分析的に検証した。そしてひとり、つぶやいた。

「ママ」

＊＊＊

グネースタ市のフレード通り5番地の廃墟ビルは、およそ20年廃墟ビルとしてやってきたが、ここにきて現実がその名に追いつこうとしていた。始まりは、市の環境課の女課長が犬の散歩をしていた数ヶ月前にさかのぼる。彼女は同居していたパートナーを前の晩に追い出したばかりで、むしゃくしゃしていた。当然、追い出すなりの理由もあった。飼い犬が野良のメス犬を追いかけて逃げだしたせいで、気分はいよいよ最悪になった。男なんて、２本足だろうが４本足だろうが、結局同じなのだ。

　そのせいで彼女は、その朝の散歩でかなり遠回りをする羽目になった。興奮した飼い犬を捕まえようとしたところで、課長はフレード通り５番地の廃墟ビルにだれか住んでいるらしいことに気がついた。数年前に、レストランを開いたと広告を出していたのと同じビルだ。

　もしや自分は騙されたのだろうか？　彼女は何より嫌いなものがふたつあった。ひとつは、別れたばかりの男、もうひとつはだれかに騙されること。別れた男に騙されるというダブルパンチはもちろん最悪だ。しかし、これも十分に腹の立つ話だった。

　そこは、１９９２年にグネースタがニーショーピング市から独立して市制を敷いたときに、工業用地として確保していた地区だった。市はそこで何かしらの事業をする計画でいたが、ほかの件が優先されてそのままになっていた。だからといって、人が好きに住んでいいということにはならない。そのうえ、通りの反対側の古い陶芸工場でも、許可を得ずに何か商売をしているようだった。そうでなければ、ドアの外のゴミ箱にあんなに陶芸用粘土の空き袋が捨ててあるわけがない。

　環境課の課長は、許可を得ずに商売をするということは、無政府状態《アナーキー》の一歩手前と考える類の人間だった。

　ひとまずその苛立ちを犬にぶつけたあと家に帰ると、肉片をキッチンのボウルに入れてから、犬のアキレスに行ってきますと言った。性的欲求を満たしたアキレスは、人間の男同様すっかり眠りほうけていた。飼い主は、同僚たちとフレード通りの西部劇ごっこを阻止すべく、職場へ向かった。

数ヶ月後、行政機関という名の粉砕機がこの問題のすり潰しをすませ、例の物件の所有者であるホルゲル&ホルゲル社に対し、フレード通り5番地の建物は関連法の第2条15節に基づき差押、退去、取壊しの対象に決定された旨、通知を出した。自治体側の義務は、この件を官報で公告したことで果たされた。しかし、住民への配慮を装うため、盛りのついた犬を飼う環境課女課長は、その建物に居住している可能性のある人宛てに手紙を出すことにした。

手紙が到着したのは、１９９４年8月18日木曜日の朝だった。関連法規の条文をいくつも引用し、もし居住者がいる場合は、全員遅くとも12月１日までに該当物件を退去するように書かれていた。

その手紙を最初に読んだのは、怒れるセレスティンだった。その日の朝、彼女は青あざだらけのボーイフレンドを見送ったばかりだった。前日あれだけひどく叩きのめされたというのに、どうしてもブロンマに仕事に行くといってきかなかったのだ。

セレスティンは怒りを再燃させ、ノンベコのもとへ走ると、いまわしい手紙をふりかざして言った。冷酷無比な権力が、平凡で正直な市民を路上に放りだすってよ！

「そうね、でもあたしたち、そんなに平凡でもなければ、正直でもないわよ」ノンベコは言った。「そんなところにつっ立って、つまんないことにいちいち腹を立ててるより、あたしとホルゲルといっしょに、倉庫のくつろぎスペースで、お茶でも飲まない？　政治的理由でコーヒーがいいなら、それでもいいわよ。落ち着いてゆっくり相談すれば、どうにかなるから」

落ち着いて、ゆっくりだって？　とうとう――とうとうだ――、抗議の声をあげるチャンスが来たっていうのに？　ノンベコとホルゲルは、あのヘボいくつろぎスペースとやらで、まずいお茶でも飲んでればいい。でもあたしは、抗議する！　目にもの見せてやる！

怒れるセレスティンは、市からの手紙をぐしゃぐしゃっと丸めると、それから、怒りに任せて（それ以外に何がある？）中庭に出た。ホルゲルとホルゲルの赤いトラックから盗んだナンバープレートをはがし、運転席に乗りこむとエンジンをかけた。そのままバックさせて、表の通りに面し、中庭に通じる倉庫の入り口を塞いだ。トラックを停めるとハンドブレーキを思い切り引いて、窓から這いだし、鍵は井戸に捨てた。それから、タイヤを4つとも念入りに切り裂いて、トラックが今ある場所から動かないようにした。これでもう、出入りしようにもできなくなった。

社会に対する戦闘の準備を終えると、セレスティンはナンバープレートを抱えて、ノンベコとホルゲルのところへ向かった。そのくつろぎスペースとやらでお茶（コーヒーでもいいが）なんか飲んでる場合じゃない、これからこのビルを占拠してやるんだから、と言うつもりだった。結集するならひとりでも多いほうがいいと、陶芸家も引きつれていくことにした。愛するホルゲルが仕事に出てしまっているのは残念だったが、仕方がない。闘いとは、闘うべきときにこそ闘わねばならないからだ。

ホルゲル2号とノンベコは爆弾の上に身を寄せあって座っていた。そこへセレスティンが、わけのわかっていない陶芸家を従えてずんずんと倉庫に入ってきた。

「戦争が始まったよ！」セレスティンが言った。

「へえ、そう」ノンベコが言った。

「ＣＩＡか？」陶芸家が尋ねた。

「どうして僕のトラックのナンバープレートを持ってるんだ？」ホルゲル2号が言った。

「どうせ盗品じゃん」セレスティンが言った。「あたし、考えたんだけどさ……」

　その瞬間、頭上ですさまじい音がして屋根が壊れた。上空６００メートルから時速２００キロを超えるスピードで落ちてきた、ホルゲル1号だった。雨漏りのする倉庫の屋根を突き破り、たまたまそのときそこにあった5万６４０個の枕の上に落下した。

「なんなのよ、ダーリン！　おかえり！」怒れるセレスティンの顔が輝いた。「ブロンマにいるんだと思ってた」

「僕、生きてる？」ホルゲル1号が言って、肩に触れた。前日の暴行で唯一痛めなかったところなのに、今さっき屋根を突き破る際、ホルゲルの体重と落下速度を一身に受け止めたせいで、一瞬にして壊れてしまっていた。

「そうみたいよ」ノンベコが言った。「でも、なんでまた、屋根を通って帰ってきたの？」

　ホルゲル1号はセレスティンの頬にキスをした。そして弟に、ウイスキーをダブルでくれないかと言った。いや、やっぱりトリプルで。1号は、まずはそれをあおって、内臓の位置が入れ替わったりしてないか確かめて、考えをまとめる必要があった。それから、しばらくひとりにしてほしい、その後で説明する、と約束した。

　ホルゲル2号は兄の言うとおり、ほかの面々といっしょに倉庫を出て、ウイスキーと枕と木箱とともに、ひとりにしてやった。

　怒れるガールフレンドは、その合間に、この立てこもりが表の通りに混乱を引き起こしているかを見に行くことにした。しかし、混乱は起きていなかった。不思議はない。ひとつは、彼らの住まいが、工業用地のはじっこのほとんど車通りがない道路に面して建っていて、近所にはくず鉄置き場しかないこと。もうひとつは、車寄せにタイヤがパンクしたトラックが停まっているだけでは、なかの建物が占拠されていると、だれが見てもすぐわかるというわけではないこと。

気にする人がいない占拠など、占拠と呼ぶに値しない。怒れるガールフレンドは、状況を正しい方向に向けるため、ひと押ししてやろうと決めた。

電話を何本かかけたのである。

まずはダーゲンス《D》・ニーヘーテル《N》紙、次にラジオ・セルムランド、最後にセーデルマンランド・ニュース紙。DN紙からは、あくびを返された。ストックホルムから見れば、グネースタなど実質的に世界の果てにも等しいというのだろう。ラジオ・セルムランドは、エスキルストゥーナ支局にかけたらニーショーピングに転送され、昼休みが終わる時間にまた電話をくれと言われた。セーデルマンランド・ニュース紙は、いちおう関心を持ってはくれたようだった。しかし、警察がらみの話ではないとわかるや、それまでだった。

「そちらさんがいくら占拠してるって言ったって、外部の人間が占拠されてるとみなさなければ、占拠とは定義できないんじゃないですか」と、哲学的な傾向のある（そしておそらくは怠惰な）編集長が言った。

怒れるセレスティンは、3社ともに地獄へ落ちやがれと言い返して電話を切った。そしてすぐに警察に電話した。スンズスヴァル交換台の気の毒な交換手が電話に出た。

「警察です。何かお困りですか」

「ちょっと、アホおまわり、よく聞きな」怒れるセレスティンが言った。「あたしたちはこれから、欲にまみれた資本主義社会をぶっ壊す。権力を民衆の手に取りもどすんだ！」

「どういうことですか？」おまわりでもなんでもない交換手は、怯《おび》えて聞き返した。

「それを今から話すって言ってんだよ。われわれはグネースタの半分を占拠した。そして、もしわれわれの要求が通らなければ……」

　ここまで言って、怒れるガールフレンドの思考が止まった。「グネースタの半分」なんて言葉、どこから出てきたんだろう。要求って何？　そしてもしその要求が通らなかったら、何をすればいい？

「グネースタの半分ですか？　お待ちください。電話を転送して――」

「フレード通り5番地って言ってるじゃん」怒れるセレスティンは言った。「何聞いてんのさ」

「なぜ占拠なんか……そういえば、お名前は？」

「そんなことどうでもいいんだよ。こっちの要求が通らなければ、屋根からひとりずつ順番に飛び下りる。街じゅうがあたしたちの血に染まるまで」

　この言葉に、より驚いたのは交換手か、それともセレスティン本人だっただろうか。

「まさか、そんな」交換手が言った。「そのままお待ちください。お電話を転送しますから――」

　怒れるガールフレンドが電話を切る前に交換手が言えたのはここまでだった。警察に対するメッセージはもう十分に伝わったはずだ。そのうえ、セレスティンは、考えていたのとはちがうことを言ってしまった。あるいは、考えてもいなかったことまで。

　ともかく、これで本当に占拠したことになる。それはいい気分だった。

　そのときノンベコがセレスティンの部屋のドアをノックした。

「あなたの彼氏はダブルだかトリプルだかのウイスキーを飲んで、やっとちょっと落ち着いたみたい。

話があるから倉庫に来てほしいって。途中で陶芸家をひっ捕まえてきてかまわないそうよ」

「木箱の中身が何か知ってるぞ」ホルゲル1号が切りだした。

ノンベコはたいていのことは理解できるが、こればかりはわけがわからなかった。

「どうやって知ったの？」ノンベコは言った。「屋根を突き破って落ちてきて、7年間知らなかったことを知ってると突然言い出すなんて、まさか、天国に行って戻ってきたとか？　もしそうだとしたら、だれから聞いてきたの？」

「うるさい、この性悪の掃除婦め」ホルゲル1号が言った。その言いまわしで、ぴんと来た。モサドと接触したか、そうじゃなければ天国に行く途中で技術者とばったり出くわしたかのどちらかだ。ただし、技術者は別の場所で時間を費やしているはずだから、後者の可能性はなしと見ていい。

ホルゲル1号は、話を続けた。上司には帰れと言われたけど、ひとりでオフィスに座っていたこと、そこへ外国の諜報員を名乗る男がやってきて、ノンベコのところへ連れて行けと言われたこと。

「それか、掃除婦のところへ、ね」ノンベコが言った。

男は拳銃でホルゲルを脅し、1機だけ残っていたヘリコプターでグネースタまで行けと命令した。

「ということは、怒りくるった外国人諜報員が、いつなんどき屋根を突き破って落ちてきてもおかしくないってことか？」ホルゲル2号が言った。

いや、それはない。その諜報員は、今バルト海に向かっていて、燃料が切れたらそこで海に墜落するはずだ。

「僕はヘリコプターから飛び降りたんだ。弟と恋人の命を助けたかったから」

「それと、あたしの命も」ノンベコは言った。「副産物ってやつね」

　ホルゲル1号はノンベコをにらみつけて言った。できることなら枕の上ではなく、おまえの頭上に落ちたかったが、自分は本当に運がないらしい。

「いや、少しはあると思うぞ」ホルゲル2号は、ここまでの説明を聞いてすっかり混乱していた。

　セレスティンは、自分のヒーローの腕のなかに跳びこむと、抱きしめてキスをした。そして、もうこれ以上待てないと言った。

「木箱の中身が何か教えてよ！　教えて、教えて、教えて！」

「原子爆弾だ」ホルゲル1号が言った。

　セレスティンは、自分の命の恩人にして愛する人から体を離した。状況を飲みこむまでしばらく考え、そして言った。「うわ、やばい」


　ノンベコは、セレスティンと陶芸家とホルゲル1号のほうを見て言った。たった今知らされたことを踏まえると、フレード通りはできるかぎり世間から注目を集めないことが重要だ。人々が倉庫を走りまわるようなことになったら、爆弾を巻きこんだ事故が起こりかねない。そしてそれは、ただの事故ではすまない。

「原子爆弾だと？」話は聞いていたが、よく理解できていない陶芸家が言った。

「今の話を聞いてて思ったんだけど、あたし、しなくていいことをしたかも」セレスティンが言った。

「どんな？」ノンベコが言った。

　そのとき、表の通りから、メガホンの声が聞こえてきた。

「警察だ！　だれかなかにいるなら、出てきなさい！」

「ほらね」怒れるガールフレンドが言った。

「ＣＩＡだ！」陶芸家が言った。

「警察だって言ってるのに、どうしてＣＩＡが来たことになるんだ？」ホルゲル1号が言った。

「ＣＩＡだ！」陶芸家が言った。そして間髪を入れずに、同じ言葉を繰り返した。

「パニック状態ね」ノンベコが言った。「サソリに足の親指を刺されて同じようになった通訳を知ってるわ」

　陶芸家はさらに数回同じことを繰り返し、それから急に黙りこんだ。倉庫の自分のいすに座って、口を半開きにしたまま前方を凝視していた。

「治ったみたいだな」ホルゲル2号が言った。

　メガホンの声が再び聞こえてきた。

「こちら警察だ！　なかにだれかいるなら、出てきなさい！　入り口が閉鎖されている以上、強行突破させてもらう。先ほど電話で、非常に深刻な内容の通報を受けている」

　セレスティンは、自分がやったことを説明した。立てこもって、民主主義の名のもとで社会に対する戦争を仕掛けるため、トラックやその他のものを凶器に使った。情報提供の目的で、警察に電話もした。ここまでのところ、自分で言うのもなんだけど、かなりうまくやつらに思い知らせてやれているんじゃない？

「僕のトラックをどうしたって？」ホルゲル2号が言った。

「おまえのトラック？」ホルゲル1号が言った。

怒れるガールフレンドは2号に、細かいことを気にするものじゃないと言った。これは、民主主義の原則を守るという重要な問題なのだ。それに比べたら、ちっぽけなタイヤがひとつパンクするくらいなんでもない。それに、ご近所さんが倉庫に爆弾を何個も隠しているなんて、知るわけがないではないか。

「何基もじゃない。1基だ」ホルゲル2号は言った。

「3メガトンのね」ノンベコはそう言って、問題を小さくしようとする2号と釣り合いをとった。

陶芸家が短く叫んだが、何を言ったかは聞きとれなかった。おそらくは、彼が忌《い》み嫌う諜報機関の名前だろう。

「『治った』は正しくなかったみたいね」ノンベコが言った。

ホルゲル2号はこれ以上トラックの話を引きずりたくなかった。すんだことはしょうがない。ただ、セレスティンの頭にあるのはどの民主主義の原則だろうと考えた。それと、パンクさせられたタイヤはひとつじゃなく4つだ。しかし、彼はそのことも口には出さなかった。どちらにしろ問題が山積みであることに変わりはない。

「これ以上事態が悪くなるとは思えないもんな」ホルゲル2号は言った。

「そうでもないかも」ノンベコが言った。「陶芸家を見て。死んでる」

15 2度死んだ男と倹約家の夫婦

全員が一斉に陶芸家を見た。それからノンベコを。ただひとり陶芸家だけは、まっすぐ前を見続けていた。

ノンベコは悟った。これでまた、ホルゲル2号との現実社会での生活は、よく言っても延期。あるいは、永遠に保留だ。とはいえ、今はすぐにでも行動を起こさなければ。嘆いても仕方のないことをあれこれ言うのは、あるかもしれない未来にとっておこう。

ノンベコは全員に向かって言った。今現在、警察の侵入を引き延ばさねばならない事情は、最低でもふたつある。ひとつは、彼らが倉庫の南側の壁を壊して突入する危険性が高いこと。その場合、3メガトンの爆弾はドリルで穴を開けられるか、中まで溶断されるかしてしまうだろう。

「警察もさぞかし驚くだろうな」ホルゲル2号が言った。

「その暇もなく死んじゃうわよ」ノンベコが言った。「そしてもうひとつの理由は、いすに死体が座っていること」

「陶芸家といえば」ホルゲル2号が言った。「たしかＣＩＡが来たときに備えて、脱出用のトンネルを掘っていなかったかな」

「だったらなんでそこから逃げずに、ただ座って死んだりしたんだよ？」ホルゲル1号が言った。

ノンベコは2号がトンネルの存在を思い出したことを褒めたたえ、1号には、もうじきあなたもわかるようになると言った。ノンベコはトンネルの場所を見つけるのは自分の仕事だと思った。もしあるならどこに通じているのか、どこかに通じているとしたなら――これが一番大事だが――爆弾を運びだすのに十分な広さがあるかを確認しなければならない。いつ外の連中がつっこんでくるかわからないので、急ぐ必要があった。

「5分以内に突入する！」警察のメガホンの声が聞こえた。

5分という時間は、以下のことをするにはあまりに短い。

1、自家製トンネルを見つける。
2、どこに通じているか確認する。
3、脱出に備えて、爆弾が運びだせるよう枕木とロープと想像力を用意しておく。

爆弾が入りさえすれば。

怒れるガールフレンドにそもそも羞恥心という資質があれば、そうした感情に襲われたはずだった。警察との電話で、勝手に口から出まかせを言ったのは彼女だからだ。しかしこのとき彼女が考えたのは、その出まかせはむしろ自分たちに有利になるということだった。

「もしかしたら、少しくらい時間稼ぎができるかも」彼女は言った。

ノンベコは、できるだけ手短に話してほしいと言った。何しろ、あと4分30秒で警察が爆弾にドリルで穴を開けはじめるかもしれないのだ。

「えーと、どういうことかというと」セレスティンは言った。「警察に電話したとき、あたしったら声をあげすぎちゃったかもしれないんだよね。でも、仕掛けてきたのはやつらのほうだよ。『警察だ』なんて言って電話に出やがってさ。しかも、やたらと挑発的な口調で」

ノンベコは要点をしぼってほしいと頼んだ。

そう、要点だ。要点は、セレスティンがたまたま言ってしまった脅し文句のとおりにすれば、外のブタどもの突入をとめられるってこと。ほぼまちがいなく。そしてほぼ完全に。もちろんそれは……なんていうんだっけ？……非倫理的ではあるけれど、当然、陶芸家は反対することはないはずだ。

怒れるガールフレンドは、そこで彼女のアイデアを披露した。みんなはどう思う？

「残り4分」ノンベコは言った。「ホルゲル、あなたは脚を持って。あなたは頭よ、ホルゲル。あたしは真ん中を持つから」

ホルゲル1号と2号がめいめい、90キロある元陶芸家の体のはしとはしを持ったところで、ホルゲル1号が会社から持たされている携帯電話が鳴った。上司からで、ヘリコプターの1台が盗まれたという不幸な知らせだった。

「いかにもという話だが、おまえが体を休めるために帰ったすぐ後に起こっているんだよ。さもなくば、もちろん泥棒をとめただろう？　それが無理なら警察に電話して、保険会社にも連絡するとか？　何、泥棒じゃない？　友人の引っ越しを手伝っているって？　そうか、あまり重い荷物は積むんじゃないぞ」

＊＊＊

警察の現場指揮官は、倉庫南側の壁の板金に溶接トーチで穴を開け、建物内に通じる侵入口を作ることに決めていた。電話の脅し文句は芝居がかっていたうえ、なかで騒ぎを起こしているのがどんな連中なのかもわからない。侵入の一番簡単な方法は、当然、入り口を塞いでいるトラックをトラクターを使って排除することだが、トラックには何かが仕掛けられている可能性があった。建物の窓もすべてそうだ。それで、壁を抜けることにした。

「壁に点火しろ、ビヨルクマン」指揮官が言った。

その瞬間、廃墟ビル屋根裏部屋の割れた窓のカーテン越しに、人影が見えた。姿こそはっきりしなかったが、声が聞こえてきた。

「捕まえようったってむだだ。突入してきたら、ひとりずつ飛び下りる！　聞こえたか？」ホルゲル2号はできるだけ凄《すご》みをきかせ、自暴自棄に聞こえるように言った。

指揮官はビヨルクマン以下溶断班をとめた。あそこで叫んでいる、あれはだれだ？　何を企んでいる？

「君たちはだれだ？　要求はなんだ」指揮官がメガホンで言った。

「絶対に捕まったりしない！」再びカーテン越しに声が聞こえた。

そして男が窓辺に進みでた。体をよじらせて、窓枠を越えようとしているらしい。だれかが手を貸しているようにも見える……そうなのか？　飛び下りるつもりなのか？　まさかこんな理由で、飛び下りて死ぬなんてことは……

くそ！

男が身を投げた。まっすぐアスファルトへ向かって落下していく。なんの不安も感じていないかのように、決意のうえだとでもいうように、落ちていくあいだ声ひとつ立てなかった。手で身を守ろうともしなかった。

頭から落ちた。ドスン、と鈍い音がする。大量の血。命が助かったとはとうてい思えなかった。

突入はただちに中断された。

「なんだよ、ちくしょう」溶断班の警察官が言った。たった今目にした光景に気分が悪くなってきたようだ。

「これからどうします？」部下のひとりが言った。やはり気分が悪そうだった。

「ひとまずすべて打ち切りだ」おそらくこの3人のなかで一番気分が悪い指揮官は言った。「ストックホルムから国家警察特殊部隊を呼ぶ」

＊＊＊

アメリカ人陶芸家は、まだ52歳だった。生涯にわたって、ベトナム戦争の記憶にさいなまれ、想像のなかだけの追っ手につきまとわれた。それは確かながらも、ノンベコと中国人姉妹が彼の生活の一部となってからは、事態はよい方向に向かっているように見えた。偏執的な不安からもほとんど解放され、アドレナリンの分泌量も以前と比べて低くなっていた。そして体のほうも、その状態に慣れていった。そのため、彼がＣＩＡだと思いこんだ何者かが実際に突然ドアをノックしたことで、すべてが一気に回りだし、体が以前の防御機能を働かせる前にアドレナリンの値が急上昇してしまった。そして心室細動が引き起こされ、瞳孔が開いて心臓が停止した。

この状態になると、最初は死んだように見えるが、実際に死に至るのはしばらく経ってからだ。その後、４階の窓からアスファルトに頭を下にして落ちるようなことがあると、２度目の死を迎える。もしそれまでに死んでいなければ。

　ホルゲル２号はその場にいた者たちに倉庫に戻るよう命じた。それからホルゲルは、自分たちのそばからいなくなった男に30秒の黙祷を捧げ、この苦境で重要な貢献をしてくれたことに感謝した。

　ホルゲル２号はノンベコに指揮権を返した。ノンベコは彼の信頼に感謝を述べると、まずまっ先に、陶芸家が掘ったトンネルを見つけて、実際に目で見て確認もしてきた話をした。陶芸家は死後、一度ならず二度も彼らを助けてくれたというわけだ。

「しかも、ただ通りの向こうの陶芸工場まで１３０メートル以上の地下通路を掘ってたってだけじゃないの。ちゃんと電気を通して、予備の石油ランプも取りつけて、棚いっぱいに数ヶ月分の非常食と水も蓄えてあったの……つまりあの人、本当の本当におかしかったんだわ」

「安らかに眠りたまえ」ホルゲル１号が言った。

「どのくらいの大きさだった？」ホルゲル２号が言った。

「木箱を運べるくらいには」ノンベコは言った。「余裕たっぷりとはいかないけど、どうにかぎりぎりは入る」

　ノンベコは全員に仕事を割りあてた。セレスティンは、ビル内を回って、色とりどりなここの住人たちの素性に結びつきそうなものをすべて片付ける役目だ。それ以外の物には手をつけないこと。

「ひとつ例外があるの」ノンベコは言いそえた。「あたしの部屋にあるバックパックは持ってきて。

この先重要になってくるものが入っているから」

１９６０万の重要なもの、とノンベコは心で思った。

ホルゲル1号はトンネルを通って陶芸工場にある手押し車を取ってくる仕事を割りふられ、一方ホルゲル2号は光栄にも、爆弾のコンテナを「くつろぎスペース」仕様から、なんの変哲もない古い木箱に戻すという指令を受けた。

「なんの変哲もない？」ホルゲル2号が言った。

「いいから、始めて。お願いね」

役割分担は終わった。みんなそれぞれ、自分の仕事に取りかかった。


トンネルは、輝かしいまでの偏執的技術の見本だった。天井は高く壁面はまっすぐで、梁《はり》は互いに固定しあって倒壊を防ぐという、見るからに安定した構造になっていた。

陶芸工場の地下に通じていて、出口は建物の裏に作られていた。つまり、フレード通り5番地の外で着々と増え続ける人混みからは死角になる。

重さ８００キロの爆弾を四輪の手押し車で運ぶのは、文字どおりの難しさだった。それでも、どうにか一時間かからずに爆弾はフレード通りから1本外れた通りに運びだされた。廃墟ビル前の喧騒からは、わずか２００メートル弱しか離れていない。折しも国家警察特殊部隊が到着したところだった。

「さあ、いよいよここから撤退よ」ノンベコが言った。


手押し車は、ふたりのホルゲルとノンベコが後ろから押し、怒れるガールフレンドが前で進路を取った。

狭い舗装道路をゆっくり進んでいくと、やがてセルムランドの田園地帯に出た。包囲されたフレード通りからは1キロ弱だ。そして2キロのところまで進み、さらに進む。

セレスティン以外の３人には、かなりの重労働だった。でも３キロあたりで、見た目ではわからなかった上り坂が終わって一気に楽になった。ここで初めて緩やかな下り坂に入り、ホルゲル1号と２号とノンベコはようやくひと息つくことができた。

わずか数秒のあいだ。

異変に最初に気づいたのはノンベコだった。ふたりのホルゲルに、こっちじゃなくて前を支えてと声をあげた。

ふたりのうちひとりはただちに理解し、言われたとおりにした。もうひとりも遅れて理解はしたものの、そこで立ちどまってお尻をかいているうちに出遅れた。

とはいえ、ホルゲル1号が一時的に離脱したから、事態が悪化したというわけではない。重さ８００キロの物体が転がりだした時点で、すでに手遅れだったのである。

セレスティンは、最後まであきらめなかった。必死で爆弾の前を走り、正しい道へと導こうとした。いよいよついていけないほどスピードがあがってきたところで、ハンドルをロックし、横飛びで轢《ひ》かれるのを避けた。あとはただ、３メガトンの大量破壊兵器がどんどんスピードをあげて狭い田舎道の下り坂を進んでいくのを見守る以外、何もできなかった。木箱の一方では、ひっかけられた１９６０万クローナ入りのバックパックが、風にあおられて激しく揺れていた。

「10秒で一気に60キロ移動できる方法を考えつく人はいる？」ノンベコが逃走中の爆弾を目で追いな

がら言った。

「考えるのは得意じゃない」ホルゲル1号が言った。

「まあな。でも尻をかくのは得意だ」弟のホルゲルはそう言ってから、人生の終わりに言うことじゃないなと思った。

２００メートルほど先で、道はわずかに左に曲がっていた。それなのに、手押し車に乗せられた爆弾はまっすぐ進み続けた。

＊＊＊

ブロムグレン夫妻はずっと、互いに相手の最大の美点は倹約を何より大事にするところだと思ってきた。妻マルガレータは49年間、夫ハリーをしっかり手中に収めてきた。ハリーはハリーで、夫婦の財布をしっかり手中に収めてきた。夫妻は自分たちは責任感がある人間だと思っていた。よそから見れば、つまりはただのケチだった。

ハリーは、くず鉄業者として職業人生をまっとうした。父親から会社を引き継いだのはわずか25歳のとき。父はその年、高級車クライスラー・ニューヨーカーに轢かれて亡くなり、最後にした仕事が会社の経理係として若い女性をひとり採用したことだった。後継者のハリーはこれを計り知れないほどの経費の無駄遣いと考えたが、当の経理係のマルガレータが、「納品請求書手数料」と「延滞利子」なるものを発案し、ハリーの考えは変わった。すっかりマルガレータに惚れこんでプロポーズをし、よい返事をもらった。結婚式はくず鉄置き場で開いた。参席者は、会社の掲示板に張り出した案内を見てやってきた従業員３人だった。食事は持ち寄り形式だった。

　ふたりが子供に恵まれることはついになかった。そのための経費は常に計算に入れてきたが、やがてハリーとマルガレータにその理由がなくなったときに、計算もやめた。

　一方で、住居運のほうは悪くなかった。初めの20年間、ふたりはエークバッカでマルガレータの母親と同居した。年老いた母親が――幸運にも――亡くなるその日まで。母親は寒さに敏感な人で、死ぬまで文句を言い続けた。ハリーとマルガレータが、せめて冬に窓の内側が霜で真っ白にならない程度には暖房をつけてくれたらいいのにと。そんな彼女も、今ではハルユンガの墓地の地下深く、霜も下りないましな場所に眠っていた。ハリーもマルガレータも、墓に供える花にむだな金を使うつもりはなかった。

　マルガレータの母は自分の楽しみのため、雌羊を３頭、道沿いの小さな囲い地で飼っていた。羊たちはそこに生えた牧草をエサにしていた。ところが、たとえ母親がもともと冷えに悩んでいたとはいえ、実際に冷たくなってもいないうちに、ハリーとマルガレータはその羊を殺して食べてしまった。あとには、雨漏りする羊小屋だけが、朽ち果てるがままに残された。

　やがて隠居生活に入った夫婦は、くず鉄置き場を売り、ときの過ぎゆくままに70歳と75歳になっていた。ある日ふたりは、ついに牧草地の例のおんぼろ小屋をどうにかしようと決意した。ハリーが小屋を壊して、マルガレータが板を積みあげていった。それからすべてまとめて火をつけると、すさまじい勢いで燃えはじめた。ハリー・ブロムグレンはホースを手に、万が一火が手に余るほど大きくなった場合に備えて、目を光らせていた。その横にはいつものように、妻マルガレータの姿があった。

その瞬間、突然の衝突音とともに重さ８００キロの爆弾を載せた手押し車がフェンスを突き破ってブロムグレン夫妻の元牧草地に入りこんでくると、燃えさかる火にまっすぐ突っこんだ。

「何事？」マルガレータが言った。

「フェンスが！」ハリーが言った。

そこへ、見知らぬ４人組が手押し車と木箱を追ってやってきたのを見て、ふたりは話をやめた。

「こんにちは」ノンベコが言った。「おそれいりますが、そこの火に水をかけて消していただけないでしょうか。もたもたせずに、お願いいたします」

ハリー・ブロムグレンは答えなかった。手を動かそうともしなかった。

「先ほども言いましたが、もたもたせずに」ノンベコが言った。「つまり、今すぐ！」

しかし、老人は放水スイッチをオフにしたホースを手に、ただその場に突っ立っていた。木箱は、木の部分が熱に反応しはじめていた。バックパックはすでに炎に包まれていた。

ハリー・ブロムグレンがようやく口を開いた。

「水だって、ただではない」

爆発音がした。

最初の爆発で、ノンベコとセレスティンとホルゲルとホルゲルは、約1時間前に陶芸家の命を奪った心停止に陥りかけた。けれども４人は陶芸家とはちがって、吹き飛んだのがタイヤ1個だけで地域一帯ではなかったと気づくとすぐに回復した。

２個め、３個め、そして４個めと、立て続けに爆発していった。ハリー・ブロムグレンはあいかわらず木箱とバックパックに水をかけることを拒否していた。それよりは、まずだれがフェンス代を弁償するのかはっきりさせたかった。水代も。

「この状況がどれほど危険なのか、わかってないようね」ノンベコは言った。「木箱のなかには……燃えやすい物が入っているの。温度があがりすぎると、たいへんなことになるわ。おそろしくたいへんなことに。信じて！」

ノンベコはバックパックのことはもうあきらめていた。１９６０万がパーだ。

「なぜこのわしが、見知らぬ人間とその一味を信じないといけないのだ。だれがフェンス代を弁償するのか言ってみろ！」

ノンベコはこれ以上この老人と話してもむだだと悟った。そこでセレスティンにあとを引き継いだ。怒れるガールフレンドは喜んで引き受けた。必要以上に会話を引き延ばしたくなかったので、ただこう言った。

「火を消せ！　さもないと、殺す」

ハリー・ブロムグレンは女の目を見て、その言葉がただの口から出まかせなどではないと悟った。そこですぐに言われたとおりのことをした。

「よくやったわ、セレスティン」ノンベコが言った。

「さすが、僕のガールフレンドだけある」ホルゲル1号が誇らしげに言った。

ホルゲル2号は何も言わないでいた。しかし心のなかでは、この怒れるガールフレンドが初めて自分たちのためにやったことが、殺すぞと脅し文句を言ったことだったのが、いかにも彼女らしいと思っていた。

手押し車は半分燃え、木箱は隅が焦げて、バックパックはあとかたもなくなった。けれども火は消えた。世界は自らが知るままの姿で持ちこたえた。ハリー・ブロムグレンが嬉しそうに言った。「これで弁償問題について話ができるな」

弁償問題について話し合いたいというこの男が、水代をケチったばかりにたった今1960万クローナを燃やしてしまったと知るのは、ノンベコとホルゲル2号のふたりだけだった。ましてやその水は、自分の家の井戸水なのだ。

「問題は、だれがだれに弁償するべきかよね」ノンベコが小さく言った。

今日という日が始まったとき、ノンベコと恋人のホルゲルは未来に向けて具体的な展望を持っていた。その数時間後、事態がひっくり返り、自分たちの存在が脅かされることになった――しかも2度も。そして今は、その両極のあいだにいる。「人生とは安楽なものなり」という言い回しは大げさだと、ノンベコは思った。

＊＊＊

ハリーとマルガレータのブロムグレン夫妻は、問題にきっちり片をつけるまでは、たとえ招かれざる客とはいえ、みすみす行かせるつもりはなかった。しかし時刻はもう遅く、ハリーは一行の言い分を聞くことにした。彼らの話では、手持ちの現金がないのはついさっき燃えてしまったバックパックにそれなりに入っていたからであって、ともかく今となっては明日銀行が開かなければ何もできないということだった。その後で木箱を運べるよう手押し車を直して、出て行くつもりだ。

「そうだ、木箱」ハリー・ブロムグレンが言った。「なかは何が入っている？」

「あんたには関係ないんだよ、じいさん」怒れるガールフレンドが言った。

「あたしの個人の持ち物よ」ノンベコがきっぱり言った。


４人は力を合わせ、手押し車の残骸に載った焦げた木箱を、ハリーとマルガレータの自動車用のトレーラーに移動させた。ノンベコは、セレスティンの力も少し借りながらしつこく頼みこみ、ようやくトレーラーをブロムグレンの農場にひとつだけある車庫に、車と入れかえて置かせてもらった。そうしないと、当たり前だが木箱が通りから丸見えで、ノンベコはそれを思うととても落ち着いて眠れなかったからだ。

エークバッカには、ブロムグレン夫妻がかつてドイツ人旅行者に貸していた貸し別荘があった。しかし、夫妻が実質的にすべてのものに対して追加料金を請求するため、しまいに代理店のブラックリスト入りしてしまった。何せ、トイレまでコイン式で料金を取るのだ。

その後は、貸し別荘はずっと空いていた。コイン式トイレ（1回につき10クローナ）の料金箱も何もかもだ。でも今は、侵入者を泊めるのにちょうど具合がよかった。

ホルゲル1号とセレスティンはリビングを選んで、ホルゲル2号とノンベコはベッドルームを使う権利を主張した。ブロムグレン夫人は嬉々としてコイン式トイレの使い方を彼らに説明し、庭で用を足したりしたらただではおかない、と言い足した。

「これを10クローナ硬貨に両替してもらえますか」膀胱がぱんぱんのホルゲル1号が１００クローナ

札をブロムグレン夫人に差しだした。

「両替にまで手数料がかかるとか言わないだろうね？」怒れるガールフレンドが言った。

ブロムグレン夫人は手数料を要求しなかった。代わりに、両替もしなかった。そのため1号は、人目につかないくらいに辺りが暗くなるとすぐに、庭のライラックの茂みで用を足した。もちろん、人目にはついていた。ブロムグレン夫妻がまさにそのとき、双眼鏡を手に自分たちのキッチンに立っていたからである。

侵入者が夫妻のフェンスに手押し車を激突させたのは明らかに不注意ではあるが、わざとやったわけではなかった。しかしその後で、自分たちの持ち物を燃やさないために夫妻を脅して水をむだに使わせたことは犯罪行為であり、見過ごせなかった。そこで夫妻が感じた絶望を思えば、それ以上に許せない最悪の事態など、よもや起こるわけはないと思えた。

ところが今、あろうことか故意に、さらに夫人の明確な指示に反して、夫妻の庭でライラックの茂みに向かって立小便をしている――あまりの不埒《ふらち》さにハリーとマルガレータは我を忘れた。これは窃盗であり、悪質極まりない行為であり、おそらくは夫妻にとって過去最悪の出来事といってよかった。

「あのフーリガンどもは、私たちの財産をめちゃくちゃにしてしまう」マルガレータ・ブロムグレンは夫に言った。

ハリー・ブロムグレンがうなずいた。

「ああ、手遅れになる前に手を打たないといかんな」

ノンベコとセレスティンとふたりのホルゲルはベッドに入った。同じころ、フレード通り5番地では、国家警察特殊部隊が突入の準備に入っていた。警察に電話をしてきたのはスウェーデン人の女で、さらにスウェーデン語を話す男が４階の窓のカーテン越しに姿を見せ、のちに飛び下りた。男の遺体は、当然このあと検視にかけられる予定で、今は通りに停めた救急車に安置されていた。予備検査で、亡くなった男は50代の白人であることがわかっていた。

つまり、占拠者は少なくとも2名。飛び下りを目撃した警察官によると、カーテンの後ろに数人の人影が見えた疑いがあるとのことだが、確証はない。

１９９４年8月18日木曜日、午後11時32分、作戦が開始された。特殊部隊は３方向から、それぞれガス弾、ブルドーザー、そしてヘリコプターを用いて突入を開始した。部隊の若手隊員のあいだに緊張が高まった。全員が初めての実戦だったこともあり、数発が混乱のまま発砲されたのも不思議はなかった。少なくともそのうちの１発が枕倉庫を発火させる原因となり、その結果煙が大量発生して作戦遂行がほぼ不可能な状態となった。

翌朝、ブロムグレン夫妻のキッチンにいたフレード通り5番地の元住人は、ニュースで事の顛末を知ることができた。

スウェーデン・ラジオの記者によると、若干の衝突もあったらしい。少なくとも特殊部隊の隊員１名が脚を撃たれ、ほか３名がガス弾により気分が悪くなった。また特殊部隊の１２００万クローナのヘリコプターが、濃い煙で方向を失い、閉鎖された陶芸工場の裏手に墜落した。ブルドーザーは、突入対象となったビル、倉庫、さらに警察車輌４台と救急車とともに焼失した。なお、救急車には、突入に先だって飛び下り自殺をはかった男の検視前の遺体が安置されていたということだった。

とはいえ、全体としては作戦は成功裡に終わった。テロリストは全員が死亡した。遺体が燃えてしまったため、全部で何名いたのかは現在まだ捜査中である。

「なんだよ、それ」ホルゲル2号が言った。「完全に国家警察特殊部隊の空回りじゃないか」

「でも、いちおうは勝ったんでしょ。ということは、それなりの能力はあるってことじゃない」ノンベコは言った。

その日の朝食では、ブロムグレン夫妻は一度も追加徴収の話を出さなかった。それどころか、なんの話もしなかった。控えめで、恥じ入っているようにすら見えた。その様子にノンベコは警戒心を抱いた。このふたりほど恥知らずな人間はほかに知らないのに。つまり何か裏があると思ったのだ。

ノンベコの大金は燃えてなくなってしまったが、ホルゲル2号は銀行口座に8万クローナを持っていた（兄の名義だが）。さらに会社の口座にも40万クローナ近くの残高があった。次にやるべきことは、このおぞましい夫婦にいくらか払って自由の身となり、トレーラー付きのレンタカーを借りて、木箱を今のトレーラーから載せかえることだ。そしてここを去る。どこへ行くかはこれから決めなくてはいけないが、ひとまずグネースタとブロムグレン夫妻から遠く離れた場所であることはまちがいない。

「ゆうべ、あんたが庭で用を足しているのを見たんだよ」ブロムグレン夫人が唐突に言った。

バカ1号、何してんのよ、とノンベコは思った。

「それは知らなかったわ。申し訳ありませんでした。それでご相談ですけど、支払額に10クローナ割増させていただくことでどうかしら。この件は、今話し合いたいの」

「話し合いなど必要ない」ハリー・ブロムグレンが言った。「おまえらは信用ならんから、こっちで弁償金の確保はしておいた」

「どういうこと？」ノンベコは言った。

「『燃えやすい物』だと。クソくらえだ！　わしはこの人生、ずっとくず鉄の仕事をしてきたのだ。くず鉄が燃えるもんか」ハリー・ブロムグレンが言った。

「木箱を開けたの？」ノンベコは、最悪の予感がしてきていた。

「やつらの喉ぶえを噛み切ってやる！」怒れるガールフレンドが吠えだして、ホルゲル2号にとめられた。

　ホルゲル1号は、話が難しくなりすぎてついていけなくなったので、その場を離れていた。さらには、前の晩に行ったライラックの茂みを再度訪れる必要が出てきていた。ホルゲル1号がそうしているあいだ、ハリー・ブロムグレンは怒れるガールフレンドの勢いにたじたじになっていた。心底感じの悪い女だ、とハリーは思った。

　それでもハリーは言うべきことを言い続けた。夜のあいだに練習していたので、言葉はすらすらと湧いてきた。

「おまえらときたら、こちらの厚意につけこみやがって、支払いは遅らせるわ、庭をトイレ代わりにするわ、まったく信用がならん。弁償金はまちがいなく踏み倒そうって魂胆だろうから、こちらとしては安全のために、ほかに手はなかったのだ。そういうわけで、おまえらの爆弾のくずは没収させてもらった」

「没収だって？」ホルゲル2号は言った。頭のなかに、爆弾が爆発する映像がありありと浮かんだ。

「没収だ」ハリーは繰り返した。「ゆうべのうちに、あの古い爆弾をくず鉄業者に持っていった。1

キロにつき1クローナもらったよ。ずいぶんとしみったれた額だが、ないよりはましだからな。それでちょうど、おまえらがこしらえた損害の修繕費を、なんとか賄《まかな》えるくらいにはなる。言っておくが、その金と別荘の宿泊費は別だからな。業者がどこかを教えるつもりもないぞ。もう、厄介事は十分起こしたんだからな」

ホルゲル2号は、怒れるセレスティンが夫婦殺害の罪を犯さないよう止め続けながらも、気づいていた。老夫妻は、自分たちがくず鉄とか古い爆弾とか呼んでいるものが、実際は未使用の――おまけに完全に稼動可能な状態の――あれだとわかっていないのだと。ノンベコも、そうと気づいているはずだ。

ハリー・ブロムグレンは、この取引で些少ではあるが余剰金が出たので、水代と壊れたフェンス代と庭で用を足した件についてはこれで片をつけてやると言った。ただし当然、お客がこの後さっさと出発するまでのあいだ、ちゃんとトイレで用を足し、それ以外のいかなる損害も出さなかった場合に限る。

ホルゲル2号は、ここで怒れるセレスティンを外に連れ出さなくてはいけなくなった。庭に出ると、少し彼女を落ち着かせることができた。セレスティンは、あのじいさんとばあさん、見てるとなんかイライラするんだ、と言った。やることも、言うことも、全部！

あの若い女が、まさかあそこまで怒るとは。ブロムグレン夫妻は昨夜、かつては自分たちのもので、現在は元同僚のルーネ・ルーネソンが所有し経営しているくず鉄置き場へ往復したときには、この事態は想定していなかった。あの若い女は常軌を逸しているから、理屈があてはまらないのだ。つまり、夫妻は怯《おび》えていた。一方、いまだかつて本当の意味で怒ったことがないノンベコも、今や本気で怒っていた。ほんの数日前までは、彼女とホルゲル2号は前に進む道を見出していた。そこには、初めての希望があった。１９６０万クローナがあった。それが今や……残ったのはブロムグレン夫妻だけだ。

「親愛なるブロムグレンご夫妻」とノンベコは言った。「ご提案があります」

「提案だって？」ハリー・ブロムグレンが言った。

「ええ。私のくず鉄は、私にとってとても大切な物なのです、ブロムグレンさん。そこで、ぜひお願いしたいのですが、10秒以内にあれをどこに運んだのか教えてくださいませんか。教えてくださるなら、お礼に、庭にいるあの子にけっしてあなたと奥様の喉ぶえに噛みつかせないとお約束します」

　ハリーは青ざめて、何も言わなかった。ノンベコは続けた。

「その後で車を期限を定めずに貸してくれたら、いつか必ずお返しすることを約束します。それだけじゃなく、今すぐ料金箱を壊したり、この家を焼き払ったりするようなことも絶対にしません」

　マルガレータが何か答えようとするのを、夫のハリーが制した。

「黙っていなさい、マルガレータ。わしがどうにかしよう」

「ここまでは、奥歯にものが挟まったような言い方でお願いしてきましたけど」ノンベコは続けた。

「ブロムグレンさん、もっと歯に衣着せぬ言い方をしたほうがよいでしょうか？」

　ハリー・ブロムグレンは、あいかわらず答えないことでこの場をどうにかしようとしていた。マルガレータが、また何か言おうと口を開きかけた。しかしノンベコがそれより先に言った。

「ところで、奥様、このテーブルクロスは、ご自分で作られたのですか？」

　マルガレータは、話題が変わったことにたじろぎながら答えた。

「そうだけど？」

「とてもすてきだわ」ノンベコは言った。「これで喉を塞いで差しあげるというのはどうかしら、ブロムグレンの奥様?」

ホルゲル2号と怒れるセレスティンは、庭でこのやりとりを聞いていた。

「さすが僕のガールフレンドだ」ホルゲル2号が言った。


物事はいったんおかしなほうへ向かうと、とことんおかしなことになってしまう。もちろん、爆弾が運ばれていったのは、この母なる地球上でも唯一絶対に運ばれるべきではない場所——グネースタ市フレード通り9番地にあるくず鉄置き場だった。ハリー・ブロムグレンは、今では確信していた。生き延びること、それが何にもまして重要な目的である。そこで彼は、夜中に妻といっしょに爆弾を引っぱっていった場所について説明した。てっきり、ルーネ・ルーネソンがその場で受け取ってくれるものと思っていたが、行ってみるとたいへんな混乱状態になっていた。くず鉄置き場からほんの50メートル足らず先のビル2棟が炎に包まれていた。道路は一部封鎖され、ルーネソンのくず鉄置き場まで行けなかった。

ルーネソンのほうは、この夜中の配達を受けとるために起きだして、くず鉄置き場に行っていたのだが、そういう事態だったので、とりあえずトレーラーとくず鉄は路上のバリケードの外側に置いておくしかなかった。ルーネソンが後でくず鉄をそこから引きとったら、電話で連絡をくれることになっている。それがすむまでは、取引は完了させられないのだ。

ハリー・ブロムグレンが話すべきことをすべて話し終えると、ノンベコが言った。

「なるほどね。あんたたち、ふたりそろって地獄に行くがいいわ」

　ノンベコは、ブロムグレン夫妻のキッチンを出ると全員を集め、セレスティンをハリー・ブロムグレンの車の運転席に、ホルゲル１号を助手席に座らせ、自分とホルゲル２号は戦略を練るために後部座席に乗りこんだ。

「行くわよ」ノンベコが言うと、怒れるセレスティンは車を出発させた。

　そして、ブロムグレン夫妻のフェンスのまだ壊れていない箇所を突破していった。

16　驚いた諜報員とじゃがいも農場の伯爵夫人

諜報員Ｂは30年近く、モサドとイスラエルに仕えてきた。生まれたのは戦時中のニューヨークだが、建国直後の１９４９年、幼い彼は両親とともにエルサレムに移り住んだ。

その後20歳の若さにして、初めての海外勤務を命じられた。アメリカでハーバード大学の学生左翼団体に潜入し、反イスラエル的志向を記録、分析するという任務だった。

両親は１９３６年にアメリカに亡命するまでドイツで育ったので、諜報員Ｂも流暢なドイツ語を話すことができた。そのため、１９７０年代の東ドイツでの作戦には適任だった。7年近く東ドイツ人のふりをして生活し、働いた。さまざまある任務のひとつに、サッカーチームのＦＣカール・マルクス・シュタットのサポーターを装うというものがあった。

しかし、数ヶ月と経たないうちに装う必要はなくなった。Ｂ本人が、周囲の数千人という監視対象に負けないくらいの熱狂的サポーターになったからである。その後、資本主義がついに共産主義者どものズボンを引きずりおろし、町とチームが名前を変えることになったときも、Ｂのチームへの愛はなんら影響を受けることはなかった。Ｂはそのころ、中庸で聞こえのいいミヒャエル・バラックという暗号名《コードネーム》で仕事をしていた。まだ目立たないが将来有望なその名前のジュニア選手に、控えめでやや子供っぽいともいえる敬意を感じていたからだ。バラック選手は両足が利き足で創造性があり、試合を読む目にも優れ、その未来は明るく輝いていた。諜報員Ｂは、自分の別名の主にあらゆる面で親近感を抱いていた。

諜報員Bはコペンハーゲンに短期赴任中に、同僚の諜報員Aからストックホルムとその周辺における作戦の経過報告を受けとった。その後AからBへの連絡は途絶え、Bはテルアビブから彼の後を追うよう指令を受けた。

8月19日金曜日の朝の便で、諜報員Bはストックホルムに飛んだ。アーランダ空港でレンタカーを借りると、まずは諜報員Aが前日に連絡してきた住所に行くことにした。法定速度は慎重に守った。両利きのバラックの名に泥を塗りたくなかったからだ。

グネースタに着くと、あたりを警戒しながらフレード通りに向かった。ところがそこで目にしたのは――バリケード？　そして、完全に焼け落ちたビルの残骸、大勢の警察官、テレビ中継車、やじ馬たちだった。

そして、あれはなんだ？　あそこの、トレーラーの上の……あれは……？　まさかそんなわけがない。単純にあり得ない話だ。しかし、まさか……？

突然そこへ彼女が現れた。諜報員Bの隣に立つ。

「あら、こんにちは。諜報員さん」ノンベコは言った。「元気にしてた？」

ノンベコは、バリケードのすぐ外で自分が取りにきた爆弾に目を奪われる諜報員Bの姿を見つけても、さして驚きはしなかった。ここまですべて、あり得ないことばかり起きているのだ。諜報員がちょうどそのときそこにいたとしても、なんら不思議はない。

諜報員Bが爆弾から視線をそらして横を向くと、代わりに目に入ってきたのは――掃除婦だった！　最初がトレーラーに積まれた盗品の爆弾、次がそれを盗んだ女。いったい、どういうことなんだ？

ノンベコは妙に落ち着いた気分だった。諜報員は途方に暮れているし、どうせ彼に勝ち目はない。周辺には少なくとも50人の警察官がいて、それ以外にも、半分はスウェーデンのマスコミが占める200人もの人間がいる。

「いい眺めね」彼女は焦げた木箱に向かってうなずきながら言った。

Bは答えなかった。

ホルゲル2号がノンベコの横に立った。「ホルゲルです」そう言って、つい反射的に手を差しだした。

Bはその手を見たが握手はせず、ノンベコに視線を戻した。

「俺の仲間はどこだ」彼は言った。「あの焼け跡のどこかか」

「いいえ、最新の情報では、エストニアのタリンに向かったそうよ。ただ着いたかどうかはわからないけど」

「タリン?」

「着いていたらね」ノンベコは言いながら、セレスティンに車を寄せるよう合図を送った。

ホルゲル2号がトレーラーを車に接続している横で、ノンベコは諜報員にここで失礼する、と言った。自分はいくつかやるべきことがあるので、友人たちと行かねばならない。詳しい話は、次に会ったときにしよう。もしまたばったり出くわすような不運に見舞われたら。

「さよなら、諜報員さん」ノンベコはそう言って、後部座席のホルゲル2号の隣に乗りこんだ。

諜報員Bは答えなかった。ただ考えていた。車がトレーラーを引いて走り去るあいだずっと、考えていた。タリンだと?

＊＊＊

諜報員Bがフレード通りに突っ立ったまま、何があったのかと考えこんでいるあいだ、セレスティンはグネースタの北へ向けて車を走らせていた。助手席にはホルゲル1号が座り、後部座席ではノンベコとホルゲル2号が話し合いを続けていた。そろそろガソリンがなくなりそうだった。怒れるガールフレンドは、自分たちで車を盗んでおきながら、なんで満タンにしておかないのさと、間抜けでケチくさい老人をののしった。そして最初に見かけたガソリンスタンドに入った。

　ガソリンを入れ終わると、運転はホルゲル1号にかわった。セレスティンが怒りに任せて破壊できるフェンスはもうなかったし、ノンベコがそうしたほうがいいと言ったのだ。盗んだ車で、積荷が爆弾のうえ、過積載のトレーラーを引いて走っているだけでも十分に後ろ暗い。せめて運転くらいは正式の免許を持っている人間にしてほしかった。

　ホルゲル1号は北に向かって車を走らせていた。

「ねえ、どこに行くつもり？」怒れるガールフレンドが言った。

「さあ」ホルゲル1号が言った。「僕が何かをわかってたことなんてないだろ」

　セレスティンは考えをめぐらせた。たとえば、あそこに行くのは……？　でも……

「ノテリエは？」彼女は言った。

　後部座席でホルゲル2号と話していたノンベコは、会話を中断した。ノテリエと言ったセレスティンの声が、数ある町の単なるひとつという以上の何かをほのめかしているように感じたからだ。

「どうしてノテリエなの？」

セレスティンは、そこに祖母が住んでいるのだと言った。階級の反逆者で扱いの難しい人物ではあるが、事態が事態なので、他のみんなが大丈夫なら、自分もひと晩くらいは祖母といっしょでも耐えられるような気がする。ちなみに祖母はじゃがいもを作っているので、いくつか掘り出して料理を出すくらいはしてくれるはずだ。

ノンベコがセレスティンにその老婦人のことをもっと聞かせてほしいと言うと、驚くほど長くてほどほどにわかりやすい答えが返ってきた。

実は、おばあちゃんにはもう7年以上会ってない。話すらしていない。ただ子供のころは、夏になるとおばあちゃんの農場に行っていた。シューリーダと呼ばれる場所で、そして……おばあちゃんとあたしはそこで……楽しく……過ごしていた（「楽しく」という言葉が出てくるまでには、少し間があいた。セレスティンがこの話をする基本姿勢は、まずもって「楽し」そうには見えなかった）。

セレスティンは話を続けた。10代になると政治的な活動に関心を持つようになった。自分は欲得ずくの社会に生きていて、富める者はますます富み、自分はますます貧しくなるばかりなのだと思っていた。父親に、自分と母親の言うこと（たとえば、毎朝の朝食の席で両親を資本主義者のブタと呼ぶのをやめるなど）を聞かないなら小遣いはやれないと言われたからだ。

15歳になると、セレスティンは「共産主義者同盟マルクス・レーニン主義者（革命家）」に入党した。その理由のひとつは、このカッコに入った「革命家」という言葉だった。自分がどんな形の革命を望んでいるのか、何を何に革命するのかもわかっていなかったが、とにかくこの言葉に惹かれたのだ。しかしもうひとつの理由は、マルクス・レーニン主義が絶望的なまでに時代遅れになりつつあったからだった。１９６０年代の左派勢力は１９８０年代には右派に取ってかわられ、あげくその腰抜けどもは、独自にメーデーを定めるまでになった。ただし選んだ日付は、メーデーなのに10月4日だが。

　時代遅れで反逆者たることは、まさにセレスティンの好みそのものだった。さらにこのふたつの組み合わせは、自分の父親が支持するものの対極でもあった。父親は銀行の支店長で、つまりはファシストだ。セレスティンは、自分と同志が父親の銀行に赤旗を掲げて押し入り、小遣いの復活に加えて、停止時点からの利子も込みで遡って支払うよう要求する様子を夢想した。

　そこでセレスティンは、共産主義者同盟マルクス・レーニン主義者（革命家）地方支部が、前述の理由によりハンデル銀行グネースタ支店に行くべきであると深い考えなしに提案した。するとブーイングの後で激しく責めたてられ、最後は追い出された。党は、ジンバブエの同志ロバート・ムガベの支援で忙しかった。独立は果たしたので、あとは一党独裁体制を勝ち取るだけだった。党員はそのことで頭がいっぱいで、同志の小遣いをスウェーデンの銀行から奪いとることなどどうでもよかった。セレスティンは党支部長から、このレズ女め、と言われ、ドアに向かって追い立てられた（同性愛は、当時のマルクス・レーニン主義者にとっては2番めに最悪のものだった）。

　怒れるセレスティンは党を追い出され、しかもまだ中学生だったので、あとできることといえば、全教科可能なかぎり悪い成績で学校を卒業できるよう集中するくらいだった。これは彼女が両親に抗議するため積極的に行っている運動だった。たとえば、英語の課題の短い作文をドイツ語で書いたり、歴史の試験では青銅器時代は１９７２年2月14日に始まったと回答するなどである。

　学校最後の日、セレスティンは父親の机に成績表を置くと、その場で別れを告げてルースラーゲン地方にある祖母の家に引っ越した。父と母は、セレスティンのやりたいようにさせた。きっとすぐに戻ってくるだろうし、1ヶ月や2ヶ月くらいならかまわないと考えたのだ。いずれにせよ、彼女の底辺の成績では、進学校はおろかどこの高校にも進むことはできなかった。

祖母はそのとき60歳になったばかりで、両親から受け継いだじゃがいも畑でばりばり働いていた。セレスティンもできるだけの手伝いをした。祖母のことは、小さいころに夏休みを過ごしていたときと同じくらいに好きだった。しかしそれも、祖母が爆弾を落とすまでのことだった（ノンベコがこの表現を許してくれるなら）。ある夜、暖炉の火の前で、祖母が自分は伯爵夫人だと言ったのだ。セレスティンは頭のなかが真っ白になった。あたしのこと騙《だま》してたんだ！

「どうしてそう思うの？」ノンベコは純粋に興味があった。

「あたしが迫害者と仲良く座ってられるわけないじゃん？」セレスティンは言った。ノンベコが知るいつもの彼女が戻ってきた。

「でも、あなたのおばあちゃんじゃない！　そして今もでしょ。あたしはそう理解してるけど」

セレスティンは、あんたにはわかりっこない、この話はもう終わり、と言った。ともかく、翌日セレスティンは荷物をまとめ、祖母の家を出た。行くところがなかったので、数日間はボイラー室に泊まった。そして父親の銀行にデモに出かけ、そこでホルゲル1号に会った。共和主義者にして、その父親は情熱に衝き動かされて自らの信念のために死んでいった郵便局の下級職員。これ以上の出会いなんてあり得ない。ひと目で恋に落ちた。

「でも、おばあちゃんのところに戻る気持ちはあるってことでしょ？」ノンベコは言った。

「何さ、ムカつく。じゃあ他にどうしろっていうの？　あたしたち、爆弾なんてやばいものを持ち歩いてるんだよ。個人的には、ドロットニングホルムに持って行って、宮殿をぶっ飛ばしてやりたいくらいだけどね。そしたら少しは威厳ってものをもって死ねるし」

ノンベコは、君主制から何からまとめてぶっ飛ばすには、わざわざ40キロ離れた宮殿へ行くまでもないと指摘した。遠くからでも十分可能だからだ。ただし、お勧めはしないけど。それよりも、おばあちゃんのところに行くアイデアのほうがいいわ、とノンベコはセレスティンを称《たた》えた。

「ノテリエに行くわよ」ノンベコは言って、ホルゲル２号との会話に戻った。

ホルゲル２号とノンベコは、諜報員Ｂが再び彼らを見つけ出せないよう、自分たちの痕跡はできるかぎり消すようにした。とはいえ先日のあれは、どっちがどっちを見つけたことになるのかわからないが。

ホルゲル１号は、すぐにでもブロンマの仕事を辞めなければならない。住民登録をしているブラッケバリのアパートにも戻らない。ごく単純な話だ。弟の例を手本にして、必要最低限だけ存在するようにすればいいのである。

存在するのをやめるという意味では、セレスティンもそうするべきだったのだが、本人が拒否した。秋にはまた議会選挙があるし、その後にはＥＵ加盟に関する国民投票もある。住所がなければ、投票はがきが送られてこない。投票はがきがないと、「クズどもまとめてぶっ潰す」党に投票する国民の義務を果たすこともできない。ＥＵ加盟については賛成するつもりだった。どうせそろって地獄に落ちるだろうから、スウェーデンも道連れになってちょうどいいと思っていたからだ。

ノンベコは、自分はほとんどの国民が選挙権を持たない国から、一部の人には選挙権を与えるべきではない国に移住してきたのだと、しみじみ思い返していた。結論としては、セレスティンはストックホルムのどこかの住所で私書箱を持てばいいということになった。そして郵便物を取りに行くときには、見張られていないか毎回かならず確認する。やりすぎかもしれないが、これまでのところ悪くなる可能性があったことはすべてそうなってきたのだから、このくらいでちょうどいい。

これで、過去の痕跡を消すためにできることはほとんどなくなった。残すは、できるだけ近いうちに警察に連絡して、ホルゲル＆ホルゲル社がテロリスト集団に焼き討ちされた件について相談したいと申し出るだけだ。この問題は、後始末よりも事前に手を打っておくほうが良策だ。

ノンベコはひとまず休もうと目を閉じた。

＊＊＊

ノテリエでは、セレスティンの祖母を買収するための食料品を調達することにした。ノンベコは、自分たちがお世話になる人をじゃがいも畑に行かせるわけにいかないと思った。

それがすむとさらにヴェートゥーに向かって車を走らせ、ニューセットラのすぐ北を通る砂利道に入った。

老婦人は、その道が行き止まりになったところからさらに数百メートル先に住んでいた。来客などもう何年もなかった。だからその夜、音に続いて見知らぬ車がトレーラーを引いて敷地に入ってきたのに気づくと、大事を取って父親のヘラジカ用の猟銃を手に玄関ポーチに出た。

ノンベコ、セレスティン、そしてホルゲルとホルゲルは車を降りると、老婦人のもとへ向かった。

彼女は猟銃を掲げて、盗人や泥棒のためになるようなものは何もないよ、と言った。ノンベコはすでに疲れきっていたのだが、さらに疲れを覚えた。

「奥様、どうしても撃つとおっしゃるなら、銃口はどうぞ私たちに向けてください。トレーラーにではなくて」

「おばあちゃん！」怒れるセレスティンが（本当に嬉しそうな）声をあげた。

老婦人は孫娘の姿を見ると武器を下ろし、セレスティンを思い切り抱きしめた。それから、自分の名前はヤトルドだと自己紹介をすると、セレスティンの友達はどんな人なのかと尋ねた。

「『友達』ってだれのこと？」セレスティンが言った。

「私はノンベコです」ノンベコは言った。「実は今少し、困ったことになっているのです。それで、夕食をお持ちしましたので、もしよろしければ、ひと晩泊めていただけないでしょうか」

玄関の階段に立っていた老婦人は、しばし考えこんだ。

「さて、どうしたもんかね」彼女は言った。「ただ、あんたたちがどの程度のごろつきで、どんな食事を出してくれるのかがわかれば、話し合いの余地はあるよ」

そのときになって、彼女はふたりのホルゲルに気がついた。

「このふたりは何者だい。そっくりじゃないか」

「僕の名前はホルゲルです」ホルゲル1号が言った。

「僕もホルゲルです」ホルゲル2号が言った。

「鶏の煮込みです」ノンベコが言った。「いかがでしょうか」

「鶏の煮込み」は、シューリーダに入る合言葉だった。ヤトルドは、ときどき自分でも自分の鶏をさばいて煮込みを作っていたが、その手間なしに食べられるなら何よりだと思った。

ノンベコが食事の支度をして、残りの3人はテーブルに着いた。ヤトルドが自家製ビールを料理人を含む全員に注いだ。ノンベコは生き返る思いだった。

セレスティンが、ホルゲルとホルゲルの違いについて説明していた。こっちがあたしのすてきなボーイフレンド。それでこっちは説明するのもまったくの時間のむだ。ノンベコは怒れるセレスティンに背を向けたまま言った。

「そう思っててくれてよかった。つまり、ボーイフレンドを交換するような話にはならないってことでしょ」

けれども、なぜ彼らがシューリーダに行きつくことになったか、どのくらい滞在する予定か、なぜトレーラーに木箱を載せて車で走りまわっているかという話になると、一筋縄ではいかなくなった。ヤトルドの声の調子が鋭くなり、いかがわしいことをするつもりなら、よそでやってくれと言った。セレスティンは何があっても歓迎するけれど、そういうことならほかの連中はお断りだ。

「その件は食事をしながら話しましょう」ノンベコは言った。

ビールを2杯空けたところで、煮込みの用意ができた。ヤトルドはすでにだいぶ態度を和らげてはいたが、最初のひと口でさらに気分をよくしたようだった。ただし、そろそろ詳しい話を聞かなくてはいけない。

「食事がおいしいからって、話さなくていいわけじゃないんだよ」ヤトルドは言った。

ノンベコは、うまくいきそうな作戦をあれこれ考えた。一番簡単なのは、もちろんすべて嘘で塗りかためてしまうことだ。そして後は、その嘘をできるだけ長くつき続ける。

しかし、ホルゲル1号とセレスティンのことを考えると……ふたりのどちらかが口を滑らせるまでどのくらいだろう。1週間？　1日？　15分？　それにこの老婦人は、怒りっぽいという意味ではあらゆる点で孫娘に似ているふしがある。嘘がばれたときにはどうするだろう？　ヘラジカ用の猟銃を使うにしても使わないにしても。

ホルゲル2号が緊張した面持ちでノンベコを見た。あのことも話すつもりなのか、まさか？

ノンベコは笑顔を返した。たぶんだいじょうぶだ。純粋に統計的観点から、うまくいくチャンスは十分にあるといえた。これまでのことを考えれば、おそらく今の状況はすでに森を抜けつつあるといったところだ。実際は、こんな森の奥深くに座っているわけだが。

「それで？」ヤトルドが言った。

ノンベコは女主人に、ちょっとした商売上の取引はできないかと尋ねた。

「ここに至るまでの話は、最初から最後まですべてお話しするわ。その結果、まちがいなくあたしたちは追い出される。どれほどこっちがしばらく置いてほしいと思っていても。ただ本音を言わせていただけるなら、今夜ひと晩だけはお願いしたいの。これでどう？　ところで、鶏の煮込みのおかわりはいかがかしら。ビールも注ぎましょうか」

ヤトルドはうなずいた。そして、もし真実のみを話すということなら、この取引に応じないでもない、と言った。嘘は聞きたくない。

「嘘はつかないわ」ノンベコは約束した。「じゃあ、始めるわね」

そして、ノンベコは話した。

ペリンダバでの話はかなり省略した。それと、ホルゲルとホルゲルがどのようにホルゲル&ホルゲル社を開くに至ったかについても。そして爆弾のこと。本来は南アフリカを世界の悪しき共産主義者から守るためのものだったのだが、その後世界中の同じくらい邪悪なアラブ人から守るためにエルサレムに送られたはずが、代わりに行き着いたのは、何からも守る必要のないスウェーデンだった（ノルウェー人もデンマーク人もフィンランド人も総じてさほど邪悪ではないと考えられている）。そしてグネースタの倉庫に置かれたが、不幸にもその倉庫は燃え落ちてしまった。

　そして今は実に運が悪いことに、爆弾はトレーラーに載せられており、自分たちはこの国の首相が賢明にもこちらの電話に出ると決めるまでのあいだ、どこか身を寄せておく場所が必要だ。指名手配はされていないが、される理由はいくらでもある。一方、その途中で、たまたま某国の諜報員の気分を害してしまった。

　ノンベコが話し終えると、全員で女主人の裁定を待った。

「なるほど」ヤトルドはしばらく考えたすえに言った。「あんたたち、爆弾をドアのあんなすぐ外に置いといちゃいけないよ。ちゃんと家の裏のじゃがいもトラックの荷台に移して、納屋にトラックごと入れておいておくれ。そしたら万が一爆発しても、みんなケガをしなくてすむだろう？」

「でも、そんなことしたって――」ホルゲル1号が彼にしてはすばやく口を挟みかけたが、あえなくノンベコに遮られた。

「ここに来てからは、感心するくらい静かにしてたのに。お願いだから黙ってて」

　ヤトルドは、諜報員《セキュリティ・サービス》が何かは知らなかったが、なんだか安全そうだと思った。そして警察に追いかけられていないなら、しばらくのあいだ泊まるくらいはかまわないと考えた。ただし滞在費として、ときどきは鶏の煮込みとウサギのローストを作ってもらおう。

ノンベコはヤトルドに、追い出さないでいてくれるなら、少なくとも週に1度は鶏かウサギにすると約束した。ホルゲル2号は1号とちがって話すのを禁じられていなかったので、老婦人の気が変わらないうちに、話題を爆弾とイスラエルからそらしてしまおうと考えた。

「それで、奥様。あなたのお話も聞かせていただけませんか?」2号は言った。

「あたしのかい?」ヤトルドが言った。「なんだい、やぶからぼうに」

＊＊＊

ヤトルドは、自分は本当は伯爵夫人にして、フィンランドの男爵、元帥、そして国民的英雄であるカール・グスタフ・マンネルヘイムの孫でもある、という話から始めた。

「うげ」ホルゲル1号が言った。

「さっきも言ったが、今晩おまえの一番大事な仕事は口を閉じておくことだ」弟ホルゲルが言った。

「続けてください、ヤトルド」

グスタフ・マンネルヘイムは軍歴がまだ浅いうちにロシアに赴いた。そしてそこで、ロシア皇帝に永遠なる忠義を誓った。彼はこの誓いを何にもまして大事にしてきたが、１９１８年7月、ボリシェヴィキが皇帝と一家を殺してしまい、その意味は失われた。

「いい話だ」ホルゲル1号が言った。

「黙ってろって言っただろう!」弟が言った。「どうぞ続けて、ヤトルド」

さて、長い話を短くまとめると、グスタフは輝かしい軍歴を重ねていった。それだけではない。中国に皇帝のスパイとして赴いて帰還し、人間を丸ごと飲みこんでしまうほど口の大きな虎を倒し、ダライ・ラマに会い、全連隊の司令官になった。

しかしながら彼の恋愛歴は、軍歴ほど華々しくはいかなかった。たしかに妻は美しく高貴な生まれのロシア系セルビア人女性で、娘ふたりに続けて恵まれた。世紀の変わり目には息子も生まれたが、公的には死産といわれた。そしてグスタフの妻はカトリックに改宗し、イギリスで修道女になるために家を出て、ふたりのあいだに新たな子供が授かる望みは劇的に低下した。

グスタフは失意の底に沈んだが、日露戦争に参戦することで心にかかるもやもやを取り払い、当然ながら英雄となって、戦地での目覚しい功績に聖ゲオルギー十字勲章を授与された。

しかし、ヤトルドは知っていた。実は、死産とされた男の子は死んではいなかったのである。のちに修道女になる妻が不在にしてばかりの夫にそう言っただけのことだった。実際は、生まれたばかりの男の子は手首に名札をつけたままヘルシンキに送られ、フィンランド人の里親に預けられた。

「チェドミール？」赤ん坊の新しい父親が言った。「読むのが難しいな。この子の名前はタピオにしよう」

こうしてチェドミール・マンネルヘイムはタピオ・ヴィルターネンとなった。タピオは、生物学的父親からその英雄的資質をあまり受け継いでいなかった。代わりに、育ての父親が持てる知識のすべてを授けてくれた。偽札の作り方である。タピオはわずか17歳で、すでにその道の名人の域に達するほどになっていた。しかしそれから数年後、育ての父と息子とでヘルシンキ市民の半分は騙したかというころ、ヴィルターネンの姓をすっかり汚してしまったので、今後この仕事でこの名前は使えないことに気づいた。

そのころには、タピオは自分の高貴な血筋について知っていた。仕事目的のときに再びマンネルヘイムを名乗ることを思いついたのは、タピオ本人だった。仕事はかつてないほどうまくいった。しかしそれも、グスタフ・マンネルヘイムが、ネパール王の供で野生動物の狩りに赴いたアジア探検から戻るまでのことだった。帰国したグスタフが最初に耳にしたのは、自分の名を騙《かた》る偽者が、自分が頭取を務める銀行をひっかけたという話だった。

結局、タピオの育ての父は捕らえられて拘束され、タピオはオーランド経由でスウェーデンのルースラーゲン地方に逃亡した。スウェーデンでは、再びヴィルターネンを名乗った。ただしスウェーデン紙幣で仕事をするときに限っては、聞こえのいいマンネルヘイムの名を使うことにした。

タピオは短い周期で４度結婚した。最初の３人の妻は、伯爵と結婚したはずが、別れるころには夫はならず者に変わっていた。一方、４人めの妻はタピオ・ヴィルターネンの本性を初めから知っていた。彼に、フィンランドにいたころの二の舞になる前に偽札商売から足を洗わせたのもこの妻だった。

ヴィルターネン夫妻はノテリエ北部のシューリーダという名の小さな農場を買い、不正入手した家庭財源を３ヘクタールのじゃがいも畑と２頭の乳牛と40羽のめんどりに投資した。それからすぐに夫人は妊娠し、１９２７年に娘のヤトルドが生まれた。

数年が過ぎ、世界はまたしても戦争をしていた。グスタフ・マンネルヘイムは例によってやることなすこと（恋愛以外）成功し、再び戦争で国民的英雄になると、ついにはフィンランド元帥の称号を与えられ、そして国家大統領に就任した。アメリカでは切手にもなった。一方、父にその存在を知られていない息子のほうは、そこそこの品位を持ってじゃがいも畑を耕しながらのんびり過ごしていた。

成長したヤトルドの恋愛運は祖父譲りだった。18歳のときにノテリエのパーティーで、ウオツカとロランガ・オレンジソーダのカクテルを持ってきてくれたガソリンスタンド店員に口説かれて、あれよあれよという間にシャクナゲの茂みの陰で妊娠させられた。わずか2分足らずのロマンスだった。ことがすむと、店員は自分の膝についた土を払って、最終バスに乗らないといけないからと言い、「じゃあ、また今度会うときに」と告げて去っていった。

けれども、ふたりが会うことは二度となかった。そして9ヶ月後、ヤトルドは父親のいない娘を産み、同じころ彼女の母がガンのためにこの世を去った。シューリーダには、ヤトルドと彼女の父タピオ、そして生まれたばかりの娘クリスティーナが残された。大人ふたりはじゃがいも畑でせっせと働き、幼い娘はすくすく成長した。娘がノテリエの中学校にあがるころには、彼女の母親は折に触れて「悪い男には気をつけろ」と注意していた。そしてクリスティーナはグンナーと出会うのだが、グンナーはまさに「悪い男」の対極に思えた。ふたりはやがて恋人同士となり、結婚し、かわいいセレスティンに恵まれた。そして信じてもらえるだろうか、グンナーは銀行の支店長にまでなったのである。

「そうなんだよ、ムカつく」怒れるセレスティンが言った。

「君も黙ってろ」ホルゲル2号は言ったが、ヤトルドの気分を害さないよう、声は抑えめにした。

「楽しいことばかりの人生じゃなかったよ」ヤトルドはそう言って話を締めくくった。残ったビールを飲み干す。「でも少なくとも、あたしにはセレスティンがいるからね。戻ってきてくれて本当に嬉しいよ。かわいい子」

この7年間、図書館の本を読みつくしていたノンベコは、フィンランドの歴史もマンネルヘイム元帥のこともよく知っていて、ヤトルドの話にはいくつか弱点があることに気づいていた。自分は男爵の息子だと気づいた男の娘だからといって、ヤトルドが伯爵夫人になれるわけではない。それでもノンベコはこう言った。

「そうなのね、すごいわ！　あたしたち、伯爵夫人と夕食をごいっしょしているってわけね！」

ヴィルターネン伯爵夫人は顔を赤らめ、食料庫に新たな飲み物を取りに行った。ホルゲル2号は、1号がヤトルドの話に反論しようとしているのに気づき、いいから永遠に黙っていろ、と釘を刺した。今大切なのは、家系図よりも今晩の寝床のほうだった。

＊＊＊

ヤトルドのじゃがいも畑は、ヤトルドが数年前に隠居生活に入ってから耕されないままになっていた。彼女は小さなトラックを1台持っていた。じゃがいもトラックだ。これまでは、ノテリエに月1度日用品の買い出しに行くときに乗るだけで、いつもは家のすぐ裏に置かれていた。それが今では、爆弾の一時保管施設となって、１５０メートル離れた納屋に入れられていた。鍵は安全を考えてノンベコが預かることにした。食料品の買い物は、ブロムグレン夫妻が親切にも無期限で貸してくれたトヨタを使ってすますことができた。ヤトルドは、もう自分で買い物に出かける必要がなくなり、大いに満足していた。

家には十分な数の部屋があった。ホルゲル1号とセレスティンは2階のヤトルドの隣の部屋を使い、2号とノンベコは1階キッチンの隣の部屋に落ち着いた。

2号とノンベコは、早いうちに1号とセレスティンのふたりと真剣な話し合いをした。今後いっさいのデモは禁止。木箱をどこかに持っていくアイデアもなし。まとめると、おふざけはもうおしまいということだ。そんなことをしたら、自分たちの命だけではない、ヤトルドまで危険に晒してしまう。最後に2号は兄に、社会をひっくり返す活動に身を投じるのも、爆弾を手に入れようとするのもやめると約束させた。しかし1号は、いつか天国で父さんに会ったらなんて言えばいいんだよと、うだうだ言い続けた。

「『僕の人生を台無しにしてくれてありがとう』ていうのはどうだい」ホルゲル2号は言った。

＊＊＊

次の火曜日は、ストックホルム警察での面談日だった。面談を申し出たのはホルゲル2号本人だった。もともと存在していないので例の火事でも死亡しようがないテロリストの捜査の一環で、いずれ廃墟ビルの住人にそれらしい人物がいなかったか事情聴取があるだろうと、見越してのことだった。対策は、信憑性のある話をあらかじめでっちあげていくことと、怒れるガールフレンドを連れていくことだった。危険は伴うが、ノンベコが繰り返し、決めたことを守らなかったらどれほど厄介なことになるかを言い聞かせた。セレスティンは、面談中は絶対にこのブタ野郎と言わないと約束した。

ホルゲル2号は兄の名を名乗り、ホルゲル&ホルゲル社の唯一の従業員であるセレスティンのことも紹介した。

「初めまして、セレスティンさん」警察官が手を差しだして言った。

セレスティンはその手を取り、「うぐぐ」と声にならない音を漏らして答えた。舌を噛みながら話すことはできないからだ。

警察官はまず、会社のビルや倉庫が全焼したことに対する見舞いの言葉から始めた。「この件については、クヴィストさんもご存知のとおり、保険会社との話になります。そして、この事件のせいでセレスティンさんが失業されたのでしたら、お気の毒なことです」

捜査はまだ初期の段階で、たとえばテロリストの身元などについても、言えることはほとんどない。当初は、ビルの焼け跡から焼死体が見つかるものと期待していたが、今のところ発見できたのは、逃走経路になった可能性がある地下トンネルだけである。ただ、国家警察特殊部隊のヘリがたまたまトンネルの出口がある地点に墜落してしまったので、それについてもきわめて不透明である。

しかし、市の当局からは当該ビルに何者かが居住していると思われるとの通達が出ていた。その件に関して、クヴィストさんから何か言いたいことは？

ホルゲル２号はぎくっとしたような表情を見せた。前もって決めていたとおりだ。ホルゲル＆ホルゲル社には従業員はひとりしかおらず、それがつまりここにいるセレスティンなのだが、彼女が倉庫の保全やそのほかの管理業務を担当していて、自分は空いた時間で配達をしている。警察官さんはすでにご存知と思うが、それ以外の時間はブロンマのヘリコプター・タクシー社で働いていた。しかし不幸な事件があってそっちの仕事はもう辞めた。あんな荒れ果てたボロ部屋に住んでいる人間がいるとは、とても思えない。

ここで打ち合わせどおり、怒れるガールフレンドが泣きだした。

「どうしたんだい、セレスティン」ホルゲルは言った。「何か言いたいことがあるのか？」

セレスティンは、鼻をすすりながらなんとか言葉を絞りだした。父さんと母さんとケンカをしてしまって（これはもちろん真実だ）、ホルゲルの許可を得ずにこっそりあの汚いビルの部屋にしばらく泊まっていた（これもいちおうは真実だ）。

「ということは、あたしは刑務所行きになるんですね」彼女はすすりあげた。

ホルゲル2号は彼女を慰め、馬鹿なことをしたものだな、と言った。そして自分も今ここに座って、警察官さんにそうとは知らず嘘をついてしまった。とはいえ、さすがに刑務所という話にはならないはずだ――せいぜい、高額の罰金とか？　警察官さんはどう思います？

警察官は咳払いをすると言った。一時的にでも工業地区に人が住むのは許されていないが、この件は、調査中のテロリスト案件とは、まったくとはいわないまでもわずかしか関連性が認められない。要するに、セレスティンさんは泣かなくてよろしい。このことは、だれかに知られたりしないように。さあ、よかったらティッシュを使いなさい。

怒れるガールフレンドは鼻をかんだ。頭のなかではひたすら、このおまわりのやつ腐ってやがる、と考えていた。罪っていうのはなんだってきっちり訴えるべきじゃん？　けれども何も言わなかった。

ホルゲル2号は、枕会社はこれで廃業にすると言いそえた。そうすれば、非公認の住人の問題もなくなる。この取り調べも、もう終わりにしてもらえるのでは？

警察官はうなずいた。もうこれ以上聞くこともない。彼はクヴィスト氏と若いセレスティン嬢がわざわざ来署してくれたことに礼を言った。

ホルゲルも礼を返した。セレスティンはまたも、うぐぐと音を漏らした。

＊＊＊

病死したばかりの男の殺害、警察からの逃亡、爆弾の炎上阻止、そしてホルゲル1号のセルゲル広場襲撃事件とパラシュートなしの高度６００メートル大ジャンプの後で、シューリーダの新たなお客たちは、静かで平和な時間を必要としていた。一方で諜報員Ｂは、その正反対に奔走していた。

数日前に、彼はグネースタのフレード通りからノンベコと一味が爆弾を持ち逃げするのを許してしまった。自分で望んでしたのではない。そうするしかなかったのだ。イスラエルの諜報員が、原子爆弾をめぐってスウェーデンの公共の道路で50人もの警察官を目撃者に、争ったりするわけにはいかないではないか。いや、それは母国のため最適の選択ではなかった。

しかし、状況は必ずしも絶望的とばかりもいえない。これで爆弾とノンベコ・マイェーキがまだいっしょだということがわかった。はっきりしたとはいえ、意外なことでもあった。この7年のあいだ、やつはいったい何をしていたのだ？　今はどこにいる？　そしてなぜ？

諜報員Ｂは、状況分析をするため、ストックホルム市内のホテルにミヒャエル・バラック名で部屋を取った。

この前の木曜日、諜報員Ｂは同僚の諜報員Ａから暗号化されたメッセージを受けとった。

それによると、ホルゲル・クヴィスト（テレビの報道より）なる男の所在を突きとめ、これからその男に、自分たちを一度ならず二度も騙したいまわしい掃除婦、ノンベコ・マイェーキのところに案内させるということだった。

以来、Aからの通信は途絶えている。そして今では、Bからのメッセージに返信もしてこない。Aは死んだと想定せざるを得なかった。しかしAは死ぬ前に、Bが探るべきいくつもの有力な手掛かりを残しておいてくれた。たとえば、掃除婦と爆弾の所在地と推定される場所の地理的座標。ホルゲル・クヴィストのものと思われるブラッケバリとかいう場所のアパートや、ブロンマの勤務先の住所もあった。スウェーデンの制度には、秘密というものは存在しないらしい。諜報員にとっては夢のような状況だ。

Bはフレード通り5番地から捜索を開始したが、その場所はもはや存在しなかった。前の晩、全焼してしまっていたからだ。

何者かがすんでのところで爆弾を火災から救出したことは明らかだった。木箱が少し焦げた状態でトレーラーに載せられ、バリケードの外に置かれていたからだ。シュールな光景だった。さらにシュールだったのは、諜報員の横に掃除婦がふらっと現れ、明るく挨拶して、爆弾を持ち去っていったことだ。

諜報員Bもすぐにその場を立ち去った。スウェーデンの新聞を数部買いこみ、苦労しながらも隅から隅まで目を通した。ドイツ語と英語の両方ができれば、スウェーデン語は単語を拾って、おおよその文意は推測できる。さらに王立図書館では、英語の記事もいくつかは読むことができた。

火事はどうやらテロ事件の最中に起きたらしかった。しかし、テロの首謀者であるノンベコは、バリケードの外に平然と突っ立っていた。なぜ逮捕されなかった？　スウェーデンの警察は、８００キロもの木箱を火災から運びだしておきながら、なかに何が入っているか確認するのも忘れて、やつらにやすやす持ち去らせてしまうほど間抜けなのか？　そうなのか？

　そして同僚のAは？　もちろん、あのフレード通り5番地の火のなかに置き去りにされたのだろう。それ以外に説明のしようがない。タリンにいないのだとしたら。そもそも、そんなところで何をしようというのだ。そして掃除婦はその件について何を知っているのか。隣にいた男は、ホルゲルと名乗っていた。つまり、Aが前日に拘束した男だ。あのホルゲルのやつが、Bの同僚を倒したということだろうか。そしてタリンに送った？

　いや、Aは死んだ。そうとしか考えられない。掃除婦は、これで彼らを3度騙したのだ。その報いにあの女がたった1回しか死ねないとは、なんとも胸くそ悪い話だ。

　手掛かりはいくつもあった。諜報員Aが残してくれたものもあるし、B自身が掴んだ情報もあった。たとえば、爆弾を運び去ったトレーラーのナンバーだ。持ち主はハリー・ブロムグレンという人物で、グネースタからさほど遠くない場所に住んでいる。諜報員Bは、まずそこを訪ねることにした。

　ハリーとマルガレータのブロムグレン夫妻の英語はひどいもので、ドイツ語も同じようなものだった。諜報員がどうにか理解したところでは、夫婦は何者かが車で壊したフェンスと盗まれた車とトレーラーを、彼に弁償させようとしていた。どういうわけか夫妻は、彼が掃除婦の代わりに来たと思ったらしい。

　最終的に、諜報員はこの尋問の主導権を握るために拳銃を持ちださざるを得なかった。

　掃除婦と一味は、どうやらトレーラーでフェンスを突き破って侵入し、無理やりブロムグレンの家に泊まりこんだようだ。その後に何があったのかは、ついにわからずじまいだった。夫婦の語学力がお粗末すぎて、だれかが彼らの喉に噛みつこうとしていたとしか聞こえないのだ。

ともかく、ブロムグレンは、たまたま掃除婦の通り道にいたということ以外に、この悪事には関係していないようだった。ということは、夫妻の額に弾を撃ちこむとしたら、主にBが夫妻を嫌いだという理由しかなかった。しかし、Bはそんな薄っぺらな根拠で人を殺すことに楽しみを見出す人間ではなかった。そこでBは、暖炉の上の陶器のブタふたつをふっ飛ばしてみせて、自分がここに来たことを今すぐ忘れなければ同じことが夫妻の身にも起こることになると説明した。陶器のブタはひとつ40クローナした。それが粉々に砕けるのを見て、夫婦はいたたまれない気持ちになった。それでも、死んで、これまでの人生で貯めこんだ約３００万クローナもの金と永遠に別れることになるのは、もっといやだ。ふたりはうなずき、このことは絶対に何があっても口外しないと、心の底から約束した。

諜報員Bは動き続けた。ホルゲル・クヴィストは、ホルゲル&ホルゲル社の単独所有者だということがわかった。登記住所はフレード通り5番地。火事で全焼した会社だ。テロリスト？　ちがう。まちがいなく、いまいましい掃除婦のしわざだ。モサドだけではなく、国家警察特殊部隊まで騙くらかしたというわけだ。まったく腹立たしいにもほどがある。そして、敵としては不足のない相手だ。

さらに、クヴィストはブラッケバリに住民登録していることもわかった。諜報員は当該アパートに丸３日張り込んで、観察を続けた。部屋の電灯をつけたり消したりする様子は見られなかった。郵便受けには、手をつけたあとのない広告類がたまっていた。クヴィストはここにはいない。何かが起こったあの日以来、来ていないのだ。

やぶへびになるかもしれないと思いつつ、Bはヘリコプター・タクシー社に行ってみることにした。ドイツの雑誌「シュテルン」の記者、ミヒャエル・バラックと名乗り、ホルゲル・クヴィスト氏にインタビューできないかと尋ねた。

いや、クヴィストなら、数日前にひどい暴行を受けて、ここの仕事も辞めることになった。バラックさんは、例の事件についてもちろんお聞き及びで？

今どこにいるかって？　それはなんとも言えない。おそらくはグネースタではないだろうか――彼はそこに枕の輸入会社を持っている。今は常勤ではないようだが、私が知るかぎり、ちょくちょく業務のために戻っていたようだ。そういえば、たしかガールフレンドがそこに住んでいるんじゃなかったか？

「ガールフレンド？　その女性の名前はご存知ですか」

社長は、はっきり言うことはできなかった。セレスティン？　ともかく、あまり聞かない名前だった。

スウェーデンにセレスティンという名前で住民登録している人物は、全部で24名いた。しかし、つい数日前までグネースタ市のフレード通り5番地に住民登録をしていたのは、セレスティン・ヘードルンドただひとりだった。

セレスティンよ、最近も赤いトヨタ・カローラでトレーラーを引いて走り回っているのか？　諜報員はひとりごちた。ノンベコ・マイェーキとホルゲル・クヴィストを後部座席に、そしてもうひとり、俺の知らない男を助手席に乗せて。

セレスティンの痕跡をたどると、じきに4つの別々の地点が浮かびあがった。最近開設したストックホルムの私書箱。その直前がフレード通り5番地。その前がノテリエ郊外のヤトルド・ヴィルターネン方。その前が、おそらく両親の住む実家と思われるグネースタの住所。ふつうに考えれば、遅かれ早かれこの4つのいずれかには姿を現すだろう。

捜査という観点からいえば、もっとも足が向かないのは、当然ながらすべてが灰の山と化したあの場所だ。もっとも興味を引かれるのは私書箱。あとのふたつは降順で、両親のいる実家、そしてヤトルド・ヴィルターネンの家だった。

＊＊＊

ノンベコは、セレスティンの話から、彼女が短期間シューリーダに住民登録していたことを知り、心に引っかかっていた。一方で、自分たちを追っている諜報員が、セレスティンの存在を知っているとは思えないとも考えていた。

南アフリカからの違法移民のノンベコは、ヨハネスブルクで酔った技術者に轢《ひ》かれた日からこのかた、とてつもなく幸運だったことはなかった。そして、今まさに自分がその運に恵まれようとしているとは、そのときは知るわけがなかった。

というのも、こういう展開になっていたからだ。諜報員Bはまず、ストックホルムの私書箱を1週間監視した。その後、セレスティンの実家を、やはり1週間かけて張りこんだ。どちらも成果はあがらなかった。

しかし、彼がいよいよ最後の可能性が残されたノテリエ郊外へ向かおうかというとき、テルアビブの上司の忍耐が切れた。上司は、ここまでくるともはや単なる個人的復讐だ、モサド諜報員たるものの活動基準は、もっと知力を要する動機でなければならない、と言った。プロの原子爆弾窃盗犯が、爆弾を持ったままスウェーデンの森のなかに、ただ黙って潜伏しているとはとても考えられない。諜報員には即刻帰国を命じる。たった今。いや、もう少ししたらではない。今すぐだ。

第5部

話している相手が聞いていないようでも、
がまんして。
耳に綿毛が詰まっているだけかもしれないから。

——クマのプーさん

17 見た目そっくりのもうひとりの自分がいる危険

さて、南アフリカでは、かつてテロリストとして罪に問われた男が27年ぶりに釈放され、ノーベル平和賞を受賞し、国家大統領に選出された。

同じころシューリーダでは、これといった事件も起こらず日々が過ぎ、やがて何週間かが過ぎ、さらに何ヶ月かが過ぎていった。季節は夏から秋に、そして冬から春へと移り変わっていった。

怒りに燃える某国の諜報員たちは、いっこうに姿を現さなかった（ひとりはバルト海の海底２００メートルに沈み、ひとりはテルアビブのデスクにひとりで座っていた）。

ノンベコとホルゲル２号は、爆弾やそのほか気が滅入るあれこれは、しばらくのあいだ忘れることにした。森を散歩し、キノコ狩りをし、ヤトルドの手漕ぎボートに乗って湾に釣りに出かけた。いずれも心癒される時間だった。

やがて大地が温《ぬく》むころ、彼らは老婦人からじゃがいも畑を再耕する許可をもらった。

トラクターや機械類はひと昔前のものばかりだったが、ノンベコが試算してみたところ、労働の成果は年間で22万５６２３クローナの利益になるという結果が出た。加えて、ホルゲル１号とセレスティンにやるべきこと（馬鹿な活動以外）ができるという利点もあった。静かな田舎暮らしに、わずかばかり収入の足しがあっても害になることはない。枕会社も１９６０万クローナも炎に消えてしまったのだから。

１９９５年11月、その年初めての雪が降った日、ノンベコはひさしぶりにホルゲル２号と自分の未来について終わりのない議論を始めた。

「ここでの生活はすごくうまくいっているわ。そう思わない？」ノンベコは言った。ホルゲルとふたり、ゆったりした日曜の散歩中のことだった。

「そうだね。すごくうまくいっている」２号はうなずいた。

「あたしたちが現実に存在していないのが、残念でならないわ」ノンベコは続けた。

「そして爆弾のほうはいまだに納屋に存在していることもね」

それから、どちらの問題も永久に変えることはできないのか延々と話し合い、いつしか議論の中心は、これまで何度繰り返し同じことを話してきたかに変わっていた。

どういう見方をしてみても、いつもかならず同じ結論に行き着いた。ノテリエの市長風情に爆弾を渡すわけにはいかない。絶対に、国家政府の最高位人物に直談判しなければ。

「首相にまた電話をしてみるべきだろうか」ホルゲル２号が言った。

「どうせなんにもならないわよ」ノンベコは言った。

実際、これまでに3回にわたりふたりの別々の首相秘書に電話をし、それから2回にわたり同一の王室秘書に電話をしてきたが、すべて答えは同じだった。首相も王も、人間だろうが獣だろうが、相手にしないのだ。たしかに、首相は最初にこちらの意向を詳しく手紙で伝えれば、対応してくれるかもしれない。しかし、ホルゲル２号とノンベコにはそれでうまくいくとは到底思えなかった。

ノンベコは、ホルゲル２号が兄の名で大学に行き、その後首相に接触できそうな仕事に就《つ》くというかつての案を改めて持ち出した。

今回のもうひとつの選択肢は、廃墟ビルが自然倒壊するまでそこに住み続けることではなかった。

そのビルは今はもうない。新しい選択肢は、シューリーダのじゃがいも畑を耕す生活だ。たしかに楽しい仕事だが、人生のよき目標たり得るとはいえなかった。

「でも、学位を取るのは簡単なことじゃないよ」ホルゲルが言った。「少なくとも僕にはね。君なら簡単かもしれないけど。たぶん数年は必要だ。待つのはかまわない？」

　問題ない。すでに何年も経ってしまったのだし、ノンベコは待つのには慣れていた。あと少しのあいだくらいなら、時間は潰せる。たとえば、ノテリエの図書館の本を読みつくすとか。それに、おバカふたりと老婦人の動向に目を光らせておくだけでもパートタイムの仕事並みだ。それに加えて、もちろん、じゃがいも畑の仕事はかなりの重労働になる。

「じゃあ、経済学か、政治学かな」ホルゲル2号が言った。

「両方でもいいのよ」ノンベコが言った。「あなたががんばるんだから、あたしだって喜んで手伝うわ。実は、数字には強いほうだから」

＊＊＊

　翌年の春、ホルゲル2号はついに大学進学のための統一試験を受けた。能力と努力の双方の賜物で高得点を取ることができ、秋にはストックホルム大学の経済学部と政治学部に同時入学した。それぞれの学部の講義の時間が重なることがあったので、そういうときにはノンベコが経済学の教室にもぐりこんで代わりに受講し、夜に講義の内容をほとんど一字一句そのとおりに再現した。加えて、ときにはバリマン教授やヤーレゴッド准教授の誤りを指摘してもみせた。

ホルゲル1号とセレスティンはじゃがいも畑の仕事を手伝いながら、定期的にストックホルムに出かけて、ストックホルム無政府主義同盟の会合に出席していた。これは、公的な運動には参加しないという条件でホルゲル2号とノンベコも了承していた。さらに、無政府主義同盟は、会員名簿も作らないほど無政府状態が徹底されていた。ホルゲル1号とセレスティンは、ごくあたりまえのこととして匿名を通すことができた。

ふたりは、同じ志を持った仲間との交流を楽しんだ。ストックホルムの無政府主義者たちはあらゆるものに異を唱えた。

資本主義は、ほかのすべての「〜主義《イズム》」とともに粉砕されるべきだ。社会主義。マルクス主義。それ以外の考えられうるものすべて。もちろん、ファシズムとダーウィン主義も（このふたつは同一のものとみなされる）。一方、キュビスムは、なんらかの規則で縛られないかぎり存続を許された。

さらに、王もまた排除されねばならない。会の参加者のなかには、なりたい人間がだれでも王になればいいと言う者もいたが、これには反対の声があがった。ホルゲル1号ももちろん言ってやった。王なんて、ひとりだけでも十分胸くそ悪いじゃないか。

なんということだろう。ホルゲルの話にみんなが耳を傾けた。セレスティンが、選挙権を得てからずっと、自分で作った「クズどももまとめてぶっ潰す」党に忠誠を守っていると言ったときも、同じだった。

ホルゲルとセレスティンはようやく、自分たちの帰るべき場所を見つけたのである。

＊＊＊

ノンベコは、じゃがいも農家になると決めたからには、ちゃんとやりたいと考えた。彼女とヤトルドはうまくいっていた。老婦人は名前の件をぐずぐず言っていたが、実際にノンベコが会社名を「ヴィルターネン伯爵夫人」会社として登記したときには、反対はしなかった。

作付け量を増やすため、ふたりは自分たちのじゃがいも農場周辺の土地の買いあげに取りかかった。ヤトルドは、隠居した農夫のうちだれが一番年寄りで、一番へたばっているかをよく知っていて、りんごケーキと魔法瓶に入れたコーヒーを持って自転車でその家を訪ねた。そして、コーヒーを2杯飲み終わらないうちに、土地の持ち主が変わることになった。ノンベコは、新たに手に入れた土地の査定を要求すると、家を建てたと想定してその評価額にゼロをふたつ足して審査書類に記入した。

こうして、ヴィルターネン伯爵夫人会社は、評価額13万クローナの畑に対し、約１０００万クローナを借り入れることに成功した。ノンベコとヤトルドは、借り入れた資金を使い、りんごケーキと魔法瓶のコーヒーの助けも借りて、さらに新たな土地を購入した。2年が経つころには、ヤトルドはその地域で、1エーカー当たり最大のじゃがいも収穫量をあげるようになった。しかし借り入れ額は当年度売上の少なくとも5倍だった。

農場では、まだ実質的な利益をあげるまでに至っていなかった。ノンベコの借り入れ計画のおかげで、資金面での問題は何もなかった。ただ機械設備が小さいうえに型が古すぎた。

この問題を片付けるため、ノンベコはヤトルドの車でヴェステロース市に向かうと、ポントゥス・ヴィデーン機械会社を訪ねた。販売員との話は老婦人に任せることにした。

「はい、こんにちは。あたしは、ノテリエ市から来たヤトルド・ヴィルターネンっていってね、ちょっとした土いじりができるくらいのじゃがいも畑を持っているんだ。そこでせっせと、じゃがいもを掘っては売っているんだけどね」

「そうですか」販売員は言うと、自分はこのヴィルターネンばあさんとやらのじゃがいも畑となんの関係があるのかと考えた。この会社で売っている機械はどれも80万クローナ以上はしたからだ。

「おたくには、じゃがいも栽培用の機械はなんでもあるようだね。ちがうかい」

販売員は、これは下手をするとむだに長い話になりそうだと思った。先に話の芽を摘みとってしまうのがいいだろう。

「ええ、石礫《せきれき》除去機と、４列、６列、８列の種いも植付機と、４列の畝立《うねたて》機と、それに１列、２列の収穫機があります。奥様のじゃがいも畑用として全部まとめてお買い上げいただけるのでしたら、特別割引もいたしますよ」

「特別割引だって？　それはいい。それでいくらになるんだい」

「４９０万クローナでございます」販売員は嫌味っぽく言った。

ヤトルドが指を折って数えているのを見て、販売員はこらえきれなくなった。

「いいですか、ヴィルターネン夫人、こっちもそんなに暇では――」

「全部ふたつずつ買うよ」ヤトルドが言った。「いつ届けてもらえる？」

＊＊＊

それからの6年間は、いろいろなことがあったものの、これといった大きな事件はなく過ぎていった。世界では、パキスタンが核保有国の排他的クラブに仲間入りした。お隣インドから自国を守る必要があったからだが、インドはインドでパキスタンから自国を守るために24年前に同クラブ入会を果たしていた。この両国は、まさにそういう関係だった。

核保有国スウェーデンの状況はもっぱら落ち着いていた。

ホルゲル1号とセレスティンは満足していないことに満足していた。ふたりは毎週、正当な活動のために多大な労力を払っていた。デモはなし。しかし秘密で行っている活動は山ほどあった。たとえば、無政府主義のスローガンを、行く先々の公衆トイレのドアにスプレーで書きなぐったり、公共施設や博物館にこっそりチラシを貼り歩いたりなどだ。政治的メッセージの中心は政治なんてクソだ、ということだったが、ホルゲル1号はそれで王にもなんらかのとばっちりがいくよう毎回工夫を怠らなかった。

反政治活動と並行して、退屈なじゃがいも畑の仕事もそれなりにやってはいた。収入の当ては限られていたので、金が必要だった。マーカーやスプレー瓶やチラシもただではない。

ノンベコは、おバカふたりに目を光らせて、ホルゲル2号を心配させないよう気をつけていた。ホルゲルは自分の助けがなくても、賢く、勤勉で、前向きな学生としてうまくやっていた。満足そうなホルゲルを見ていると、ノンベコも同じように満ち足りた気持ちになった。

もうひとり、見ていて興味深かったのがヤトルドだ。いわば人生を一度そっくり失ってしまった後で、彼女は今やすっかり元気を取りもどしていた。18歳のとき、下司な男とアルコール入りの生温かいオレンジソーダにたった一度出くわしてしまったがために妊娠した。シングルマザーの彼女は、母親をガンで亡くし、その後１９７１年の冬の夜に、父親のタピオがノテリエで最初のＡＴＭ機に指を挟んだまま翌日冷たくなって発見されてからは、なおいっそう孤独な日々を送ってきた。

　じゃがいも農場の主で、母親で、祖母。それ以外の世界を何も知らずに生きてきた。そんな自分でも、もしこうだったら、と夢くらい見てもいいと思っていた。もし、祖母である貴婦人アナスタシア・アラフォヴァが、神に自分の人生を捧げるために息子のタピオをヘルシンキに送るほど非キリスト教的ではなかったら、この自分はいったいどうなっていたんだろう？

　でも、そんな日々ももう過ぎた。ノンベコは、ヤトルドが自分の父親の過去についてじっくり見ないようにしていた理由がわかる気がした。下手にそんなことをしたら、じゃがいも畑以外、何も残らなかっただろうから。

　いずれにしても、孫娘が帰ってきたこととノンベコがそばにいることが、老婦人のなかに眠っていた何かを呼びさました。全員そろっての夕食の席では、ときに光が射すように明るく輝いて見えた。食事はほとんどが彼女の手によるもので、鶏の頭を落として煮物を作ったり、網をかけて捕ってきたカワカマスを焼き、ホースラディッシュを添えて出したりした。１度など、庭で父タピオのヘラジカ用猟銃でキジを撃ったこともある。銃が使えるとわかって驚き、自分が獲物を仕留めたとわかってまた驚いていた。実際、銃の威力もヤトルドの腕もかなりのもので、撃たれたキジは宙に舞う数枚の羽根を残して、こっぱみじんになったくらいだった。

　地球は、一定の速度で気まぐれに太陽の周りを回り続けていた。ノンベコは大小さまざまの、ありとあらゆるニュースを読みあさった。そして夕食の席でその話をみんなに伝えながら、たしかな手ごたえで知的な刺激を感じていた。この数年のあいだでもとりわけ大きなニュースは、ボリス・エリツィンの引退表明だった。エリツィンといえば、スウェーデンへの公式訪問中、石炭発電所がひとつもないこの国に対して石炭発電所を閉鎖せよと要求した、その酔っ払いぶりで名を馳せたロシア大統領である。

　この事件についで刺激的だったのは、世界でもっとも発展した国の大統領選挙で起こったゴタゴタだ。最高裁判所が数週間をかけて、より多く票を獲得した候補者の敗北を5対4の多数決で決定したのである。これにより、ジョージ・W・ブッシュはアメリカ合衆国大統領となり、アル・ゴアはストックホルムの無政府主義者からも注目されない程度の環境問題運動員に格下げとなった。ちなみに、ブッシュはのちにサダム・フセインが持ってもいない武器を排除するという目的でイラクに侵攻した。

　そのほかの些末なニュースとしては、オーストリア出身の元ボディビルダーがカリフォルニア州知事になったというものもあった。ノンベコは、彼が妻と4人の子供と並び、白い歯を輝かせて笑う写真を新聞で見て、胸がちくりと痛んだ。世の中は、なんて不公平にできているのだろう。ある人は過剰なまでに何かを手にして、ある人は何も手にすることができない。そしてノンベコは知るよしもなかったのだが、この州知事は、家政婦の協力のもと5人めの子供にまで恵まれていたのである。

　全体的に見て、シューリーダでは希望に満ちた幸せともいえる時間が流れ、世界はあいかわらずのふるまいを続けていた。

　そして爆弾は、そのままの場所に置かれていた。

＊＊＊

　２００４年の春、人生はかつてないほどに明るく輝いているように見えた。ホルゲル２号はもうすぐ政治学部の課程を修了し、ほぼ同時に経済学の博士号を取得できる予定だった。じきに完成する博士論文は、もともとはホルゲル２号が自分の頭のなかで行っていた自己療法が始まりだった。爆弾を手もとに置き、北欧の半分と国土のすべてを破壊するかもしれない責任を部分的に背負いながら毎日を過ごしていると、その考えに押しつぶされてしまいそうだった。彼はその重荷と向き合うために、問題の別の側面を見ることにした。そして厳然たる経済学的見地により、スウェーデンと世界は灰のなかから必ず立ちあがると考えるようになった。こうしてその考えは、「成長要因としての原子爆弾――核の大惨事の動的効果」と題する論文にまとめられた。

　想定される明らかな損害は、ホルゲル２号の真夜中の眠りを妨げ続けた。その数値についても、何度も何度も繰り返し調査をした。インドとパキスタンに限った核のケンカだけでも、専門家の試算では２０００万人もの人が死亡するとされている。それでもこの２ヶ国の核出力の合計は、ホルゲル２号とノンベコがたまたま手にした爆弾のそれを超えないのである。コンピューターによるモデル化では、数週間以内に成層圏に大量の噴煙が入りこみ、太陽光が完全透過し再び地上に到達するまでには10年かかるとされている。ケンカの当事者２ヶ国の上空だけではなく、全世界にわたってである。

　しかしホルゲル２号は、こうした損害は市場原理で克服できると考えた。甲状腺ガンの割合が20万パーセント増加することで、失業率は低下する。太陽光に恵まれていたリゾート地（当然太陽は光を提供しなくなっている）から大量の人口が世界じゅうの大都市へ流出し、富の分配が促進されることになる。成熟した市場の多くはひと吹きで未成熟な市場に変わり、それによって市場動向が活性化される。たとえば、事実上中国の独占状態である太陽光電池市場は明らかに意味をなさなくなるだろう。さらに、インドとパキスタンは相互に努力し、急進行する温室効果を完全に除去することになる。森林伐採と化石燃料使用を続けて、両国間の核戦争によって発生した華氏２度から３度の気温低下を中和する恩恵をもたらすこともできる。

このような考え方をすることで、ホルゲル２号はかろうじて溺れずにすんでいた。一方で、ノンベコとヤトルドはじゃがいも事業で目覚しい進歩を遂げていた。幸運もあった。ロシアの穀物がここ数年軒並み不作だったのに加えて、スウェーデンでももっとも話題にあがる（つまりもっとも無意味な）セレブのひとりが、じゃがいもダイエットのおかげで見ちがえるほどほっそりしたスタイルを手に入れたのである。

反応は早かった。スウェーデン人は今では、かつてないほどじゃがいもを食べていた。ヴィルターネン伯爵夫人会社は、以前こそ借金の海で泳いでいるようなものだったが、今では返済もほぼ終わっていた。そして、ホルゲル２号がふたつの学部で学位を同時に取得するまで、あと数週間だった。優秀な成績を収めたおかげで、スウェーデン首相との個人面談に向けて一歩を踏み出す準備は万端だった。ちなみに首相は、前回から再度新しくなっている。新首相の名前はヨーラン・ペションン。前任者ふたりと同様、電話に出るのには乗り気ではなかった。

要するに、８年越しの計画が、今ようやく完結しようとしていた。ここまでは、すべてがうまくいっていた。あらゆる兆しが、このまま続く明るい未来を示唆していた。失敗する気がしないというこの感覚は、ニースに出発したときのイングマル・クヴィストの胸の内に、非常によく似ていた。

グスタフ5世によって見事に打ち砕かれた、あの希望に。

＊＊＊

２００４年5月6日木曜日、ソルナの印刷屋では最新のチラシ５００部が刷りあがり、受け取りを待っていた。ホルゲル1号とセレスティンは、今回はとくに大きな仕事をしたと考えていた。チラシには王の似顔絵と、横にオオカミの絵が描かれている。その下には、スウェーデンオオカミの個体数とヨーロッパのさまざまな王家を比較する文章を載せた。近親交配の問題は両者に共通するという主張だ。

前者の解決策は、ロシアオオカミの受け入れが考えられる。後者については、集団内の個体数を減らすことだ。あるいは全部まとめてロシアに追放する。チラシ作成者はさらに一歩進んで、交換を提案していた。ロシアオオカミ一頭受け入れにつき、王族をひとり追放するのだ。

セレスティンは、ソルナの印刷屋から連絡を受けると、ホルゲル1号に今すぐ取りに行こうと言った。今日のうちにできるだけ多くの公共施設に貼って回りたかった。ホルゲル1号は、自分も待つのはいやだが、今日はホルゲル2号が車を使うことになっているのだと言った。セレスティンはその言い分をあっさりはねつけた。

「あいつのほうがあたしたち以上に車の持ち主ってわけじゃないじゃん。いいから行ってよ、ハニー。あたしたち、世界を変えるんでしょ」

あろうことか、その日２００４年５月６日木曜日は、ホルゲル２号のこれまでの人生においてもっとも大事な１日となるべき日だった。博士論文の口頭試問が11時に予定されていたのである。ホルゲル２号がスーツにネクタイ姿で朝９時過ぎにブロムグレン夫妻の古いトヨタを取りに行くと――消えていた。

２号は悟った。自分の失敗版である兄が、セレスティンにそそのかされてまた何か悪さにふけっているのだ。シューリーダは携帯電話の通信エリア外なので、電話をかけてすぐ戻って来いと言うこともできない。同じ理由でタクシーも呼べない。県道まで行けば通信エリアには入るが、少なくともここから０・５キロはあるし、接続状況も断続的でむらがある。口頭試問に汗だくで出るわけにはいかないから、走っていくこともできない。ホルゲル２号は、トラクターを使うことにした。

９時25分、ようやく彼らがつかまった。電話に出たのはセレスティンだった。

「はい、もしもし？」

「車を持っていったのか？」

「なんで？　あんたホルゲル？」

「いいから質問に答えろ！　今すぐ車がいる！　市内で11時から大事な面接試験があるんだ！」

「ふうん、そうなんだ。その面接試験とやらは、あたしたちの用事より大事ってわけ？」

「そんなことは言っていない。でも車を使う先約は僕が入れていたはずだ。すぐ引き返して戻って来い、バカ野郎。こっちは急いでるんだ」

「ちょっと！　人をバカ呼ばわりするの、やめてくんない？」

２号は必死で考えをまとめて、新しい戦法で行くことにした。

「いいかい、いい子のセレスティン。次の機会に、車の件はちゃんと話し合おう。それに、今日の予定を入れていたのはだれだったかについても。ともかく、今は頼むから引き返してきて、僕を拾ってくれ。今日の面接は本当に大事な――」

セレスティンはそこで電話を切ると、電源もオフにした。

「あいつ、なんだって?」運転中のホルゲル1号が言った。

「『いい子のセレスティン、ちょっと座って、車の件を話し合おう』だって。まとめて言うとね」

1号には、それも悪くないように思えた。本当のところ、弟がどんな反応をするか気になっていたのだ。

追いつめられたホルゲル2号は、通りかかった車に乗せてもらうという望みに懸けて、そのままスーツ姿で10分以上県道に立ちつくしていた。しかし、乗せてもらうにはまず車が通りかからねばならない。そして、車は通りかかりやしなかった。もっと早くにタクシーを呼んでおくべきだったと気づいたときになって、財布を入れたコートを玄関ホールにかけたままだったと思い出して、打ちのめされた。胸ポケットに１２０クローナは入っていたから、ホルゲル2号は、トラクターでノテリエまで行き、そこからバスに乗っていくことに決めた。おそらくは、家に引き返して財布を取り、また県道に戻ってタクシーを呼んだほうが早かっただろう。あるいは、今ここでタクシーを呼んでこっちに向かってもらうあいだに、家に帰って財布を取ってトラクターで戻ってくるほうがずっとよかった。

しかし、なんという神の配慮だろうか。ホルゲル2号の生まれ持ったその打たれ弱さは、アメリカ人陶芸家よりちょっとはましといった程度だった。このままでいけば、博士論文の口頭試問を欠席することになる。何年もかけて準備をしてきたというのに、ひどすぎる。

そしてそれはまだ、ほんの始まりだった。

ホルゲル2号のその日最後のちっぽけな幸運は、ノテリエでトラクターからバスに乗り継ぐときにめぐってきた。ぎりぎりのところで出発間際のバスの前に割り込み、どうにか捕まえることができたのだ。バスの運転士はトラクターの主に物申してやろうと運転席を降りていったが、思っていたような田舎者の農夫ではなく、スーツにネクタイを締め、エナメル靴というこじゃれた男だったのを見て、はたと立ちどまった。

バスに乗り込んだホルゲルは、学部長のバッネル教授に連絡を取って謝罪すると、とてつもなく不幸な事情が重なり、口頭試問には30分ほど遅れそうだと告げた。

教授は苦々しい声で、博士論文の口頭試問に遅刻するなど、大学の伝統にはけっしてふさわしいとはいえないが、どうしてもというなら仕方がないと言い、試問官と傍聴人を引きとめておくと約束した。

＊＊＊

ホルゲル1号とセレスティンは、すでにストックホルムに着いてチラシの受け取りもすませていた。戦略担当のセレスティンは、最初の標的を自然科学博物館に定めた。ここは館内のいち区画を、丸々チャールズ・ダーウィンと進化論についての展示に費やしている。ダーウィンは同僚から「適者生存」の概念を盗み、自然とはそのように強いものが生き残り、弱いものが死に絶えるという仕組みになっているという説の実例にした。よって、ダーウィンはファシストであり、死後１２０年経って罰せられるのである。セレスティンとホルゲルは、自分たちのチラシにもファシズム的な要素が少なからず含まれていることは、深く考えていなかった。そろそろ、こっそりポスター貼りをする時間だ。博物館じゅうに。無政府主義の聖なる名のもとに。

　そして、事は起こった。博物館での仕事は滞りなく終わった。だれの邪魔も入らなかった。スウェーデンの博物館は混んでいるということがまずない。

　次なる標的は、石を投げれば当たるほど近いストックホルム大学だった。セレスティンは女性用トイレを襲撃し、ホルゲル1号に男性用を任せた。そして1号は、最初のトイレのドアを開けたところで、たまたまある人物と出くわしてしまった。

「ああ、なんだ。結局もう着いたのか」バッネル教授が言った。

　そして、驚くホルゲル1号を引きずって廊下を進み、第4講堂に入った。セレスティンは女性用トイレでまだ仕事に勤しんでいる最中だった。

　何がなんだかわからないまま、ホルゲル1号は気づくと書見台と50人はくだらない傍聴人の前に立たされていた。

　バッネル教授が英語で事前説明を始めた。複雑な言葉が次々と繰り出されて、ホルゲル1号はついていくのに必死だった。自分が、核兵器を爆発させることの利益について何か言うことを求められているのはわかった。なんでそんなことを？　ホルゲル1号はわけがわからなかった。

　でも、嬉しい気持ちもあった。英語はけっして得意ではなかったが、大事なのは何を言うかではない、何を伝えられるかだ。

夢想する時間なら、じゃがいもを掘っているあいだにいくらでもあった。そしてたどり着いた結論は、スウェーデンの王家一族をラップランドの荒野に爆弾といっしょに移送して、自発的な退位を迫るのが一番だということだった。この案なら、一般の人が巻きこまれる可能性はほとんどないし、全体として被害も最小限にとどめられる。さらには、万が一爆発ということになり気温が上昇したとしても、ラップランドという極北の酷寒の地ならばそれも喜ばしいことだ。

おそらく、そもそもこうした思想を持っていること自体がすでによろしくない。しかし、それをホルゲル1号は、書見台に立って披露してしまった。

最初の試問官は、ベクショーにあるリンネ大学のリンドクヴィスト教授だった。ホルゲル1号の演説のあいだ、教授は論文草稿をめくって見ていた。試問はやはり英語で、今の話は導入でこれから本論に入るのかという質問から始まった。

導入？　そうだ、そういう言い方だってできる。共和制は、王室の崩壊から生まれ、そして育っていくのだ。この紳士はそういう意味で言っているのか？

リンドクヴィスト教授が言いたかったのは、何が起きているのかさっぱりわからないということだった。教授は、全王家の命を奪うという考えはあまりに倫理に反すると思わざるを得ない、と言った。クヴィスト君が述べたその手段についてはもちろん言うまでもなくだ。

ホルゲル1号は、今度は侮辱された気分になった。なぜだ。自分は殺人者などではない！　この主張の基盤は、王とその一味は退位すべきだというところにある。核兵器にまつわる話は、あくまでも彼らが退任を拒否した場合に限ってのことであって、その場合もたらされる直接的な結果も、ほかでもない、王家自身の選択によるものにほかならない。

そう言い終えて、リンドクヴィスト教授が黙りこんでいる（舌が固まってしまっていた）のを知ったホルゲル1号は、さらに異なる面から持論を補足しておこうと思った。王を完全に追放する以外の選択肢として、王になりたい人はだれでもなれるという仕組みもある。

「僕個人の考えとして論じるつもりはないのですが、おもしろい発想だとは思います」ホルゲル1号は言った。

リンドクヴィスト教授が同意していないのは、バッネル教授に向かって懇願するような視線を投げたことからも見てとれた。そしてバッネル教授は、これほどいたたまれない気持ちになった瞬間があっただろうかと考えていた。今日の口頭試問は、傍聴人席にいる来賓ふたり――スウェーデンの教育研究大臣のラーシュ・レヨンボリと、最近新たにフランス高等教育・研究大臣に就任したヴァレリー・ペクレス――に披露するにふさわしい模範的見本のつもりでいた。両大臣は、ながらく両国合同の教育プログラム設立に取り組み、将来的には二国間で共通の学位を設ける可能性も視野に入れていた。レヨンボリ大臣が、自分とペクレス大臣が視察するのに適した論文口頭試問についてバッネル教授に個人的に助言を求めたとき、教授の頭にまっ先に浮かんだのが、模範生ホルゲル・クヴィストだった。

それが今はこのざまだ。

バッネルは、この見世物を中断することに決めた。明らかに候補者の選定を誤った。とにかくこの男に、一刻も早く演壇を降りて部屋から出て行けと言わなければ。そして大学からも。できることならこの国からも。

けれども、教授はそれを英語で言ったため、ホルゲル1号はうまく理解できなかった。

「さっきの話をもう一度初めからしたほうがいいんですか？」

「いや、だめだ」バッネル教授は言った。「この20分で私は10年分年を取った。すでにかなり年寄りだったのにだぞ。これ以上は無理だ。頼むから出て行ってくれ」

1号は、言われたとおり部屋を出た。その途中でふと思い出した。今自分は人前で話してしまったが、これは絶対にやらないと弟と約束していたことじゃないか。2号のやつ、怒るだろうな。でも、知らせなければすむ話か。

ホルゲル1号は廊下にいたセレスティンを見つけた。彼女の肩に手を回して、活動の続きは別の場所でしたほうがいい、と言った。どうしてかはこれから道々話すから。

5分後、ホルゲル2号は同大学の建物のドアというドアを走って通り抜けていた。バッネル教授はスウェーデンの教育大臣に頭を下げ、スウェーデンの大臣はフランスの大臣に同じことをし、フランスの大臣は、今見聞きしたことから思うに、スウェーデンは教育問題について同等の立場を取る提携相手を探すなら、ブルキナファソに問い合わせることをお勧めする、と言った。

それから、廊下に出たバッネル教授は、大バカ野郎のホルゲル・クヴィストの姿をとらえた。クヴィストのやつめ、ジーンズからスーツに着替えただけで、さっきのことを忘れてもらえるとでも思ったか？

「先生、本当に申し訳ございませんでした――」正装して息を切らせたホルゲル2号が言いかけた。

バッネル教授はその言葉を遮って、これは謝罪してすむ問題ではない、退学に相当すると言った。つまり君は、永遠に大学には戻れない。

「口頭試問は終わりだよ、クヴィスト君。家に帰りたまえ。そして座って、君自身が存在することの経済的リスクについてよく考えてみるんだな」

＊＊＊

口頭試問は通らなかった。ホルゲル2号は、何があったのかを突きとめるのに、丸1日を費やした。そしてさらに1日かけて、自分の不運の範囲の大きさを思い知ることになった。教授に電話をして、真実を告げることすらできない。この何年か、ほかの人間の名前で勉強してきて、よりにもよって論文口頭試問の日に、その名前の本人と入れ替わってしまっただなんて。そんな申し開きをしたところで、余計みじめになるだけだ。

ホルゲル2号が何より望むのは、兄の首を絞めることだった。でもそれも実現できなかった。思いついたときには、1号は土曜日の無政府主義者集会に出かけた後だったからだ。午後になって、1号とセレスティンが帰宅したときには、ホルゲル2号は、すでに抑うつ状態に陥っていた。

18 一時の成功で終わった政治雑誌と、突然面会を了承する首相

どれほどみじめなことばかりでも、ずっとベッドに潜りこんだままではいられない。1週間そうしたのち、ホルゲル2号は悟った。ノンベコとヤトルドは収穫作業に忙しく、人手を必要としていた。セレスティンとホルゲル1号もある程度は働いている。純粋に経済学的見地から、ふたりを絞め殺すのは理に適わないのもわかっていた。

シューリーダに、また日常が戻ってきた。週に何度か全員でとる夕食も再開された。しかし、食事の席の空気はぴりぴりと張りつめていた。ノンベコがどれほど気をそらそうとしてもだめだった。彼女は以前と変わらず、世界で何が起きて、これからどうなろうとしているかという報告は続けていた。ある晩には、イギリスのハリー王子がナチスの制服をまとった姿でパーティーに出た話をした（このお騒がせ王子は、数年後に今度は一糸まとわぬ姿でパーティーに出て再び世間を騒がせた）。

「でも、君主制がどれだけ恥ずべきものかがよくわかる話じゃないか」ホルゲル1号が制服についてそう言った。

「まあ、そうね」ノンベコは言った。「少なくとも、民主的な選挙で選ばれた南アフリカのナチスたちは、制服を家に置いてきてたわね」

ホルゲル2号は何も言わなかった。地獄に落ちろとさえ言わなかった。

ノンベコは、この状況を変えなくてはいけないと考えた。何より必要なのは、新しいアイデアだ。

手始めに考えられることとしては、じゃがいも事業の売却だった。

実際、ヴィルターネン伯爵夫人会社は、今や２００ヘクタールの土地を持ち、最新の農業機器をそろえ、高い収益率を誇り、おまけに負債はほぼゼロだった。スウェーデン中心部でも最大の生産業者が関心を示し、全部まとめて６０００万クローナという金額を提示してきていた。

ノンベコは、スウェーデンのじゃがいもブームの終わりは近いと見ていた。じゃがいもダイエットをしていたセレブはすっかりリバウンドしているし、ロシアのイタルタス通信社のニュースによれば、ロシアのじゃがいも収穫量も一時の落ち込みに比べてほぼ正常に戻っているという。

やはり、ヤトルドのじゃがいも農場は、人生の本当の目的にはならないという点を除いても、そろそろ売却のしどきかもしれない。

ノンベコは、ヴィルターネン伯爵夫人会社の正式なオーナーに相談してみた。老婦人は、仕事を変えるのは楽しそうだと言った。自分もそろそろじゃがいもには飽きてきたところだ。

「最近は、『スパゲティ』とかいう作物があるそうじゃないか」ヤトルドが顔を輝かせて言った。

ノンベコはうなずいた。そうね、たしかにスパゲティは最近よく見かける。たぶん12世紀ころからずっと。でも育てるのは簡単ではなさそう。ノンベコは、自分たちの資金は何か別の事業に使うべきだと考えていた。

そのとき、突然思いついた。

「ヤトルド、雑誌を作ってみるっていうのはどう？」

「雑誌？　いいじゃないか！　どんな話が載るんだい？」

＊＊＊

ホルゲル・クヴィストの名はすっかり地に落ちた。事情はどうあれ、ストックホルム大学を追い出されたのだから。それでも彼はまちがいなく、経済学、政治学に関する膨大な知識を持っている。そしてノンベコ自身、まったくの能なしというわけではない。だったら、ふたりが裏方としてできることがあるのではないか。

ノンベコはこの理屈をホルゲル2号に説明し、ホルゲルも納得した。とはいえ、ノンベコのいう「裏方」とは、どういう意味だろう。それに、何より目的は？

「目的はね、愛するホルゲル、爆弾を手放すことよ」

雑誌『スウェーデンの政治』創刊号は、２００７年4月に発行された。気前のいいことに、この月刊誌は1万５０００人の国内有力者宛てに無料で配布された。1部64ページがすべて記事で埋めつくされ、広告の類はいっさい掲載されていない。この投資ではたしかに益はあがらないが、言うまでもなく、目的はそこにはなかった。

この挑戦的取り組みに、ストックホルムの有力日刊紙であるスヴェンスカ・ダーグブラーデット紙と、国内最大手のダーゲンス・ニーへーテル紙の２紙が注目した。どうやら同誌の裏にいるのは、異色の元じゃがいも農場主で、ヤトルド・ヴィルターネンという80歳の老婦人らしい。ヴィルターネンはインタビューを受けることを拒否しているが、同誌２ページめの自身のコラムで、基本方針として記事や分析はすべて無署名で掲載すること、その利点は、あらゆる文章が余計な情報抜きに、内容のみで評価を受けられることだと説明している。

ヴィルターネン夫人の存在もさることながら、この雑誌のもっとも興味深い点は、それが本当の意味で興味深いところだった。創刊号は、スウェーデン国内の新聞数紙の社説で高い評価を受けた。なかでも評判がよかったのは、２００６年の選挙で得票率が前回の１・５パーセントから倍増した、スウェーデン民主党に関する深い分析だった。記事は国際的観点から書かれ、アフリカ大陸におけるナチズムの歴史的流れとの関連性にまで及ぶ豊富な情報が盛りこまれていた。ただ、支持者が党指導者にナチス式敬礼をするような政党が、国会で議席を獲得する日がくるとする結論は、ややドラマチックに過ぎたかもしれない。しかしそれを差し引いても、興味深い分析だった。

別の記事では、スウェーデンにおける核事故の人的、政治的、財政的影響の重大性について詳細に述べている。すべての読者が、少なくとも記事中に示された計算結果にはぞっとしたのではないだろうか。オスカルスハムン原子力発電所の原子炉が、現在の場所から60キロほど北に場所を移して再建される場合、25年にわたり３万２０００人分の雇用機会が生まれるとも書かれていた。

記事のほとんどは、ノンベコとホルゲル２号の手によるものだった。ふたりは、記事そのもの以外にも、保守派の新首相が気をよくするような仕掛けをいくつか盛りこんでいた。たとえば一例として、新首相が折よく出席していたローマ条約締結50周年の式典について触れつつ、欧州連合の歴史を振り返った。また、危機的状況にある社会民主労働党に関して掘りさげた分析もした。同党は、先の選挙で１９１４年以来最悪の結果となり、現在はモナ・サーリンが党首を務めている。記事の結論はこうだ――サーリンは緑の党とともに孤立の道を選び、左翼党から距離をおいてもいい……そして次の選挙で敗北する。あるいは、左翼党（旧共産党）を取りこみ、３党で提携してもいい……そしてどちらにしろ敗北する（サーリンはその後、この分析どおり両方を試して失敗し、あっという間に退任した）。

雑誌『スウェーデンの政治』編集部は、ストックホルム郊外のキスタに建つビルに置かれた。ホルゲル2号の要望で、1号とセレスティンは編集にまつわるいっさいにかかわることを禁じられた。さらに2号は、自分のデスクを中心に半径2メートルの円を床にチョークで描いて、ゴミ箱を空けにくるとき以外は絶対になかに入るなと1号に言った。

本当は、編集部のビルに立ち入ることも禁じたいくらいだった。しかしヤトルドが愛するセレスティンに手伝わせないなら自分もこの仕事にかかわらないと言い、また、この歩く災厄ふたり組には、今ではじゃがいも掘り以外に新たに気をそらしておく何かが必要だった。

この事業の正式な出資者であるヤトルドは、専用の編集室をあてがわれ、なかに座ったり、ドアの「社主／編集長」の札を見たりしてはご満悦だった。ヤトルドの仕事はそのくらいだった。

創刊号発行後、ノンベコとホルゲルは２００７年5月に第2号を、さらに夏季休暇明け直後に第3号を発行する予定を立てた。その後ならきっと首相も面会に応じると、ふたりは予想した。『スウェーデンの政治』は首相にインタビューを申しこむ。そしてきっと承諾される。たとえまだ時期尚早だということになっても、今のまま正しい道を行けば、いずれそのときはくる。

ところが今回ばかりは、事態はホルゲルとノンベコの予想を超えて、悪いほうにではなくよいほうへ動いた。首相が、近々予定されているワシントンとホワイトハウス訪問に関する記者会見の席で、雑誌『スウェーデンの政治』について質問を受けたのである。首相は、たいへんおもしろく読んだ、ヨーロッパ情勢の分析にはおおむね同意であり、次号を楽しみにしている、と答えた。

これ以上のことは望むべくもない。ノンベコはホルゲル2号に、今すぐ首相官邸に連絡するよう言った。迷っている場合じゃないわ。このチャンスをみすみす見送るの？

ホルゲル2号は、1号と彼のガールフレンドがこの世のものとは思えないほどすべてをだめにする能力に恵まれているので、ふたりがどこかに監禁でもされていないかぎり、過剰な希望は持たないようにしているのだと言った。それでも、やってみなくちゃ。このチャンスをみすみす見送っていいの？

こうしてホルゲル2号は、時の首相の秘書に、これでもう何度めかの電話をかけた。ただし今回は別の用件だ。すると現首相の秘書は――なんとびっくり！――広報担当に確認すると答えた。翌日、広報担当者から、首相は5月28日10時から45分間、インタビューに応じると連絡があった。

つまり、第2号発行の5日後にはインタビューが実現し、その後の号は必要なくなるということだ。

「それとも、まだ続ける？」ノンベコは言った。「こんなに楽しそうにしているところ、今まで見たことないもの」

いや、創刊号発行には４００万クローナもかかったし、これより安くできそうにはない。じゃがいも農場を売ったお金は、この先運さえ味方してくれるなら、自分たちの本当の人生のためにこそ使いたい。ふたりともちゃんと存在して、在留許可も何もかもすべてきちんとしたうえで送る人生だ。

ホルゲルとノンベコは、まだまだやることはたくさんあるとわかっていた。たとえ爆弾の存在を、自分たちが今いるこの国の責任者たる人物にわかってもらえたとしてもだ。たとえば、首相がそれを喜ばないことは十分考えられる。突然降って湧いたこの事態に好意的な対応をするだろうか。ホルゲルとノンベコが20年必死で保ってきた分別を、評価するだろうか。それは本当にわからない。

でも必ずチャンスはある。行動しなければ、そのチャンスすら手にできないのだ。

第2号では、国際問題を広く取りあげた。とりわけ、アメリカの現在の政治状況に関する分析は、近々スウェーデン首相がジョージ・W・ブッシュ大統領とホワイトハウスで会談するのを見越した内容になっている。ほかには、ルワンダ虐殺について歴史的に検証した記事もある。１９９４年、ルワンダに住む１００万人ものツチ族が、フツ族ではないというだけの理由で殺された事件である。ふたつの民族の違いは、一般にフツ族よりツチ族のほうがほんの少し背が高いところくらいだという。それ以外には、間近に迫った国内の薬局独占制度の廃止に関して、首相を軽くからかうような記事も載せた。

ホルゲル2号とノンベコは、一字一句すべて細かく確認していった。この号でもまた、おもしろく興味を引く内容でなければならない。しかし同時に、首相の足先を踏むようなことはご法度だ。間違いは許されなかった。

そう、間違いは許されなかったのだ。それなのになぜ、ホルゲル2号は愛するノンベコを、第2号の原稿と印刷準備完了のお祝いにレストランでの食事に誘ったりしたのか。のちに彼はそのことで、どうして兄を殺しておかなかったのかと、自分を呪った。

編集部のオフィスには、ヤトルドとホルゲル1号、セレスティンが残された。ヤトルドは編集長のいすで居眠りをしていて、1号とセレスティンはテープやペンやほかの小物の在庫一覧表を作る仕事を任されていた。その横で、2号のコンピューター画面では完成した誌面の原稿が光っていた。

「あたしたちはここでクリップなんか数えてるっていうのに、あいつらはしゃれたレストランで楽しくやってるんだよね」セレスティンが言った。

「おまけにこの号にも、くそむかつく君主制《モナーキー》のモの字も入っちゃいない」ホルゲル1号が言った。

「それを言うなら、無政府主義《アナーキー》だって」セレスティンが続けた。

ノンベコのやつは、ヤトルドのじゃがいも農場を売ってできた金を、まるで自分ひとりのものと言わんばかりにふるまっている。自分を何様だと思っているんだろう。そのうえノンベコとホルゲル2号は、何百万クローナもかけて保守派で王家好きの首相に媚《こび》を売るようなまねをしている。

「ねえ、ちょっと見てみようよ」ホルゲル1号は、立ち入りを禁じられた2号のデスク周りの円内に入りこんで言った。

1号は弟のいすに座り、マウスをクリックして2ページめのヤトルドのコラムの画面に進んだ。野党の無能ぶりについて書かれたゴミみたいな文章だった。もちろん書いたのは2号だ。目を通すのも耐えられず、そのページを削除した。

1号は、空白になったページを思いつくままの言葉で埋めながら、ひとりつぶやいていた。64ページのうち、63ページはおまえが自分の好きなように書いたらいい。でも、64ページめはこの僕が使わせてもらう。

1号は書き終えると、印刷業者宛てに、最終校で重大なミスを見つけたので訂正して再送すると、植字工へのメッセージを添えて原稿を送信した。

＊＊＊

翌週月曜日、『スウェーデンの政治』第2号は刷りあがり、創刊号と同じく1万5000人の有力者宛てに送られた。以下が、2ページめに掲載された編集長の言葉である。

今こそ、ブタ国王は退任のときである。これまたブタの王妃も道連れにするべきだ。そして、やはりブタの王太子も、ふたりそろってブタの王子と王女もだ。そして王の叔母で、あの年寄り魔女のリリアンも。

君主制がお似合いなのはブタくらいである。ごくまれな例外は魔女くらいだろう。スウェーデンは、今すぐ共和制になるべきだ。

ホルゲル1号に書けたのはこれだけだったが、まだ2段分15センチほどの余白があったため、1号はあまり使いこなせていないソフトを使って絵を描いた。絞首台にぶら下がる男の胸に「王」の文字を入れ、吹き出しをつけてセリフも書いた。首が絞まった男はかろうじてまだ話せる状態のようで、なんと言っているかというと……

「ブヒー」

これではまだ足りないとでもいうように、セレスティンがその下にさらに1行を加えていた。

詳細をお知りになりたい方は、ストックホルム無政府主義同盟にご連絡を。

『スウェーデンの政治』第2号が首相官邸に届いた15分後、首相の秘書から予定されていたインタビユーはキャンセルしたいという内容の電話がきた。

「なんでです?」ホルゲル2号は言った。まだ、印刷された最新号は見ていなかった。

「そんなの、自分が一番よくわかっているでしょうが」秘書は言った。

＊＊＊

フレドリック・ラインフェルト首相は、月刊誌『スウェーデンの政治』代表者との面会を拒絶した。にもかかわらず、首相はこの後すぐ、やはりそうすることを決める。加えて、原子爆弾を背負いこむことにもなる。

のちに首相にまで上りつめることになるフレドリック少年は、3人兄弟の長男として、愛と規則を特徴とする家庭に育った。すべての物はあるべき場所に。だれもが自分が使ったものはきちんと片付けた。

これは幼いフレドリックに大きな影響を与え、大人になってからも、何より楽しいのは政治ではなく掃除機をかけることだと認めている。しかし彼は、掃除屋ではなく一国の首相となった。つまりどちらの才能も、それ以外の才能もあったというわけだ。

たとえば、11歳のときには、学校で生徒会長に選ばれた。数年後、ラップランド連隊でレンジャーとして兵役に就《つ》いたときには首席で課程を終えた。ロシア軍は、ラップランドに攻めいったときには、自分たち同様に氷点下54度で戦うやり方を知っている敵と相まみえることになったわけだ。

しかしロシア軍は来なかった。一方フレドリックはストックホルム大学に攻めこんで、経済学の勉強と、お笑い劇団サークルと、アパートの部屋で軍隊式規律を守る生活に打ちこんだ。そしてじきに経済学で学位を取得した。

フレドリックは、政治的関心も家庭生活で芽生えさせた。父親が地方議員をしていたため、その背中を追うようになったのだ。彼は国会議員となり、穏健党青年連盟議長を務めるようになった。

穏健党は、１９９１年の選挙で勝利を収めた。若きフレドリック・ラインフェルトは中央部での役職どころか、まだ末端の議席にいただけだった。党首のカール・ビルトを独裁的だと批判したためである。ビルトは、ラインフェルトを党の冷蔵室に配置する器の小ささを見せ、ラインフェルトの言い分が正しいと示した。そしてラインフェルトは、10年その部屋に置かれて、一方のビルトは旧ユーゴスラビアへ和平交渉の仲介に出かけていった。彼は、全世界を救うほうがスウェーデンを救うのに失敗するより楽しいと考えていた。

ビルトの後継者、ボー・ルンドグレンは、ノンベコに劣らぬほど数字に強かった。けれどもスウェーデン人は、数字にはそのつど希望を持たせる言葉が添えられていないと喜ばず、ルンドグレンにとって情勢は厳しくなるばかりだった。

穏健党には何か目新しさが必要だった。そうして、フレドリック・ラインフェルトが凍えて座っていた冷蔵室のドアが開かれた。ラインフェルトは解凍され、２００３年10月25日に満場一致で党首に選出された。それから3年経たずに、彼と彼の党と彼の非社会主義同盟は、社会民主労働党が散らばる床をモップで一掃した。フレドリック・ラインフェルトは首相になった。そして、前任者ペーションが首相官邸に残した足跡を、自分ひとりの手できれいさっぱり消し去った。おもに使ったのは、緑の石けんだ。それできれいにした後の床面には、汚れを寄せつけない効果のコーティングがされる。

ラインフェルトは掃除が終わると、手を洗って、スウェーデンの政治の新たな時代を先導した。

　ラインフェルトは、みずからが成し遂げたことに誇りを持っていた。満足もしていた。今しばらくのあいだだけは。

＊＊＊

　ノンベコとセレスティンとホルゲル1号と2号とヤトルドは、そろってシューリーダに帰った。『スウェーデンの政治』という冒険前のこの一団の雰囲気を「ぴりぴり」と表現できるとしたら、今はまちがいなく「どんより」していた。ホルゲル2号は兄と話そうとせず、それどころか同じテーブルに着くことすら拒んだ。1号にしてみれば、誤解されたうえのけ者にされた気分だった。さらに彼とセレスティンは、無政府主義同盟からも、雑誌の記事で同盟の名を出したことが原因で締め出しをくらっていた。国内の主要政治メディアが、例の勧めに従って同盟本部に列をなして押しかけてくると、王家とブタ小屋を比較した背景の理由を聞きたがったためだ。

　ホルゲル1号は、今ではほとんどの日を、納屋の屋根裏の干し草置き場にただ座って過ごしていた。見下ろすと、ヤトルドのじゃがいもトラックがある。３メガトンの爆弾はあいかわらず荷台に載ったままだった。まちがいなく、王に退位を決意させられるもの。そして、ホルゲル1号がけっして触らないと約束したもの。

　考えてもみろ。僕はもう何年も、言われたとおりにしてきたんだ。それなのにまだ、弟のやつは僕に理不尽に腹を立てている。不公平だ。

セレスティンはセレスティンで、2号に怒っていた。2号が1号に怒っているからだ。セレスティンが言うには、2号の問題は、道徳的な勇気を学ぼうとしないところだ。それは持っている人もいれば、持っていない人もいる。そして2号の兄は、持っているのだ！

ホルゲル2号はセレスティンに、どこかですっころんで骨でも折ってしまえ、と言ってやった。僕はちょっと散歩に行ってくる。

2号は湾に通じる道を歩いていった。船着場でベンチに腰かけ、水面を見つめた。心のなかに渦巻く思いは……いや、心には、何も渦巻いてなどいない。完全にからっぽだった。

彼にはノンベコがいた。それは嬉しいことではあった。でもノンベコ以外には、子供もいない、人生もない、未来もない。自分はこの先、絶対に首相に会えないだろうと思った。現首相だけではない。次の首相にも、その次にも、その後に続くどの首相にも、絶対に。爆弾が効力を失うまでの２万６２００年のうち、まだ２万６１８０年も残っている。さらにプラスマイナス３ヶ月。もしかしたら、このままときが過ぎるまで、船着場のベンチに座ったままのほうがいいのかもしれない。

つまり、すべてがこれ以上落ちようがないほどに、どん底の状態だった。30分後、しかし、事態はさらにひどいことになろうとしていた。

19　宮中晩餐会とあの世との会話

胡錦濤《こきんとう》中国国家主席のスウェーデン公式訪問は、復元された東インド会社貿易船ヨーテボリ号を出迎えることから始まった。同船はまさにその日、自らの名にちなんで命名された都市ヨーテボリに、中国への旅から帰港したのだった。

原型の船も２５０年前に同じ航路を旅した。その冒険は、多くの嵐や海賊水域や病気や飢えを乗り越えて、順調に進んでいた。しかし、ふるさとの港まで残すところあと1キロというところで、雲ひとつない好天にもかかわらず座礁し、ついには沈んでしまった。

控えめにいったとしても、やりきれない事件だった。しかし、２００７年6月9日土曜日、雪辱は果たされた。復元された船は、原型が進んだとおりの航路を経て、さらに残り1キロも沈まず進んだ。ヨーテボリ号は何千という見物人の大歓声に迎えられた。そのなかに、中国国家主席の胡錦濤の姿があった。胡主席は、当地を訪問する機会を利用して、ボルボ社のトゥシュランダ工場を訪れることになっていた。主席本人の強い希望によるものだったが、それにはそれなりの理由があった。

実をいえば、ボルボ社はかねてからスウェーデン政府とその組織機構にむかっ腹を立てていた。というのも、政府は何か特別に頑丈な車を必要とするたび、ＢＭＷを買うと言って譲らないからだ。ボルボの経営陣は、スウェーデン王族や政府関係者が公式行事でドイツ車に乗りこむのを見るたび、憤死しそうになった。あげく、軍用モデルを作って公安警察にデモンストレーションまでしたのに、なんの成果もあがらなかった。この特別仕様車の提供先について、ひとりの技術者が冴えた考えを思いついた。四輪駆動、315馬力、V8エンジン搭載のクリーム色の新型ボルボS80試作品を、中華人民共和国国家主席に贈呈しようというのだ。なんといったって、国家のトップにふさわしい車なのだから。

と、技術者は思った。

経営陣も思った。

そして、のちに判明したが、当の国家主席もそう思った。

事前の交渉は、内密に進められた。車は、トゥシュランダの工場で土曜日の朝、誇らかに主席にお披露目される。そして翌日曜日、アーランダ空港で帰国直前の国家主席に、公式に贈呈されることとなった。

あいだに挟まれる土曜日の夜には、主席は、宮中晩餐会に招待されて出席する予定になっていた。

＊＊＊

ノンベコは、ノテリエ図書館の閲覧室で新聞のまとめ読みをしていた。最初はアフトンブラーデット紙だ。合計4面を紛争問題に費やしている。イスラエルとパレスチナ間のではなく、テレビの歌唱コンテストの出場者と、その歌手をぼろくそに言った審査員とのあいだの紛争だ。

「どの口が言ってんだよ！」馬鹿にされた歌手は言い返したが、実際その歌は聞けたものではなく、言い返した本人も、どの口ってほかの口はどこにあるんだろうと思っていた。

2紙めはダーゲンス・ニーヘーテル紙にした。こちらは重大ニュースしか載せないと主張したせいで、このところ売り上げががた落ちしているそうだ。第一面が外国要人の公式訪問のニュースで、テレビスタジオでの紛争ではないところは、いかにもこの新聞らしい。

かくてその日の記事は、胡錦濤中国国家主席がヨーテボリ号の帰港を出迎えたのち、ストックホルムを訪れて、宮中晩餐会に国王と首相とそのほかの要人と参席するという内容だった。

この情報も、ノンベコが紙面の胡主席の写真にぴんとこなかったら、なんの価値もないままだった。

ノンベコは写真を見て、そしてまたじっくり見た。思わず声が出た。「すごい、あの中国人省長さんたら、出世して国家主席になったのね！」

つまりはその夜、スウェーデンの首相と中国の国家主席がそろって宮殿に入っていくわけだ。もしノンベコが、ほかの物見高い見物人に混じって外で待ち、スウェーデンの首相に向かって大声で叫んだら、よくてその場からつまみ出されるか、最悪の場合逮捕され、その延長で本国送還されてしまうだろう。

けれども、中国の国家主席に向かって、上海語で叫んだとしたら？　胡錦濤の記憶力がよほど乏しくないかぎり、きっと彼女を思い出すはずだ。それに、ほんの少し好奇心を持ちあわせていたら、昔南アフリカで会った通訳が、どういうわけでスウェーデン王宮の庭にいることになったか、話を聞きに来てくれるかもしれない。

そうなったら、ノンベコとホルゲル2号と首相のあいだに存在するのは、わずかひとりの人間だけということになる。それをいうなら、王とのあいだだって。胡主席ならば、図らずも爆弾の持ち主になってしまった者と、20年間それを手に入れそこなってきた者とのあいだを橋渡しするのに、ふさわしい格を持つ人物といえた。

どうなるかは後にならないとわからないが、首相が彼らや爆弾や何もかもを、むげに追い払って終わりにするとは考えにくかった。逆に、もしかしたら警察を呼んで逮捕させるかもしれない。あるいは、その中間の何か。ただひとつ確かなのは、とにかくノンベコとホルゲル2号は、このチャンスに懸けるしかないということだった。

ただ、あまり時間がない。もう午前11時だ。自転車でシューリーダに戻って、この計画にホルゲル2号にも参加してもらう。でも何があっても、ふたりのおバカに知られてはならない。ヤトルドにもだ。そしてトラックで宮殿に向かう。国家主席がなかに入る6時より前に、到着していなければ。

＊＊＊

事態はたちまち迷走状態に陥った。ホルゲル2号とノンベコはまず納屋にしのびこんで、本物すぎるくらい本物のナンバープレートを外し、何年も前に盗んだナンバーにつけかえる作業を始めた。しかし、いつものように屋根裏の干し草置き場にいたホルゲル1号が、その音を聞いて夢想状態から目を覚ました。1号は、そっと屋根裏のはねあげ戸から外に出ると、セレスティンを呼びにいった。ホルゲル2号とノンベコがナンバーをつけ終える前に、1号とセレスティンが納屋に押し入ってくると、じゃがいもトラックの運転台を占拠してしまった。

「へえ、あたしたちに黙って、爆弾をどっかに持っていこうってつもりだったんだ」セレスティンが言った。

「そうか、そういうつもりだったのか！」ホルゲル1号が言った。

ホルゲル2号は最後まで聞かなかった。

「いいかげんにしてくれ！」吠えるように言う。「今すぐ運転席を空けろ。この寄生虫どもめ！　今回ばかりは、何があってもおまえらに邪魔させない。いいか、何があってもだ！」

そのとき、セレスティンが手錠を出して自分の手にかけると、助手席の前のグローブボックスに固定した。元デモ常習者は、いつまでたってもデモ常習者なのだ。

運転するのはホルゲル1号だ。隣には車体に手錠でつながれたせいで不自然な姿勢のセレスティン。その隣がノンベコ。ホルゲル2号は右端に座った。それでどうにか兄と適度な距離を保った。

じゃがいもトラックが家の脇を通りすぎると、ヤトルドが玄関前の階段を下りてきて言った。

「出かけるなら、何か食料を買ってきておくれ！　食べるものが全然ないんだよ！」

ホルゲル1号とセレスティンは、ノンベコからこの旅の目的は爆弾を手放すことだと言われていた。たまたま今夜、ラインフェルト首相と直接話ができる条件がうまく整ったのだと。

ホルゲル2号がつけ加えた。もし兄さんとそこにいるおぞましいガールフレンドが、この運転席に黙って座っている以外のことをしでかしたら、ふたりそろって8列の種いも植付機につっこんでやるからな。

「8列の植付機はもう売っちゃったよ」ホルゲル1号は試しに反論してみた。

「じゃあ新しいのを買うさ」弟が言った。

宮中晩餐会は、ストックホルム宮殿で午後6時に開始の予定となっていた。来賓はまず応接用の近衛兵室で歓迎を受け、その後そろって晩餐会の会場である「白い海の間」へと移動する。

宮殿の中庭で、ノンベコが胡錦濤国家主席の注意を確実に引ける場所を確保するのは簡単ではなかった。物見高い見物人と一般の観光客がいっしょになり、中庭の両側に沿ってじわじわと外に押し戻されている。来賓が宮殿内に入る玄関から50メートルより近い場所までどうしても行けなかった。この距離で、ノンベコは胡主席を見つけることができるだろうか。ただ少なくとも、主席のほうはノンベコがわかるはずだ。上海語で話しかける黒人の女など、そうそういないだろうから。

結局、距離は関係なかった。胡錦濤国家主席と劉永清《りゅうえいせい》夫人が到着すると、警護隊が明らかにざわつきだしたからだ。ノンベコは大きく息を吸い、主席のふるさとの中国語方言で叫んだ。

「おひさしぶりです、中国の省長さん！　アフリカのサファリでごいっしょして以来ですね！」

4秒と経たないうちに、ノンベコをふたりの平服警護隊員が囲んだ。彼らはその後4秒経たずに、この黒人女はさほど危険ではなさそうだとわかって少し落ち着いた。手には何も持っていないし、主席夫妻に向かって体を投げだそうとしているわけでもない。とはいえ、当然のことながら、この場から連れ去らねばならない。

ただ……

何がどうなっている？

国家主席は、宮殿に入ろうとしたところでふと足をとめた。レッドカーペットに夫人を残し、黒人女に向かって歩きだした。そして……そして……国家主席が女に笑顔を向けている！

警護隊に所属していれば、ときに難しい局面に遭遇することもある。たとえば今は、国家主席がデモ参加者に話しかけている。あの女、デモ参加者だよな？　そして女が答えている。

ノンベコは、警護隊員が困惑しているのに気づいた。そこでスウェーデン語で言った。「みなさん、そんなに怯《おび》える必要はありません。国家主席と私は、古い友人なのです。ちょっとお話しするだけですので」

そして再び胡主席のほうを向いて言った。「思い出話をする時間は、別の機会にとっておいたほうがよさそうですね、省長さん。いえ、国家主席。こんなに早くにご出世されるなんて、すばらしいわ」

「ああ、本当だ」胡錦濤がほほえんだ。「しかし、きみの助けがなかったら、ここまでうまくはいかなかったかもしれないよ、ミス・南アフリカ」

「もったいないお言葉です、国家主席。でも今は、実のところ——単刀直入に申しあげます。私の故郷でお会いした、あのおかしな技術者のことは覚えてらっしゃいますね。サファリと夕食にご招待したあの男、そうです。あの後、彼の仕事はあまりうまくいかなくて、それはさもありなんというところなのですが、ともかくなんとか原子爆弾を数個作るのには成功しました。私や、ほかの人間の手を借りて」

「そう、６基だね。私の記憶が確かなら」胡錦濤は言った。

「７基なんです」ノンベコは言った。「あの男は、何より計算が苦手だったんです。その７基めを秘密の部屋に鍵をかけて隠していたのですが、いってみれば、結局は紛失してしまいました。というか……実は、私がスウェーデンに来るときの荷物に紛れこみました」

「スウェーデンは核兵器を持っているということかね？」胡錦濤が驚いた声をあげた。

「いえ、スウェーデンは持っていません。私が、持っているんです。そして、その私は、スウェーデンにいる。つまり、そういうことです」

胡錦濤は、２、３秒黙りこみ、それから口を開いた。

「ミス・南アフリカ、私に何を望んで……ところで、きみの名前はなんだったかな」

「ノンベコです」ノンベコは言った。

「ミス・ノンベコ、私にその話をしたのは、なんでかね？　何をお望みかな？」

「主席がご親切にも、これから握手されるご予定の国王にこの話を伝えてくださって、国王も同じくらいご親切に、それを首相に伝えてくだされば、たぶん首相はここに出てきて、先ほどお話しした爆弾についてどうすればいいか指示をくださると思うんです。けっして、主席に爆弾をリサイクル・センターに持っていってほしいとか、そんな話じゃありません」

胡錦濤国家主席には、リサイクル・センターが何かはわからなかったが（中国の気候目標はその水準に達していない）、事情は理解してくれた。そして、状況から察するに、ミス・ノンベコとの会話は早急に終わらせるべきだと気がついた。

「王と首相にかならずこの件を伝えると約束するよ。すぐになんらかの対応がされると保証しよう」

そう言って、国家主席は驚いている妻の待つレッドカーペットへ戻っていった。その先に続く近衛兵室では、われらが王が待っていた。


来賓はすべて到着した。もう見物するものはない。観光客と見物人たちは、２００７年６月のストックホルムの美しい夜に、それぞれの目的地へと向かって四方八方に散っていった。ノンベコはひとりその場に残り、何かを待っていた——自分でもわからない何かを。

20分後、ひとりの女性が近づいてきた。ノンベコの手を取って握手をすると、首相の秘書だと抑えた声で名乗った。ノンベコを、城のもっと人目につかないところにお連れするよう言われてきたということだった。

ノンベコはそれはいい考えだと思ったが、中庭の外にトラックを停めてあるので持っていきたいと言った。秘書はかまわないと答え、いっしょにトラックのほうに向かった。

運転はかわらずホルゲル1号がして、隣にセレスティンが座った（手錠はハンドバッグにしまった）。秘書が道案内のため運転台に乗りこんだので席がなくなり、ノンベコとホルゲル2号は荷台に移った。

秘書が言った。目的地はすぐそこです。まずケラーグランド《地下室通り》を北上し、それからスロッツバッケン《王宮坂通り》を下ります。そこで左に折れると駐車場になっていますので、バックで入れてください。運転手さん、あともうちょっと下がっていただいたほうがいいかもしれません。はい、ストップ！　これでだいじょうぶ。

秘書は運転台から飛び下り、建物の目立たないドアをノックし、開くとすっとなかに姿を消した。するとそのドアから、首相、国王、最後に胡錦濤国家主席が通訳といっしょに出てきた。中国国家主席は、どうやら本当にノンベコとの約束を守ったらしく、警護担当者はドアの前にとどまったままだった。

あのときの通訳だ。20年経った今でも、ノンベコにはすぐわかった。

「ほらね、結局死ななかったじゃない？」ノンベコは言った。

「ふん、まだわからないぞ」通訳が苦々しげに答えた。「あんたが車で持ち歩いてるものが何かを考えたら」

ホルゲル２号とノンベコは、首相と王と国家主席をじゃがいもトラックの荷台に案内した。首相はそのぞっとするような訴えが真実かどうかを確かめたいと、ためらわずに乗りこんだ。王も後に続いた。中国の国家主席はこの話は完全に内政問題だと考えて、宮殿内に戻っていった。反対に通訳のほうは、その爆弾をひと目見ていこうとその場に残った。ドアの前の警護担当者ははらはらしていた。首相と国王は、いったいじゃがいもトラックの荷台で何をしているのだろう？　何かおかしいぞ。

皮肉なことに、まさにそのとき、道に迷った中国人観光客グループとガイドが押し寄せてきて、慌ててトラックの後部扉が閉められた。ちょうど乗りこもうとしていた通訳が、閉まった扉に指を挟んで「助けて、死にそう」と声をあげたのを、ノンベコやほかの人間は荷台で聞いた。ホルゲル２号が運転台が見える仕切り窓を叩いて運転席のホルゲル１号に荷台の明かりをつけてくれと言った。

ホルゲル１号は言われたとおりに明かりをつけ、後ろを振りかえった。するとそこには――王だ！それに首相！

でも、なんといったって、王だ！　ああ、神よ！

「父さん、王だよ」ホルゲル１号は天国のイングマル・クヴィストに言った。

すると父イングマルが答えた。

「車を出せ、息子よ。車を出すんだ！」

そしてホルゲル１号は、エンジンをかけた。

第6部

ユーモアのセンスを持ち合わせた狂信者には、
いまだかつて会ったことがない。

――アモス・オズ
（1939年～。イスラエルの作家、ジャーナリスト）

20 王がやること、やらないこと

じゃがいもトラックが走りだそうとするのに気づき、ノンベコはすぐに運転台の窓に向かって、今日1日を生きて終わりたかったらすぐに車を停めなさいと言った。

けれどもホルゲル1号には、自分がどうしたいのかがもうわからなかった。それでセレスティンに窓を閉めてくれと言った。荷台の騒ぎからは離れていたい。

セレスティンは喜んでそうした。カーテンを引いてしまえば、濃紺の上着に白のベスト、金の縦縞が入った青のズボン、白のドレスシャツに黒の蝶ネクタイを締めた国王の姿を見ずにすむ。

セレスティンは愛する反逆者を誇りに思った。

「おばあちゃんのところに戻る？」彼女は言った。「それとも、ほかにもっといい場所を考えてるとか？」

「僕に考えがないことくらい、知ってるだろ。かわいいセレスティン」ホルゲル1号は言った。

状況が見えてくると、王はやや驚いたような様子を見せた。一方、首相は動揺を隠さなかった。

「いったいどうなっているんだ？」首相が言った。「わが国の国王と首相を誘拐しようというのか。爆弾といっしょに！　私のスウェーデンに原子爆弾だと。いったいだれの許可を得てこんなことをした？」

「ふむ、スウェーデン王国は、どちらかといえば私のものではないかな？」王が、一番近くのじゃがいも箱に腰を下ろしながら言った。「その点を除けば、あとはだいたい首相の怒りに同感だ」

ノンベコは、どうせ爆弾でふっ飛ばされてしまう国なら、どっちのものかはあまり問題ではないと言い、すぐに後悔した。首相ががぜん、いまいましい爆弾についてあれこれ尋ねだしたからだ。

「威力はどの程度だ？　言いたまえ！」首相の声は厳しかった。

けれどもノンベコは、すでにみんな十分落ちこんだ気分になっているので、これ以上落ちこませるようなことはしたくなかった。わざわざ本当のことを言ってどうなる？　できるだけ会話を別の方向にそらしてしまおうと思った。

「こんなことになってしまって、本当に申し訳ございません。首相とお隣の陛下はけっして誘拐されたというわけではないのです。少なくとも、私とこちらの彼にそのつもりはありません。このトラックが停まり次第、運転席にいる男の鼻をひねりあげて、すべてちゃんとさせるとお約束します。ひとまず、お約束だけは」

場の空気を和らげるため、ちょっとつけ足した。「こんなにお天気がいい日にトラックの荷台に閉じこめられるなんて、いやなものですね」

この最後の言葉が、自然を愛する王に、その日の午後に宮殿横のストックホルム湾《サウンド》上空を飛んでいたオジロワシを思い出させたようだった。

「こんな街の中心地で！」ノンベコは声をあげた。心のなかでは、気を紛らすこの作戦がうまくいったと一瞬だけ希望を持った。

しかしそれも一瞬のこと。すぐに首相が割って入って、今われわれは天気や鳥類学の議論などしている場合ではない、と言った。

「それより、爆弾がどんな被害をもたらすかを説明してくれないか。どのくらいひどいのか」

ノンベコはしぶしぶ答えた。「聞いたところによりますと、たしか2とか3とか、数メガトンです」

「いくつだって？」

「2か3。それ以上ではないです」

「それで、その数字はどういう意味なんだ」

ああ、面倒くさい男。首相のやつめ！

「３メガトンは、約1万２５５２ペタジュールです。王様、それは本当にオジロワシだったんですね？」

フレドリック・ラインフェルトは、その質問には答えなくていいと国家元首を目で制した。それから、1ペタジュールはどのくらいだっただろう、1万２０００というとどのくらいひどいんだろうと考えて、目の前の女はそれで話をはぐらかそうとしたのだと気づいた。

「正確にどういう意味なのかを説明するんだ！」首相は言った。「わかりやすい表現で」

仕方がないので、ノンベコはそうした。その数字が何を意味するかを説明したのだ。あの爆弾は、半径60キロ以内のあらゆる物を破壊し、強風などの悪天候下では、最悪の場合、その範囲が倍になる可能性もあると。

「つまり、今日は日が射しているから運がよかったというわけだな」王がしみじみ言った。

ノンベコは、王の前向きな姿勢に感謝してうなずいた。しかし首相は、スウェーデンが国家誕生以来最大の危機に瀕しているという事実に注意を向けるよう促した。国家元首と政府責任者が、無情な大量破壊兵器とともに、何を企んでいるのかわからない男の運転でスウェーデンじゅうを放浪しているという事実。

「状況を鑑みるに、王様は、オジロワシやら少なくとも天気がよくて運がいいとかいう話より、わが国の存亡について考えるほうが適切なのではないでしょうか」首相が言った。

しかし王は、王となってもう久しかった。そのあいだ、何人もの首相がその任に就《つ》いては去っていくのを横目に、この地位にあり続けたのである。この新人もちょっと落ち着いてくれたら、それほど面倒な男でもあるまいと思った。

「さて、さて」王は言った。「われわれみんなのように、君も空いているじゃがいも箱に腰を下ろしたらどうだ。それでゆっくり、このミスター&ミセス誘拐犯に話を聞こうじゃないか」

＊＊＊

本当のことを言えば、彼は農夫になりたかった。または蒸気ショベルカーの運転手。または、どんな仕事でも、車か自然、できることなら両方ともにかかわることならそれでよかった。

そう思っていたが、結局は王になった。

とはいえ、意外な結果というわけでもなかった。若いころのインタビューで、王は自分の人生は生まれたときからまっすぐ前に線が引いてあるようなものだと語っている。１９４６年4月30日、シェップスホルメン島上空に42発の祝砲が撃ちあげられたと同時に、あらかじめ決められていたことなのだ。

名前はカール・グスタフとなった。カールは母方の祖父である、ザクセン＝コーブルク＝ゴータ公カール・エドゥアルト（ナチスでありイギリス王族でもあるという特筆すべき組み合わせの経歴の人物）から、グスタフは父と父方の祖父、当時王位にあった曽祖父の名からとってつけられた。

幼い王子を取りまく状況は、初めから困難に満ちていた。生後わずか9ヶ月のときに父を飛行機事故で亡くした。これにより、その後の王位継承に芝居がかった展開が生じることとなった。3年後に王位を継いだ祖父グスタフ6世アドルフが90歳まで存命で在位したからよかったものの、そうでなければ空位期間が生じて議会の共和主義者たちを勢いづかせかねなかったのである。

顧問たちのあいだでは、王位継承者である王子は継承が確定するまで、厚さ1メートルの宮殿の壁の内側に保護しておくべきとする見解でおおむねの同意がなされていたが、これは王子の愛する母、シビラによって拒否された。友達がいなければ、王子は最悪の場合おかしくなってしまうか、最良でもようやく手に負えるくらいにしかならないと考えたからだ。

そういうわけで、王子はふつうの学校に通うことを許され、自由時間にはエンジン付き乗り物に対する関心を深め、ボーイスカウトで活動し、本結びとはた結びと半結びをだれより速く上手に結べるようになった。

しかし、全寮制のシグトゥーナ普通高等専門学校では数学で落第し、ほかの科目もかろうじて及第というありさまだった。彼には文字と数字がごちゃごちゃした塊にしか見えなかった――王子は失読症《ディスレクシア》だったのである。クラスで一番ハーモニカを吹くのが上手でも、成績に特別加点がつくことはなかった。ただし女の子にはもてた。

母シビラの気遣いのおかげで、王子は実社会で多くの友人に恵まれた。１９６０年代のスウェーデンでは、ほとんどだれもが極左支持を口にしていたが、偶然にも王子の友人にはそうした人物はいなかった。ただ、髪を伸ばしたり、集団生活をしたり、自由恋愛を楽しんだりすることは未来の王らしいふるまいとはいえなかった。とくに最後のひとつは、たとえ王子自身はそれほど悪いことだと思っていなかったとしても。

祖父のグスタフ・アドルフは「職務第一」をモットーとしていた。おそらくそれが90歳まで生きた理由だろう。先代王は孫息子が十分に王位を継げる年齢に達した１９７３年9月に逝去し、王室を救った。

本結びと自動車の変速装置《シンクロメッシュ》の話題は、イギリス女王と最初に交わす会話にふさわしいとはいえないため、若きカール・グスタフ王は洗練を極める応接室でくつろいだ気分になることはなかった。それでも、年月とともに少しずつ事態はましになっていった。自分を取り繕うことをやめて、より自然体でふるまうようにしたからだ。王位に就いて30年も経つと、胡錦濤《こきんとう》国家主席を迎えての宮中晩餐会の退屈な時間も、さすがにどうにかこなして我慢できるくらいにはなっていた。とはいえ、出なくてすむならそれに越したことはない。

目下の選択肢はじゃがいもトラックで誘拐されることである。これもさほど価値のある時間の使い方とはいえないが、王はおそらくどうにかなるだろうと考えた。

ただ、首相には少しばかり落ち着いてもらわねばならない。

それから、誘拐犯たちの話を聞く耳を持ってもらわねば。

＊＊＊

ラインフェルト首相は、じゃがいも箱に座る気はさらさらなかった。あちこち塵《ちり》や埃《ほこり》だらけだし、床には土も落ちている。それでも、話を聞くくらいはしてもいい。首相はホルゲル2号のほうを向いて言った。

「それはぜひとも、どういうことなのかご親切にもお聞かせ願えるだろうか」

首相の言葉は丁寧で、口調は堂々としていたが、あいかわらず王に対する苛《いら》立ちがにじみ出ていた。

ホルゲル2号は、首相との会話を20年近く練習してきていた。筋書きはほぼ無限に用意してあった。そしてそのどれひとつにも、首相とじゃがいもトラックに閉じこめられる話は含まれていなかった。爆弾といっしょに。王もいっしょに。さらに運転手は王を忌《い》み嫌う兄で、車がどこへ向かっているかもわからないなんて。

ホルゲル2号が言葉につまっているそのとき、運転席の兄はこれからどうするか、頭のなかを声に出して整理していた。父ははっきりとこう言った。「車を出せ。息子よ、車を出すんだ！」。でもそれだけだった。一番簡単なのは、王に決めさせることだ。自ら王位を下りてその後はだれにも上らせないようにするか、自ら爆弾に上って1号とセレスティンに王と王国の一部を、自分たちもろとも天高く吹き飛ばさせるか、どちらかを選ばせる。

「なんて勇敢なあたしのホルゲル」セレスティンが、ホルゲル1号の話にうなずきながら言った。

これこそすべての抵抗の本源だ。そして死ぬのに最適の日でもある。それを証明してやるのだ。

トラックの荷台では、ホルゲル2号がようやく話のとっかかりを掴んでいた。

「そもそもの始まりから話すことにします」彼は言った。

そして、父イングマル、自分自身と兄ホルゲルのこと、そのひとりが父親の闘争を続けると決め、もうひとりは不幸にも今ここに座ってこの話をしている、という話をした。

ホルゲルに続いて、ノンベコも自分の人生について話し、存在していない爆弾が野放しにされることになった経緯についても補足した。すべてを聞いた首相は、まさかこんなことがあっていいものかと思ったが、万全を期すためにも、今は恐ろしいほうの見通しに沿って行動するのが最善だと考えた。いずれにしろ、恐ろしいことは今すでに起きているのだから。一方、王はといえば、話を聞きながら、そろそろお腹が空いてきたなと思っていた。

＊＊＊

フレドリック・ラインフェルトは、まず状況を把握することにした。見通しを立てるのだ。警報は、すでに発令されているか、すぐにでもされるかのどちらかだろう。国家警察特殊部隊が出動し、上空をヘリコプターが行きかって、じゃがいもトラックと爆弾を取り囲む事態になったら、国じゅうがどれほどのパニックに陥るだろう。ヘリにぶら下がった若手隊員が、手にした自動小銃を緊張から誤って発砲し、その弾がトラックの荷台の側面を貫通して、ここにあるメガトンやらペタジュールやらを保護している金属層まで突きぬけてしまうこともあり得る。ほかに考えられるのは、連中が運転席にいる危ない男を刺激して、無茶な行動に駆りたてる可能性だ。たとえば道を外れてトラックを走らせるとか。

ここまでが、天秤の片方の皿に載っている。

もう一方の皿には、目の前の男と女から聞いた話。こちらは胡錦濤国家主席のお墨付きだ。状況からすれば、首相と王は、事態が完全な狂乱状態に陥ることがないよう、今打てる手はすべて打つべきではないか。そうすれば、恐れている大惨事がなし崩し的に起きてしまうことにはならないはずだ。


フレドリック・ラインフェルトは考えをまとめ、王に言った。「どうすればいいか、考えました」

「すばらしい」王が言った。「私に言わせれば、それこそ首相に求められることだ」

ラインフェルトは王に、国家警察特殊部隊に自分たちを追いかけまわしてほしいかどうか、回りくどく尋ねた。３メガトンの核兵器には、それ以上の敬意を払うべきではないでしょうか?

王は、首相が「１万２０００ペタジュール」ではなく「３メガトン」という言葉を選んだことを賞賛した。とはいえ、王が理解しているかぎり、万が一のときに相当量の被害があることには変わりない。さらに王は、前回の報告を忘れてしまうほど年でもなかった。記憶が正しければ、たしかグネースタで起きた、国家警察特殊部隊の最初にしてこれまでのところ最後の出動例となった事件だ。あのときは、ビルを何棟も全焼させておきながら、テロリストにはみすみす逃げられている。

ノンベコは、自分もその話は何かで読んだと言った。

話は決まった。首相は自分の電話を取り出すと、職務中の警護隊長に連絡した。国家的事案が発生したが、自分と王の身に問題はない。晩餐会は予定通り進めてくれ。それと、この問題は、これまでやる気のなかった国家元首と政府首脳両方の責任である。さらにいえば、警護隊長は次の指令を出すまでは何もせず、待機していてかまわない。

警護隊長は心配で汗が噴きだした。幸いにも、隊長の上司であるスウェーデン公安警察長官は晩餐会に招待されており、すぐ横で電話をかわろうと待ちかまえていた。長官も、実際のところ緊張していた。

そのせいで、公安警察長官は自分でも答えのわからない検査質問をしてしまったのかもしれない。首相が何者かに脅されて言わされている危険性を考えて、まともに頭が働かなくなっていたのだ。

「首相の犬の名前はなんですか？」長官はそう切りだした。

首相は、自分は犬は飼っていないが、公安警察長官がこちらの話をちゃんと聞く耳を持たないなら、牙の鋭い大型犬を飼って長官にけしかけると約束しようと言った。

状況は、今言ったとおり以外の何ものでもない。何か疑わしいというなら、胡錦濤国家主席に確認すればいい。自分たちは今、主席の友人といっしょにいるのだから。そうでなければ、自分の指示は無視することにして、ペットの魚の名前を聞き（首相は実際に魚を飼っていた）、首相と王が行方不明だと宣言し、国を混乱に陥れるがいい――そして明日から新しい仕事を探すことだ。

公安警察長官は自分の仕事を気に入っていた。長官という役職もいいものだし、給料もよかった。それにもうすぐ定年退職だ。つまり、新しい仕事など探したくはなかった。首相のペットの魚がなんと呼ばれていようが、気にしないことにした。

さらに、今では王妃がすぐ横に立ち、何か言いたげにしている。

フレドリック・ラインフェルトは、王に電話を渡した。

「もしもし、王妃かい。ちがうよ、ダーリン。女の子といっしょなんかじゃないさ……」

特殊部隊に空から攻撃される脅威はこれで阻止できた。走り続けるトラックのなか、ホルゲル2号はさらに詳しい事情を説明した。つまり、運転席にいる自分の双子の兄は、ずいぶん前に死んだ父親にそっくりで、スウェーデンは君主制をやめて共和制になるべきだという考えに取り憑《つ》かれている。その隣にいるのは、常に怒っていて、同じくらい頭が混乱している兄の恋人である。不幸なことに、彼女は政府の形態という点では兄と同じ考えを持っている。

「階級的な観点から、私は異なる意見を持っていると申しあげておくよ」王が言った。

じゃがいもトラックは進んでいった。荷台の一行は、ひとまず様子を見ながら待機しようということで一致していた。とはいっても、おおかたは待機するしかなかった。セレスティンが運転席とのあいだの窓のカーテンを閉めてしまったので、荷台から彼らの様子を見ることはできなかったからだ。

そのとき、突然旅が終わった。じゃがいもトラックは停まり、エンジンも切られた。

ノンベコはホルゲル2号に、どっちが先に1号をとっちめてやろうか、と尋ねた。しかし2号は今、ここがどこかということのほうに考えがいっていた。王はといえば、何か食べ物があるとありがたいのだが、と言った。一方、首相はドアの点検を始めていた。内側からも開くことができる構造なんだよな？　走っている最中に開けるのはよい考えとはいえないが、停まったからには、首相はこれ以上この汚れた場所にとどまっていたくなかった。結局ひとりだけ、最後まで腰を下ろさずにいた。

荷台がこういう状況になっているあいだ、ホルゲル1号はシューリーダの納屋にかけこんで屋根裏の干し草置き場にあがり、置いてあったバケツを持ちあげた。下からは、およそ13年間隠し続けてきた諜報員Ａの拳銃が出てきた。1号がトラックに戻ったときには、首相はまだ荷台の内側から扉を開ける仕組みを解明するに至っていなかった。

「さあ、変な気を起こさないほうがいいぞ！」1号は言った。「そこから下りてこい。静かに、ゆっくりとだ」

王が、上着につけたメダルをじゃらんじゃらんと鳴らしながら、トラックの荷台からかがみこんで地面に降りた。子供のおもちゃみたいな音と風体に、ホルゲル1号は強気な気持ちを新たにした。武器を高く掲げて、だれがこの場を支配しているかを示した。

「拳銃を持っているの？」ノンベコが言った。とっちめるのも鼻をひねりあげるのも、後にしようと決めた。

「いったいなんの騒ぎだい」

ヤトルドだった。行きより人数が増えて帰ってきたのを窓から見て、出迎えにきたのだ。状況がよくわからないときの常として、父タピオのヘラジカ用の猟銃を手にしていた。

「どんどんいい方向に向かっていってるわね」ノンベコは言った。

＊＊＊

ヤトルドは、セレスティンたちが政治家を連れ帰ってきたことは喜ばなかった。その手の人間は好きではない。けれども、王はすばらしい。いやむしろ、よくやった！　１９７０年代に入ると、ヤトルドは王と王妃の写真を野外トイレの壁に貼って、気温０度のなか座って用を足すたび、その温かなほほえみに慰めを感じていた。初めは、自国の王を前にお尻を拭くのは具合が悪い気もしたのだが、結局は慣れてしまったのもあって、よしとすることにした。本当のことをいえば、１９９３年にシューリーダに屋内トイレが設置されてからも、陛下夫妻と過ごした日々を懐かしく感じていた。

「またお目にかかれて嬉しいですよ」ヤトルドは王の手を取って言った。「王妃様もお変わりないんでしょうね?」

「こちらこそ、光栄です」王が言った。王妃も元気だと言いそえながら、このご婦人とは以前どこで会ったんだったかなと考えていた。

ホルゲル1号は、全員を集めてヤトルドのキッチンへと連れていった。そこで王を尋問し、最後通牒を突きつけてやるつもりだった。ヤトルドは、食料を買ってくるのを忘れなかったかと言った。とくに、お客さんがいらっしゃるんだからね。しかも王様なんだよ。あと、そっちの人。

「わたくし、首相のフレドリック・ラインフェルトと申します」と、フレドリック・ラインフェルト首相は手を差しだして言った。「よろしくお願いいたします」

「質問に答えるんだよ」ヤトルドは言った。「食料は買ってきたのかい」

「いいえ、ヤトルド」ノンベコは言った。「ちょっと、ほかの用事が入ってしまって」

「ということは、みんな飢え死にするってことかい」

「ピザでも頼むとか?」王が提案した。頭では、今ごろ晩餐会では、ホタテのソテーのレモンバームソース仕立てが出ているころだろうか、もうすぐ茹でたヒラメのアスパラガスと松の実添えの番だろうか、と考えていた。

「ここは電話が使えないんですよ。政治家のせいでね。だから政治家は嫌いなんですよ」ヤトルドが再び言った。

ライフェルト首相は、こんなことがあってもいいものかと、今日2度めにそう思った。今、なんと言った？　王が、自分と自分を誘拐した犯人のために、宅配ピザを頼もうだと？

「あんたがニワトリをさばいてくれたら、煮込みを作ってもいいんだけどね」ヤトルドは、ふと思いついて言った。「残念ながら、５００エーカーもあったじゃがいも畑は売ってしまったんでね。でも、エングストレムさんのところの15万個のじゃがいもから15個くらい失敬しても、気がつかないと思うよ」

会話が行き交うなか、ホルゲル1号は拳銃を手にただ立ちつくしていた。宅配ピザ？　鶏の煮込み？　何の話だ。王は退位するか、原子とともに宙に舞うかのどちらかしかないはずなんだぞ。

ホルゲル1号はセレスティンに、ここは譲ってはいけない場面だとささやいた。彼女はうなずき、まずは祖母に状況を説明しておくことにした。実は、王は誘拐されたんだ。それと、首相は取引の一部になってる。今から、あたしとホルゲルであいつを退位させてやるところ。

「首相かい？」

「ちがう、王だってば」

「それは悲しいねえ」ヤトルドが言った。そして、腹が減っては退位はできぬ、とつけ加えた。鶏の煮込みにしますか、それとも別の料理で？

王は、家庭料理の鶏の煮込みは心がこもっているしおいしそうだ、と思った。そして腹に何か入れたいのなら、どうやら自分から動かないといけないようだと理解した。

キジ猟なら、これまでに何度か行ったことがある。始めたばかりの、まだ王太孫だった子供のころには、自分のために獲物の処理をしてさばいてくれる人はいなかった。若いころにはそうやって鍛えられたのだ。35年前に自分でキジを撃って羽根をむしったのだから、今日ニワトリの頭を落として羽根をむしるのだってやれそうだ。

「首相がじゃがいもを取ってきてくれたら、私がニワトリをなんとかしよう」王は言った。

フレドリック・ラインフェルトは、何がどうなっているのかよくわからないうちに、手には熊手を持ち、エナメルの革靴にイタリアのブランド、コルネリアーニの燕尾服姿でじゃがいも畑を歩いていた。それでももうひとつの選択肢よりはましだ――ニワトリの血をシャツや神のみぞ知るどこかにつけるより。

王は、その年齢にしては機敏な動きを見せた。5分もしないうちに若いニワトリを3羽捕まえ、手斧を使って頭を切りおとした。作業にとりかかる前に、上着は脱いでニワトリ小屋の外側の壁に吊るしておいた。王室熾天使徽章、グスタフ5世在位50年記念メダル、グスタフ6世アドルフ記念メダル、剣徽章、そして北極星徽章が夕方の日の光に照らされて輝いていた。鎖つきのヴァサ王朝徽章は、錆びた熊手のすぐそばに吊るされた。

首相が危惧していたとおり、王の白いドレスシャツにはたちまち赤いしみが点々とついた。

「家に帰ればもう1着あるんだ」王は、羽根をむしる手伝いをしていたノンベコに言った。

「そうなんでしょうね」ノンベコは言った。

ノンベコが羽根をむしった3羽のニワトリを手にキッチンに入っていくと、ヤトルドが嬉しそうに声をあげた。「さて、煮込みを作ろうかね！」

ホルゲル1号とセレスティンはキッチンのテーブルに座り、いつも以上に混乱しているように見えた。首相が靴を泥だらけにしてバケツいっぱいのじゃがいもを持って帰ってきたときには、さらに目を白黒させた。そして王が、ニワトリの血をドレスシャツに点々と飛び散らせてきたときにはさらに。王は、ニワトリ小屋の壁にかけた上着と、熊手に吊るしたヴァサ王朝徽章を忘れてきていた。

　ヤトルドは無言でじゃがいもを受けとると、王の巧みな斧さばきを褒めたたえた。

　ホルゲル1号は、ヤトルドがいまいましい王にへらへらしているのが気に入らなかった。セレスティンも同じ気持ちだった。17歳のころなら、今すぐにでも飛び出していたことだろう。でも今の自分には、やり遂げなければならない務めがある。それに、2度までも怒りに任せて祖母と別れたくはなかった。人間とニワトリの両方を天高く吹き飛ばすことにならないかぎりは、ということだが、それはまた別の話だ。

　ホルゲル1号は手に拳銃を持ったままだったが、だれもそれを気にしないことに苛立っていた。ノンベコは、ホルゲル1号に何よりふさわしいのは鼻をひねってやることだと思っていた（もう殺してやりたいと思うまでは怒っていなかった）。けれども、地上の命がすべて終わってしまうような最悪の事態が起こる前に、ヤトルドの鶏の煮込みを味わっておきたかった。それに今一番の脅威は爆弾ではなく、この武器を振りまわしているおバカのほうだった。

　というわけで、ノンベコは自分のボーイフレンドの兄が論理的に考える手伝いをすることにした。まず、もし王が逃げないなら拳銃は必要ないことを説明した。そして、もし逃げだしたとしても、ホルゲルはまだ60キロ先までふっ飛ばせる爆弾を持っている。たとえ王でも、あんなにたくさんメダルをぶら下げていては、その距離を3時間以内で行けるわけがない。

　ホルゲル1号にできることは、じゃがいもトラックの鍵を隠すこと。そしたらシューリーダにはいわゆる「恐怖の均衡」が生まれ、だれかがだれかに目を光らせておく必要はなくなる。そうして、みんな平和に落ち着いて食事を楽しめるというわけだ。

ホルゲル1号は考え深げにうなずいた。ノンベコが言ったことは、理に適っているように思われた。それに、じゃがいもトラックの鍵はすでに片方の靴下のなかに隠してあったが、それがそんなに賢いことだったなんて思ってもいなかった。数秒考えてみて、ホルゲル1号は拳銃を上着の内ポケットにしまった。

安全装置をかけないまま。

ノンベコがホルゲル1号に道理を説いて聞かせているあいだ、セレスティンはヤトルドから鶏を煮込み用の大きさに切り分けるよう指令を受けた。同じくホルゲル2号も、ヤトルドが言うとおりの分量で正確に飲み物を作るよう言われた。ゴードンのジンをちょろっと、ノイリー・プラットをちょろちょろっと、残りは同じ量のスナップスとスコーネ・アクアビット。2号には、ヤトルドの言う「ちょろっと」の意味がわからなかったが、いったん決めてしまえば「ちょろちょろっと」はその倍でいいのだと考えた。混ぜおえた液体をなめてみると、満足のいくできばえだったので、もう一度なめた。

煮込みに最後の仕上げをほどこしているヤトルドをのぞき、ようやく全員がそろってテーブルについた。王は改めてふたりのホルゲルを見て、あまりのそっくりさに感銘を受けた。

「ほかの人はどうやって君たちふたりを区別するんだ？　しかも名前まで同じなのに」

「一案として、拳銃を持っているほうを『おバカ』と呼ぶ方法があります」ホルゲル2号が言った。声に出して言うことでかなりの満足感を得られた。

「ホルゲルとおバカ……なるほど、それでいいかもしれないな」王が言った。

「あたしのホルゲルをバカ呼ばわりしないで！」セレスティンが言った。

「でも、そのとおりじゃない？」ノンベコが言った。

　首相は、ここでケンカが始まるのはだれの得にもならないと思って、慌ててホルゲル1号が武器をしまったことを称《たた》えた。それでノンベコは、これがいわゆる一般的な力の均衡だと全員に説明した。

「もしあたしたちが、ガールフレンドの耳の届かないところでおバカと呼ぶには大賛成のほうのホルゲルを捕まえて木に縛りつけたとしたら、ガールフレンドが爆弾を爆発させるという新たなリスクが生まれるわ。それでガールフレンドを彼の隣の木に縛りつけたら、今度は彼女のおばあさんがヘラジカ用の猟銃で何をするかわからない、っていう話よ」

「ヤトルドだね」王が感心したように言った。

「あたしのかわいいセレスティンに指一本触れてごらん。銃弾が四方八方に飛ぶよ！」ヤトルドが言った。

「ほらね。こういうことよ」ノンベコは言った。「拳銃は不要。おバカにだって、さっきちゃんとそう理解してもらえたわ」

「食事の用意ができたよ」ヤトルドが言った。

　食卓には、鶏の煮込み、自家製ビール、そして女主人特製のスナップスカクテルが並んだ。煮込みとビールは各自好きなように取り、スナップスはヤトルドが手ずから注いでくれた。みんながグラスを差し出し、弱々しく抵抗していた首相もついにグラスを手に取った。ヤトルドがひとりひとりに、たっぷり縁まで注ぐと、王が手を擦りあわせて言った。

「鶏の煮込みはとびきりおいしいという噂を耳にしたが、まずはこちらからいただこうか」

「乾杯、王様」ヤトルドが言った。

「あたしたちには？」セレスティンが言った。

「もちろん、あんたたちみんなにも乾杯」

ヤトルドが一気に飲み干した。王とホルゲル2号も彼女にならった。ほかはみんな、おそるおそるといった様子で口をつけた。ただ、ホルゲル1号はどうしても王と乾杯する気になれず、首相はだれも見ていない隙に自分の分をこっそりゼラニウムの鉢に捨てた。

「なんと！　これは『マンネルヘイム元帥』じゃないか！」王が感心したように声をあげた。

王が何を言っているかがわかったのは、ヤトルドだけだった。

「王様、さすがです！　1杯飲んだら、もう1杯。いかがです？　人間、結局片脚じゃあ立てませんからね」

ホルゲル1号とセレスティンは、本来退位するべき男をちやほやするヤトルドに、次第に我慢できなくなってきた。しかもその男は、正装の上着ではなく血のしみをつけたドレスシャツの袖をまくった姿で座っているのだ。1号は話についていけないのも気に入らなかった。たとえもう慣れっこだったとしても。

「なんの話だ？」1号は言った。

「なんの話かっていうとね、あんたたちの友達の王様は、世界で一番おいしいカクテルの名前を知ってたってことさ」

「王は僕の友達じゃない」ホルゲル1号が言った。

＊＊＊

グスタフ・マンネルヘイムは見かけだけの男ではなかった。なんといっても、ロシア皇帝の軍に何十年も仕え、ヨーロッパやアジアを馬で旅して回っていたのだ。

共産主義者とレーニンがロシアを乗っ取ると、彼は自由な故郷フィンランドへ帰り、将校となり、ついには大統領になった。フィンランドで常にもっとも偉大な兵士とされ、世界じゅうから地位と名声を受けた。そしてフィンランド元帥という唯一無二の称号を与えられた。

「元帥の一杯《マーシャルズ・ショット》」が飲まれるようになったのは、第二次世界大戦のさなかだ。アクアビットとウオツカを半々ずつに、ジンをちょろっと、ベルモットをちょろちょろっと混ぜる。このカクテルは伝統になった。

スウェーデンの王がこの飲み物を最初に楽しんだのは、30年以上前にフィンランドを公式訪問したときだった。即位後ちょうど1年が過ぎたころだ。

28歳の王は緊張のあまり膝を震わせながら、老練のフィンランド大統領、ケッコネンに迎えられた。70歳を超していたケッコネンは、メダルがびっしり下がっている若き王のその胸の内側に何かを入れる必要があると、年の功で即座に判断した。そうすればその後の訪問もすいすい進むだろう。フィンランド大統領はありきたりの酒を出したりはしない。「元帥」でなければ。こうして、王とスナップスのあいだには永遠の愛が生まれ、王とケッコネンは狩猟仲間となった。

王は、２杯めのスナップスを空けると、唇を鳴らして言った。「首相のグラスも空っぽのようだぞ。君もおかわりをもらったらどうだ？　そういえば、上着は脱ぎたまえ。どうせ靴は泥だらけなのだから。おや、膝から下は全部のようだな、なるほど」

首相は服装の乱れを詫びた。今になって考えてみれば、宮中晩餐会にはオーバーオールとゴム長靴で行くべきでしたな。それと、できれば酒は遠慮しておきたいのですが、ああ、どうやら王がふたり分飲んでくださるようですね。

フレドリック・ラインフェルトは、このお気楽な王とどう渡りあうべきかわかりかねていた。国家元首ともあろう者、おそらくはこの並外れて複雑な状況を深刻にとらえるべきで、あんなふうに座ってバケツ１杯分もアルコールを飲んでいる場合ではないはずだ（首相の節度ある目には、グラス２杯の酒はバケツ１杯にも匹敵した）。

しかしその一方で、王のふるまいはテーブルを囲む革命的共和主義者どもに混乱を生み出しているようでもある。首相は、拳銃を持っていた男と彼のガールフレンドの会話を覚えていた。明らかに、彼らは何かに苛立っている。もちろん、王に対してだ。しかし、自分が王に対して抱いている苛立ちとは同じ類の感情ではない。そしてどうやらその始まりは君主制打倒という単純な考えだったかもしれないが、今はそれだけじゃない。

いずれにしろ、何かが起きる。このまま王を放っておいて、どうなるか見届けてやるか。どうせ王をとめることなんてできやしないのだから。

なんといっても、この人は王様なのだ！

＊＊＊

最初に食べ終えたのはノンベコだった。生まれて初めてお腹いっぱいになったのが、ボータ大統領のおごりで食事をした25歳のときで、以来その機会があれば逃さないようにしている。

「おかわりはもらえる？」

もちろんだ。ヤトルドはノンベコが料理に満足しているのを見て満足していた。ヤトルドはすべてに満足しているように見えた。まるで王が彼女の魂に何かで触れたかのようだった。

王自身か。

マンネルヘイム元帥か。

あるいはその名前の酒か。

あるいはそのすべてが少しずつか。

なんであれ、それはよいことだった。王とヤトルドがふたりで反乱者たちを撹乱すれば、彼らは頭がこんがらがって、次にどうするか考えられなくなる。

出端《ではな》をくじく、というやつだ。

ノンベコは、できることなら王と作戦会議をしたかった。王がこのままマンネルヘイム地帯を掘り進めていくべきかどうかという点についてだ。けれども王には近づくこともできなかった。王はヤトルドに夢中だったし、ヤトルドのほうもそうだったからだ。

国王陛下は首相に欠けている能力を持っていた。たとえ目に見える危険があったとしても、気にせず今この瞬間を楽しむことができるのだ。王はヤトルドといることを楽しんでいたし、ヤトルドに純然たる興味を覚えていた。

「ヤトルド、立ち入ったことを聞くようだが、あなたは元帥とフィンランドとどういう関係なのかな？」王が言った。

　これは、まさにノンベコが聞きたくても聞けなかった質問だ。

　さすが王様！　なんて気が利くんだろう。それとも、単に運がよかっただけ？

「あたしと、元帥とフィンランドとの関係ですって？　王様のお耳に入れるようなことじゃないですよ」ヤトルドは言った。

　いいえ、入れなくちゃ、王様！

「いいや、入れなくちゃ」王が言った。

「長い話ですよ」ヤトルドが言った。

　時間ならたっぷりある！

「時間ならたっぷりある」王が言った。

「そうですか？」首相が言ったが、ノンベコにきっとにらみつけられてしまった。

　あんたに関係ない！

「始まりは、１８６７年のこと」ヤトルドが言った。

「元帥が生まれた年だ」王がうなずいた。

　王様、天才！

「王様は、さすが頭が回る！」ヤトルドが言った。「元帥が生まれた年。まさにそのとおりですよ」

ノンベコは、ヤトルドの話す家系図《ファミリーツリー》は、最初に聞いたときと同じくらいに植物学的に矛盾していると思った。それでも彼女の話はユーモア好きの王を大いに楽しませた。王はさすがにシグトゥーナ専門高等学校時代に数学で落第しているだけあって、男爵が本物でも偽物でも、その娘が伯爵夫人にはならないと計算することができないようだった。
「つまり、ヤトルドは伯爵夫人ということか！」王は感心したように言った。
「そうですか？」王より計算が得意な首相が言い、再びノンベコにきっとにらまれた。

王の何かが、ホルゲル1号とセレスティンを圧迫していた。何かとはっきり言うことはできない。血のしみがついたシャツ？　まくりあげた袖？　キッチンテーブルに置いた空のショットグラスに今さっき金のカフスリンクを入れたこと？　ニワトリ小屋の壁にかけられた、これ見よがしにメダルがぶら下がった正装の上着？

あるいは、王がニワトリ3羽の頭を落としたから？

王は、ニワトリの頭なんか落とさない！

それをいうなら、首相はじゃがいもを掘ったりしない（少なくとも燕尾服姿では）が、それ以上に王はニワトリの頭を落とさない。

ホルゲル1号とセレスティンが、このぞっとするような矛盾点について考えていると、王はさらに事態を深刻化させた。王とヤトルドはじゃがいも畑へ出て、古いトラクターを見に行くことにした。当然今では使うこともないのでちょうどよかったのだが、そのトラクターがどうやっても動かない。

ヤトルドが王にどんなふうに調子が悪いかを話すと、王はトラクターのなかでも、とりわけこのMF35はかわいい女の子のようなもので、動かすには甘やかしてやる必要があると答えた。そして、ディーゼル微粒子捕集フィルターとスプレーノズルを掃除してみようと言った。バッテリーが少し残っていれば、それでまた息を吹きかえすはずだ。

ディーゼル微粒子捕集フィルターにスプレーノズルだって？　王はトラクターの修理なんかしない。

夕食は終わった。王とヤトルドは、コーヒーとふたりきりのMF35までの散歩の後で、最後にもう1杯ずつ「元帥の一杯」を飲んだ。

そのあいだに、ラインフェルト首相はテーブルを片付け、キッチンの掃除にとりかかった。燕尾服を必要以上に汚さないよう、伯爵夫人のエプロンをつけた。

ホルゲル1号とセレスティンは、隅っこでぼそぼそ話し続けていた。弟とノンベコも、反対側の隅っこで同じようにしていた。ふた組とも、現況はどうなっているか、次にどんな戦略で動くべきか話していた。

そのとき、ドアがいきなり開いた。年老いた男が手に拳銃を持って立っていた。男は英語で、全員そのままそこにいろ、動くんじゃないぞ、と言った。

「いったいなんなんだ？」ラインフェルト首相が、食器洗いのブラシを手にしたまま言った。

ノンベコは、首相に英語で答えた。真実をありのままに。イスラエルのモサドが、じゃがいもトラックに積んだ爆弾を回収しに家に押しかけてきた、と。

21
失われた平穏と自分の片割れを撃った双子

とくに意味のあることもせず、ただデスクに座って過ごすには、13年は長い年月だった。それでもどうにか、諜報員Bはキャリア最後の日を迎えた。今、65歳と9日めだ。9日前、彼はアーモンドケーキと何人かからの別れの挨拶に送られて職場を去った。上司からの挨拶は口当たりはよかったが誠意がなく、アーモンドケーキの味は苦々しかった。

退職から1週間、心を決めた。荷物をまとめ、ヨーロッパへ飛んだ。スウェーデンへ。

彼の心には、常に苦悩が渦巻いていた。イスラエルが正当に盗んだはずの爆弾を持って消えた掃除婦のせいだ。その感情に追われるように、彼は年を取っていった。

あの女はいったい何者なんだ？　盗みに加えて、おそらくは彼の友人のAを殺してもいる。元諜報員Bは何が自分を駆りたてるのかわからなかった。けれども、ずっと心にのしかかってきた思いがあるとしたら、それがそうだった。

ストックホルムの私書箱でもうちょっと粘ればよかったのだ。それから、セレスティン・ヘードルンドの祖母の家を確認するか。もし許可さえ得られていたなら。

それももう遠い昔の話になってしまった。あの手掛かりは、当時でもそれほど重要とはいえなかった。それでもだ。元諜報員Bは、手始めにノテリエの北の森へ行くことにした。そこでなんの成果もあがらなかったら、郵便局で最低3週間は張りこむ。

それがすんだら、今度こそ本当に引退してもいい。疑問は消えないが、もう見つけられないだろう。

ただ、やるだけやったとは思える。優れた敵を失うのはまだ耐えられるが、試合終了の笛が鳴る前にあきらめることはしたくなかった。ミヒャエル・バラックは絶対にそんなことはしない。偶然にも同じころ、旧FCカール・マルクス・シュタットの両利きのスターは、ついにドイツ代表チームに選出され、キャプテンを任されていた。

Bはアーランダ空港に到着した。レンタカーを借り、まっすぐセレスティン・ヘードルンドの祖母の家に向かった。おそらくは、空き家になり、板を打ち付けられたりしているだろうと思っていた。いや、そう願っていたというほうがふさわしいかもしれない。結局のところ、この旅の主な目的は心に平穏をもたらすことで、もはや見つかりっこない爆弾を探しだすことではなかった。

　さて、祖母の家に着いてみると、家のすぐ外にじゃがいもトラックが停められていた。しかもこうこうと明かりがついていた！　なんでこんなところに置いてある？　荷台に積まれているのはなんだ？

　諜報員は車を降り、トラックにそっと近づくと荷台をのぞきこんだ――まるで時が止まったようだった。爆弾を入れた木箱がそこにあった！　あの日に見たまま、角が焦げている。

世界がすっかりおかしくなっているようだったので、もしや鍵がイグニッションに入ってやしないかと見てみたが、そこまでは運がついていなかった。やはり家に入って、だれであれ連中とやりあわねばいけないようだ。まちがいなく80歳のばあさんはいる。それと、その孫娘。孫娘のボーイフレンド。それからあの、くそいまいましい掃除婦。ほかにもいるか？　おそらくは、あの日グネースタのフレード通りで、焼け落ちたビルの外に停めたブロムグレン夫妻の車にいた、未知の男。

諜報員Bは、退職の日にたまたま私物といっしょに荷造りしてしまった諜報部の武器を手に取った。注意深くドアノブを回す。鍵はかかっていなかった。一気になかに踏みこんだ。

＊＊＊

フレドリック・ラインフェルト（食器洗いブラシを持ったまま）は、いったいなんなんだと、思わず声に出した。ノンベコが英語で彼に答え、真実を告げた。イスラエルのモサドがじゃがいもトラックに積んだ爆弾を回収しに家に押しいってきたと。そして、その過程で、部屋にいる人間のひとりかふたりは殺すかもしれない。ノンベコは自分がまっ先にその対象になると信じていた。

「イスラエルのモサド？」首相が言った（英語で）。「いったいなんの権利があってイスラエルのモサドが私のスウェーデンで武器を振りまわしているんだ？」

「私のスウェーデンだよ」王が訂正した。

「おまえのスウェーデンだと？」諜報員Bは、自分がそう言った声を聞いた。視線を、エプロン姿で食器洗いブラシを持った男から、長椅子に座り血のついたシャツ姿で空のショットグラスを手にした男へと走らせる。

「私は首相のフレドリック・ラインフェルトだ」首相が言った。

「そして私は、スウェーデン王カール16世グスタフである」王が言った。「首相のボスともいえる。そしてこちらが、ヴィルターネン伯爵夫人にして、この家の女主人だ」

「おや、ご紹介に預かり光栄だね」伯爵夫人が誇らしげに言った。

フレドリック・ラインフェルトは、数時間前じゃがいもトラックで、誘拐されたと気づいたときと同じくらいに動揺した。

「今すぐ銃を置け。さもないと、オルメルト首相に電話をして、どういうことか尋ねるぞ。もちろん首相の命令でしていることだろうな？」

諜報員Bは、その場に立ったまま呆然としていた。これは脳が屁をひりそうになるといってもいい状況だ。果たして、どっちが最悪だろうか。エプロン姿で手に食器洗いブラシを持った自称首相に、血のしみがついたシャツ姿で手にショットグラスを持った自称王。あるいは、自分がこのふたりともの顔をよく見知っているという事実。あのふたりは、本物だ。ルースラーゲンの道路が行き止まりになったさらに先、森の奥に建つ家に、首相と王がいる。

諜報員Bは、平静さを失ったことは一度もなかった。しかし紛れもなく今まさにそうなりつつあり、ついには完全に平静さを失った。銃を下ろす。ホルスターに戻し、上着の内ポケットにしまう。そして言った。

「何か酒をもらえるか？」

「まだ瓶を片付けてなくて、運がよかったねえ」ヤトルドが言った。

諜報員Bは王の隣に腰を下ろすと、すぐに「元帥の一杯」をふるまわれた。一気に飲み干すと体を震わせ、おかわりも喜んでもらった。

ラインフェルト首相が侵入者に対して雨あられと質問を投げかける前に、ノンベコは諜報員Bに向かって、自分たちは首相のラインフェルトと、さらに彼のボスの国王に、ここに至る経緯を正確に話すべきではないかと提案した。ペリンダバからこっち、すべて。諜報員Bは、呆然とうなずいた。

「おまえから始めてくれ」彼は言うと、ヴィルターネン伯爵夫人に空になったグラスを見せた。

ノンベコは話を始めた。首相と王には、トラックの荷台に爆弾といっしょに閉じこめられていたときにすでに短縮版を話していたが、今回はかなり細かいところまで触れた。首相は、キッチンのテーブルとカウンターを拭きながらも、集中して聞きいっていた。王も、キッチンの長椅子に座って聞いていた。隣にはご機嫌の伯爵夫人、反対側の隣にはあまりご機嫌ではない諜報員Bがいる。

ノンベコはソウェトの話から始めた。そしてタボのダイヤモンドとヨハネスブルクで車に轢《ひ》かれたこと。裁判、判決、技術者と彼のクリップドリフトへの情熱。ペリンダバと周りを取り囲む電気柵。南アフリカの核開発プログラム。イスラエルのかかわり。

「それは認めるわけにいかないぞ」諜報員Bが言った。

「よくも、そんなこと」ノンベコが言い返した。

諜報員Bは考えをめぐらせた。どうせ自分は終わった身。スウェーデンの刑務所生活になるか、ラインフェルト首相から本国のエフード・オルメルトに連絡がいくかのどちらかだ。諜報員Bとしては、刑務所生活を選びたかった。

「気が変わった」彼は言った。「さっきの話は認める」

話が進むと、Bはさらにさまざまなことを認める羽目になった。存在していない7基めの爆弾への関与。ノンベコとの協定。外交荷物を利用するというアイデア。手違いが発覚してからの諜報員Aの最初の追跡。

「ところで、あいつはどうなったんだ？」諜報員Bが尋ねた。

「ヘリコプターでバルト海に落ちた」ホルゲル1号が言った。「たぶん、激しめに」

ノンベコは話を続けた。ホルゲル&ホルゲル社のこと。フレード通り。中国人3姉妹。アメリカ人陶芸家。トンネル。国家警察特殊部隊。特殊部隊が数時間にわたって遂行したひとりよがりの戦争。

「びっくりした人、手を挙げて」首相がつぶやいた。

ノンベコは話を続けた。ブロムグレン夫妻。炎に消えたダイヤモンドを売った金。廃墟ビルの外で諜報員Bに会ったこと。ここまでの年月のあいだ、何度試しても一度も実を結ぶことのなかった首相秘書への電話。

「彼女たちはただ、職務をまっとうしただけだ」ラインフェルト首相は言った。「ヤトルド、ほうきはありますか？　あとは床を掃くだけなので」

「『伯爵夫人』とおつけするのだ」王が言った。

ノンベコは話を続けた。じゃがいも農場。2号の大学生活。おバカが論文口頭試問を妨害したこと。

「おバカ？」諜報員Bが言った。

「たぶん、僕のことだ」ホルゲル1号が言った。その呼び方はひょっとして一理あるのかもしれないという気になっていた。

ノンベコは話を続けた。雑誌『スウェーデンの政治』。

「あれはいい雑誌だった」首相が言った。「創刊号だけだが。2号めの編集長コラムを書いたのは、君たちふたりのどっちだ？　いや、待て、言わないでくれ。当ててみよう」

そろそろノンベコの話も終わりに近づいていた。話の締めとして、胡錦濤《こきんとう》とのつながりを説明した。どうやって宮殿の外で主席の注意を引いたか。そしてホルゲル1号——真正おバカ——が自分たちを誘拐した話。

諜報員Bは3杯めのスナップスを空け、もう十分に感覚が麻痺したと感じた。そこで自分の話をつけ加えた。生まれたときの話からずっと。定年退職してからも、この問題が自分の心にのしかかっていた。それでここまでやってきた。オルメルト首相の命令ではない。完全に自分自身の欲求による。そして、ああ、今ではそれを後悔している。

「めちゃくちゃだなあ！」王が笑いながら言った。

首相は、国王陛下は物事をまとめるのが上手だと認めざるを得なかった。

＊＊＊

真夜中になろうというころ、スウェーデン公安警察長官は、そろそろ我慢の限界を迎えようとしていた。

王と首相はいまだ行方不明だった。中華人民共和国国家主席によれば、信頼できる人物といっしょだということだが、チベット人民の話か何かと勘違いしてやしないだろうか？

それより重要なのは、首相本人が電話をしてきて、何も問題ないから、みんな静かに待機していろと言っていたことだ。しかしそれももう何時間も前の話だ。今ではこちらのかけた電話にも出ないし、現在地の特定もできない。それに、王は電話を持っていない。

晩餐会はもうずっと前に終わっていて、噂がかけめぐっていた。マスコミからは、ホストがいなかった理由を尋ねる電話がひっきりなしにかかってくる。王室と政府広報担当者は、不幸にも、ふたりそれぞれに別の理由で体調を崩したが、深刻な状況ではないと回答していた。

残念なことに、マスコミにこの手の偶然を信じる遺伝的性質はない。公安警察長官は、連中が動きだしたくてうずうずしているのを感じていた。長官本人が、ただ黙って座って親指をくるくる回しているのとは大違いだ。そうはいっても、ほかに何をすべきだというのだ？

いくつか慎重に案をひねり出してはみた。たとえば、特殊部隊長官とは話をした。公安警察長官は、電話の理由は言わず、扱いの難しい案件が起こりそうなので、突入・救出作戦の類が必要になるかもしれない、とだけ言った。何年か前のグネースタの一件のようなものだ。スウェーデンは平和な国なので、特殊部隊の出動が必要となる事態は10年か15年に一度くらいしかない。

特殊部隊の長官は誇らしげに、グネースタの件は自分と部隊の最初にして、これまでにあげた唯一の実績であり、今もいつものようにいつでも出動できる準備はできている、と言った。

公安警察長官は、グネースタの一部が焼け落ちた一件のころにはまだこの職に就《つ》いていなかったし、その件の報告書も読んでいなかった。彼は特殊部隊を信頼もしていた。ところが厄介なことに、王と首相を成功裡に救出するための必要最低条件がそろっていない。

つまり、肝心の王と首相が今どこにいるのかが、わかっていなかった。

＊＊＊

諜報員Bは4杯めのスナップスをおかわりした。そして5杯め。スウェーデンの刑務所のことはよく知らないが、無料アルコールサービスはまちがいなく処遇内容に含まれていないだろう。飲めるうちに飲んでおいたほうがいい。

王は、諜報員が順調に飲みすすめるのを見て、賞賛するようにうなずいた。

「なんと、40分で私に追いついて、追い越してしまった」王は言った。

首相が掃除中の床から顔をあげた。王様、他国の諜報員を相手に、そんな冗談をおっしゃるものではありません。

ヴィルターネン伯爵夫人は、王の隣で晴れやかな笑顔を見せていた。まず、彼が王様だということからしてよい始まりだった。さらに本物の男らしくニワトリの頭を落とし、マンネルヘイムがだれかを知っていて、元帥の一杯がわかって、ウルホ・ケッコネンとヘラジカ狩りをしたことがあった。そのうえ、自分のことを「伯爵夫人」と呼んでくれた。初めてだれかに認められた気分だった。大人になってこのかた、ずっとじゃがいも農家のヴィルターネンとして見られてきて、ようやくまたフィンランド人のマンネルヘイムに戻れたようだった。

マンネルヘイムのスナップスが体内から消えて、王がここから帰ってしまった後で、何があったってかまわない。ヤトルドは心を決めた。国王陛下とくたびれきった諜報員といっしょに長椅子に座っている今ここ、このときから、自分は伯爵夫人になる。

隅から隅まであますことなく！

ホルゲル1号は、完全に足場を失っていた。今までの年月、自分のなかに共和主義に対する信念を生かし続けていたのは、メダルをいくつも下げた礼装姿で片眼鏡をかけ、銀の杖を持ったグスタフ5世のイメージだった。その写真に向かって、自分とホルゲル2号は子供のころ、父といっしょにダーツの矢を投げていたのだ。それは愛するセレスティンに吹きこんだ王のイメージでもあった。そして彼女も受け入れた。

自分たちは本当に、グスタフ5世のひ孫を吹き飛ばすつもりなのか。その目的のために、自分たち自身と、それぞれの実の弟と実の祖母もいっしょに？

ああ、王がニワトリの頭を落としさえしなかったら。正装の上着を脱いだりしなかったら。血のついたシャツの袖をまくりあげなかったなら。ヤトルドにトラクターの直し方を教えたりしなかったら。平然とした顔でスナップスを何杯も空けたりしなかったなら。

首相が、今まさに膝をついて床の汚れをこすり落としていても、さっきテーブルを片付けて食器を洗って拭きあげていても、なんの助けにもならなかった。そんなことをしても、彼らの目の前で砕け散った真実に比べたら、なんの意味もなかった。

王はニワトリの頭を落としたりしないものだという真実に比べたら。

ホルゲル1号に今何にもまして必要なのは、真の信念はやはり正しいという確証だった。その確証さえ得られたら、セレスティンを自分の味方にしたままでいられる。

父の話では、王のなかの王といえば、もちろんグスタフ5世だった。この王こそが、母なる地上のあらゆるものを毒するため、悪魔によって送られた存在だった。ホルゲル1号が必要としているのは、当代の王がこの悪の権化を敬う言葉を聞くことだった。そこでホルゲル1号は、80歳の婦人と甘ったるい声を出し合っている王に近づいていくと、言った。

「おい、国王」

王は、話をやめた。顔をあげて答える。「ああ、私のことだね」

「聞きたいことがある」ホルゲル1号が言った。王に対して、あえて敬語は使わなかった。

王は何も言わなかった。礼儀正しく、ホルゲルが言葉を続けるのを待っている。

「グスタフ5世のことだ」

「私の曽祖父だな」王が言った。

「そのとおり。あんたはその血を引いている」ホルゲル1号は、自分でも何を言っているのか理解できないまま言っていた。「僕が知りたいのは、国王陛下は――あんたのことだ――、あいつをどう思っている？」

ノンベコは、さりげなくふたりのそばに立ち、王とおバカがどんな会話を交わしているのか聞いていた。小さくひとり言を言う。王様、今までのところあなたは完璧です。さあ、ここでも正しい答えを！

「グスタフ5世のことを？」王は言った。罠のにおいがする、と思っていた。

＊＊＊

王は、しばし自分の一族について思いをめぐらせた。

一国の君主たることは、庶民が思うほど気楽なものではない。エリク14世の例を持ちだすまでもない。初めに狂人扱いされ（部分的に信頼できる根拠があるとはいえ）、のちに弟に幽閉され、最後は毒を盛ったスープで殺された王である。

またグスタフ3世は、ちょっとしたお楽しみに仮面舞踏会に出かけ、そこで射殺された。これはなかなかおもしろい話ではある。後日談として、狙撃犯の腕が悪かったため、気の毒な王は実際死ぬまでに2週間かかった。

そして、どうやら共和主義者ホルゲルが執着しているらしいグスタフ5世。曽祖父は病弱な子供だった。足が少し不自由で、そのため電気機器を用いる新しい治療を受けた。体内にわずかな電流を流すことで、足が動くようになると考えられていたのだ。

その電流のおかげか、ほかの何かのおかげかはわからないが、グスタフ5世はのちに中立国スウェーデンを率いて、2度の世界大戦を非常に高潔な姿勢でくぐりぬけた。ましてや、片側にはドイツ人の王妃、もう片側には一度ならず二度までも頑《かたく》なにイギリス人との結婚を譲らなかった王太子がいながらにしてである。

第一次世界大戦の直前には、少々行きすぎたところがあったかもしれない。軍の強化を声高に要求しすぎて、首相のスターヴが怒って辞任してしまったのだ。スターヴは装甲艦1、2隻を作るより、普通選挙権を導入するほうが重要だと考えていた。曽祖父がこの要求をサラエボ事件直前に出していて、ゆえに正しかったという事実には、だれひとり関心を持たなかった。王というのは、おとなしくしていることを期待されるものなのだ。当代の王も、ブルネイ国王は頼りになる仲間だと何げなく口にしたときに、それを経験していた。

そうだ、曽祖父グスタフ5世は約43年にわたって国を統治して、そのときどきの政治的混乱をたくみに受け流してきた。考えてみれば、だれも彼もに唐突に選挙権が与えられ、それによって社会民主主義がとてつもない勢いで力を得たわりに、君主制は実際のところ潰されることはなかった。革命が起こるだろうという予想もなんのその、ハンソン首相は折にふれて夜間こっそり宮殿を訪れてはトランプゲームのブリッジを楽しんでいた。ハンソンほどの筋金入り共和主義者をもってしてだ。

つまり本当のところ、曽祖父は何にもまして君主制の救世主である。しかし目下肝要なのは、まさに曽祖父の精神をもってして状況を操ることだ。すなわち、十分な決断力と、ごたごたした現実に対する敬意。

王は、「おバカ」と呼ぶことが許されなかったこの男の質問の裏には、何か重大な意味が隠されていると理解していた。しかし、このおバカは曽祖父が亡くなった１９５０年にはまだ生まれてもいないはずだ。ふたりに何かしらのかかわりがあったとは考えられない。その当時にさかのぼって、何かがあったのだ。実のところ、王はさっきのノンベコの説明はほとんど聞いていなかった。伯爵夫人とのあれこれで手一杯だったからだ。しかし、じゃがいもトラックの荷台で、ホルゲルが双子の父のことを何か言ってなかったか。かつて、一家に共和主義的思想を確立した父親について。

明らかに、かなりの程度まで。

双子の父親は、グスタフ５世となんらかのいざこざがあったのだろうか？

うむ。

王の頭に、ある禁じられた考えがよぎった。

たしかに、曽祖父と曾祖母が「誓います」と言った１８８１年９月には、まだ王室全体に愛ゆえの結婚というものは創造されていなかった。そうはいっても曽祖父は、自分の妃が健康状態の回復のため温暖なエジプトへ赴き、供として連れていった粗野な男爵と遊牧民のテントで倒錯した冒険に耽《ふけ》ったときには、傷ついただろう。しかも男爵はデンマーク人だったのだ。

そのとき以来、曽祖父は女性に対する興味を失った。男性に対してどう思っていたかははっきりしない。長年にわたって噂はあった。同性愛が違法で、君主制にとって脅威だった時代に、あるならず者が王から金をゆすりとっていた事件はいうまでもない。王室はそのならず者を満足させるため、それより何より黙らせるためなら、なんでもやった。

ならず者は金を受け取り、また受け取り、さらにまた受け取った。レストランとホテルの経営に対する支援も受けた。しかしならず者はしょせんならず者だ。金はいつも一瞬にして消え去り、男はまたさらに求めて戻ってきた。

一度は、札束をたんまり持って、大西洋を渡ってアメリカに向かう船に乗った。しかし、再び姿を現しさらに要求をつきつける前に、実際彼《か》の地へ行きついたのかは不明のままだ。戦火が激しくなったころには、スウェーデン政府から生涯月々の手当を保障されてナチス支配下のドイツへ送られた。ところが、その悪魔はドイツで幼い少年たちに不埒《ふらち》なまねをし、ヒトラーが理想とするアーリア人の男とはあらゆる面で正反対のふるまいをした。そうして、強制収容所収監一歩手前というところまでゲシュタポを煩わせたすえ、スウェーデンに送還された（そうならなかったほうが、スウェーデン王室の利益になったことは否めない）。

ストックホルムに戻ったならず者は、自分の人生についての本を書いた。これまでのことが全世界の知るところとなる！　いや、そんなことになってはいけないと、ストックホルムの警察署長は思った。そして印刷された本をそっくり全部買いとって、警察署の独房に鍵をかけてしまいこんだ。

しかし、ついには好ましくない話をしまいこんでおくのにも、限界が訪れた（ブルネイでなら事情はちがったかもしれない）。社会は王を擁護し、ならず者はさまざまな罪に対して8年の禁固刑に処された。グスタフ5世はそのときにはすでに亡くなっていて、男もまた、釈放後すぐに自らの手で命を絶った。

悲しい話だ。しかし、ならず者が単なるならず者ではなかった可能性も、否定できなくはない。少なくとも、グスタフ5世との関係においては。そして、王が……彼やほかの少年や男たちと……その当時の法に触れる方法で親しかったという可能性も、除外するわけにはいかない。

もし……

もし、ホルゲルの父親が被害にあっていたのだとしたら？　もしそれで、彼が広い意味での君主制と、とりわけグスタフ5世に対する闘いを始めたのだとしたら？

もし……

何かあったから、だったとしたら。

＊＊＊

ここで、王は考えるのをやめた。すべて正しく考慮できたわけではないかもしれないが、要点は外してはいないはずだ。

「私が、曽祖父のグスタフ5世をどう思うか、かね？」王は繰り返した。

「そうだ、答えろ！」ホルゲル1号は言った。

「君と私だけの話にしてくれるかね？」王は言った（すぐ隣には伯爵夫人、セレスティン、ホルゲル2号、ノンベコ、首相、それにすでに寝てしまったイスラエル諜報員がいたのだが）。

「もちろんだ」ホルゲル1号は言った。

王は、天国の大おじい様よ許したまえと、心で唱えてから言った。

「あれは、本物のくず人間だった」

ここまでは、王はただの無邪気な人で、ヤトルドと出会ったのは幸せな偶然だったという話で終わっていたかもしれない。けれども今、王がグスタフ5世の名を貶《おとし》めるのを聞いたノンベコは、王も自分たちが置かれている状況を正確に把握しているのだと悟った。そのうえで、それが全員にとっての最善策だという判断から、曽祖父の名誉と栄光を失わせることを選んだのだ。

1号はどんな反応をするだろうか。

「セレスティン、ちょっといいかい」ホルゲル1号は言った。「船着場まで散歩してこよう。話がある」

1号とセレスティンは、ヴェートゥー湾の船着場のベンチに腰を下ろした。真夜中を少し過ぎたころで、スウェーデンの夏の短い夜も闇に包まれてはいたが、とくに寒さは感じなかった。セレスティンはホルゲルの手を取り、目を見て話しはじめた。自分がほとんど高貴な身分といってもいいことを、許してもらえるだろうかと。

ホルゲルはぼそぼそと、許せると言った。ヤトルドの父親が、偽札作りという立派な仕事をしながらも男爵だったことは、セレスティンのせいではない。もちろん少しは胸が痛む。もし本当だったらだが——何しろあの話はあちこちほころびだらけだ。それに、グスタフ・マンネルヘイムは晩年考えを改めて大統領になったのだから、酌量の余地はある。そのうえ、高貴な身分で皇帝に忠誠を誓ってはいても、共和国を統治しているのだ。ああ、何もかもがややこしい。

セレスティンも同じ考えだった。自分の育ちにずっと後ろ暗い気持ちを抱いていた。でもそれも、ホルゲルと出会い、自分が探し求めていた人であり、求めていた何かであるとわかるまでのことだった。そのうえホルゲルは、上空600メートルを飛ぶヘリコプターから自分の命を救うために飛び降りてくれた。それからふたりでスウェーデン国王を誘拐した。退位させるか、あのメダルや自分たちもろとも粉々に吹き飛ばすか、どちらかを果たすために。

ほんの一瞬、セレスティンの人生はわかりやすく、意味のあるものに思えた。

でもそこへ、王がニワトリの頭を落とすという問題が持ちあがった。そのうえ王は、コーヒーを飲んだ後で祖母のトラクターを直して役に立つところを見せた。今では王のシャツには、ニワトリの血ばかりか、自動車のオイルのしみまでついている。

そのあいだずっと、セレスティンは、生き返ったような祖母の姿を見ていた。かつて、別れも告げずに祖母のもとを去った自分のやり方を恥じる気持ちになっていた。ただ祖母が誤った祖父を持ったというだけの理由で。

恥じる？　それは初めての感情だった。

ホルゲルは、セレスティンが今夜のヤトルドに影響を受けたことは理解できると言った。自分も途方に暮れているんだ、と打ちあけた。根絶すべきは、王と君主制のみならず、君主制が象徴するすべてなのだ。だから王が彼らの目の前で、なんだか違うものを象徴しはじめるようなことはあってはならなかった。王はののしり言葉まで口にしたのだ。もしかしたら、ヤトルドとふたりでこっそりタバコを吸いにだって行ってたかもしれないぞ。

それはない、セレスティンは否定した。たしかにふたりで外に出てはいったけど、トラクターを見にいっただけだ。

ホルゲル1号はため息をついた。もし王が、あんなふうにグスタフ5世に背くようなことさえ言わなかったら。

セレスティンは、王を連れてきて妥協点を探るべきだろうか、と言った。そして、生まれて初めてそんな言葉を使った自分に気がついた。

「爆弾にちょっとだけ火をつけるってことかい？」ホルゲル1号が言った。「それか、王がパートタイムの王になるとか？」

王をここに連れてきて、平和的に秩序正しく話し合いをしても、困ることは何もない。王と、ホルゲル1号とセレスティンだけ。2号もヤトルドも首相も抜き。毒ヘビのノンベコは絶対に抜き。それをいうなら、眠りこけてるイスラエルの諜報員もだ。

ホルゲルは、何から話を始めたらいいかも、話がどこへ向かうかも、まったく見当がつかなかった。セレスティンはさらに何も考えられなかった。それでも、気をつけて言葉を選びさえしたら、きっとまだチャンスはある。


王は、伯爵夫人を残していくのは不満だった。それでももちろん、ミス・セレスティンと、「おバカ」と呼ぶのを許されなかった彼と、夜の会話を持つことには同意した。ふたりが望んで、それで物事が正しい方向に行くなら。

船着場に着くと、ホルゲル1号は、王は王らしいふるまいができないことを恥ずべきだという話から始めた。

「われわれにはみな、欠点があるものだ」王は言った。

1号は続けた。愛するセレスティンは、たしかに幸せな気持ちになった……王とヤトルドが生き生きとした関係を築いたことで。

「伯爵夫人だよ」王が訂正した。

彼女の呼び名が、場所によってどう変わろうが関係ない。ただ彼女は、王が退位を拒んでも、自分たちが王と国の一部を吹き飛ばさないでいる理由のひとつだということだ。

「それはすばらしい」王が言った。「そういうことなら、私はそうさせてもらおう」

「退位するのか？」

「いや、退位を拒むのだ。君たちが以前にほのめかしていたような劇的な結末には、もうならないようだからね」

ホルゲル1号は自分を呪った。まちがった結論から始めてしまった。爆弾の脅威という、唯一手にしていたカードをまっ先に切ってしまったのだ。なぜいつも、どれほどがんばっても、すべてがこうもまちがったほうに行ってしまうのだ。やればやるほど、自分は人が呼ぶとおりの人間なのだと明らかになっていく。

王は、ホルゲル1号が心のなかで混乱し苦しんでいるのを見てとった。そこで、こうつけ加えた。おバカ君は、この結末にあまり動揺するべきではない。そもそも歴史は、王ひとりを王位から引きずりおろすだけでは不十分だと示している。王家をすべて根絶やしにしたとしても、まだ十分ではないのだ。

「そうなのか？」ホルゲル1号は言った。

＊＊＊

ルースラーゲンの空が白《しら》みだすころ、王は、グスタフ4世アドルフの困難に満ちた生涯と、その後何が起こったかという教訓的な話を始めた。

始まりは、父親のグスタフ3世が王立オペラハウスで銃撃されたことだった。父王が死に向かっていく2週間で、王太子は王という新たな職に慣れなければいけなくなった。結局のところ、2週間はあまりに短すぎた。しかも父王は息子に、スウェーデン王位は神の恩寵により授かるものであり、したがって王と神は一体となって働くものだという教えを叩きこんでいた。

自分は神に見守られていると思っている人間にとって、ナポレオンとロシアのアレクサンドル1世というふたりの皇帝を一度に打ち倒す戦争など、ちっぽけなことにしか思えなかったのだろう。不幸にも、ナポレオンもアレクサンドルも、ともに自分は神のご加護のもとに戦うのだと主張していた。彼らがみな嘘を言っていないとしたら、神は一度に多方面で約束しすぎてしまったらしい。あと神ができることといえば、彼らが実際の相対的な強さで問題の決着をつけるに任せるのみだった。

おそらくそれこそが、スウェーデンが二度も大敗を喫して、ポンメルンの占拠を許し、フィンランドを失ったことの理由である。グスタフは、怒った貴族たちと無情な将校たちにより王位を追われた。簡単にいえば、クーデターである。

「ああ、憧れるなあ」ホルゲル1号が言った。

「まだ話は終わっていない」王が言った。

元スウェーデン王グスタフ4世アドルフは、うつ状態となり酒に溺れた。ほかにどうしろというのだ？　もうその名ではないものを名乗ることを許されず、彼は自らをグスタフソン大佐と称してヨーロッパじゅうを放浪し、最後はスイスの下宿屋で、酒浸りの一文無しの身で孤独死した。

「すばらしいじゃないか」ホルゲル1号は言った。

「そうやって茶々を入れたりしなければ、もうとっくにこの話にはちがった意味があると気づいてもいいころだ」王が言った。「たとえば、彼の代わりに、別の男が王位に据えられたこととか」

「それはわかってるさ」ホルゲル1号は言った。「だから一族みんなそろって根絶やしにするべきなんだ」

「そんなことはなんの意味もない」王は言い、話を続けた。

クーデター首謀者たちは、「この親にしてこの子あり」とことわざにいわれる事態をもっとも恐れていた。そこで彼らは、廃位としたグスタフ4世のみならず、10歳になる王太子を含む一家全員を国外追放に処し、スウェーデン王族としての身分は永久に剥奪すると宣告した。

代わりに王位に据えられたのが、グスタフ4世の暗殺された父親の弟だった。

「なんだか話がややこしくなってきたな」ホルゲル1号が言った。

「結末はもうすぐだぞ」王が言った。

「それはありがたい」

ともかく、新しい王はカール13世と称され、これですべてうまくいくかに思われた。ところが王の息子が生後1週間で世を去り、その後も新たな王子が生まれそうになかった（もしかしたら生まれたかもしれないが、正当な女性とのあいだではないと思われた）。王家の家系はここで途絶えてしまうかに見えた。

「でも、当然何か解決策は見つかったわけだろう?」ホルゲル1号は言った。

「ああ、そうとも。王子にふさわしい親族を養子に迎えたのだ。ところがこれまた、死ぬ時期を見極めるのに失敗した」

「その解決策は?」

「デンマークの王子を養子にした。これまたすぐに、発作で亡くなった」

ホルゲルは、もし自分が分別のない人間なら、この話はよい結末に向かっていると思うはずだと言った。

王はそれには答えず、話を続けた。デンマーク王子の大失敗の後で、彼らは次にフランスに目を向けた。すると、皇帝ナポレオンのもとに優秀な元帥がいるというではないか。そうして最後には、ジャン＝バティスト・ジュール・ベルナドットがスウェーデンの王太子となった。

「そして?」

「そして、彼が新王朝の最初の王になったというわけだ。私もベルナドッテ王朝のひとりなのだよ。ジャン＝バティストは、ご存知私の曽祖父グスタフ5世の曽祖父に当たる」

「うえっ、なるほど」

「王朝を絶やそうという試みには、意味がないということだ、ホルゲル」王は丁寧な口調で言った。

「人々が君主制を望むかぎりは、廃することはできない。だが、君の考えは尊重するよ――なんといっても、われわれは民主主義社会に生きているのだからね。君は、最大政党の社会民主労働党に入ってみてはどうかね。そして内側から彼らに影響を与えるのは？　あるいは、共和主義者協会の会員になって、世論の流れを作るとか」

「そして、あんたの影像を作って、下敷きになって、すべてのことから逃れてやるか」ホルゲル1号がつぶやいた。

「失礼、今なんて？」王が言った。

＊＊＊

シューリーダにいる全員がベッドに近づこうともしないうちに、朝日がのぼってきた。あいかわらず諜報員Bだけは、長椅子に座って落ち着かない眠りについていた。

ノンベコとホルゲルとホルゲル2号は、王と入れ替わりでヴェートゥー湾の船着場のベンチに座った。誘拐事件以来、ホルゲルとホルゲルが言葉を交わしたのはこれが初めてだった。

「爆弾には触らない約束だったよな」ホルゲル2号が怒りをこめて言った。

「わかってるよ」1号が言った。「もう何年も、ちゃんと守ってきたじゃないか。だけど運転席から荷台に王が爆弾といっしょにいるのを見たら、抑えがきかなくなったんだ」

「でも、いったい何を考えてたんだ？　そして今は、何を考えてる？」

「何も考えちゃいなかった。僕が何か考えてることなんてあるか？　知ってるだろ。車を出せって言ったのは、父さんだ」

「父さん？　でも死んでからもう20年近いんだぞ！」

「そうさ。変だよな」

　ホルゲル2号はため息をついた。

「一番変なのは、僕たちふたりが兄弟だってことだな」2号は言った。

「あたしのホルゲルにひどいこと言わないでよ！」セレスティンが言った。

「黙ってろ」ホルゲル2号が言った。


　ノンベコは、見ていてわかった。この国に一番いいのは自分たちもろともこの地区一帯を吹き飛ばすことだという1号とセレスティンの考えが、揺らぎはじめている。

「これからどうするか、何か考えてる？」そう尋ねてみた。

「さっきから、考えてるかどうかって話ばっかりだな」ホルゲル1号が言った。

「あたしは、おばあちゃんを笑顔にする人を殺したりはできないってこと」セレスティンが言った。

「おばあちゃんは、今までの人生であんなふうに笑ったことがないんだもん」

「それであなたのほうは、何か考えてるの？　おバカさん？　一度くらい考えるのに挑戦してもいいんじゃない？」

「あたしのホルゲルにひどいこと言わないでってば！」セレスティンが言った。

「こんなのまだ序の口よ」ノンベコは言った。

　ホルゲル1号はしばらく黙りこみ、それから口を開いた。

「いろいろ考えたけど、これがグスタフ5世だったら簡単だったのになって思うよ。銀の杖を持った、片メガネ姿のさ。ニワトリの血のしみのついたシャツ姿じゃなくて」

「それと、自動車オイルね」セレスティンも言った。

「つまり、一番いい方法で、このごたごたを終わりにしようってことね。あたしのこの理解で、あってる？」ノンベコは言った。

「ああ」ホルゲル１号は、彼女の目を見返そうとしないまま静かに言った。

「じゃあ、まずは拳銃とトラックの鍵を渡してもらおうかしら」

ホルゲルは最初に鍵を渡した。それから拳銃を渡そうとしてつい手がすべった。銃は船着場の地面に落ち、そしてその瞬間、火を噴いた。

「くそ、なんだよ」ホルゲル２号がそう言って、崩れ落ちた。

22　掃除の仕上げと野宿の撤収

ヴィルターネン伯爵夫人のモペッドで県道に行っていた首相は、午前3時近くになってシューリーダに戻ってきた。そこまで出れば首相の携帯電話は各所に短い連絡を入れられるくらいに電波を受信できた。王室事務所と官邸、それと公安警察長官に電話を入れた。長官は世界で一番安堵した。首相は秘書に、すべて順調にいっていて、今日の朝には官邸に戻る予定なので、スーツときれいな靴を用意しておいてほしいと伝えた。

この劇的事件も、山場はほぼ越したと思われた。これまでのところ被害は何もない。兄が銃を誤射したせいでホルゲル2号が腕を負傷しただけだ。今、2号は伯爵夫人のキッチンの隣の寝室で、ひたすら悪態をついている。ひどいケガではあるが骨に達するまではなかったので、マンネルヘイム元帥の一杯（消毒と麻酔の二役を果たした）と包帯のおかげで、数週間もすればすっかり回復するはずだ。ノンベコは、ホルゲルは傷に甘えるようなところはまったくないと愛しげに言っていた。実際のところ2号は、今ではベッドに横になって枕を使い、片腕でだれかを絞め殺す練習に励んでいる。

その犠牲者たる人物は、安全な距離を保つため、セレスティンと船着場に毛布を持ち出して仮眠をとっていた。一方、諜報員Bは、初めに一瞬だけ脅威になった後、あいかわらずキッチンの長椅子で昨晩から同じ行為に携わっている。ノンベコは安全のため、彼の上着の内ポケットのホルスターから銃を抜いておいた。もちろん、新たな事故はなし。

王と伯爵夫人とノンベコと首相は、眠りほうける諜報員を横にキッチンに集まった。王が、この会議の次の議題はなんだろうと楽しげに言った。首相はさすがに疲労がたまって、以前ほど王にイライラする余裕もなくなっていた。その代わりノンベコに、ふたりで話がしたいと言った。

「じゃがいもトラックの運転台でどうかしら？」ノンベコは言った。

　首相はうなずいた。

　スウェーデン政府の首相は、皿洗いが得意なのと同じくらいに聡明であることがわかった。首相は最初に、自分がもっとも望むのはシューリーダにいる人間を警察に突きだすことだと言った。何事にも真剣味に欠ける王も含めて全員だ。

　しかしさらにじっくり考えたうえで、首相はもっと実際的に事態をながめることにした。たとえば、王というのは起訴の対象にならない。それとおそらく、ホルゲル2号とノンベコを拘禁するのも公平とはいえないだろう。ふたりが何かやったとしたら、混乱状態を正常化しようと最善をつくしたことだけだ。同様に、伯爵夫人にも実質的な犯罪行為はないというのが首相の判断である。最初に彼女がヘラジカ用の猟銃をふりまわした際に、有効な所持免許を持っているか確認するのを怠ったのはこちらの手落ちだから、なおさらである。

　ただ、外国諜報機関の諜報員は話が別だ。それと、あのおバカと彼のガールフレンドももちろん。後者は、できるだけ頑強な施設で数百年の禁固刑がふさわしいくらいだが、国としては、このスキャンダラスな復讐劇への法の適用は避けるのがもっとも安泰であり、最善でもあると思われる。法的手段に訴えると検察尋問が必須となるが、この件ではいかにその回答を形式的なものにしたところで、何千何万という国民に生涯にわたるトラウマを与えかねない恐れがある。何しろ原子爆弾が野放しになっていたのだ。スウェーデンのど真ん中で。20年間も。
首相はぶるぶるっと身震いした。そして続ける。実際のところ、法的措置を避けるべき理由はほかにもある。首相はモペッドで県道まで行ったとき、まず最初に公安警察長官に電話をかけ、落ち着かせることにした。その後で、実務的な連絡のため秘書にもかけた。

しかし、首相は警報を発令しなかった。

熱心に過ぎる検察官が野党にそそのかされ、首相本人がこの劇的事件を長引かせて、何かしら非合法行為に加担していたのではないかと訴えてくる可能性があった。

「うーん」ノンベコが考えこむように言った。「刑法第3条9節に出てくる『第三者に危害を与える恐れがある』ってやつね」

「2年？」首相は、いよいよもってノンベコには知らないことなどないのではないかと思いながら尋ねた。

「そうね」ノンベコがうなずいた。「破壊行為の可能性を考慮に入れると、まず1日たりとも減刑は望めないと思うわ。加えて、ヘルメットをかぶらずにモペッドを運転している。あたしが知っているとおりのスウェーデンなら、それでさらに15年が加算されるわね」

首相は自分の未来について考えた。できることなら、２００９年の夏には欧州連合理事会の議長を引き継ぎたい。そのときまで刑務所に入っているとしたら、けっして最良の準備期間になるとはいえない。まして首相の職も党の党首もクビになるとしたら、いわずもがな。

そこで首相は賢いノンベコに、自分たちはどうやってこの事態を切り抜けたらいいものか、意見を求めることにした。最終的な目標は、この24時間の出来事のうちできるだけ多くを、できるだけ永遠に忘却の彼方へと追いやることだった。

ノンベコは、首相ほど完璧に掃除をやってのける人は知らないと言った。キッチンが、鶏の煮込みやビールやスナップスやコーヒーやなんかの後で、ぴかぴかに磨きあげられていた。唯一やり残していたのは……眠っている諜報員を片付けることくらい？

首相は眉を寄せた。

その延長で考えれば、目下いちばんさし迫った問題は、おバカと彼のガールフレンドから爆弾を引き離すことだ。それから爆弾を、シェルターか何かに鍵をかけてしまいこむこと。

首相は疲れきっていた。もうこんなに遅い時間だ。より正確に言うなら、早朝である。もう考えをまとめるのも言葉にするのもままならないのだが、と告白した。それでも、どうにか脳が働いているあいだに、シェルターについて考えてみた。爆弾の解体を行えるか、最低でもしっかりしまいこんで、その存在の記憶すらも封じこめてしまえる場所。

さて、時間というものは、一国の首相にはほかの人以上に味方となることは少ない。時として、むしろ敵になることもある。たとえば今、フレドリック・ラインフェルトの次の公務の予定は、官邸での胡錦濤《こきんとう》主席との会談だった。午前10時に開始され、続いて首相公邸であるサーゲル宮殿で昼食会が催される。その前には、シャワーを浴びてじゃがいも畑の匂いを洗いながし、泥のはねていない服と靴に着替えておきたかった。

このあと急いで仕事にとりかかれば、これはうまくいくかもしれない。しかしその途中で、爆弾を隠して忘れてしまえるほど深くて遠いシェルターを見つけだすとなると、かなり厳しい。この問題は、どれほど重要でも午後に回したほうがいいだろう。

首相はいつもであれば聞き役で、自分から話すことはほとんどなかった。今、こうしてすっかりノンベコ・マイェーキと打ち解けていることに、自分でも驚いていた。でも実は、さほど驚くことでもないのかもしれない。人はみな、心の奥深くにある思いを共有できるだれかを必要としている。ましてや、自分の身にのしかかる3メガトン級の心配事を話し合える相手なんて、この南アフリカ人の女性（と、もしかしたら彼女のボーイフレンド）のほかに、だれがいる？

首相は、この最大級の秘密を知る人間の数を増やさざるを得ないと認めた。まず名前があがったのが国防軍最高司令官である。シェルターの場所がどこになろうが、その最終責任者を務めてもらわねばならない。司令官はおそらく爆弾の解体や、自分の背後のシェルターの入口を自分だけで塞ぐことはできないと思われるため、あとひとりかふたりは人員が必要だ。つまり、本来知るべきではないことを知ることになる人間は以下の通りである。

（1）最高司令官　（2）解体技術者A　（3）レンガ職人B　（4）不法移民ノンベコ・マイェーキ
（5）存在しないホルゲル・クヴィスト　（6）彼の存在しすぎる双子の兄　（7）兄の怒りっぽいガールフレンド　（8）元じゃがいも農場主にして現伯爵夫人　（9）不心配性の国王陛下　（10）定年退職したモサド諜報員

「これで本当にうまくいくんだろうか」ラインフェルト首相は言った。

「だいじょうぶ」ノンベコは言った。「ここにあげた人のほとんどは、自分が知っていることを秘密にしておかなきゃいけない理由がある。加えて何人かは、言うことが支離滅裂だから、他人に漏らしたところで信じてもらえない人たちだもの」

「それは王のことか？」首相が言った。

首相と胡錦濤主席は、スウェーデン産業界の要人たちと昼食を楽しむことになっていた。胡主席はその後まっすぐアーランダ空港へ向かい、待機中の政府専用機のボーイング767で北京へ帰る。最高司令官を官邸に呼ぶとしたら、その後になるだろう。

「つまり、私が胡主席と会っているあいだと、最高司令官とこの問題について話しているあいだ、ミス・ノンベコを信頼して爆弾を委ねることになるわけだな」

「そうね、首相ともあろう方なら、ご自分が何をすべきで何をすべきでないかは、一番よくおわかりでしょうけど、あの件に関していえば、あたしはもう20年も連帯責任を負ってきて、いまだに失敗していないわ。あと2、3時間くらい、まちがいなくだいじょうぶ」

その瞬間、ノンベコは王と伯爵夫人がキッチンを出て船着場のほうに向かっていくのを見た。ふたりで何かしでかすつもりかもしれないと、ノンベコはとっさに思った。

「首相、キッチンへ行って、諜報員を片付けておいてもらえるかしら。そのための知恵ならお持ちでしょ。あたしは船着場に行って、王と彼の伯爵夫人に馬鹿げたまねをさせないよう手を打ってくる」

ラインフェルトは、ノンベコが何を意味しているのか理解した。自分の全存在が、そんなことはできない、と言っている。

それから彼はため息をついた――そして、そんなことをしに行った。

「起きるんだ！」

首相は、諜報員Bを揺すった。諜報員は目を開け、自分がどこにいるかを思い出して、恐怖におののいた。

ラインフェルトは、諜報員が反応するとわかると、目を見て言った。

「外に停まっているのはあんたの車だな。スウェーデンとイスラエル両国民の友好関係のためにも、すぐにあの車でここを出て、国に帰ったほうがいい。さらにいえば、あんたはここに来たこともなければ、この先来ることもない」

生真面目な首相は、ほんの数時間のあいだに、じゃがいも泥棒に加えて、今では酔っ払った男を車で公道に送り出そうとしていることに、体の具合が悪くなった。それ以外にも理由はいろいろあったが。

「しかし、オルメルト首相は？」諜報員Bが言った。

「オルメルト首相と話すことなどない。あんたはここに来てないんだから。そうだろう？」

諜報員Bは、たしかに素面《しらふ》ではなかったし、そのうえまだ半分眠ってもいた。それでも、命拾いしたことは理解できた。

そして、急がないといけないことも。さもないと、スウェーデンの首相の気が変わってしまうかもしれない。


フレドリック・ラインフェルトは、もっとも正直なスウェーデン国民のひとりだった。たとえば、学生時代にひとり暮らしを始めたときからずっと、テレビの受信料をきっちり払い続けていたような人間だ。あるいは子供のころ、ご近所に25オーレでネギをひと束売っただけで領収書を渡していたような人間でもある。

その首相が今、諜報員Bを逃がしたことをどう感じているかは推して知るべしだ。そして、それ以外のことについても、すべて口を閉ざすと心に決めたときの気持ち。葬り去る。爆弾も。シェルターに。それがうまくいきさえすればだが。

　ノンベコが、脇にボートのオールを抱えて戻ってきた。伯爵夫人と王が湾に密漁しに行こうとしていたところをとめてきたのだと言った。首相は答えなかった。ノンベコは、モサド諜報員Bのレンタカーのテールランプがシューリーダから遠ざかっていくのを見て、こうつけ加えた。

「ときに人は、正しい行いを貫けないこともあるわ、首相。間違いの程度の差はあってもね。伯爵夫人のキッチン掃除の最後の仕上げは、この国にとって最大の利益になった。そのことで良心の呵責を覚えたりしちゃだめ」

　首相はさらにほんの数秒、黙ったままだった。そして言った。「ありがとう、ミス・ノンベコ」

　ノンベコと首相は船着場へ行って、ホルゲル1号とセレスティンと真剣な話し合いをすることにした。ふたりは毛布をかぶって眠りこけていた。隣では、王と伯爵夫人が並んで横たわり、まったく同じ行為に参加していた。

「起きなさい、おバカさん。じゃないと蹴っ飛ばして湾に落とすわよ」ノンベコはそう言いながら、足でホルゲル1号をつっついた（最低でもこいつの鼻をひねってやらないと治まりそうもないイライラを、もうずっと胸のなかにためこんだままだったのである）。

　ふたりの元誘拐犯たちは起きあがり、気を失ったふたり組のほうも目を覚ました。首相が話を切り出した。ホルゲルとセレスティンがこれからすることに１００パーセント協力してくれるなら、誘拐や脅迫行為やそのほかすべての行為について、警察沙汰にするのはやめておこう。

　ふたりはうなずいた。

「これからどうなるんだ、ノンベコ？」ホルゲル1号が言った。「僕らには住む場所もない。セレスティンは、ヤトルドが望むならいっしょに暮らしたいって言ってる。それにはブラッケバリのアパートじゃ狭すぎるし」

「おや、密漁に出るんじゃなかったかい？」今さっき目を覚ました伯爵夫人が言った。

「いいえ、何よりもまず、この夜を生き延びるのが先決です」首相が言った。

「よい志だ」王が言った。「防御的すぎるきらいはあるが、それでもよい」

　王はそれから、自分と伯爵夫人は手漕ぎボートで湾に出なくてよかった、と言いそえた。「国王、密漁に出て捕まる」などという見出しは、悪意あるジャーナリストたちを大喜びさせただけだろう。

　首相は、世のジャーナリストなんてものは、悪意があろうがなかろうが、金にさえなればどんな見出しだって大喜びするものだと思った。しかしそうは言わず、国王陛下には、あらゆる犯罪的行為につながる考えは頭のなかから一掃していただけたらありがたい、と言った。すでにこのひと晩のあいだに、地方裁判所の全法廷が埋まるほどの罪を犯してしまっているのだから。

　王は、自分が何者かを考えたら、好きなだけ密漁しても許されるのではないかと思ったが、首相にそう言わないだけの分別は十分に備えていたので、黙っていた。

　そういうわけでラインフェルトは、現状と、国家の総合的救出作戦について話を続けることができた。彼はヴィルターネン伯爵夫人に、孫娘と彼女のボーイフレンドといっしょにシューリーダを離れる気があるか、短く簡潔に答えてほしいと頼んだ。

伯爵夫人は、自分もやっと人生の楽しみを取りもどしたと思っていた。それはおそらく、愛するセレスティンとこれほど長くいっしょにいられたことと、王様のおかげだった。王様が、まさかこんなにフィンランドとスウェーデンの歴史や伝統に詳しいなんて。それともちろん、じゃがいも畑は売ってしまったし、正直なところ、雑誌の出版の仕事もちっともおもしろくなくて、あっという間に終わりになった。

「それに、そろそろ独り身でいることにも飽きてきちゃったよ。王様は、お古の男爵を紹介してくれないものかねえ？　ハンサムでなくてもかまわないから」

王様は、男爵は今のところ人材が不足していると言ったが、首相が割って入ったためそれ以上は話を続けられなかった。ぶさいくだろうがなんだろうが、今はお古の男爵の人材について話し合っている暇はない。もう出発する時間なのだ。ところで、伯爵夫人はいっしょに来る気はあるのか？

伯爵夫人は、あると言った。でも、いったいどこに住むんだい？　ただの老婦人なら、どんなに古い小屋にだって住めるものだ。でも伯爵夫人たるもの、その名に見合ったところでないと。

ノンベコは、このままでは話がまとまりそうにないと思った。しかし、じゃがいも畑を売ったお金ならまだかなり残っている。伯爵夫人とそのお付きの者たちの住居費を賄《まかな》うくらいは十分に可能だった。それ以外の費用もだ。

「ふさわしいお城が見つかるまでのあいだも、相応の場所に泊まっていてもらわないといけないわね。ストックホルムのグランドホテルのスイートルームとか。どう？」

「そうだね、つなぎのあいだだけならね」伯爵夫人は言った。共産主義者同盟マルクス・レーニン主義者（革命家）元党員の反逆者セレスティンは、顔をゆがめた彼女のボーイフレンドの手をぎゅっと握りしめた。

＊＊＊

午前6時、爆弾を載せたじゃがいもトラックが再び道路を走りだした。運転席には首相が座った。運転免許を持っていて、なおかつただひとり素面だったからだ。真ん中に片腕を吊ったホルゲル2号を挟んで、ノンベコは助手席の右端に座った。

荷台では、王とヴィルターネン伯爵夫人があいかわらず絶好調だった。王は、今後の伯爵夫人の住まい候補をいくつか提案した。オーストリアのストラスブール近くで、伝統あるペックシュタイン城が売りに出ているが、あそこなら伯爵夫人にふさわしいかもしれない。ただ、午後のお茶をともにするには、ドロットニングホルム宮殿からはおそろしく遠い。となると、スーデトゥーナ城はどうか。グネースタからもさほど遠くない。中世時代の城だが、伯爵夫人にはちょっと質素すぎるだろうか？

伯爵夫人にはなんとも言えなかった。それぞれの候補物件を実際に見てみなければ、何が質素で何がそうでないという感覚はわからない。

王は、自分と王妃もその視察旅行についていくのはどうだろうと考えた。とくに王妃は、その名にふさわしい宮殿庭園のなんたるかについての助言もくれるだろうから、ちょうどいい。

王様と王妃様がかまわないのなら、ぜひお願いしたい、とヤトルドは言った。王妃様とも、野外トイレで用を足す以外の場でまたお目にかかれるとしたら、こんなに嬉しいことはない。

午前7時30分、まず王を最初にドロットニングホルム宮殿の外で降ろした。門のベルを鳴らして王だと名乗ってからもしばらくもめたが、ようやく決まり悪そうな衛兵司令によって宮殿内に招き入れられた。衛兵は、王が通りすぎるときにシャツに黒ずんだ赤いしみがあるのに気づいた。

「陛下、おケガをなさっているのでは」王の後ろからそう声をかけた。

「いいや、これはニワトリの血だ」王は言った。「それと、自動車のオイル」

次に停まったのはグランドホテルだった。しかしここにきて、作戦進行が滞った。兄の間違いのせいで負った傷が原因で、ホルゲル2号が発熱したのだ。ホルゲル2号は、すぐにベッドに入って痛み止めをとる必要があった。マンネルヘイムのスナップスの瓶はもう空っぽだった。

「つまり、僕はホテルにチェックインして、もう少しで自分を殺そうとしたバカに自分の世話を任せなくちゃいけないってことか？」ホルゲル2号が言った。「そんなことだったら、公園のベンチで出血多量で死んだほうがましだ」

しかしノンベコは2号を説得した。2号には腕のケガが治ったら、ぜひとも兄さんの首を絞めるか、少なくとも鼻をひねるかしてもらわねばならない（もし自分が先にやっていなければ）。せっかく爆弾を手放せる日が来たというのに、その同じ日に公園のベンチで出血多量死するなんて、あまりに皮肉というものではないか。

ホルゲル2号は、疲れすぎてノンベコに反論できなかった。

8時40分ころ、ホルゲル2号はベッドに入り、熱と痛みを和らげるために市販の鎮痛解熱剤を2錠飲んだ。コップの水を飲み干すと、2号は15秒でぐっすり寝入った。ホルゲル1号も、スイートのリビングルームのソファに横になり、同じように寝てしまった。伯爵夫人は寝室のミニバーの探索を始めていた。

「あんたたちは行っていいよ。自分のことは自分でできるから」

首相とノンベコとセレスティンは、ホテルの玄関の外に立って、これから数時間で何をすべきか細かい計画を立てた。

ラインフェルトは、このあと胡主席との会談に行かなくてはいけない。ノンベコとセレスティンのふたりは、その時間できるかぎりの注意を払って、ストックホルムの街なかを爆弾を載せたトラックで走りながら待つ。

運転はセレスティンがすることになった。ほかに運転できる人間がいないからだ。ホルゲル2号は、もちろん撃たれたケガのせいでベッドにいなくてはいけない。首相は中国の主席と会談があるので、恐ろしげな武器といっしょに走りまわるわけにはいかない。

そうなったら残るは、今も昔も何をしでかすかわからない、怒れるセレスティンということになる。ノンベコが監督につくとはいえ、そのことに変わりはない。

3人がホテルの玄関前に立って相談していたところへ、首相秘書が電話をかけてきた。スーツときれいな靴が用意できたので、首相はいつでも着替えられる。しかし中国の国家主席のスタッフからは、ちょっと厄介な電話が来ていた。主席の通訳が昨晩、手の指を4本骨折し、親指が潰れるという大ケガを負い、つい先ほどカロリンスカ大学病院で手術を受けた。主席は、今日の会談とその後の昼食会の通訳の問題は、首相によい解決策があるはずだと言っているそうだ。秘書は、主席のスタッフが言っているのは昨日の夕方に自分が宮殿の外で少しだけ会った黒人女性のことだと考えた。そういうことでよろしいんでしょうか？　もしそうなら、首相は彼女とどうやって連絡をとればいいか、ご存知ですか？

もちろん、首相はご存知だった。彼は秘書にちょっと待っててくれと言って電話を保留にし、ノンベコを見た。

「ミス・ノンベコ、今日の胡錦濤主席との会談の席にいっしょに出てもらえないか？　主席の通訳は入院中だそうだ」

「それで、死にそうだって文句をたれてるわけね？」ノンベコは言った。

首相がなんのことかと聞く間もなく、ノンベコは続けた。「もちろん。喜んで行かせていただくわ。でもそのあいだ、トラックはどうしたらいい？　セレスティンに爆弾を任せちゃっていいの？」

セレスティンひとりに、数時間のあいだトラックと爆弾を任せると考えると……これはぞっとしない。ノンベコが最初に思いついたのは、セレスティンの手を手錠でハンドルに固定してしまうことだった。でも、ふたつめのアイデアのほうがどうやらよさそうだった。ノンベコはスイートルームに引き返すと、またすぐ戻ってきた。

「あなたのボーイフレンドは、ソファに手錠で縛りつけられて、いびきをかいてぐっすり眠ってるわ。もし、首相とあたしが中国の国家主席と会談をしている最中にトラックと爆弾におかしなまねをしたら、手錠の鍵はすぐそこのニーブロ湾に捨てるから」

セレスティンは答える代わりに鼻を鳴らした。

首相はボディガードふたりに電話をし、窓ガラスの色が一番暗い車で、グランドホテルまで迎えにきてほしいと頼んだ。セレスティンには、首相かノンベコから電話があるまでは、最初に見つけた駐車場に車を停めて待っているよう指令を出した。おそらくはほんの数時間になるはずだと、首相は請け合った。心では、いまだに続く昨日という日の終わりが早く来ないかと切実に願っていた。このままでは、自分のほうが爆発してしまいそうだ。

23

怒れる国防軍最高司令官と美しい歌声の女

　フレドリック・ラインフェルトは、サンドイッチとトリプルのエスプレッソを手に、オフィスの安楽椅子に腰を下ろした。シャワーときれいな服と泥のついていない靴のおかげで、すっかり元気を取りもどしていた。向かいのいすには、南アフリカ人の中国語通訳がスウェーデンティーのカップを手に座っている。着ているのは昨日と同じ服だ。彼女はじゃがいも畑を掘りかえしていないから。

「ああ、そういえば、汚れる前の首相はそんな感じだったわね」ノンベコは言った。

「今は何時だ?」首相は言った。

　9時40分だった。通訳との打ち合わせの時間だ。

　首相は、２００９年にコペンハーゲンで開催される気候変動会議に胡錦濤《こきんとう》国家主席を招待する予定だと言った。それは、ラインフェルト自身が欧州理事会議長に就任するのと同時に開催される会議でもあった。

「おそらく今日も、環境問題とその方面でのさまざまな努力目標についての話が多くなる」首相は言った。「中国にも、次回の気候変動枠組条約には参加してほしいと思っている」

「それはどうかしらね」ノンベコは言った。

　首相はまた、議論すべき問題として、スウェーデンの立場から民主主義と人権についても話したいと考えていた。そのため、ノンベコは通訳として、両首脳が言った言葉のままに訳すことがとりわけ重要になってくる。自分の言葉を加えてはいけない。

「ほかには？」ノンベコは言った。

もちろん、ビジネスの話も出てくる。輸入や輸出。中国はスウェーデンにとって、輸出先としてもますます重要な国になりつつあった。

「われわれは、年ベースで２２０億クローナ相当のスウェーデン製品を中国に輸出している」首相が言った。

「２０８億よ」ノンベコが言った。

首相はエスプレッソを飲み干すと、私は何しろこの24時間で人生でも圧倒的に奇想天外な経験をしたばかりなのだ、と自分に言い聞かせた。

「通訳さんからほかに何か加えることはあるかな？」首相は言った。

これは嫌味でもなんでもない。

ノンベコは、民主主義と人権を議題にするのはすばらしいことだと思うと言った。なぜなら会談が終わった後で、首相は、議題は民主主義と人権についてだったと言えるからだ。

この通訳はいろいろな才能に恵まれているが、とりわけ皮肉屋だなと、ラインフェルトは思った。

＊＊＊

「首相、お目にかかれて光栄です。だいぶ落ちついたようで、何よりです」胡錦濤主席はほほえみながら手を差しだした。「それと、ミス・ノンベコ——私たちふたりは不思議な縁があるようだ。実に嬉しいことじゃないか」

ノンベコは自分も同じように思っていると答えた。けれども、サファリの思い出話をするのはもう少し待ったほうがよさそうだ。さもないと、首相が痺れを切らしてしまうだろうから。

「ところで、彼は民主主義と人権の話から切りこんでくるつもりのようです。どうも主席がこの件を苦手にしていると思っているふしがあります。きっとまったく見当違いの話になるんじゃないかしら。でも主席、心配なさらないでください。首相はかなり慎重に言葉を選んでくるはずです。さっさとすませちゃいましょう。準備はいいですか？」

胡錦濤は、その日の議題を知って顔をしかめたが、腹を立てはしなかった。この南アフリカ人通訳の女性が魅力的で、そんな気も起こらない。それに、まだ話されてもいない話について、前もって通訳してくれる通訳と仕事をしたのは、この日が初めてだった。いや、2回目か。そういえば同じことが、もう何年も前に南アフリカであった。

当然ながら、ラインフェルト首相は注意深く事を進めていった。スウェーデン的視点から民主主義を語り、スウェーデン的価値観から言論の自由を強調し、中華人民共和国の友人たちにも同様の慣例が育つ支援をしたいと申し出た。それから、声を抑えて、政治犯の釈放を要求した。

ノンベコは首相のその要求を訳したが、胡錦濤が答える間もなく続けた。ノンベコ自身の権限で、首相が本当に言おうとしていることを補った。作家やジャーナリストが反対意見を書いたからといって拘束してはいけないし、左遷したり、インターネットの検閲をしたりするのもよくない。

「今のは何を訳したんだ？」首相が言った。

ノンベコの通訳が、自分が話した内容より2倍は長いことに気づいたのだ。

「首相が言ったことを、そのまま伝えているだけよ。それから、首相が本当に言いたいことが何かを説明して、会話がスムーズに進むように助けてるの。だってあたしたちふたりともくたくたで、１日じゅうここに座ってなんかいられないじゃない」

「私が本当に言いたいことを説明してるって？　さっきの話で、はっきり伝わらなかったか？　これは最高レベルの外交問題だ。通訳が勝手に話を作ったりしてはだめだ！」

もちろんだ。ノンベコは、今からはできるかぎり話は作らないことにすると約束した。そして胡主席に、ラインフェルト首相はあたしが勝手につけ加えた話が気に食わなかったみたい、と言った。

「理解できなくもないな」胡主席は言った。「でも、これを訳してくれないか。首相の言葉も、ミス・ノンベコの言葉もしっかりと聞かせていただいた。そしてこの私には、ふたりの意見を聞きわけることができるだけの政治的勘は備わっている、とね」

この後、胡主席の回答はかなり長くなった。まず、キューバのグアンタナモ湾収容キャンプの名をあげ、自分がなんの罪で訴えられたかわからない人々が５年も収監されていると言った。また、２００２年にスウェーデンがＣＩＡの言いなりになって、投獄と拷問が待っていると知りながらふたりのエジプト人を強制送還したが、うち少なくともひとりは無実だったと判明した悔やむべき事件についても、残念ながら完全に把握していると言った。

主席と首相は、この問題についてさらにいくつかの会話をやりとりし、ラインフェルトは十分に話し合えたと考えた。それで今度は環境問題に議題を移した。こちらの話はよりスムーズに進んだ。

それからしばらくすると、主席と首相と、通訳にもお茶とケーキが出された。コーヒーの香りは例によって非公式な雰囲気をもたらし、胡主席はこの機に乗じて控えめながらも、昨日の劇的事件がすでによい方向で解決していることを願っていると言った。

ラインフェルトは礼を言い、おかげさまでそうなったと答えたが、その口調にはまったく説得力がなかった。ノンベコは胡錦濤がもっと知りたがっているのがわかったので、礼を失してはいけないという純然たる気持ちから、ラインフェルトの頭越しにつけ加えた。爆弾はシェルターにしまいこんで入口は永遠に壁で塞いでしまいました。そしてすぐ、今言ったことは言うべきではなかったと思った。ただ少なくとも、完全な作り話というわけでもない。

胡錦濤は若いころ、少しだけ核兵器に関する仕事に携わったことがあった（南アフリカへの出張が始まりだった）。それもあり、例の爆弾については、国の代表として関心を持っていた。もちろん、もう数十年前に作られたものだし、すでに十分なメガトン数の爆弾を保有している中国軍に今さらもう1基必要なわけではなかった。それでも、もしさまざまな機密情報が正しいのだとしたら、解体された爆弾は中国にとって、南アフリカのというよりも、イスラエルの核開発技術に関して類のない情報を供する可能性がある。そしてそれは転じて、イスラエルとイラン間の相対的な力関係を分析するうえでの重要なパズルの1ピースになり得る。実際、イランは中国にとってよい友人だ。いや、それなりにはよいというべきか。イランの石油と天然ガスは東側へ流れてはきているが、同時に中国にとって、テヘラン以上に同盟を結ぶのに骨の折れる相手はいなかった（平壌《ピョンヤン》は除く）。何より、動向がまったく読めないのだ。果たして、イランは独自の核兵器開発の過程にあるのか。それとも単に、すでに保有している非核兵器のことを声高に修辞的に誇示しているだけなのか。

ノンベコが胡錦濤の考えを遮った。

「主席は、爆弾のことを考えていらっしゃるようですね。よろしければ、お譲りできないか首相に聞いてみましょうか。平和と二国間の友情を確かなものにするための贈り物として」

胡錦濤は、平和のための贈り物なら3メガトンの爆弾よりふさわしいものがあると考えたが、ノンベコは話を続けた。中国はすでに何基もの爆弾を保有しているので、今さら1基増えても減っても関係ない。いずれにせよ、爆弾が地球の反対側に消えたらラインフェルトが喜ぶのはまちがいないと思う。可能ならばもっと遠くたっていいくらいだ。

胡錦濤は言った。原子爆弾はその本質として、損害をもたらすものであり、だからこそ望ましくないものだ。しかし、自分がスウェーデンの爆弾に関心を持っているというミス・ノンベコの推察が正しかったとしても、首相にその類のお願いをするわけにはいかない。そこで主席はノンベコに、首相をイライラさせてしまった時点より前に戻って、通訳を続けてもらえないだろうか、と頼んだ。

しかし、もう手遅れだった。

「さっきから、いったい何を話している?」首相が怒って言った。「君は通訳をしていればいいんだ。それ以外は控えてくれ！」

「ええ、ごめんなさい、首相。ちょっと主席の心配事を解消してあげようと思ったの」ノンベコは言った。「でもうまくいかなかったわ。どうぞおふたりの話を続けてくださいな。環境問題でも、人権問題でも、なんでも」

首相はこの24時間のあいだに、幾度となく同じことを感じてきたが、今またその思いに駆られていた。まさか自分の通訳が、人間の誘拐犯から、他国の首脳と共謀して会話の誘拐犯に転じるなんて、こんなことがあっていいものか。

ノンベコは昼食会のあいだも、自分から頼んでもなければ、提示されてもいない通訳料に見合うだけの働きをした。主席と首相と、ボルボとエレクトロラックスとエリクソンのＣＥＯたちの活発な会話についていくのに必死で、自分の考えをさしはさむ余裕はほとんどなかった。ただ、ほんの２、３回口がすべった程度だ。たとえば、胡主席がボルボのＣＥＯに昨日のすばらしい贈り物に２度めのお礼を言い、中国は独力ではあのような優れた車は作れないという話をつけ加えたときには、同じことを言うのはやめて、主席と中国はボルボがこれ以上嫉妬に駆られなくてすむよう、会社ごと買い取ってはどうかと提案した。

　また、エレクトロラックスのＣＥＯが、自社のさまざまな製品が中国でどのように業績をあげているか話している横で、ノンベコは胡錦濤主席にアイデアを出してみた。主席は党書記長として、功績のあった党員のボーナスにエレクトロラックス製品をちょっぴり使うことにしたらどうだろう。

　胡主席は、それはいい考えだと思ったので、さっそくその場でＣＥＯに打診してみた。６８７４万２０００個の電気ケトルを注文した場合、私に入るリベートはどのくらいになるだろうか？

「何個ですって？」エレクトロラックスのＣＥＯが聞き返した。

＊＊＊

　国防軍最高司令官は、イタリアのリグーリアで休暇中のところを、帰国するよう秘書を通じて首相から呼びだされた。要請ではなく、命令の形式だった。となれば、帰るしかない。国家安全保障上の問題で、最高司令官はスウェーデン国内の「軍事シェルターの現況について」報告せよということだった。

最高司令官は命令受諾を伝え、その後10分考えこんだ。首相がそこまでして望むものとはなんだろう？　彼もそれで結局はあきらめ、帰国には戦闘機サーブ39グリペンを使用し、首相が間接的に指示した速度で飛行する許可を申請した（つまり音速の2倍でなければ間に合わない時間を指定してきたわけだ）。

　しかし、スウェーデン軍機となると、イタリア北部のどの古い飛行場でも離着陸できるわけではない。したがって飛行機はジェノバ＝セストリ空港へ向かい、司令官がそこへ行くには、A10高速道とリグーリア海岸道路沿いに常に例外なく存在している交通量を考慮するに、2時間は必要だった。これでは音速の壁をどれほど突き破っていったとしても、4時30分までにスウェーデン首相官邸に到着するのは、到底不可能だった。

＊＊＊

　サーゲル宮殿での昼食会は終了した。最高司令官との会談までまだ数時間ある。首相は爆弾のそばにいたい気もしたが、ここはしばらく、ノンベコと信頼できないセレスティンを信頼して任せておくことにした。実際のところ、首相は全身とてつもなく疲弊しきっていた。何しろ30時間以上不眠不休で、あれだけのことにどっぷり巻きこまれていたのだ。首相はオフィスで仮眠を取ることにした。

　ノンベコとセレスティンも首相にならった。ただし場所は、市街地南部の住宅地にある、駐車場に停めたトラックの運転席だった。

＊＊＊

そのころ、中国国家主席と側近たちは帰国の途につこうとしていた。胡錦濤は今回の公式訪問に満足していたが、夫人の劉永清《りゅうえいせい》はさらに倍以上満足していた。夫が、日曜日を政治と茹でたタラのバターソース添えなんかに費やしているあいだに、夫人と派遣団の女性たち数人は、2ヶ所の見学旅行を楽しんだ。最初はヴェステロースの農民市場《ファーマーズ・マーケット》で、その後がクニーヴスタの種馬飼育場だ。

ヴェステロースでは、主席夫人は最初、本物のスウェーデンの手工芸品を見て興奮し喜んでいた。そのうち輸入雑貨がいろいろと置かれている屋台に来ると、そこに並ぶある品物を見て目を疑った！正真正銘漢代に作られた陶器のガチョウがあったのだ。主席夫人がつたない英語で3度、本当に店主が言った値段でいいのかと確認したら、店主は値切られたのだと思って激怒した。

「そうだ、言ったとおりの値段だよ！　20クローナきっかり、1オーレだってまけないからな！」

ガチョウはもともと、ほかのがらくたといっしょに箱ごとセルムランドの遺品整理セールで買ったものだった（遺品の主は、そのガチョウをマルマ見本市《マルケン》でおかしなアメリカ人から39クローナで買ったのだが、もちろん今の売り手はそんなことは知らない）。とっとと売っぱらってもいい代物だったが、その外国人の女の態度はあまりに粗野で、だれもわからないような言葉で同行者とわいわい騒いでいた。だから、値段は決めたとおり、一銭もまけるつもりはなかった。20クローナで交渉の余地なし。簡単な話だ。

最後には、女は取引に応じた――5ドルで！　この女は、計算もできないのだ。

店主は満足し、夫人も幸せだった。そして夫人は、クニーヴスタの種馬飼育場で、モルフェウスという3歳のオスの黒毛カスピアン種にひとめ惚れして、さらに幸せになった。普通種の成馬の特徴をすべて備えていながら、体高は1メートルにも満たず、小格種である一般のカスピアン種同様にそれ以上は成長しない。

「絶対欲しい！」その地位に就《つ》いてからというもの、言いだしたら引かない独自の才能を伸ばしてきた主席夫人が言った。

しかし、夫人が北京に持ち帰りたいあれこれのせいで、アーランダ空港の貨物ターミナルは仕事の山でてんやわんやになった。積荷と荷下ろしの実際的な仕事に加えて、必要に応じて、書類に確認印を正しく押す事務処理も発生する。貴重な漢代のガチョウは、うまい具合にすり抜けた。しかし馬となると、事態はそう簡単には進まない。

胡錦濤は、すでに政府専用機の主席用シートに座り、秘書になぜこんなに出発が遅れているのかと聞いていた。秘書は、トゥシュランダを出た主席のボルボの輸送に小さな問題があり、現在は空港まであと25キロほどのところに来ていると答えた。それと、夫人が持ちこんだ馬の件がなかなかうまく進まない。どうもこの空港はおかしなところがある。みんなまるで、規則は守るためにあるように動いていて、しかも中国の国家主席の飛行機の話だというのに、そんなことはまるで関係ないのである。

秘書は、通訳がまだ帰国できる状態ではなく入院中のため、これらのやりとりがさらに難しくなっていることを認めた。いちいち細かい話をして主席に余計な面倒をかけたくはないので手短にいうと、主席がいいというなら、例の南アフリカ人の女性に今一度最後に助けてほしい。というわけで、主席、彼女に依頼するご許可をいただくことはできますでしょうか？

こうしてノンベコとセレスティンは、駐車場に停めたトラックの運転台で正体もなく眠りほうけていたところを電話の呼び出し音で起こされて、爆弾を載せたじゃがいもトラックでアーランダ空港の貨物ターミナルへ、中国国家主席と夫人の荷物の通関手続きを手伝いに向かったのだった。

＊＊＊

トラブル不足を感じている人は、スウェーデンから地球の反対側に飛行機で帰る数時間前に哺乳動物を購入し、荷物といっしょに連れて帰ると言いはってみるといい。

ノンベコの手伝いが必要な手続きはまず、数時間前に国家主席夫人の目の奥をのぞきこんだカスピアン種の輸出証明書を農業局から取得することだった。

また、空港で当局の代理機関に提出するワクチン接種の証明書も必要だった。モルフェウスはカスピアン種で目的地が北京のため、中国農業部の一般規則により、寒天ゲル免疫拡散試験が必須と定められていた。その結果により、この馬が北極圏から９７０キロ南のクニーヴスタで生まれ育ち、馬伝染性貧血症に罹患歴がないことを証明するのである。

さらに機内には、空輸中に馬がパニックになった際に注射するため、鎮静剤を用意しておかねばならない。また、完全に制御できなくなったときに備えて、殺処分用のマスクも必要になる。

最後だが重要な点として、地区農業局の獣医師が当該の動物を検査し、空港で書類と同一の個体であると確認しなければならない。ストックホルム県を管轄する地区獣医師事務所の所長がレイキャビクに出張中だということがわかった時点で、ノンベコはさじを投げた。

「この問題を解決するには、別のやり方が必要だってことがわかったわ」ノンベコは言った。
「どうするつもりよ？」セレスティンが言った。

ノンベコが胡錦濤国家主席夫人の馬の問題を解決すると、急いで首相官邸に戻って報告しなければいけない事情が生じていた。最高司令官が到着する前に戻ることが重要なので、ノンベコはタクシーを使うことにした。セレスティンには、くれぐれも道路にいるときは自分自身にもじゃがいもトラックにも周囲の注意を引くようなまねはしないでね、ときつく言って聞かせた。セレスティンは、するもんか、と約束した。そして、そのとおりにするはずだった。ラジオからビリー・アイドルの曲が流れてさえこなかったら。

ストックホルム市の北30キロの地点では、事故渋滞が発生していた。ノンベコが乗ったタクシーはぎりぎりで引っかからずにすんだが、セレスティンのじゃがいもトラックは、あっという間につながっていく車の列にはまってしまった。のちに彼女が行った供述の内容によれば、停まった車で「ダンシング・ウィズ・マイセルフ」がかかったら、物理的にじっと座っていることは不可能なのだという。そこで彼女は、バスレーンを走ることにした。

こうして、運転席の女が音楽に合わせて頭を激しく振る、盗難ナンバープレートをつけたじゃがいもトラックは、走行禁止車線を走り続けた。そして、ルーテブルーの北で渋滞する車の列にいた覆面パトカー横を通りすぎると、ただちに停められて尋問を受けた。

警部補が照会をしたところ、何年も前にプレートの盗難届が出ていたフィアット・リトモのナンバーだということがわかった。部下の警察官が運転席に近づくと、運転手の女が窓を開けた。

「事故だろうがなんだろうが、バスレーンの走行は禁止されています」部下が言った。「運転免許証を見せてもらえますか」

「いやだね、この警察のブタ野郎」セレスティンは言った。

このあと数分間もめて、セレスティンはパトカーの後部座席に座らされた。手には自前のものと大してちがわないが本物の手錠をかけられた。まわりの動かない車では、人々が大騒ぎをしながら写真を撮っていた。

警部補はこの仕事に就いて長いため、女に対して冷静な声で言った。自分の名前と、トラックの持ち主はだれかと、なぜ盗んだナンバープレートをつけて運転していたのかを教えなさい。一方で部下はトラックの荷台を調べていた。大きな木箱があった。端っこをちょっとたわませてみれば、なかが見えるだろう……そうだ、これでいい。

「なんだ、これ?」部下は言い、すぐに警部補を呼んだ。

しばらくしてパトカーに戻ってきた警察官たちは、手錠をかけたセレスティンにさらに質問してきた。今度は、木箱の中身は何かという話である。

「あんた、さっき、なんて言った?　あたしの名前を知りたいんだっけ?」彼女は言った。

「そのとおり」警部補はあいかわらず冷静だった。

「エディット・ピアフだよ」セレスティンは言った。

そして彼女は、長らく胸のなかにあたためてきた歌詞を歌いだした。「水に流して……私は後悔しない、けっして悔やんだりはしない……」

警部補のパトカーがストックホルム警察に到着したときにも、歌はまだ続いていた。その道中で警部補は、人は何を求めて警察官として働くのかと言うかもしれないが、こうしていろいろおもしろいことがあるからなんだ、と思っていた。

部下の警察官は、署まで気をつけてトラックを運ぶようにと言われ、そのとおりにした。

＊＊＊

２００７年6月10日日曜日午後4時30分、中国の政府専用機はストックホルムのアーランダ空港から北京に向けて飛びたった。

同じころ、ノンベコは首相官邸に戻っていた。この聖地に入りこめたのは、首相秘書を捕まえて、胡錦濤国家主席のことで首相に重要な情報をお知らせする必要があると説いたからだった。

ノンベコは、国防軍最高司令官が来る予定時刻の数分前に首相のオフィスに通された。ラインフェルトは、だいぶ機敏さを取りもどしているようだった。ノンベコがアーランダ空港で書類と馬とほかの物について魔法を使っているあいだ、１時間半近くも眠っていたのだ。首相は、ノンベコがどういうつもりで来たのだろうと思った。最高司令官が到着して、例のものを……最終貯蔵処分する……そのときまでは、もうふたりで話すことはないとばかり思っていたからだ。

ノンベコは言った。

「実は、ある事情から最高司令官との面談は不要になったことを、首相に知らせないといけなくなったの。でも、胡錦濤主席にはすぐに電話をかけたほうがいいと思うわ」

ノンベコは続けた。ポニーサイズのカスピアン種を地上に残していかないためには、一生かかっても終わらない官僚式手続きが必要だったのだが、それでは主席夫人にも彼女の夫にも、総じて苛《いら》立ちを覚えさせかねない。代わりにノンベコは、型にはまらない解決策を思いついた。馬は、すでに正式な税関申告がすんだボルボ車と場所を共有すればいいのだと。土曜朝に同社のトゥシュランダ工場で主席に贈られたものだ。

「あんまり知りたくない話だが」首相がノンベコの話を遮った。

「とんでもない、一番知っていなくちゃいけない話よ」ノンベコは言った。「どうしてかっていうと、車と馬は同じ木箱に入りきらなかったの。でも、馬を爆弾につないで箱を閉じて書類をあっちの箱からこっちの箱に付けかえたら、スウェーデンは馬と爆弾を両方いっぺんに手放すことができたわけ」

「それは、まさか、その――」首相は、その後を続けることができなかった。

「胡錦濤主席は、爆弾を持ち帰ることができて、喜ぶと思うわ。自国の技術者たちが、詳しい情報をそっくり手に入れられるんだもの。どちらにしろ、中国はすでに中距離と長距離ミサイルを保有している。3メガトンの爆弾ひとつくらい増えても、なんの意味もないわ。それに、主席夫人が馬を連れて帰ることができたら、どんなに喜ぶか！　ボルボがスウェーデンに残されたのは残念だけど、とりあえずじゃがいもトラックの荷台に積んでおいたわ。もしよければ、首相からだれかに言って、できるだけ早くに中国に送ってあげられないかしら。どう思う？」

　ラインフェルト首相は、その情報を耳にしても気を失うことはなかった。その暇がなかったからだ。秘書がドアをノックして、最高司令官が到着し、外で待っていると知らせに来た。

＊＊＊

ほんの数時間前、最高司令官は妻と3人の子供たちといっしょに、サンレーモの美しい港のそばで遅い朝食をとっていた。その後、官邸から緊急の呼び出しがかかり、慌ててタクシーに飛び乗ってジェノバへ向かい、そこでスウェーデン空軍の誉《ほま》れであるサーブ39グリペンに拾われて音速の2倍のスピードでスウェーデンに飛び、ウップサーラ・アーナ軍用飛行場に降りたった。その費用締めて32万クローナ。さらに飛行場から車に乗せられ、E4高速道の事故により数分遅れで官邸に到着した。渋滞中、最高司令官は、道路脇でドラマでよく見る光景に出くわした。司令官の目の前で、警察の車が女性運転手のトラックを停めたのだ。女は手錠をはめられると、突然フランス語で歌いだした。なんとも奇妙な事件だった。

その後の首相との会談は、さらに奇妙なことになった。司令官は、政府首脳がわざわざ自分を呼びもどすという重大さからすると、もしや戦争の危機が迫っているのかと心配していた。ところが今、首相はただいすに座って、スウェーデンの軍事シェルターは正常に運用できる状態で、目的を果たしているかの再確認を求めてくるだけだった。

最高司令官は、自分が知っているかぎりはすべて完全に機能していて、そのうちのいくつかは空きがあるはずだと答えた。ただ、もちろん首相がそこに何を保管したいかにもよるが……?

「すばらしい」首相は言った。「そういうことなら、もう君の手を煩わせることはないよ、最高司令官。そうそう、たしか休暇中だったのだな」

最高司令官は何が起こったのか考えるのをやめ、理解不能だと判断するにいたって、混乱は苛立ちに変わった。私は、おちおち休暇を楽しむこともできないのか？　そして最後は、自分をジェノバから連れてきてそのままウップサーラの飛行場に残っていたサーブ39グリペン練習機のパイロットに電話した。

「やあ、最高司令官だ。よかったら、またちょっとイタリアまで送ってくれたりしないかな？」

これで新たに32万クローナが使われた。さらに加えること８０００クローナ。司令官が空港までヘリコプター・タクシーを使うことにしたからだ。ちなみに、司令官が乗ったヘリは飛行歴13年のシコルスキーS－76機だった。かつて同じ型の機体が盗難にあい、その保険金で購入したものである。

最高司令官は、サンレーモでの家族との魚介類ディナーの時間に、15分の余裕をもって戻ることができた。

「首相との会談はどうだったの、あなた？」妻が言った。

「次の選挙では、別の党に投票しようと思っているところだ」国防軍最高司令官は答えた。

＊＊＊

胡錦濤国家主席は、飛行中にスウェーデン首相から電話を受けた。これまで政治の話で不自由な英語を使ったことは一度もないのだが、このときばかりは違った。ラインフェルト首相の申し出が大いに主席の興味を引いたからだ。そしてふたりとも、会話を始めて数秒も経たずに大笑いしてしまった。まったく、ミス・ノンベコというのは、すごい人物だ。そう思いませんか、首相？

ボルボはたしかにすばらしい。しかし、代わりにいただいた物は、まちがいなく一段上だ。おまけに愛する妻は、馬を連れて帰ることができて、たいへん喜んでいる。

「主席、車はまちがいなくすぐに送りますから」フレドリック・ラインフェルトは、おでこを拭き拭き約束した。

「私の通訳に運転させて国に帰してくださってけっこうですよ。彼がよくなればの話ですがね」胡錦濤は考えこんだ。「ああ、待てよ！　ミス・ノンベコに差しあげてください。彼女はあの車に値する人物だ」

胡錦濤はお返しに、爆弾は現在の状態で使用されることはないと請け合った。むしろ、ただちに細かな部品に解体し、存在しないことにする。おそらくラインフェルト首相は、わが国の核技術者がその過程で得た情報について、お知りになりたいのでは？

いや、ラインフェルト首相はそんなことは知りたくなかった。そうした知識は、彼の（というか王の）国にはなくてもいいものだ。

ラインフェルト首相はそう言って、改めて胡錦濤国家主席の公式訪問に対する礼を伝えた。

＊＊＊

ノンベコはグランドホテルのスイートルームに戻り、まだ眠りこけているホルゲル1号の手錠の鍵を外した。その後、同じように眠りこけているホルゲル2号の額にキスをして、寝室のミニバーの横のじゅうたんで寝てしまっていた伯爵夫人に毛布をかけた。それからまた愛する2号のベッドに戻り、彼の隣に横になって目を閉じた。そのときになってセレスティンはどうしただろうという思いが頭に浮かんだが、次の瞬間にはもう眠りに落ちてしまった。

目が覚めると、翌日の昼12時15分だった。1号と2号と伯爵夫人が、昼食が届いたと言った。ヤトルドはミニバーの横の床で寝ていたので、寝心地が悪くて、早くに目が覚めてしまった。することがなかったのでホテルのインフォメーションブックをながめていたら、すばらしい発見をした。ホテルがいろいろと用意しているもののなかから、お客がまず欲しいものを決めて、受話器を取って、電話の向こうの相手に何が欲しいかを伝えると、相手がお電話ありがとうございますと言って、それからほどなくして頼んだものが部屋に届くのだ。

どうやらそれには、英語の「ルームサービス」とかいう名前がついているらしい。伯爵夫人は、それがなんと呼ばれているかも、何語なのかもどうでもよかった。そんなことを知って、実際役に立つもんかね？

彼女はまず試しに、マンネルヘイム元帥のスナップスをひと瓶頼むことにした。ちゃんと届いたが、1時間かかった。次に、自分とほかのみんなのために服を頼んだ。サイズはできる限り推測した。それは2時間かかった。そして今度が、3コースの昼食を4人分。セレスティンの分は、部屋にいなかったから頼んでないよ。ノンベコは、あの子が今どこにいるか知ってるかい？

起きたばかりのノンベコは、知らなかった。ただ、何かが起きたことは明らかだった。

「あいつが、爆弾といっしょに消えたってことか？」ホルゲル2号は、そう思っただけで熱がぶり返してきそうだった。

「いいえ、あたしたちは、ついに爆弾と永久におさらばしたのよ」ノンベコが言った。「今日は、あたしたちの残りの人生の最初の日よ。説明はあと。まずは食べましょう。そしたらこの数日で初めてシャワーを浴びて、着替えをして、セレスティンを探しにいくわ。洋服を頼むなんて先見の明があるじゃない、伯爵夫人！」

昼食はすばらしかった。ただ、ホルゲル1号がその場にいないガールフレンドのことをぶつくさ言うのはいただけなかった。僕がいないあいだに、ひとりで爆弾を爆発させたりしていないよな？ノンベコは、食事を口に運ぶ合間に言ってやった。「もしあんたが想像しているとおりのことがあったら、好き嫌いに関係なくあんたもちゃんとかかわれるわよ。でも、明らかにそうはなってないわね。だってあたしたち、死んだりしないで、ここに座ってトリュフのパスタを食べてるもの。何より、数十年あたしたちを苦しめてきたものは、今はもう別の大陸にあるの」

「セレスティンが別の大陸に？」ホルゲル1号が言った。

「いいから食べなさいって」ノンベコが言った。

昼食の後、ノンベコはシャワーを浴びて新しい服に着替え、ホテルのレセプションデスクに出向いて、今後ヴィルターネン伯爵夫人からのルームサービスの依頼は、一部制限するよう取り決めておこうと思った。夫人はどうやらここでの目新しく贅沢な生活に味をしめすぎていて、そのうちジェット機を呼んでほしいとか、ハリー・ベラフォンテのプライベートコンサートをしてほしいとか言いだすのも、時間の問題と思われた。

ロビーへ下りると、夕刊の紙面がノンベコの目に飛びこんできた。エクスプレッセン紙の一面に、ふたりの警察官を相手に啖呵《たんか》を切るセレスティンの写真が載っていて、「歌う女逮捕される」という見出しの文字が躍っていた。

30代前半と見られる女が、昨日、ストックホルム北部のE4高速道で交通違反により逮捕された。身分証明書を提示しようとせず、エディット・ピアフと名乗ると、「水に流して」を歌う以外はいっさいの供述を拒否している。なお、独房で眠りに落ちるまで彼女の歌は続いたという。

　警察は写真の公表を望まなかったが、エクスプレッセン紙は強行した。一般市民から、よく撮れた写真を何枚も買いとっていた。この女性を知っている人はいないだろうか？　スウェーデン人ではあるらしい。写真を撮っていた目撃者の話によると、彼女は歌いはじめる前に警察をスウェーデン語でののしっていたということだ。

「なんて言ったかは、だいたい想像がつくわね」ノンベコはひとりごちた。レセプションデスクでルームサービス制限の取り決めをするのも忘れて、エクスプレッセン紙を手にスイートルームに戻った。

　エクスプレッセン紙の一面の写真がヘードルンド家の娘だと気づいたのは、厳しい試練にあってきたグネースタ市のグンナーとクリスティーナ・ヘードルンド夫妻の隣近所の住人たちだった。２時間後、ストックホルム中心地の警察署の独房で、セレスティンは両親と再会した。彼らに対する怒りは、気づけば消えていた。このクソみたいな刑務所から出たい、と両親に言った。ボーイフレンドをふたりに紹介したいと。

　警察も、この厄介な女から解放されたいとしか思っていなかった。ただし、釈放の前に数点はっきりさせておく必要がある。じゃがいもトラックには盗まれたナンバープレートがつけられていたが、トラックそのものは盗難車ではなかった。持ち主はセレスティンの祖母で、ちょっと正気を失いかけている80歳の老婦人である。伯爵夫人を自称し、それゆえにいかなる嫌疑もかけられるべきではないと主張していた。盗難ナンバーがどういうわけで自分のトラックにつけられたかはわからないが、思うに１９９０年代に何度かノテリエのじゃがいも掘りの若者にトラックを貸したときのことかもしれない。伯爵夫人は、１９４５年の夏から、ノテリエの若者は信頼できないと知っているのだ。

　セレスティン・ヘードルンドは、身元が確認できた以上、拘束理由はなくなった。ただし違法運転に対する罰金は科せられる。もちろん、ナンバープレートの盗難は罪になるが、盗んだ人間がだれであれ、当件は20年前に発生しており、現在すでに時効が成立している。さらに、盗難ナンバーをつけた車の運転も罪になるが、警察署長は「水に流して」の歌を聞くのに飽き飽きしていたので、この行為は悪意の目的をもって行われたものではないと判断することにした。また、署長はノテリエ郊外に別荘を持っていて、去年の夏に庭のハンモックが盗難にあっていた。ノテリエの若者に対する伯爵夫人の見解は、案外的を射ているのかもしれないと思った。

　じゃがいもトラックの荷台にあった新車のボルボに関する問題は残った。予備調査の電話をトゥシュランダの工場にかけたところ、当該の車体は中国の国家主席、胡錦濤のものだというとんでもなく衝撃的な事実が発覚した。ところが、ボルボの役員が北京政府職員に問い合わせたところ、折り返しで、それは主席から、名前は伏せておきたいある女性に贈られたことがわかったという返答があった。セレスティン・ヘードルンドのことだろうと推察できた。風変わりな事件が、一転、最重要国際問題に変わった。警察署長は、もうこれ以上知りたくない、と思った。検事も同感だった。こうしてセレスティンは釈放され、両親といっしょにボルボに乗って去っていった。

　警察署長はただ、運転席にいるのはだれかを確認するのは、怠らなかった。

第7部

この悪しき世界では、何ごとも永遠ではない
——われわれのもめごとだって。

——チャーリー・チャップリン
（1889～1977年。イギリス出身の喜劇俳優）

24

本当に存在すること、そしてついにひねりあげられた鼻

ホルゲル1号とセレスティンと、マンネルヘイムに改名することにしたヴィルターネン伯爵夫人は、たちまちグランドホテルのスイートルームでの暮らしを気に入った。しかるべきお城を探して引っ越すのは、そう慌てなくてもいいということになった。

なんといっても、この夢のような「ルームサービス」が最高だった。ヤトルドは、1号とセレスティンにまで一度試してごらん、とやらせてみた。数日後には、ふたりもすっかり夢中になっていた。毎週土曜日、伯爵夫人はスイートルームの居間でパーティーを開いた。主賓はグンナーとクリスティーナ・ヘードルンド夫妻だ。ときには、王様と王妃様が姿を見せることもあった。

ノンベコは、彼らの好きなようにやらせていた。ホテルからの請求書の金額は桁外れではあったが、じゃがいも農場のお金はまだたっぷり残っていた。

ノンベコ自身も、愛するホルゲル2号とふたり、伯爵夫人と彼女の子分たちからは十分に安全な距離をとって、自分たちだけの住み家を見つけていた。ノンベコが生まれ育ったのはブリキの掘っ立て小屋で、ホルゲル2号はすきま風の入るぼろ家で大きくなった。その後ふたりは、ともに廃墟ビルに住んだ。さらにそれからの13年間、ルースラーゲンの道路の行き止まりからさらに奥に建つ田舎風の家で、キッチンの隣の部屋を間借りしていた。

その年月を経て、ストックホルムのエステルマルムに建つ2ベッドルームのマンション生活は、伯

爵夫人の未来のお城と比べても引けをとらないくらいの贅沢に思えた。

しかし、その部屋を買うためには、ホルゲル2号とノンベコは、自分たちが実際には存在していないという事実と向き合わねばならなかった。

ノンベコについていえば、ある日の午後だけですべて片付いた。首相が移民庁長官に電話をして、長官が自分の右腕に電話をして、１９８７年のノンベコ・マイェーキの記録を見つけさせた。ミス・マイェーキはそのときからスウェーデンに在留していたと認定され、そのままスウェーデン王国の市民権が認められることになった。

ホルゲル2号は、ストックホルムのセーデルマルムにある税務署を訪れ、自分は存在していないのだが、どうしても存在することにしたいと申告した。あちこちたらい回しにされたあげくに、最後にカールスタッドの税務署に送られた。そこには、複雑な戸籍登録問題ではスウェーデン一の専門家であるパール＝ヘンリック・パーションがいた。

パーションはたしかに官僚だったのだろうが、何より実際的な人間だった。ホルゲルが事情を話し終えると、その官僚は手を伸ばし、ホルゲルの腕をぎゅっと握った。そして、私にはまちがいなくあなたが存在しているとわかります、と言った。もし反対のことを言う人間がいたとしたら、その人のほうがおかしいのでしょう。さらに、パーションは、ホルゲルがスウェーデン国民以外の何者でもないことは、ふたつのことからわかると言った。ひとつは、今ホルゲルがした話。パーションは今まであらゆるケースを経験してきたが、これだけの話をでっちあげられる人間がいるとは到底思えなかった（それでもホルゲルは、爆弾にまつわる部分はすべて省いていた）。

もうひとつは、ホルゲルが話す姿が、見た目も話し方もまるっきりのスウェーデン人だから、ではない。パーションのじゅうたん敷きのオフィスに入るとき、靴を脱いだほうがいいかと尋ねたからである。

とはいえ、形式上のこともあるので、パーションはホルゲルに証人をひとりかふたり連れてくるよう言った。信頼できるスウェーデン国民で、いってみればホルゲルの人となりと経歴を保証する人物のことである。

「証人をひとりかふたり？」ホルゲル2号は言った。「わかりました。何人かに頼めると思います。首相と国王陛下でもだいじょうぶですか？」

パール＝ヘンリック・パーションは、そういうことならひとりでかまわない、と言った。

＊＊＊

マンネルヘイム伯爵夫人とふたりの子分は、どうせ見つかりっこない古い城を探すのはやめにして、新しく家を建てることに決めた。ホルゲル2号とノンベコも、自分の人生を生きることに取りかかっていた。2号は、新たに手にした自分の存在を記念して、ストックホルム大学のバッネル教授に、自分の人生についてきちんと説明することにした。そして、改めて論文の試問を受けるチャンスを与えてくれるようお願いするつもりだった。一方ノンベコも、自分の楽しみとして3年課程の数学コースに入学し、12週間で修了した。同時に、官邸で中国問題専門家としてフルタイムの仕事も始めていた。

夜や週末には、ときどきふたりで講演会や、劇場や、王立オペラハウスに出かけた。新しくできた友人たちとレストランで過ごすこともあった。彼らが楽しんでいることはすべて、客観的に見ればいたってふつうのことばかりだった。マンションの郵便受けに請求書が入っているたびに喜びでいっぱいになった。請求書は、本当に存在している人にしか届かないものだから。

家では、儀式のようなことも始めた。毎晩ベッドに入る直前に、ホルゲルがそれぞれのグラスにポートワインを注ぐ。そして、今日もまた、ホルゲル1号とセレスティンと爆弾抜きの１日を過ごせたことに乾杯して、グラスを空けるのだった。

＊＊＊

２００８年5月、部屋数12のヴェストマンランド風領主屋敷《マナーハウス》が完成した。周囲を１２０エーカーの森林に囲まれ、さらにホルゲル1号は、ノンベコの立てた予算を大幅に上回って、近隣の湖もいっしょに購入していた。伯爵夫人が、ときどきはどうしてもカワカマスを釣りにいきたいというのが理由だった。実用性を重視して、ヘリコプター1機とともにヘリポートも完備した。伯爵夫人が親友である王と王妃とのお茶や夕食でドロットニングホルム宮殿に行くときに、ホルゲルがそこから違法にヘリを飛ばして送迎するためだった。それにこれからは、ホルゲルとセレスティンもときどきは招待されるはずだ。今では、ふたりで非営利活動「守ろう君主制」を始めていて、２００万クローナを王室に寄付したのだから。

「君主制を守るために２００万クローナだって？」ホルゲル2号は思わず声をあげた。新築祝いの花束を手に、ノンベコといっしょに新しい屋敷の前に立っていた。

ノンベコは何も言わなかった。

「僕が、その件で考え方を変えたと思っているだろ?」ホルゲル1号は、弟とそのガールフレンドを家のなかに招きいれながら言った。

「だいぶ控えめな言い方だけどな」ホルゲル2号は言った。ノンベコはあいかわらず黙ったままだ。

いや、そういうことじゃないんだ、とホルゲル1号は言った。父さんの闘争は、異なる時代、異なる王によって引き起こされたものだった。それ以来、社会はあらゆる面で発展した。そして異なる時代は異なる解決法を求める。そうじゃないか?

ホルゲル2号は、兄さんはこれまでにもまして支離滅裂なことを話している、と言った。自分でも何を言いたいのかがよくわかっていないんじゃないか。

「でも、続きを聞かせてくれよ。興味がある」

２０００年代になって、物事はすごいスピードで進んでいる。車も、飛行機も、インターネットも――何もかもだ! だから人々には、何か安定したもの、変わらないもの、確かなものが必要だ。

「たとえば王のような?」

そう、王のような何かだ、とホルゲル1号は言った。結局のところ、君主制は１０００年の歴史を持つ伝統だ。ブロードバンドがたかだか10年以下しか存在していないのに対し。

「ブロードバンドがなんの関係があるんだよ?」ホルゲル2号はわけがわからなかった。しかしその問いに対する答えはなかった。

ホルゲル1号は続けた。このグローバリゼーションの時代、賢明な国は例外なく、独自の象徴を中心に団結することを知っている。それなのに、とホルゲル1号は言った。共和主義者たちは正反対のことをやっているんだ。自分たちの国を売り、アイデンティティをユーロに換金し、スウェーデンの旗に唾を吐く。

このあたりで、ついにノンベコは我慢しきれなくなった。ホルゲル1号につかつかと歩みよると、人差し指と中指でホルゲル1号の鼻を挟んで——ひねりあげた。

「いたっ！」ホルゲル1号が叫んだ。

「よかった、すっきりしたわ」ノンベコは言った。

隣の広さ80平方メートルのキッチンにいたセレスティンが、ホルゲル1号の悲鳴を聞きつけて、助けに飛んできた。

「あたしのダーリンに何してくれたのさ？」彼女も叫んだ。

「あなたの鼻もここに持ってらっしゃい。教えてあげる」ノンベコは言った。

しかし、セレスティンはそんなにバカではなかった。代わりに、ホルゲル1号が遮られたところから話を引き継いで、続けた。

「スウェーデンの伝統は深刻な脅威に晒されてんだよ。太ったケツでのうのうと座って、それを見てるだけでいいわけない。この状況からしたら、２００万クローナなんてクズみたいなもんよ——危機に晒されているものの価値は膨大なんだから。そんなこともわかんないの？」

セレスティンが言った。

ノンベコはセレスティンの鼻に今にも食いつきそうだった。しかし、ホルゲル2号が先だった。ガールフレンドに腕を回すと、挨拶もそこそこに立ち去った。

＊＊＊

エルサレムの元諜報員Bは、ゲッセマネのベンチに腰掛けていた。心の平安を得たいときには、いつでもこの聖書に出てくる庭園に来てしまう。

それなのに、今日は心のざわつきが収まらなかった。自分にはやらねばいけないことがあると気がついた。たったひとつだけ。それさえ終われば、これまでの人生に別れを告げられる。

彼は自分のアパートに帰った。コンピューターの前に座る。ジブラルタルのサーバー経由でログインする。そして暗号化しないままのメッセージを、匿名でイスラエル政府官邸宛てに直接送った。

メッセージの内容は「ラインフェルト首相にレイヨウの肉について問い合わせよ」。

それだけだった。

オルメルト首相は、メッセージの送信元はどこか不審に思うだろう。しかしけっして突きとめられない。そして、わざわざ突きとめようともしないはずだ。Bはキャリアの最後の数年、だれからも好意を持たれることはなかった。それでも、彼の国家への忠誠心が揺らぐことは一度もなかった。

＊＊＊

2008年5月29日、ストックホルムでイラク情勢に関する重大な会議が開かれた。その席で、イスラエル外相のツィッピー・リブニはスウェーデンのラインフェルト首相を呼びとめた。数秒間、適切な言葉を探した後で、リブニ外相は口を開いた。

「私たちのような立場がどういうものかは、首相ならよくおわかりだと思います。ときとして、知るべきではないことを知ることもあります。そして、ときにその反対のことも」

　ラインフェルト首相はうなずいた。外相が言おうとしていることの見当はついた。

「私がこれからお聞きすることを、奇妙だと思われるかもしれません。いえ、まちがいなく奇妙でしょう。ただ、オルメルト首相と私とで熟考を重ねた結果、お聞きすることに決めました」

「オルメルト首相には、よろしく伝えてください。質問ならお気軽にどうぞ」ラインフェルト首相は言った。「私も精いっぱい力を尽くして、お答えします」

　リブニ外相はさらに数秒間躊躇《ちゅうちょ》し、そして言った。「首相は、イスラエル国家が関心を寄せている10キロのレイヨウの肉について、ご存知ということはありますか。改めて、もしこの質問を奇妙に感じられるようでしたら、お詫びいたします」

　ラインフェルト首相の笑顔が引きつった。そして、そのレイヨウの肉についてはよく知っているが、あまりおいしいものではなかった、と言った――そもそも自分の好物のひとつではない――。そして、その後はだれの口にも入ることがないような方法で処分された。

「外相、もしさらにお聞きになりたいことがありましても、恐縮ながら、答えは差し控えさせていただけたらと思います」ラインフェルト首相はきっぱりと言った。

　リブニ外相には、それ以上質問する必要はなかった。首相のレイヨウの肉に対する嫌悪を共有することはできなかったが（外相がベジタリアンだったとしても）、それより、イスラエルにとって重要なのは、その肉が、食肉の輸出入に関する国際的ルールを尊重しない類の人間に渡らなかったという点にあった。

「貴国とはこれからも友好的な関係を保っていけそうで、安心しましたよ」ラインフェルト首相は言った。

「そのとおりですね」リブニ外相も言った。

＊＊＊

神が存在するとしたら、そのユーモアのセンスはかなりのものだといわねばならない。

ノンベコはホルゲル2号との子供を20年間ずっと望んできた。その望みも5年前には捨て、今では47歳になった。そして２００８年7月、妊娠に気づいたのだ（同じ日、ワシントンのジョージ・W・ブッシュは、ノーベル平和賞受賞者の元南アフリカ大統領ネルソン・マンデラを、アメリカ政府のテロリストのリストから除外してもいいと決断した）。

しかし、喜劇はそれで終わらなかった。その後しばらくして、同じことがいくらか若いセレスティンの身にも起きたとわかったのだ。

ホルゲル2号はノンベコに、セレスティンと1号の子供が生まれてくるなんて、そんな報いを受けるようなことは世界は何もしていないじゃないか、人によって世界はいろいろだとしてもさ、と言った。ノンベコは、基本的には同じ考えだけど、あたしたちは自分たちのことだけを考えていましょう、と言った。

「ずっとそうしてきたように、あたしたち自身の幸せを大事にするの。おバカたちとおバカのおばあさんのことは、自分たちで心配させておけばいいのよ」

そして、そうした。

先に生まれたのは、ホルゲル２号とノンベコの赤ん坊だった。２００９年４月、体重２８６０グラムの完璧なまでに美しい女の子が誕生した。ノンベコは、ホルゲルの母親の名前をとって、ヘンリエッタと名づけたいと主張した。

２日後、セレスティンが、スイスのローザンヌにある私立医院で、予定していたとおりに帝王切開で双子を出産した。

ほぼ瓜二つの赤ん坊ふたり。

男の子で、名前はカールとグスタフとつけられた。

＊＊＊

ヘンリエッタの出産を機に、ノンベコは官邸での中国問題専門家の仕事を退職した。仕事は好きだったが、もうあの地域に関してやれることはないと思うようになっていた。中華人民共和国国家主席は、スウェーデン王国に対してこれ以上はないほど満足していた。主席はノンベコにボルボを贈ったことを後悔はしていなかったが、あのすてきな車のことはとても気に入っていたので、友人である浙江吉利控股集団《ジーリー・ホールディンググループ》の李《り》書《しゅう》福《ふう》に電話をして、吉利がボルボを会社ごと買い取ってはくれないかと提案した。主席がそれを思いついたのも、もともとはノンベコがそう言っていたからだった。

「何ができるか、考えてみますよ、主席」李書福は言った。

「もし、国家主席用に手ごろな値段で軍用車を手に入れてくれたら、心から感謝するよ」胡錦濤は言った。

「何ができるか、考えてみますよ」李書福は言った。

＊＊＊

首相が花束を持って、ノンベコとホルゲルのお祝いに産科病棟に姿を見せた。そして、中国問題専門家としてのノンベコの並々ならぬ功績にも、改めて感謝をした。ノンベコは胡主席を説得し、北京大学に人権問題専門家の教授を配置する資金をスウェーデンに出させることに成功していた。彼女がそれを成しとげた手腕は、首相以上だった。欧州委員会委員長のジョゼ・マヌエル・バローゾがラインフェルトに電話をしてきて、「どんな手を使ったんだ?」と聞いてきたほどだ。

「小さなヘンリエッタに幸運がありますように」首相は言った。「もし、また仕事を始めたくなったら、いつでも電話をしてくれたまえ。ポストなら用意するから。かならず、絶対だ」

「約束します」ノンベコは言った。「きっと、すぐに電話するわ。何しろ、世界でもっとも優秀な経済学者にして政治学者にして在宅勤務中のパパが、すぐ隣にいるから。でも、首相には、ぼちぼちお引きとりいただくお時間でしゅよ。ヘンリエッタのごはんの時間なの」

＊＊＊

２０１０年2月6日、中華人民共和国の胡錦濤国家主席は、ヨハネスブルク郊外のＯ・Ｒ・タンボ国際空港に公式訪問のため降りたった。ヌコアナ＝マシャバネ外相を初め、多くの有力者たちが出迎えた。胡主席は、空港で短い公式の挨拶をすることにした。中国と南アフリカ両国で共有する未来について、二国間の絆が強まると期待し、信じていることについて、世界の平和と発展について、信じることを選びさえすれば叶えられるそのほかいくつかのことについて。

挨拶がすむと、２日間の広範囲にわたるスケジュールが待っていた。それを終えたら、今回のアフリカ歴訪の次なる訪問国、モザンビークに出発する。

南アフリカへの訪問で、それ以前のカメルーン、リベリア、スーダン、ザンビア、ナミビアとちがう点は、国家主席がプレトリアでの夜は完全なる個人の時間にしたいと主張したことだった。

南アフリカ政府は、当然のことながら断れなかった。公式訪問のスケジュールは夜の7時直前で終了となり、翌日の朝食の時間までは中断となった。

時計が7時のときを告げると、首相はホテルの外で黒のリムジンに迎えられた。車はハットフィールドへ向かい、スウェーデン大使館に到着した。

大使その人が、ドアの前に出迎えに立っていた。夫と赤ん坊もいっしょだ。

「ようこそ、国家主席」ノンベコは言った。

「ありがとう、親愛なる大使殿」胡錦濤主席は言った。「やっとサファリでの思い出話ができそうだ」

「それと、ちょっとだけ人権の話も」ノンベコは言った。

「うぐ」胡錦濤はそう言って、スウェーデン大使の手にキスをした。

エピローグ

ヨハネスブルクのし尿処理場では、かつてのにぎわいはもう失われていた。その組織の仕事は、長年のあいだ「黒人」に割り当てがされていて、それによってその仕事に就《つ》く「人たち」（かつては、ここに特定の俗語が使われていた）がどんな目にあってきたかは、今では周知のこととなった。たとえばソウェトの文盲たちは今ではもう、その呼び名で呼ばれることはない。実際にそうであってもなくてもだ。

テロリストのマンデラはついに釈放されたが、それだけではすまなかった。黒人たちが彼を大統領に選び、そのときから、マンデラは呪わしい平等主義によって、国を破壊しにかかった。

30年間衛生課に勤め続けたピィト・デトゥエィは、出世の階段を上りつめ、ついには次長になった。しかし、今では新しい人生が彼を待っていた。横暴な父親が死に、遺産がそっくり彼のものとなった（母はずいぶん前に亡くなっていた）。父親は美術商をしていたが、あそこまで馬鹿がつくほど保守的でなければ、その仕事ももう少しうまくいっていたかもしれなかった。それに、あそこまで一貫して息子の言葉に耳を貸すことを拒否しなければ。ルノワール、レンブラント、それにたまにピカソ。モネにマネ。ダリもあったし、レオナルド・ダ・ヴィンチまであった。

収集品はほかにもあった。すべてに共通していたのは、価値が最小限しかあがらないことだ。最低でも、もし彼の父親がそこまで頑固でなければ、少しはあがったであろう価値と比べても。さらに父親は、まったく専門家らしくもなく、それらの絵を空調のきいた保管室などではなく、自宅の部屋の壁にただ吊るして置いていただけだった。

ピィト・デトゥエィは、それらを引き継ぎ、まともな状態にできる日を何年も待ち続けた。父は息子の話を聞くのを拒否しただけではなく、死ぬのも拒否した。90歳の誕生日に、老人は薄切りにしたリンゴを喉につまらせ、ついに息子の番がやってきたのだった。

後を継いだ息子は、葬儀が終わるまでは待った。それ以上の猶予はなし。すぐさま父の絵画を売りとばしてやった。遺産はちょうど数分前、父がもし少しでも分別を持っていたら誇りに思ったであろうかたちで、再投資された。息子はたった今、チューリヒの駅前通り《バーンホフシュトラッセ》のジュリアス・ベア銀行で、一家の総資産である８２５万６０００スイスフランを、上海のチェン・タオ氏の個人口座に振り込む手続きが完了したとの確認書を受け取ったところだった。

息子が投資したのは、未来だった。中国の急速な発展と、中間層やそれ以上の富裕層が形成されてきていることを考えると、中国の伝統美術の価値はこの後数年でまちがいなく何倍にもなる。

夢のようなインターネットのおかげで、ピィト・デトゥエィは探しもとめていたものを見つけだすことができた。すぐさまスイスのバーゼルに飛んで、チェン・タオと彼の3人の姪たちを相手に、ほかでは見られない貴重な漢代の陶器類をそっくり買い受ける契約を交わした。真作証明書も添付されていた。デトゥエィは拡大鏡で証明書を隅から隅まで確認したが、すべて問題なかった。馬鹿な中国人は、自分たちがどれほどの宝の山に座っているかもわかっていない。なんと彼らは、姪たちの母親について中国の故郷へ帰るらしい。中国の故郷へ帰る？　スイスでの楽しい生活を手放して？　この地こそ、デトゥエィは自分の属する場所だと感じていた。ここなら、文盲の現地人にひっきりなしに囲まれることもない。正しい人種と教育と階級の、同好の士といっしょにいられる。猫背の中国人チエンやその仲間たちではない。連中が、神に見捨てられた世界のはじっこにある故郷に帰っていくのは、いいことだった。実をいえば、彼らはすでに去った後だった。願ってもない状況だ。これで連中が、まんまと騙《だま》されたと気づかずにすむ。

　ピィト・デトゥエィは、何百点もの陶器の一部を、鑑定のためロンドンのサザビーズに送っていた。スイスの保険会社からの要求だった。真作証明書だけでは不十分だというのだ。スイスはときとして官僚主義的な面を見せる。しかし郷に入っては……ええと、とにかくデトゥエィは自分に自信があった。自分の貴重な経験を使って、証明書の信憑性も確かめた。自分の動きを、たちまち値段をつりあげる競合相手に気づかせることもなかった。ビジネスとはこうやってするものだ。

　電話が鳴った。サザビーズの鑑定人からだ。電話は、彼が予想していたとおりの時間にきた。1秒前に。一流の人間は約束を守るのだ。

「もしもし、ピィト・デトゥエィですが。いや、美術商デトゥエィと呼んでいただこうかな。なんですって？　今座っていますかって？　なんでそんなことが関係あるんです？」

訳者あとがき

ヨナス・ヨナソンの2作目『国を救った数学少女』は、いかがでしたでしょうか。デビュー作『窓から逃げた１００歳老人』は、１００歳の老人アランがその生涯で数々の歴史的人物と出会い、実は世界史を裏で動かしていたというはちゃめちゃストーリーと皮肉たっぷりの語りで、世界じゅうを笑いの渦に巻き込み、日本でも２０１５年本屋大賞翻訳小説部門第3位に輝きました。

前作同様本作も、史実にフィクションを織りまぜたドタバタ騒動劇で、随所にブラックユーモアが光る爆笑エンターテインメント作品です。主人公は、アパルトヘイトの象徴といわれた南アフリカ・ソウェト地区出身の少女、ノンベコ。母親がシンナー中毒で学校にも通えず、５歳のときから糞尿運びの仕事をするという劣悪な環境で育ちます。そんなノンベコが、のちになぜだか地球の反対側スウェーデンに渡り、王様と首相、そして世界の危機を救うことになるのですが、そこに至るまでには、この世に存在してはいけない爆弾1個をめぐって、あんな変人こんな奇人が行きかう珍事件のオンパレードで、ハラハラドキドキのしどおし、笑いどおしです（ハラハラドキドキはともかくとして、笑いのほうは最後の１ページまで止まることはありません）。

この物語の魅力のひとつは、ひと癖どころか十癖くらいもありそうな個性あふれる登場人物たちにあります。イングマルとホルゲル1号親子はおバカすぎて逆に味わいを感じさせますし、無能な技術者ヴェストハイゼンも不思議と憎めません。頭はいいのに心が弱いホルゲル２

号、強面《こわもて》かと思いきやちょっとまぬけなモサド諜報員、すっとぼけた中国人3姉妹、豪快な伯爵夫人ヤトルドも、甲乙つけがたい。そのなかでもとくにチャーミングなのは、満を持して登場し大活躍を見せる、のんきな王様ではないでしょうか。カール16世グスタフ王は、実在する正真正銘、本物の現スウェーデン国王です。実際にも親しみやすいお人柄のようで、ユニークな言動がたびたびメディアやネット上で話題にあがります。そうはいっても、在位中の王様を小説に登場させ、しかもあのような（？）キャラクター設定が許されてしまうのですから、スウェーデンという国の懐の深さにつくづく感じ入ってしまうばかりです。なお、個人的な話で恐縮ですが、王様と訳者は偶然にも誕生日が同じ。不思議な縁を感じ、お話の中の王様も、実際の王様も、いっそう好きになってしまいました。また、ラインフェルト首相（残念ながら現在は退任）の掃除好きは本当の話で、「キッチンがきれいだと落ち着く」とインタビューで語っているほどです。

　そしてなんといっても我らがヒロイン、ノンベコが最高にかっこいい！　字は読めなくても数学的センスは天才並み、頭の回転が速く口も達者で、相手がだれであれ堂々とわたりあい、一歩も引かずに自分を主張します。ピンチをチャンスに変える戦略を立てるのだって、お手のものです。

　けれども、ノンベコが厳しい運命を生き延びることができたのは、単に頭がよかったからだけではありません。何に対してもオープンで、柔軟な心を持っていたからこそです。自分を蔑《さげす》む相手にも、誤りを正しこそすれ、憎しみを抱くことはありません。どんな変人でも否定せずに受け入れ、心を通わせてしまいます。命を狙う敵ですら、その度胸とユーモアで魅了してしまいます。何があってもあきらめず、前向きでそれでいて現実的、地に足をつけて自分の道を突き進むノンベコの姿は、まさに痛快そのもの。

作者のヨナソンは、政治や歴史問題など、ちょっと重たいテーマであっても、笑いを通して読者に考えるきっかけを与えてくれます。皮肉の効いた言い回しや、歴史的事実にとんでもない作り話が盛りこまれたストーリーに、大笑いしながらも心に何かが引っかかり、残っていくのです。たとえば、恐ろしい破壊力を持った爆弾をめぐって繰り広げられる騒動がばかばかしく滑稽であるほど、人間の愚かさが浮き彫りになっていきます。ノンベコと彼女を差別する白人たちの対照的な姿にも、同じことがいえるでしょう。これぞヨナソン流の批判精神であり、ただのドタバタ劇ではないコメディ作品としてのおもしろさではないでしょうか。

現在執筆中のヨナソン期待の三作目は、殺し屋を主人公に、人間の欲望についてや宗教や信仰の話にも踏み込んだ、これまた笑いと問題提起に満ちた物語になりそうです。完成を楽しみに待ちたいと思います。

２０１５年６月

中村久里子

ヨナス・ヨナソン　JONAS JONASSON
1961年スウェーデンのベクショー生まれ。ヨーテボリ大学卒業後、地方紙の記者となる。その後、メディア・コンサルティングおよびテレビ番組制作会社OTWを立ち上げ成功。テレビ、新聞などのメディアで20年以上活躍した後、『窓から逃げた100歳老人』（西村書店）を執筆、世界中で累計1000万部を超える大ベストセラーとなる。現在は、殺し屋が活躍する3作目を執筆中。
http://jonasjonasson.com/

中村久里子（なかむら・くりこ）
新潟県出身。立教大学文学部心理学科卒業。共訳に『アンドルー・ラング世界童話集』（東京創元社）。西村書店からSuzanne Joinsonの*A lady cyclist's guide to Kashgar*の翻訳も予定されている。

本書は原語のニュアンスを尊重するためにいわゆる差別的とされる表現を一部使用しています。

国を救った数学少女
2015年7月10日　初版第1刷発行

著　者＊ヨナス・ヨナソン
訳　者＊中村久里子
発行者＊西村正徳
発行所＊西村書店 東京出版編集部
〒102-0071 東京都千代田区富士見2-4-6
TEL 03-3239-7671　FAX 03-3239-7622
www.nishimurashoten.co.jp

印刷・製本＊中央精版印刷株式会社
ISBN978-4-89013-724-4　C0097　NDC949.8